FROM THE ASHES

LYDIA REESHA

AVERTISSEMENT

Sang, violence, mort, torture, mention d'agression sexuelle non détaillée, oppression de peuple.

38 rue Trevet, 93300 Aubervilliers
Couverture : Pauline Gallois
Correction : Eden Dracian
Mise en page : Leafline Covers

Prix : 18,90€ TTC

ISBN : 979-8-8834254-2-3

À celles et ceux qui se battent chaque jour pour survivre
et pour récupérer ce qui leur revient de droit…
From the river to the sea, Palestine will be free ♥

TABLE DES MATIÈRES

Sina
Hatti
Royaume d
Forêt de Ni'err
Empire d'Ar
Qimasheh
Elida

Mer d'Eonth
N
W
E
S
Meglea
Lac de Sierra
La Gorges Des Cendres
Antre
fumée
Avant-Poste
Forêt de Greer

PARTIE I

CHAPITRE 1

C'était étrange.

Nyrva leva les yeux de son livre qui était sur ses genoux pour poser son regard sur Kahil, au centre de la place, entouré d'une foule. Il était étrangement serein alors qu'il était sur le point de se prendre la raclée de sa vie. Son meilleur ami en était à son septième combat de l'après-midi. Alors qu'il se battait pour la première fois depuis plusieurs semaines, Kahil n'avait perdu aucun de ses affrontements. Nyrva n'était pas dupe, il aurait dû être mis en échec au moins une fois, cela n'avait aucun sens. Elle reposa les yeux sur ce qu'elle lisait, prenant mentalement note du fait qu'elle devrait avoir une sérieuse conversation avec lui lorsqu'il en aurait fini.

Le soleil commençait déjà à se coucher. Les journées s'étaient rapidement raccourcies et étaient devenues de plus en plus fraîches depuis le solstice d'hiver, mais toujours aucune trace de neige. L'Empire d'Arzawa n'avait pas connu la neige depuis plus d'une dizaine d'années, mais ses habitants continuaient de l'attendre chaque hiver, priant pour qu'elle n'ait pas déserté l'empire à tout jamais.

Au bout d'une vingtaine de minutes, réprimant un bâillement, la jeune femme finit par fermer son livre pour se lever. Son regard croisa celui de Kahil qui s'excusa auprès de son adversaire pour la rejoindre.

— Tu veux déjà rentrer ? Désolé, je n'ai pas vu le temps passer, se justifia-t-il rapidement.

Elle inspira profondément, anticipant le mensonge qu'il allait lui servir.

— Tu ne te moquerais pas de moi par hasard ?

Comprenant immédiatement de quoi elle parlait, Kahil lui adressa un sourire gêné.

— Je sais ce que tu vas dire, mais je ne pouvais pas rester sans rien faire pendant deux mois, blessure ou non, se justifia-t-il sans chercher à nier l'accusation.

Nyrva fronça les sourcils, bien trop habituée aux excuses de son meilleur ami. Elle rangea son livre dans son sac, récupéra l'arc qu'elle avait posé à côté d'elle et se tourna de nouveau vers lui. Elle n'était pas d'humeur à lutter en cette fin d'après-midi ; après tout, c'était lui qui s'était déchiré un muscle, pas elle.

— Il se fait tard, je vais rentrer. Nada et Leya doivent m'attendre pour dîner. Ma tante déteste que je sois dehors après le coucher du soleil.

— J'avais promis de t'aider à t'entraîner, désolé, dit Kahil en lui prenant son sac des mains pour la soulager.

Nyrva haussa les épaules.

— Je ne suis pas surprise, les hommes mentent tout le temps de toute façon. Je n'arrive pas à comprendre pourquoi je continue de te faire confiance, déclara-t-elle avant de lui reprendre son sac. Je peux rentrer toute seule, termine ton combat. Ils t'attendent.

Kahil ne put s'empêcher de sourire. Curieusement, il appréciait mettre sa meilleure amie en rogne.

— Je passe te chercher demain après-midi pour rattraper ces semaines sans entraînement ?

Elle secoua la tête.

— Grandis, Kahil. Je ne peux pas me libérer quand, toi, tu le souhaites. J'ai d'autres obligations demain. On se voit ce week-end pour l'anniversaire de Leya. Nada ne cesse de me demander si tu comptes réellement venir d'ailleurs.

Le jeune homme grimaça, ce qui fit sourire Nyrva. Elle-même n'était pas enchantée à l'idée de passer sa journée avec sa cousine.

— Je serai là, je te l'ai déjà dit.

— J'espère bien, si tu ne viens pas, tu auras affaire à moi, répondit-elle railleuse.

Comme Nyrva l'avait prédit, sa tante et sa cousine l'attendaient dans la salle à manger. Celle-ci était baignée d'une lueur douce, filtrée à travers les rideaux blancs en dentelle qui encadraient les grandes fenêtres. Une agréable odeur florale embaumait l'air. Une longue table en bois massif occupait le centre de la pièce, bien que les femmes ne vivent qu'à trois dans cette maison. Au bout de la table, une grande baie vitrée offrait une vue imprenable sur les jardins. Au centre trônait un impressionnant arrangement floral, composé de roses rouges et de lys blancs. Malgré les temps troubles que subissait le peuple, Nada, la tante de Nyrva, refusait de changer ses habitudes de vie. Elles appartenaient à l'une des rares familles d'Arzis pouvant encore s'offrir le luxe de vivre de la même façon qu'avant la catastrophe. La plupart des Arzis de la ville peinaient à trouver un emploi décent leur permettant de nourrir leur famille.

Vingt-cinq ans plus tôt, le quotidien du peuple Arzi avait été totalement bouleversé lorsque Azar Sayyadi, le régicide, avait mis fin à la lignée de l'ancien roi Imran. Au sein de son propre royaume, il n'avait été qu'un noble Abyad qui avait eu la chance de faire fructifier la fortune familiale en investissant dans les métaux précieux. Il avait imposé au royaume, devenu un empire sous sa coupe, un long règne de terreur durant lequel de nombreux Arzis ont été massacrés à la suite de l'exécution de toute la famille royale Arzi. Persuadé que la vie des Abyads valait plus que celle des Arzis, il avait entamé un grand nettoyage ethnique. Des milliers de civils avaient perdu la vie avant qu'il ne se rende compte que s'il les tuait tous, il ne resterait plus personne pour effectuer les travaux les plus ingrats.

Les dragons, qui étaient étroitement liés à la famille royale originelle, s'étaient tout simplement éteints, ne supportant pas la mort de leurs chevaucheurs.

La plupart des nobles avaient été déchus pour les plus chanceux, les autres avaient fini sur l'échafaud juste après la famille royale.

Cela faisait deux ans que Azar avait rendu son dernier souffle, laissant son unique fils s'asseoir sur le trône. Les choses n'avaient pas réellement changé pour le peuple depuis. Le fils régnait et dirigeait le royaume de la même façon que son défunt père l'avait fait, en privilégiant les Abyads et son armée au détriment du peuple Arzi.

Nyrva s'installa en face de sa tante, qui elle-même était assise aux côtés de sa fille Leya. Cette dernière n'adressa pas même un regard à sa cousine qu'elle détestait depuis toujours.

— Nada, tu as assez cuisiné pour nourrir un régiment. On pourrait peut-être en faire profiter les voisins la prochaine fois. Les récoltes ont été assez mauvaises cette année et la plupart des familles de Qimasheh en souffrent, suggéra Nyrva calmement.

Nada fit la moue avant de passer sa main dans ses courtes boucles brunes.

— C'est ce que j'avais prévu de faire, mais ce soir, les soldats font beaucoup plus de rondes que d'habitude. J'ai pris peur et j'ai préféré éviter de me faire remarquer. Tu voudras bien leur apporter après dîner ? demanda sa tante.

Nyrva acquiesça d'un hochement de tête. Elle s'estimait chanceuse de pouvoir manger à sa faim et ne manquait pas une occasion d'aider les autres familles Arzis des environs.

— Bien sûr, j'irai tout à l'heure.

L'heure du repas passa rapidement, Leya raconta à sa cousine et à sa mère de quelle façon elle s'était attiré les foudres de ses professeurs par sa maladresse. Leya, de quatre ans la cadette de Nyrva, n'avait pas du tout reçu la même éducation que sa cousine. Nyrva avait passé son enfance dans les livres, férue d'histoire et de romance, elle pouvait passer des heures dans une bibliothèque, en apprendre plus sur la création de son pays ou s'émoustiller sur des histoires d'amour selon son humeur. En parallèle, Kahil lui avait appris en cachette à manier l'épée, mais aussi l'arc et le combat rapproché. Quant à Leya, elle avait reçu une éducation typique de la noblesse Arzi. Elle jonglait entre cours de couture, de broderie ou de peinture, elle sortait très rarement et ne fréquentait que des personnes dignes de son rang. Cette différence d'éducation s'expliquait par le fait que Nada avait à cœur que sa fille fasse un bon mariage tandis qu'elle respectait le choix de sa nièce de ne pas vouloir fonder une famille. Elle répétait souvent que Nyrva possédait la même fougue que son défunt père et elle savait que jamais il n'aurait forcé la jeune femme de vingt-cinq ans à suivre un chemin qu'elle ne désirait pas emprunter.

— Essaye de ne pas faire fuir tes professeurs Leya Lascaris, j'ai eu beaucoup de chance de te trouver cette nouvelle tutrice. Si elle refuse de continuer à t'enseigner ce qu'elle sait, je ne serai pas en mesure d'en trouver une autre, répliqua sèchement sa mère qui ne l'appelait par son nom complet que lorsqu'elle était en colère.

La jeune fille se tut tout en lui offrant un regard glacé, elle la trouvait bien trop sévère avec elle. Leya possédait un caractère fougueux. Nyrva, qui d'ordinaire réussissait à s'entendre avec n'importe qui, avait bien du mal à entretenir de bonnes relations avec la jeune fille. Sa cousine l'avait toujours détestée et elle avait l'impression que rien ne pourrait jamais lui faire changer ses sentiments à son égard.

Sentant la tension qui s'installait petit à petit dans la pièce, Nyrva se leva rapidement, préférant se trouver ailleurs.

— Je vais déposer les plats aux voisins avant qu'il ne soit trop tard pour sortir, déclara-t-elle d'une voix douce.

— Sois prudente et fais attention aux gardes, répondit sa tante d'un ton égal.

La jeune femme acquiesça avant de quitter la pièce.

La nuit enveloppait la capitale d'une obscurité profonde, seuls les éclats argentés des étoiles scintillaient dans le ciel sans nuage. Une fine couche de givre recouvrait le toit des maisons, témoignant de la fraîcheur mordante de la soirée. Nyrva se tenait devant sa porte, une marmite fumante calée sous son bras gauche. Elle frissonna légèrement en ajustant le châle qu'elle portait autour de ses épaules de sa main libre et prit une profonde inspiration avant de tirer vers elle la porte grinçante. Ses pas crissaient sur le chemin de pierres gelées alors qu'elle s'avançait vers la maison de Mina, sa voisine et meilleure amie depuis toujours. Les lueurs tamisées des fenêtres créaient une ambiance douillette à l'intérieur des foyers, mais dans la rue silencieuse, l'air était piquant et glacial. Au loin, elle remarqua un groupe de soldats en pleine ronde, Nada avait raison, ils étaient plus nombreux que d'ordinaire ce qui ne présageait rien de bon.

Les habitants du quartier devaient partager ses inquiétudes, les rues étaient étonnamment vides pour l'heure. Préférant ne prendre aucun risque, la jeune femme pressa le pas, la maison de son amie ne se trouvait qu'à quelques rues de la sienne, mieux valait ne pas traîner.

Arrivée devant la porte, Nyrva hésita un instant. Elle éprouvait un profond malaise à l'idée de déranger autrui à une heure aussi avancée. Elle finit par frapper doucement, un sourire chaleureux éclairant son visage malgré le froid. La porte s'ouvrit lentement, révélant un petit garçon brun aux yeux marron, emmitouflé dans une couverture.

La jeune femme s'accroupit pour se mettre à sa hauteur.

— Coucou toi, ta maman est là ? demanda-t-elle d'une voix douce.

Le petit garçon acquiesça avant de lui faire signe de rentrer. Habituée des lieux, elle s'exécuta sans poser de question, se dirigeant vers la cuisine de son amie qu'elle connaissait bien.

— Nada a préparé un peu plus de âsh-e reshteh que prévu ce soir, se justifia Nyrva en croisant le regard surpris de Mina.

Cette dernière sourit chaleureusement.

— Oh, Nyrva, c'est tellement gentil de ta part d'avoir pensé à nous, répondit-elle d'un ton reconnaissant.

— Vous êtes seuls Camil et toi ? demanda Nyrva en posant la marmite encore fumante sur la table.

Mina fit la moue. Son époux, Iyaan, faisait partie de la Résistance depuis plusieurs années maintenant. De ce fait, elle pouvait rester sans nouvelle de sa part des semaines durant. Comprenant le message, Nyrva soupira.

— Je me répète souvent et ça ne doit pas être agréable à entendre, mais ce n'est pas normal Mina. Résistance ou pas, Camil et toi devriez être sa priorité. Tu es enceinte en plus, il est totalement irresponsable, ajouta-t-elle agacée.

— Je sais bien, murmura Mina.

Nyrva prit son amie dans ses bras.

— Désolée, je ne devrais pas te faire ce genre de reproche alors que tu n'y es pour rien, déclara-t-elle regrettant aussitôt ses paroles.

— Ne t'excuse pas, je sais que tu as raison. C'est juste qu'Iyaan est tellement passionné par ce qu'il fait que c'est compliqué de lui faire comprendre que la situation n'est pas viable, répondit Mina, une pointe de tristesse dans la voix.

Nyrva posa sa main sur l'avant-bras de son amie pour lui témoigner son soutien.

— Je ferais mieux de ne pas tarder, il y a beaucoup plus de gardes que d'ordinaire dans les rues, déclara Nyrva. Si tu as besoin de quelque chose, tu sais où me trouver.

Mina acquiesça avant de l'accompagner jusqu'à la porte pour lui dire au revoir, une lueur d'inquiétude dans ses yeux.

— Sois prudente, dit-elle.

La porte de Mina se referma derrière Nyrva avec un grincement étouffé, laissant le silence de la nuit s'installer autour d'elle. Le froid s'infiltrait dans chaque interstice. Comme elle l'avait fait avant de quitter sa propre maison, la jeune femme resserra sur ses épaules le châle qu'elle portait pour se protéger du froid. L'air glacé piquait son visage alors qu'elle se tenait sur le perron. Une bourrasque glaciale souffla, la motivant à se mettre en mouvement. Elle marcha d'un pas décidé vers sa maison. Des nuages épais s'étiraient maintenant au-dessus d'elle, voilant partiellement la lueur des deux lunes.

Comme plus tôt dans la soirée, Nyrva remarqua le nombre inhabituel de soldats qui patrouillaient. Un silence pesant tomba sur la rue. Soudainement prise d'un sentiment de panique, elle hâta le pas pour rentrer au plus vite chez elle. Elle ressentait une gêne mentale, un genre de mauvais pressentiment. Elle arriva enfin près de sa maison, étrangement, les lumières étaient éteintes. La jeune femme fronça les sourcils, essayant de se convaincre que tout allait bien, elle n'avait quitté la maison que pendant une petite demi-heure. Rien de grave n'aurait pu se passer en si peu de temps. Et pourtant, son instinct de survie lui criait de rebrousser chemin et de retourner chez Mina ou d'alerter Kahil, mais elle n'en fit rien. Elle ralentit le pas et continua à avancer vers la porte de la maison. Elle s'immobilisa devant cette dernière et inspira profondément, priant mentalement les Dieux oubliés pour que rien de grave ne se soit passé durant sa courte absence.

Nyrva poussa la porte d'entrée avec précaution, s'engageant dans le hall obscur. Comme elle l'avait remarqué depuis l'extérieur, les lumières de la grande maison étaient bel et bien éteintes, créant une atmosphère pesante qui enveloppait chaque recoin. Une odeur étrange flottait dans l'air, mêlant la poussière et quelque chose de plus sinistre, une présence indéfinissable qui glaça le sang de la jeune femme.

Son cœur battait la chamade tandis qu'elle referma la porte d'entrée derrière elle doucement, essayant de faire le moins de bruit possible. Les murmures inquiets de sa tante Nada résonnèrent dans sa mémoire, comme si l'univers entier tentait de lui transmettre un avertissement silencieux. Elle s'avança dans le couloir sombre, chuchotant le nom de sa tante, puis celui de sa cousine, mais seul le silence lui répondit.

La lumière pâle des deux lunes filtrait à travers les rideaux à moitié fermés, dessinant des ombres inquiétantes sur les murs. Plus Nyrva s'approchait du salon, plus son anxiété grandissait. Une sensation d'appréhension s'accrochait à sa gorge.

Lorsqu'elle poussa la lourde porte du salon, un cri étouffé s'échappa de ses lèvres. Le spectacle qui s'offrait à elle était aussi terrifiant qu'irréel. Le corps sans vie de sa tante Nada gisait sur le sol, entouré d'une mare de sang sombre. Les yeux de Nyrva s'écarquillèrent d'horreur, et elle plaqua instinctivement une main sur sa bouche pour étouffer un autre cri qui menaçait de s'échapper.

Nada était étendue là, sa chevelure brune éparpillée autour d'elle comme une aura macabre. Le visage autrefois rayonnant de sa tante était maintenant figé dans une expression de terreur et de douleur. Le choc la paralysa un instant, et Nyrva recula, trébuchant sur les plis irréguliers du tapis.

Son esprit tournait en spirale, refusant d'accepter la réalité brutale de ce qu'elle venait de découvrir. Elle se mit à trembler, la nausée montant en elle. Les larmes embuèrent ses yeux, et elle se força à détourner le regard du corps sans vie. Un mélange de peur et de chagrin l'envahissait, créant un tourbillon d'émotions incontrôlables.

La pièce semblait soudainement oppressante, chaque meuble, chaque objet devenant le témoin silencieux de l'horreur qui venait de se produire. La jeune femme sentit le besoin pressant de fuir, de s'échapper de cette scène cauchemardesque. Elle se précipita hors de la pièce, le souffle court, se rendant compte que la vie qu'elle avait toujours connue venait subitement de basculer.

Dans un élan de lucidité, elle comprit qu'elle n'avait aperçu aucune trace de Leya. Elle hurla le prénom de sa cousine, inspectant chaque pièce de la maison. Remarquant qu'elle était près de sa chambre, elle en profita pour récupérer son épée, son arc et son carquois, préférant être équipée en cas de problèmes. Elle refit le tour de la maison pour s'assurer qu'elle n'était pas passée à côté du corps de sa cousine sans le remarquer, mais rien. Elle souffla de soulagement, si l'assassin de sa tante avait tué Leya, elle aurait certainement retrouvé le corps dans la maison ou des traces de sang hors du salon.

Elle s'accroupit, essayant de calmer le flot d'émotions qui l'assaillit soudainement.

— Réfléchis Nyrva, chuchota-t-elle pour elle-même.

Elle ne savait pas quoi faire. Partir à la recherche d'une patrouille de soldats ? Ils avaient eux-mêmes l'habitude de prendre la vie des civils Arzis et cela lui faisait prendre le risque d'elle-même se faire assassiner par l'un d'eux. Retourner chez Mina ? Pas sûre que sa pauvre amie enceinte puisse faire quoique ce soit. Kahil… Kahil savait toujours quoi faire, lui.

Elle alla se passer de l'eau sur le visage avant de retourner dans sa chambre pour se changer. Après tout, elle n'était pas sûre de pouvoir revenir chez elle tout de suite et il valait mieux être préparée si sa maison était de nouveau prise pour cible par un assassin. Elle avait déjà perdu ses parents de la même façon peu de temps après sa naissance vingt-cinq ans plus tôt.

Nyrva se tenait devant le miroir. La lueur dorée de la flamme de la bougie qu'elle avait allumée accentuait les contours de sa silhouette gracieuse. Elle avait choisi une tenue de combat ajustée, faite de cuir noir, souple et résistant, marqué par les cicatrices de ses nombreuses précédentes escapades. Les bottes montaient jusqu'à ses genoux, offrant une protection robuste lors de ses chutes de cheval. Elle lissa le cuir de sa tenue du bout des doigts, se préparant mentalement au fait de devoir tout raconter à Kahil. La jeune femme, les mains encore tremblantes, attacha ses longs cheveux bouclés en une tresse épaisse, dégageant son visage sculpté.

Enfin, elle s'équipa de son arc, vérifiant la tension de la corde avec habileté. Les flèches étaient soigneusement rangées dans un carquois accroché dans son dos. Elle finit par glisser en douceur son épée dans le fourreau à sa taille. C'était Kahil qui la lui avait offerte quelques mois auparavant. Il avait passé plusieurs mois à la fabriquer voulant qu'elle soit parfaitement équilibrée pour elle.

La jeune fille jeta un dernier regard à son reflet dans le miroir, les yeux brillants d'une lueur déterminée. Elle essuya du revers de sa main les quelques larmes qui menaçaient de couler. Avec une dernière inspiration, elle ouvrit la porte d'entrée pour se fondre dans l'obscurité de la nuit.

La nuit silencieuse n'était troublée que par les bruits de pas et les voix des soldats qui effectuaient des rondes incessantes dans le quartier. Nyrva frissonna à l'idée que, peut-être, l'un d'eux était responsable de la mort de sa tante. Elle inspira profondément, pensant au fait qu'elle n'avait même pas eu le courage de fermer les yeux de cette dernière, le visage toujours figé dans une expression horrifiée. Elle se doutait que sa mort n'avait pas dû être douce.

Les pas de la jeune femme résonnaient sur les pavés de la rue, tandis qu'elle marchait d'un pas assuré. Soudain, un cri strident déchira l'air, coupant à travers le calme oppressant. Nyrva s'immobilisa. La rue déserte se tint silencieuse, à l'exception du murmure lointain du vent.

Le cri se répéta, plus fort cette fois-ci, portant avec lui une aura de terreur. La jeune femme leva les yeux vers le ciel, cherchant l'origine de ce son déchirant. C'est alors qu'elle l'aperçut : un dragon majestueux planant au-dessus des toits silencieux, ses écailles noires scintillant à la lueur des deux lunes.

La rue était déserte, dépourvue du tumulte habituel de la vie urbaine. Nyrva, cependant, resta là, les yeux rivés sur la créature mythique censée avoir disparu depuis vingt-cinq ans. La peur était palpable dans l'air, mais elle ressentait aussi une étrange fascination. Le dragon tournoyait gracieusement, ses ailes battant avec puissance, apparaissant et disparaissant successivement au fil des épais nuages qui parsemaient le ciel.

Soudain, une main se posa légèrement sur son épaule, la faisant sursauter. Elle se tourna rapidement tout en portant sa main à la garde de son épée. Ses yeux se posèrent sur Kahil qui la fixait, une lueur d'inquiétude dans les yeux.

— Kahil ? Tu m'as fait peur ! s'exclama-t-elle, un mélange de surprise et de terreur dans sa voix.

Elle le détailla. Kahil se tenait là, vêtu d'une tunique sombre qui épousait élégamment la silhouette de son corps athlétique. Un pantalon assorti, d'une teinte similaire à la tunique, descendait en plis souples le long de ses jambes agiles. Des bottes en cuir fin, patinées par l'usure, mais entretenues, complétaient sa tenue. Son visage, encadré par ses boucles brunes, exprimait un mélange d'inquiétude et de quelque chose d'autre sur lequel Nyrva n'arrivait pas à poser de mots.

— Qu'est-ce que tu fais là aussi tard ? demanda-t-elle, méfiante.

Son meilleur ami la prit dans ses bras sans lui répondre.

— Leya est venue me trouver, elle m'a tout raconté, finit-il par chuchoter d'une voix douce.

Nyrva se détendit enfin, au moins Leya était vivante. Elle n'avait pas perdu toute sa famille ce soir.

CHAPITRE 2

Nyrva était installée sur une chaise dans la cuisine des parents de Kahil. C'était un lieu empreint d'une chaleur réconfortante et d'un parfum enivrant d'épices mélangées. La lueur douce des bougies dansait sur les murs tandis que le crépitement d'un feu dans l'âtre ajoutait une ambiance apaisante à l'espace. La jeune fille observait les étagères remplies d'herbes, de pots d'épices et d'autres ingrédients mystérieux pour elle qui n'avait jamais su cuisiner de sa vie. La famille de son ami était loin d'être pauvre, mais elle possédait beaucoup moins de moyens que la sienne. Kahil travaillait avec son père au sein de la forge familiale. Depuis le début de l'occupation Abyad, beaucoup d'artisans qualifiés avaient trouvé la mort, ce qui faisait que leur carnet de commandes ne désemplissait jamais.

Kahil se mouvait avec une grâce naturelle, préparant ce dont il avait besoin avec une aisance qui révélait sa familiarité avec cet espace. Il choisit avec soin un mélange d'herbes parmi les pots étiquetés, créant un bouquet aromatique qui emplissait la pièce de son odeur. Pendant ce temps, Nyrva l'observait silencieusement. Elle n'avait toujours pas les idées claires, trop de choses s'étaient enchaînées en l'espace de quelques heures. Elle avait raconté du mieux qu'elle avait pu à Kahil sa découverte macabre, mais elle peinait encore à comprendre ce qu'elle avait vu, ce qu'elle avait vécu. La situation lui semblait presque lointaine, toujours irréelle.

En revanche, elle n'avait pas encore eu l'occasion de lui parler du dragon qu'elle avait aperçu, mais elle trouvait étrange le fait que Kahil ne l'ait ni vu, ni entendu. Si cela avait été le cas, il aurait sûrement abordé le sujet de lui-même mais il ne l'avait pas fait.

Lorsque le thé fut prêt, le jeune homme versa la potion chaude dans des tasses délicatement décorées. Il tendit l'une d'elles à Nyrva, le regard empreint d'une lueur d'inquiétude.

— Tiens, bois un peu, ça te calmera, dit-il, avant de prendre sa propre tasse et de s'installer en face de son amie.

La jeune femme esquissa un sourire forcé, portant la tasse à ses lèvres. La chaleur du liquide ambré la détendit légèrement. Elle expira, cherchant ses mots.

— Où est Leya ? J'ai besoin de la voir, ça a dû être encore plus traumatisant pour elle, déclara-t-elle d'une voix faible, s'en voulant de ne pas avoir été présente pour sa cousine.

— En sécurité, ne t'inquiète pas pour elle, lui répondit Kahil après quelques secondes de réflexion.

Nyrva tournait distraitement la tasse entre ses mains, mais son esprit était ailleurs. Quelque chose clochait. Nyrva le sentait dans l'air, une tension subtile, comme un fil ténu prêt à se rompre. Elle leva les yeux de sa tasse, observant le visage de Kahil. Il évitait son regard, ses yeux noisette errant nerveusement à travers la pièce.

Une pensée s'insinua dans l'esprit de Nyrva. Kahil me ment. Elle secoua légèrement la tête, comme pour chasser cette idée absurde. Ils se confiaient tout, après tout. Mais il y avait quelque chose dans la manière dont il évitait ses yeux, une hésitation dans sa voix.

Elle prit une inspiration profonde, tentant de calmer le martèlement de son cœur.

— Kahil, quelque chose ne va pas, n'est-ce pas ?

La voix de la jeune femme, d'abord douce, se teinta de fermeté.

— Tu me caches quelque chose.

Son ami cligna des yeux, pris au dépourvu. Un instant de silence passa entre eux, pesant comme une énigme non résolue. Nyrva pouvait voir les rouages de son esprit tourner, cherchant une réponse convaincante.

— Non, Nyrva, tout va bien, dit-il finalement, mais sa voix manquait affreusement de conviction.

Elle plissa les yeux, scrutant son visage.

— Ne me mens pas. Je te connais trop bien pour ne pas voir quand tu caches quelque chose, répondit-elle agacée.

Le jeune homme baissa le regard, fixant ses mains entrelacées. Nyrva sentit une pointe de déception s'insinuer dans son cœur. Elle avait espéré qu'il la regarderait droit dans les yeux, qu'il lui dirait la vérité.

— Kahil, s'il te plaît. Dis-moi au moins si ça a un rapport avec Leya. Dis-moi qu'elle va bien, implora presque Nyrva, les yeux embués de larmes.

Les secondes semblaient s'étirer à l'infini. Finalement, Kahil leva les yeux, un mélange de regret et de peur dans le regard.

— Nyrva, je voulais te protéger. Je ne voulais pas que tu t'inquiètes. Si j'avais su...

Il ne termina pas sa phrase, laissant ses mains glisser lentement le long de son visage, les doigts tremblants atteignant enfin le menton. Un soupir étouffé s'échappa de ses lèvres, trahissant l'ampleur de son désespoir.

Confuse, la jeune femme serra les poings.

— Si tu avais su quoi, Kahil ? demanda-t-elle d'une voix ferme et assurée, faisant de son mieux pour contenir le sentiment de peur qui menaçait de la submerger.

Sans un mot, Kahil s'agenouilla devant Nyrva, ses yeux cherchant les siens. Le calme régnait dans la pièce, seulement brisé par le crépitement du feu.

— Il y a quelques mois, Leya a rejoint la Résistance, murmura-t-il d'une voix calme.

Une lueur de surprise fit son apparition dans les yeux de Nyrva.

— Comment tu le savais ? demanda-t-elle, incertaine.

Kahil inspira avant de baisser le regard sur ses genoux.

— Je vais tout te raconter mais ne m'interromps pas.

Elle acquiesça d'un hochement de tête.

— J'ai rejoint la Résistance l'année dernière, après le solstice d'été, reprit-il d'une voix plus assurée tandis que Nyrva le regardait avec des yeux écarquillés. Iyaan ne cessait de nous en parler chaque fois que l'on se voyait pour s'entraîner ou que l'on se retrouvait à la taverne. Un jour, il est venu à la forge nous passer une importante commande d'épées. Mon père voulait la refuser parce qu'il avait peur que l'empire se retourne contre nous pour avoir armé la Résistance, mais sans qu'il le sache je l'ai acceptée.

Il marqua une pause pour sonder le regard de son amie. La jeune femme semblait surprise, un peu en colère aussi mais elle respecta sa volonté et resta silencieuse, attendant la suite de son récit. Il soupira avant de reprendre.

— J'ai commencé à travailler en secret toutes les nuits pour honorer cette commande. En parallèle, Iyaan me parlait régulièrement de la Résistance, il me disait ô combien il était important de s'y engager, que c'était la dernière ligne de défense du peuple et qu'un jour ils réussiraient à nous libérer de l'Empereur. J'ai fini par craquer, je lui ai demandé de m'emmener à l'un des rassemblements. J'étais si intrigué et Iyaan en parlait tellement en bien que malgré tout ce que mes parents m'avaient toujours dit, tout ce que tu m'avais toujours dit, je me suis mis à me demander pourquoi pas moi ? Pourquoi ne pouvais-je pas participer à un mouvement qui nous libérerait un jour ? Je voulais moi aussi écrire l'histoire, je voulais qu'on se souvienne de moi comme d'un guerrier qui a tout fait pour libérer son peuple. J'ai rencontré les membres, c'étaient des gens comme toi et moi, déterminés et persuadés qu'ils allaient réussir. Je me suis laissé tenter, je les ai rejoints, j'ai commencé à participer à certaines de leurs missions.

Il marqua de nouveau une pause, plus longue cette fois, essayant de retenir les larmes qui cherchaient à s'échapper de ses yeux.

— Puis un jour, elle nous a rejoints. Je n'y croyais pas trop au début quand on m'a dit que la fille de Nada Lascaris avait intégré le mouvement mais c'était la réalité. Nasir, le frère d'Iyaan, l'avait convaincue. J'ai essayé de la raisonner pendant des semaines, mais elle n'a rien voulu entendre, elle menaçait de me dénoncer à ma famille, de tout te dire, mais je craignais tellement pour ta sécurité que j'ai préféré la laisser tranquille. Il y a quelques mois, Leya a failli se faire attraper par les gardes alors qu'elle participait à une mission qui ciblait l'un des points de contrôle de l'armée dans le désert. Elle quittait souvent votre maison en douce pendant la nuit, précisa-t-il en voyant le regard sceptique de sa meilleure amie. L'un des soldats a vu son visage, bien qu'on ne les connaisse pas personnellement, ce sont toujours les mêmes qui patrouillent dans notre quartier et je pense qu'il l'a reconnue. Nous avons reçu quelques menaces anonymes par courrier qui la ciblaient directement. Personne ne les a prises au sérieux mais je pense que l'expéditeur a réellement fini par agir aujourd'hui. C'est ce qui a coûté la vie à ta tante, Nyrva, je suis désolé, conclut-il d'une voix basse.

Kahil plongea son regard dans celui de Nyrva. Une appréhension sourde émanait de lui. Le silence était lourd, son amie continuait à le fixer sans rien dire, tentant de gérer le flot d'émotions qui tourbillonnait dans son esprit. La jeune femme connaissait la cheffe de la Résistance depuis sa plus tendre enfance. Cette dernière n'avait cessé d'essayer de les convaincre Kahil et elle de les rejoindre mais Nyrva s'y était toujours opposée, craignant pour leurs vies. Elle avait vu beaucoup trop de personnes mourir après s'être engagées au sein du mouvement et elle refusait de voir ses amis subir le même sort. Jamais elle n'aurait imaginé que Kahil la trahirait de cette façon.

— Emmène-moi là-bas, je dois la voir, finit-elle par souffler.

— Si je t'emmène là-bas, tu seras impliquée, que tu le veuilles ou non Nyrva. Tu ne pourras pas faire marche arrière, la prévint-il d'une voix calme.

— Qu'importe, emmène-moi là-bas, répondit la jeune femme en soupirant.

Kahil acquiesça. Il ne pouvait plus rien lui refuser, il en avait trop fait et il craignait de perdre sa meilleure amie à tout jamais.

Kahil guida son amie au travers des ruelles désertes de la ville de Qimasheh. Les gardes semblaient s'être volatilisés, eux qui étaient si nombreux à patrouiller quelques heures plus tôt.

La jeune femme suivait silencieusement son ami, encore tout ébranlée de ce qu'il lui avait appris plus tôt. Elle fixait le sol, essayant de reprendre ses esprits du mieux qu'elle le pouvait. La tension dans l'air était palpable mais elle refusait de se laisser intimider.

Une lueur de surprise passa dans ses yeux lorsque Kahil s'arrêta devant une porte en bois simple, la bâtisse était toute décrépite. Les fissures et les cicatrices du temps sur les murs semblaient raconter l'histoire des bien trop nombreux échecs de la Résistance. Les volets en bois usés ne faisaient que peu d'effort pour dissimuler les fenêtres. Tous ces détails finirent de convaincre Nyrva que, contrairement à ce que le groupe aimait clamer, il possédait bien peu de moyens.

Kahil tapa trois coups puis deux, plus rapprochés que les précédents. La jeune femme ne s'était jamais posé de questions sur les activités de la Résistance. Tout ce qu'elle savait, c'est qu'il leur arrivait de prendre des Abyads en otage, de se battre pour récupérer de l'argent ou des denrées alimentaires mais elle ne s'était jamais posé la question de savoir si leurs actions étaient réellement bénéfiques pour le peuple ou non.

La détermination brillait dans ses yeux alors qu'ils franchissaient la porte d'entrée qui émit un grincement. Kahil salua d'un hochement de tête l'homme de grande taille à la peau brune qui leur avait ouvert la porte. Nyrva l'imita, ne sachant pas ce qu'elle était censée faire.

À l'intérieur, les membres de la Résistance vaquaient à leurs occupations. Ils étaient plus nombreux que ce à quoi s'attendait la jeune femme. La plupart étaient des hommes d'âge mûr, quelques femmes lui offrirent des sourires chaleureux qu'elle leur rendit timidement. Nyrva ressentait l'électricité de la cause qui animait cet endroit.

Alors qu'elle longeait un couloir à la suite de Kahil, une silhouette se détacha de l'ombre, Nasir, le petit frère d'Iyaan, suivi de près par Leya qui écarquilla les yeux à la vue de sa cousine.

— Nyrva… commença-t-elle.

— Je dois te parler en privé, l'interrompit sa cousine. Maintenant, ajouta-t-elle d'une voix ferme.

Bien que soulagée de retrouver la jeune fille saine et sauve, une part d'elle-même ne cessait de penser au fait que sa tante avait perdu la vie à cause d'elle. Les relations des deux cousines étaient déjà tendues, elle craignait de ne jamais pouvoir lui pardonner.

Leya lui fit signe de la suivre sans répondre. Elle s'enfonça dans un dédale de couloirs avant d'emprunter un escalier étroit. Elle finit enfin par s'arrêter devant une porte en bois sombre, elle la poussa doucement avant de pénétrer dans la pièce. Une fois que Nyrva fut entrée à son tour, elle la ferma.

Leya s'installa sur le rebord du lit au fond de la chambre tandis que Nyrva resta debout, stoïque, observant sa cousine qui, à sa grande surprise, n'avait pas l'air le moins du monde peinée par la mort plus que récente de sa mère. Elle ne réfléchit pas, sans crier gare, elle s'avança d'un pas décidé vers sa cousine et la gifla. Choquée, Leya porta la main à sa joue rougie, jetant un regard plein de haine à son aînée.

— C'est de ta faute, lui reprocha Nyrva. Je n'arrive pas à croire que tu aies fait ça. Comment oses-tu te pavaner ici en riant avec Nasir alors que Nada est morte par ta faute ? Alors que ta propre mère est morte par ta faute Leya ? explosa-t-elle, laissant son chagrin transparaître dans sa voix.

La jeune fille se leva, l'air agacée. Aucune trace de peine transparaissait sur son visage à la plus grande surprise de Nyrva.

— Ce qui est fait est fait, qu'est-ce que tu veux que je fasse ? répondit sa cousine. Tu veux peut-être que je passe le restant de ma vie à me morfondre ? À m'en vouloir ? Ça n'arrivera pas Nyrva, je ne le ferai pas juste pour te faire plaisir.

Nyrva ouvrit de grands yeux, choquée par les propos de sa cousine.

— Mais aie au moins la décence de pleurer Leya, il s'agit de ta mère, elle a été assassinée par ta faute et tu oses me dire ça ? Comment peux-tu avoir aussi peu d'empathie pour celle qui t'a élevée ? Son corps est encore chaud et tu oses parler de cette façon ?

Leya lui adressa un regard froid, la joue encore brûlante de l'impact.

— Arrête de me faire la morale, ça a toujours été facile pour toi, elle t'a toujours aimée comme si tu étais sa fille alors qu'elle passait son temps à me faire des reproches. Je ne ferais pas semblant de la regretter pour te faire plaisir, cracha Leya en se dirigeant vers la porte.

Elle se tourna vers sa cousine avec l'intention de lui dire quelque chose d'autre, mais cette dernière la devança.

— Tu as tellement changé, je ne pensais pas que tu pouvais devenir encore plus exécrable que celle que tu étais. Ne m'adresse plus jamais la parole Leya, je ne veux plus jamais entendre parler de toi. Tu es morte à mes yeux.

Leya la fixa pendant quelques secondes, le regard plein de haine avant de s'en aller sans dire un mot, claquant la porte derrière elle.

Jamais Nyrva n'avait été aussi choquée durant sa courte existence. Le clair de lune baignait la chambre de sa lueur argentée et bleutée, créant des ombres douces et des reflets sur les murs. Nyrva s'assit au bord du lit sur lequel était assise sa cousine quelques instants plus tôt. Elle laissa échapper un soupir épuisé. Elle avait l'impression de porter tout le poids du monde sur ses épaules, elle avait passé la soirée à dissimuler ses émotions derrière un masque de stoïcisme. Mais c'en était trop, elle avait besoin d'être vulnérable.

La jeune femme laissa glisser ses doigts fatigués sur les plis de son pantalon, ses épaules s'affaissant sous le fardeau de ses préoccupations. Les larmes qu'elle avait refoulées pendant des heures commencèrent à picoter au coin de ses yeux. Elle se leva et ferma la porte de la chambre à clé, comme si elle avait besoin de s'assurer qu'aucun regard indiscret ne pourrait la surprendre dans cet état de fragilité.

Elle se retrouva seule, enveloppée par le silence nocturne seulement rompu par le murmure lointain du vent. Elle s'agenouilla près de la fenêtre et fixa le ciel étoilé qui avait fini par se découvrir, laissant les deux lunes briller de tout leur éclat.

La jeune femme se mit à sangloter, ses épaules tremblant légèrement. Puis, les émotions refoulées jaillirent comme un torrent. Nyrva pleura pour la perte qu'elle venait de subir, elle qui adorait sa tante qui l'avait élevée et lui avait tout donné. Elle pensa aux responsabilités qu'elle allait devoir assumer sans rechigner à présent qu'elle n'avait plus de famille. L'idée de s'engager au sein de la Résistance lui traversa l'esprit. Après tout, qu'avait-elle à perdre maintenant ? Elle savait que la cheffe l'accepterait à bras ouvert, elle qui l'avait vue grandir et qui avait essayé mainte et mainte fois de la convaincre de les rejoindre.

Les larmes coulaient sur son visage, silencieuses mais puissantes. Elle s'autorisa ce bref moment de vulnérabilité seule, espérant ne jamais avoir à montrer cette facette d'elle-même aux autres.

Après quelques minutes, Nyrva essaya de retrouver Kahil dans cette grande maison. Après s'être perdue trois fois et avoir emprunté le même escalier plusieurs reprises, elle finit par enfin tomber sur lui, en grande conversation avec d'autres personnes dans un petit salon.

En l'apercevant, il lui offrit son sourire le plus réconfortant avant de s'approcher d'elle pour la prendre dans ses bras. Kahil n'était pas dupe, il connaissait Nyrva mieux qu'il ne se connaissait lui-même, il savait qu'elle avait pleuré.

Elle se laissa faire sans rien dire. La jeune femme avait plus que jamais besoin du soutien de son ami, au final, il était la seule personne qu'il lui restait.

Se sentant observée par les autres résistants, elle se dégagea doucement de son étreinte. Leurs regards se croisèrent, elle lui adressa un sourire timide.

Iyaan, le mari de Mina, fit son entrée dans la pièce. Les yeux de Nyrva s'assombrirent. Elle l'avait toujours détesté et elle savait que le sentiment était réciproque. Il la toisa du regard, la détaillant de haut en bas avant de s'adresser à Kahil.

— Tu n'aurais jamais dû l'amener ici, Kahil, tu nous mets tous en danger. Tu mets tout le mouvement en danger, cracha-t-il en jetant un regard mauvais à Nyrva.

Nyrva considérait qu'Iyaan ne méritait absolument pas sa femme, Mina, qu'il n'était pas assez présent pour elle et qu'elle aurait pu avoir une bien meilleure vie si elle ne s'était pas mariée avec lui. Iyaan, lui, détestait la jeune femme de tout son être, il savait tout le mal qu'elle se permettait de dire à son épouse à son sujet. Il savait à quel point elle le détestait et il savait également qu'elle ne se gênait pas pour le crier haut et fort sur tous les toits. Ce n'était un secret pour personne. Nyrva observa le jeune homme avec un mépris évident, son regard glissant de haut en bas comme s'il lui était inférieur. Ses yeux, teintés d'une condescendance subtile, semblaient juger chaque détail de sa personne avec une arrogance manifeste.

— Parce que bien évidemment le fait de laisser ta femme enceinte seule à la maison alors que les rondes des soldats ont augmenté, ce n'est pas dangereux ? le provoqua-t-elle.

La tension se fit plus palpable dans la pièce. Iyaan, dégageant une aura menaçante, fixait la jeune femme avec un regard glacial. Bien qu'habituée aux regards hostiles du mari de son amie, Nyrva ressentait l'ampleur de la menace émanant de lui. C'est alors que Kahil, percevant la nécessité d'intervenir, s'avança d'un pas déterminé, se positionnant entre Nyrva et Iyaan.

— Calme-toi Iyaan, déclara-t-il fermement. Vous n'avez aucune raison de vous disputer, nous sommes tous du même côté.

Nyrva arqua un sourcil, manifestant son mécontentement face à cette intervention. Kahil s'approcha silencieusement, sa joue se trouvait désormais parallèle à celle de Nyrva, créant une intimité éphémère au milieu de l'agitation environnante. D'un geste délicat, le jeune homme abaissa sa voix à un murmure confidentiel, presque inaudible pour les autres. Son souffle chaud caressa légèrement l'oreille de Nyrva.

— Tu auras tout le loisir de te battre avec lui plus tard. Un bout de chemin ensemble vous attend, ou plutôt devrais-je dire, nous attend, maintenant que tu sais ce qu'on fait ici, lui chuchota-t-il.

Les yeux de Nyrva s'écarquillèrent brièvement en réponse au chuchotement de Kahil tandis que les poils de ses bras se hérissèrent. Une lueur d'intrigue ou de surprise traversa son regard. Prise d'un élan de lucidité, elle soupira avant de tourner son visage de nouveau vers son ami.

— Je devrais peut-être rentrer pour m'occuper de...

La fin de sa phrase resta en suspens.

Elle avait encore trop de mal à verbaliser la réalité de sa funeste découverte plus tôt dans la nuit.

— J'ai déjà envoyé des hommes s'en occuper, intervint Iyaan sèchement.

Nyrva le fixa étonnée avant de lui chuchoter ses remerciements dans un souffle.

— Tu devrais peut-être aller te reposer un peu, suggéra Kahil. La nuit a été longue et les prochains jours ne seront pas de tout repos pour toi.

— Je crains de ne pas vraiment parvenir à trouver le sommeil. J'ai besoin de sortir me défouler les jambes, répondit Nyrva d'un ton las.

Kahil lui fit signe de le suivre avant de se mettre en marche vers la porte d'entrée de l'immeuble.

Le ciel était encore sombre, mais à l'horizon, une lueur timide annonçait l'arrivée imminente de l'aube. La nuit était passée en un éclair sans que la jeune femme s'en rende compte. Kahil enveloppa Nyrva d'une cape sombre en cuir qu'il avait récupérée avant de sortir. Il la noua au niveau de son cou en lui souriant légèrement. Elle lui rendit son sourire avant de le suivre alors qu'il se dirigeait vers des écuries. Il fit un signe de tête au garçon chargé de surveiller les chevaux, que ce dernier lui rendit silencieusement. À l'intérieur, ils furent accueillis par un palefrenier qui s'affairait à préparer les chevaux pour la journée. Les sabots résonnaient sur le sol en bois, créant une mélodie apaisante.

Nyrva s'approcha d'un magnifique étalon noir, aux yeux vifs et à la crinière luisante.

— Voici Atlas. Il est rapide et fiable, parfait pour notre escapade matinale, déclara Kahil en esquissant un sourire et en s'approchant d'un alezan au pelage doré. Et voici Berlioz. Un peu têtu, mais il sait toujours trouver son chemin.

Ils sellèrent leurs chevaux silencieusement, prenant soin de vérifier chaque sangle pour assurer un ajustement parfait.

Une fois prêts, Nyrva et Kahil sortirent des écuries, la lumière du matin éclairant les crinières de leurs montures. Les chevaux hennirent d'excitation en sentant l'air frais de l'aube, prêt à galoper à travers les paysages qui s'étendaient devant eux.

Nyrva monta gracieusement sur Atlas, ajustant les rênes avec assurance. Kahil fit de même avec Berlioz.

Nyrva avait toujours été une excellente cavalière grâce à Kahil qui lui avait tout appris dès leur plus jeune âge, son ami ayant sans cesse eu à cœur de lui transmettre chaque enseignement qu'il apprenait lui-même. Les deux jeunes amis échangèrent un sourire complice avant de donner de légers coups de talon à leurs montures, partant au pas hors des écuries.

La cité endormie se réveillait doucement alors qu'ils traversaient ses rues silencieuses à cheval. Les pavés résonnaient du cliquetis des sabots, et les premiers rayons du soleil se reflétaient sur les façades des bâtiments les teintant d'une douce lueur orangée.

Ils atteignirent rapidement les limites de la ville, s'engouffrant petit à petit dans le désert. Le soleil émergeait à l'horizon, projetant une lueur dorée sur les dunes infinies qui s'étendaient devant leurs yeux.

Les montures, Atlas et Berlioz, avançaient avec une détermination tranquille à travers le sable fin, leurs sabots soulevant de petites volutes de poussière qui se perdaient dans l'air encore frais du désert.

Nyrva et Kahil chevauchaient côte à côte, le silence ponctué seulement par le doux bruit des sabots et le souffle léger du vent frais. Les dunes s'étendaient à perte de vue, formant un paysage ondulant qui captivait le regard.

Alors qu'ils progressaient à travers le désert, ils découvrirent une oasis éphémère, verdoyante au milieu de l'aridité. Les palmiers ondulaient doucement au gré du vent. Les chevaux s'abreuvèrent à un point d'eau paisible, tandis que Nyrva et Kahil se reposaient, laissant le paysage dérouler son spectacle silencieux autour d'eux.

Puis, reprenant leur route, ils galopèrent sur des étendues de sable plat, permettant enfin aux chevaux de s'exprimer librement. Le vent fouettait leurs cheveux, et le chant du désert résonnait dans leurs oreilles.

Au sommet d'une dune majestueuse, Nyrva et Kahil s'arrêtèrent pour contempler les monticules de sable à perte de vue. La jeune femme fixa le palais de l'Empereur, qui se situait plus haut que le reste de la ville, au loin, entouré par l'infini du désert. Auparavant, jamais elle ne s'était permis de penser réellement au fait qu'elle le détestait, pour tout ce qu'il avait fait, pour ce qu'il était advenu de son peuple, mais aujourd'hui elle s'autorisa enfin à l'exprimer.

— Je vais rejoindre la Résistance, dit-elle d'une voix ferme et assurée.

Un léger sourire étira les lèvres de Kahil qui s'y attendait.

— Tu es sûre de cette décision ?

Elle acquiesça avant d'inspirer, cherchant ses mots.

— J'ai vu un dragon, hier soir avant que tu me rejoignes dans la rue, trouva-t-elle enfin le courage de dire.

— Tu es sûre de toi ? demanda son ami en fronçant les sourcils.

— Je le suis, je veux en apprendre davantage. Je veux découvrir ce qu'on nous cache. Je ne veux plus subir cette vie qu'on nous a choisie, conclut-elle, une lueur de détermination dans les yeux.

CHAPITRE 3

— On ne peut pas attaquer des soldats de façon aussi frontale, c'est ridicule, nos moyens sont réduits par rapport à l'armée. L'objectif n'est pas de tous nous envoyer vers la mort Iyaan. Réfléchis un peu, s'énerva Zephyr pour la troisième fois de la journée.

Iyaan n'était pas le fin stratège de guerre qu'il pensait être et pourtant, de par son arrogance, il refusait d'écouter les conseils et les objections des guerriers plus expérimentés que lui. Cela en devenait insupportable. Zephyr n'était pas loin de craquer.

— Propose mieux dans ce cas. Tu passes ton temps à te plaindre de chacune de mes idées, cracha Iyaan, la voix pleine de mépris.

— Peut-être que si tu arrêtais de proposer des missions suicides, Zephyr serait plus enclin à te donner raison, mais tu n'as clairement pas assez de jugeote pour te rendre compte que tes plans sont insensés, s'énerva Nyrva. C'est vraiment lui votre chef ? demanda-t-elle à l'assemblée en pointant du doigt un Iyaan rouge de honte.

Plusieurs personnes dans la pièce éclatèrent de rire, ce qui décupla la colère d'Iyaan.

— Personne n'est le chef de personne, nous travaillons tous ensemble dans l'intérêt du plus grand nombre, finit par répondre Zephyr. Mais il est vrai que certains membres de notre groupe pensent être des dirigeants alors qu'ils ont déjà beaucoup de mal à diriger leur propre foyer, ajouta-t-il en adressant un regard agacé à son compagnon d'armes.

Nyrva ne fit aucun effort pour retenir le ricanement qui s'échappa de ses lèvres. Elle ne pouvait qu'être d'accord avec lui.

Une semaine s'était écoulée depuis que la jeune femme avait pris la décision de rejoindre la Résistance. Elle avait vite trouvé ses marques et s'était rendu compte qu'elle connaissait déjà la plupart des membres. Qimasheh était une grande ville, pourtant, la plupart de la communauté Arzi se connaissait au moins de vue. Elle avait pu discuter et s'entraîner avec la plupart de ses compagnons qui l'avaient accueillie à bras ouverts.

La jeune femme avait croisé sa cousine à plusieurs reprises, mais elles ne s'étaient pas adressé la parole depuis cette tragique nuit. Nyrva s'était surprise à ne rien ressentir. Elle pensait qu'elle finirait par regretter ses paroles, qu'elle finirait par vouloir s'expliquer avec Leya, mais au final, elle comprit que sa cousine ne lui manquait pas. Kahil avait essayé de la convaincre plusieurs fois de se réconcilier avec elle, mais rien n'y faisait ; Leya était morte avec Nada pour elle. Jamais plus elle ne la considérerait comme une cousine.

Elle n'avait désormais plus de famille et ne pouvait faire confiance à personne d'autre qu'à Kahil mais cette situation lui convenait.

À aucun moment, elle n'avait fait mention à qui que ce soit qu'elle avait aperçu un dragon, mais chaque jour, elle y pensait. Personne n'avait vu de dragons en vingt-cinq ans, elle n'arrivait pas à se rendre compte que l'espèce qu'elle pensait éteinte vivait toujours. Elle espérait plus que tout avoir l'occasion d'en revoir un rapidement mais surtout elle espérait pouvoir l'approcher.

Les historiens et anciens de l'empire étaient unanimes ; l'espèce s'était éteinte en même temps que le dernier membre de la famille royale puisqu'elle n'avait aucune raison de perdurer si elle n'avait plus personne à servir. Kahil et elle avaient exploré plusieurs théories, leur avait-on simplement menti à ce sujet ? Si c'était le cas, pourquoi ? Et si la famille royale ne s'était pas éteinte comme tout le monde le pensait ? Peut-être qu'un membre avait survécu mais que le peuple l'ignorait ? C'était certainement la théorie la moins probable, mais ils y avaient tout de même pensé, préférant n'écarter aucune piste.

Quoiqu'il en soit, Nyrva n'avait qu'une hâte depuis une semaine, qu'on l'envoie en mission. Elle voulait se battre et avait soif de vengeance. Elle n'avait plus osé remettre les pieds dans son ancienne maison depuis la macabre soirée qu'elle avait vécue. Elle avait envoyé Kahil récupérer ses affaires et depuis, elle avait élu domicile dans l'une des chambres du bâtiment de la Résistance sans jamais se demander un seul instant si elle y était la bienvenue. Pour être honnête, cela lui était égal, tout ce qu'elle savait, c'était qu'il était hors de question qu'elle remette les pieds chez sa tante. Les images du corps sans vie de cette dernière continuaient de la hanter chaque nuit lorsqu'elle fermait les paupières. Cela lui suffisait, elle ne voulait pas raviver ces souvenirs.

— Si le but est de comprendre ce que l'armée Impériale prépare, pourquoi ne pas envoyer Leya sous couverture au palais ? Pourquoi ne se ferait-elle pas passer pour une lavandière ? proposa Iyaan, sortant Nyrva de ses pensées.

— Pourquoi Leya ? demanda Nasir sur la défensive.

— Elle a rejoint la Résistance pour aider la cause non ? Après son échec de la dernière fois, n'est-il pas temps pour elle de prouver qu'elle est capable de quelque chose ? rétorqua son frère froidement, une once de mépris dans la voix.

La présence de Leya au sein de la Résistance faisait de moins en moins l'unanimité. Les bruits de couloirs disaient que toutes les missions auxquelles elle avait participé s'étaient soldées d'un échec par sa faute.

Elle ne savait ni se battre ni manier aucune arme et manquait de courage. Il était impossible de l'envoyer en mission sans prendre le risque qu'elle dénonce ses compagnons sous la torture une fois capturée. Elle était également inapte à aider les autres membres dans les tâches du quotidien, elle était réticente à aller au puits, ne savait pas cuisiner et savait à peine balayer les sols. La jeune fille avait été choyée toute sa vie, sa mère lui épargnant toutes les tâches ingrates afin qu'elle puisse se concentrer sur d'autres apprentissages qu'elle jugeait plus importants pour une femme de son rang, comme la couture, l'apprentissage de la harpe et du violon ou encore la peinture. Ce qui en faisait une résistante totalement inutile. Zephyr se plaignait souvent du fait qu'elle n'était qu'une bouche de plus à nourrir et qu'elle n'avait aucune plus-value pour le groupe.

Finalement, il fut acté que Leya se rendrait au palais et se ferait passer pour une lavandière. Rima, la fondatrice et cheffe de la Résistance, se joindrait à elle. L'objectif de cette mission pour Rima était d'entrer en contact avec ses espions sur place qui n'avaient pas la possibilité de quitter les murs du palais pour faire leur rapport. On disait qu'il était simple de s'introduire dans l'enceinte du bâtiment mais qu'il était quasiment impossible d'en sortir. Rima était bien déterminée à prouver le contraire.

— Tu pourras simplement te balader dans le palais en tendant l'oreille pendant que je m'occupe du plus gros de la mission, la rassura-t-elle d'une voix douce.

Leya ne lui rendit qu'un regard froid. Elle détestait être traitée comme une incapable, sa fierté était piquée à vif.

Rima, la créatrice plus que légendaire de la Résistance, fit comme si elle ne voyait pas le regard mauvais de la jeune fille. À l'aube de ses quarante ans, elle incarnait la sagesse qu'elle avait acquise au fil des années. Tout le monde la connaissait à Qimasheh, elle était la première femme à avoir osé prendre les armes pour aider son peuple. Très proche de Nada, elle avait vu Nyrva et Kahil grandir, espérant chaque jour qu'ils la rejoindraient devenus adultes. Nyrva était persuadée qu'elle était celle qui avait incité son meilleur ami à lui apprendre l'art du combat. Elle savait que la doyenne détestait le fait que les femmes de leur communauté n'étaient pas autorisées à poursuivre les mêmes ambitions que les hommes, rien ne l'horripilait plus que cette différence de traitement.

Rima était une femme de grande taille, les années d'entraînement physique qu'elle avait derrière elle transparaissaient dans sa carrure et dans son agilité. Ses courts cheveux noirs mettaient en valeur son fin visage sculpté et ses grands yeux bruns. La légende disait qu'elle avait pris les armes contre l'armée lorsque des soldats s'étaient introduits chez elle quinze années plus tôt, tuant son époux et son fils dans la discrétion de la nuit. L'un des soldats avait essayé de profiter d'elle, mais elle ne s'était pas laissé faire, utilisant sa propre arme contre lui.

— Puisque c'est décidé, nous partirons demain à l'aube. Zephyr, Kahil, Nyrva et Iyaan vous nous accompagnerez. Il y a un avant-poste à quelques dizaines de kilomètres du palais, il nous arrive souvent de l'utiliser comme base. Des membres de la Résistance y sont encore actuellement, ajouta-t-elle à l'attention de Nyrva.

Cette dernière lui sourit, reconnaissante qu'elle lui fasse assez confiance pour l'emmener avec elle.

— Allez vous reposer. Quelques heures de sommeil ne vous feront pas de mal.

L'aube vint assez rapidement. Bien trop rapidement aux yeux de Nyrva qui affectionnait surtout les grasses matinées quotidiennes. Elle se prépara avant de se diriger vers les écuries. Kahil était déjà là, terminant tout juste de seller leurs deux chevaux, Atlas et Berlioz.

— Tu n'aurais pas dû te donner cette peine, lança-t-elle, un léger sourire plaqué sur les lèvres. J'aurais pu le faire moi-même.

— Tu pourrais juste me remercier tu sais, lui répondit son ami d'un air sarcastique.

— Merci Kahil.

Il s'approcha d'elle et tendit la main vers ses longs cheveux bruns pour en retirer une plume qui s'était accrochée à ses mèches rebelles. Les joues de Nyrva devinrent pourpres. Kahil ne recula pas, il attrapa une cape sombre qu'il avait préalablement accrochée au mur près d'eux. D'un geste plein d'assurance, il noua la cape autour des épaules de son amie avec une grâce méthodique. La lueur naissante de l'aube enveloppait les murs de l'écurie, teintant le ciel de teintes roses et dorées. Kahil plongea son regard dans celui de sa meilleure amie, ses yeux sombres reflétant la lueur douce de l'aube.

— Pas d'imprudence aujourd'hui, reste près de moi et ne tente rien seule, lui murmura-t-il.

Nyrva esquissa un sourire léger, mais avant qu'elle ne puisse répondre, une silhouette imposante se dessina à l'entrée de l'écurie. Rima se tenait là, ses traits éclairés par la lueur matinale, son regard scrutateur captant chaque détail de la scène.

— Vous deux, déclara-t-elle d'une voix calme mais autoritaire, vous roucoulerez plus tard, nous devons être partis dans dix minutes.

Kahil se redressa, dégageant son regard de son amie pour le poser sur Rima, les joues brûlantes de honte. Nyrva réussit de justesse et avec beaucoup de mal à contenir le fou rire qui menaçait de lui échapper. Elle n'avait jamais vu son meilleur ami être aussi gêné et pourtant, elle avait eu l'occasion de le voir dans de nombreuses situations extrêmement embarrassantes.

Zephyr et Leya les attendaient déjà à l'extérieur. Sans surprise, cette dernière les toisa, le regard plein de mépris.

Le soleil commençait lentement sa course dans le ciel, faisant étinceler la robe lustrée du cheval de Nyrva. Le vent doux portait les murmures du désert, créant une atmosphère chargée d'anticipation. Nyrva, prête pour l'aventure qui l'attendait, se tenait à côté de sa monture, un éclat déterminé dans les yeux.

Son cheval, un majestueux destrier au pelage d'ébène, semblait ressentir l'énergie électrique qui émanait de sa cavalière. Elle caressa doucement l'encolure de l'animal pour le calmer.

Nyrva serra fermement les rênes dans sa main, son regard fixé sur l'horizon. L'instant était venu de monter en selle. D'un mouvement fluide, elle planta son pied dans l'étrier, s'élevant avec grâce, sa cape ondulant légèrement dans la brise.

Atlas, ressentant le poids de sa cavalière, hennit légèrement, prêt à répondre à la moindre impulsion de la jeune femme. Après que Rima eût levé la main, signe de départ, elle se lança à la suite de Zephyr et Kahil. D'un coup de talon, son cheval se mit en mouvement, ses pas résonnant doucement sur le sol.

Le désert s'étendait à perte de vue. Cette année, il était bien plus frais que d'ordinaire pour la saison.

La cheffe de la Résistance dirigeait le groupe avec une confiance calme, son regard perdu dans les horizons infinis du désert. Ils chevauchèrent ainsi trois heures durant, silencieusement, au travers des dunes.

Kahil ralentit la cadence afin de se retrouver au niveau de Leya qui commençait à afficher des signes de fatigue. Nyrva, à ses côtés, ajusta son foulard pour se protéger des rayons du soleil qui l'éblouissaient, ses yeux fixés sur l'avant-poste qui se dessinait à l'horizon. Zephyr, en arrière-garde, surveillait les environs avec une vigilance silencieuse, prêt à réagir à la moindre menace.

Zephyr était un colosse parmi les guerriers. Sa silhouette massive et imposante donnait l'impression d'être taillée dans la pierre elle-même. Avec ses bras puissants et son torse large, il incarnait la force brute dans toute sa splendeur. Ses yeux, perçants et d'un vert profond, semblaient animés d'une lueur de détermination inébranlable. Ses cicatrices, témoignage des nombreuses batailles passées qu'il avait menées, soulignaient l'intensité de son engagement pour la Résistance.

Ils arrivèrent enfin à destination. Un homme de taille moyenne les attendait devant le bâtiment érodé par les vents de sable. Il manquait des morceaux de mur à certains endroits. Il était évident que ce bâtiment avait bien vécu avant d'être récupéré par les résistants.

Le petit groupe descendit de cheval. Kahil s'approcha de Nyrva et attrapa les rênes de son cheval.

— Rentre te reposer, je m'occupe de lui. Tu dois être épuisée.

Elle lui sourit, reconnaissante. En effet, peu habituée à chevaucher aussi longtemps, elle était fatiguée. Elle suivit Rima qui était rentrée à la suite de l'inconnu pendant que Zephyr s'occupait des autres chevaux.

Ils débouchèrent sur un petit salon dépourvu de décoration, seuls un grand canapé et une petite table basse emplissaient l'espace.

— Nyrva, je te présente Jahmil. Il nous a rejoints il y a deux ans et il passe pas mal de temps ici depuis, expliqua Rima. Il est le pont entre nos espions infiltrés au sein du palais et nous-mêmes.

Elle sourit à Jahmil qui lui rendit son sourire. Le jeune homme devait à peine avoir vingt-cinq ans, pas très grand, il portait ses cheveux noirs longs et avait de grands yeux bruns perçants.

— Tu peux aller te reposer un peu si tu le souhaites. On se verra ce soir.

Nyrva acquiesça, reconnaissante.

La nuit s'étendait sur le désert, un océan de sable étincelant sous les lueurs argentées et bleutées des deux lunes. Un calme absolu régnait, brisé seulement par le murmure du vent caressant les collines de sable. Nyrva faisait le tour de la bâtisse, essayant de se familiariser avec les lieux.

Elle entendit la voix de Kahil dans une pièce au fond d'un couloir. Rima et lui étaient en pleine conversation mais ils se turent en l'entendant arriver. Intriguée, la jeune femme se permit d'entrer. Kahil était assis sur une chaise de bois autour d'une longue table sombre, Rima, quant à elle, se tenait debout, faisant les cent pas.

— De quoi parliez-vous ? finit-elle par demander voyant bien qu'elle avait interrompu quelque chose.

Les commissures de ses lèvres se relevèrent légèrement alors qu'elle plongeait son regard dans celui de Rima.

— Rima, cela fait des années que tu essayes de me convaincre de te rejoindre, de rejoindre la Résistance. Maintenant que c'est fait, tu ne peux pas me cacher indéfiniment des choses. J'ai bien vu cette dernière semaine qu'il t'arrivait de parler de certaines choses de façon détournée pour que je ne comprenne pas. Qu'est-ce que tu me caches ? finit-elle par demander d'une voix douce mais ferme.

Rima inspira profondément, une lutte interne se jouait dans son esprit, elle se demandait s'il était judicieux de mettre Nyrva dans la confidence, s'il était judicieux de l'exposer au danger plus qu'elle ne l'était déjà. Elle savait qu'elle pouvait lui faire confiance mais il lui en coûtait toujours un peu d'élargir le nombre de personnes au courant de son secret. Elle finit par s'asseoir, invitant Nyrva à en faire de même d'un simple geste de la main. Cette dernière s'exécuta, une lueur de méfiance dans les yeux. Sans que personne ne le lui demande, Kahil se leva pour fermer la porte, il en profita pour la verrouiller à double tour avant de finalement s'installer aux côtés de Rima. La tournure des évènements commençait à inquiéter Nyrva mais elle ne dit rien et ne fit rien paraître sur son visage. Les ombres créées par le feu de la cheminée n'aidaient pas à alléger l'atmosphère déjà lourde de la pièce. Le silence commençait à devenir extrêmement pesant, la jeune femme n'avait qu'une hâte : que quelqu'un prenne l'initiative de le briser. La cheffe de la Résistance se décida enfin à le faire après quelques secondes d'intense réflexion et une deuxième profonde inspiration.

— Très peu de personnes sont au courant de ce que tu vas apprendre ce soir. Je sais que je peux te faire confiance, mais je veux que tu me jures sur tout ce que tu as de plus cher que quoiqu'il arrive, tu n'en parleras jamais, déclara la doyenne, le regard grave.

Nyrva voulut rire de l'ironie de la situation, elle ne possédait plus rien et n'avait plus personne. C'était assez simple dans ce genre de situation de jurer sur ce qu'elle avait de plus cher.

— Quoiqu'il arrive, j'emporterai ce secret avec moi dans la tombe,

Rima. Ne t'en fais pas, je ne dirai jamais rien, promit-elle.

Le visage de Rima se détendit, elle afficha un sourire léger.

— J'ai créé la Résistance il y a de cela quinze ans, je pense que tout le monde connaît l'histoire, inutile d'en reparler, déclara-t-elle.

Son regard se détourna de celui de Nyrva pour se perdre sur le mur derrière elle.

— À cette époque déjà, beaucoup de personnes se sont interrogées sur les raisons qui avaient poussé autant d'hommes à suivre le commandement d'une femme.

— En effet, j'ai moi-même trouvé ça surprenant alors que j'étais très jeune, intervint Nyrva.

Kahil aussi acquiesça silencieusement.

— La raison est simple, reprit Rima. Je possède un atout que personne ne possède dans tout l'empire. Ma famille est liée à un djinn depuis plusieurs siècles.

Nyrva ouvrit de grands yeux, vacillant légèrement. Les djinns étaient des créatures connues pour être malfaisantes. Ils étaient nés du feu et étaient dotés de magie très puissante. Rares étaient les personnes qui en avaient déjà vu un et encore plus rares étaient celles qui avaient pactisé avec eux, tout simplement car il fallait être fou pour accepter de le faire. Les pactes étaient très souvent avantageux pour eux, mais très peu l'étaient pour les humains. Ces viles créatures aimaient jouer sur les mots pour les tourner à leur avantage et faire en sorte qu'ils desservent totalement les autres.

— Je sais ce que tu penses, dit Rima, voyant bien que les pensées de Nyrva allaient dans tous les sens. Ce n'est pas comme tu le crois, Azlan est un bon djinn.

— Parce qu'en plus il a un petit nom ? rétorqua la jeune femme stupéfaite.

Elle n'arrivait pas à croire qu'elle s'était engagée dans cette histoire.

Comme si le simple fait d'avoir prononcé son nom suffisait à l'invoquer, soudain, un tourbillon de fumée commença à se former aux côtés de Rima. Un éclat de lumière intense émana du halo de fumée poussant Nyrva à quitter sa chaise pour s'en éloigner. Le tourbillon prit une forme humanoïde, prenant de plus en plus de consistance jusqu'à ce qu'une silhouette émerge, révélant un djinn en tenue d'apparat.

Au plus grand étonnement de Nyrva, Kahil ne réagit pas, comme si ce qu'il se passait dans cette salle était normal.

Le djinn ressemblait énormément à un humain, si ce n'était qu'il avait les oreilles pointues. Trop choquée pour faire preuve de bonnes manières, la jeune femme garda son regard rivé sur lui, le détaillant de la tête aux pieds. Le djinn sourit, une lueur d'amusement dans les yeux. Il balaya la pièce du regard avant de fixer la doyenne.

— Rima, murmura-t-il en inclinant sa tête respectueusement.

Elle l'imita, lui rendant la politesse, un sourire sur les lèvres.

— Tu m'invoques encore une fois pour faire étalage de ta puissance auprès d'une enfant, constata-t-il avec une pointe de sarcasme dans la voix.

Rima leva les yeux au ciel, apparemment habituée au fait d'être moquée par son djinn.

— Moi aussi je suis contente de te voir Azlan, répondit-elle ironiquement. Je voulais te présenter Nyrva, notre nouvelle recrue.

Azlan posa ses yeux vert intense sur le visage de la jeune femme, l'une de ses commissures se releva.

— Intéressant, dit-il avant de se tourner vers Rima. Tu les recrutes de plus en plus jeunes, tu vas finir par aller les chercher au berceau bientôt.

Nyrva fronça les sourcils, outrée qu'on la prenne pour une enfant.

— J'ai pourtant vingt-cinq ans, se défendit-elle véhémente.

— Et moi j'en ai huit cent trente-sept. S'agit-il là d'une compétition ?

Nyrva se tourna vers Rima, des éclairs dans les yeux.

— C'est donc ça ton arme secrète ? Il a l'air aussi immature qu'un enfant de cinq ans.

Azlan ricana avant de s'installer sur la chaise occupée un peu plus tôt par Nyrva.

— Je n'apprécie pas vraiment le ton sur lequel tu t'adresses à moi jeune fille, déclara Azlan avant de froncer les sourcils. Alors comme ça tu as aperçu un dragon, mais tu n'en as parlé à personne ? Pas très fiable pour une nouvelle recrue.

Rima ouvrit de grands yeux.

CHAPITRE 4

Kahil devint pâle. Azlan, fier de son petit effet, ne se départit pas de son sourire. L'ambiance se fit soudainement lourde dans la pièce.

— Je comptais t'en parler, finit par dire Nyrva, le regard rivé vers la cheffe de la Résistance. Je ne savais juste pas de quelle façon aborder le sujet.

Elle posa son regard sur Azlan.

— Tu peux lire dans les pensées des gens ? le questionna-t-elle surprise.

— On dirait bien, se moqua le djinn.

Rima se leva et, de nouveau, se mit à faire les cent pas le long de la table. Elle détestait rester inactive ; ses jambes la démangeaient.

— Il ne peut voir que les souvenirs auxquels tu penses dans l'immédiat. Ce n'est pas infaillible, il est incapable de différencier un souvenir d'un rêve ou d'une simple scène créée par ton imagination, intervint Rima pour clarifier.

Elle s'arrêta et plongea son regard encore ébranlé par la nouvelle dans celui de Nyrva.

— Tu as vraiment vu un dragon ? Ce n'était pas une illusion ou un rêve ?

— Je l'ai vu aussi nettement que je te vois Rima. C'était le soir de la mort de ma tante, je cherchais Kahil et il est passé au-dessus de moi dans la rue, expliqua la jeune femme.

Nyrva fixa l'expression de Rima, elle trouvait étrange la réaction de son aînée. Elle avait l'air surprise, certes, mais pas aussi surprise qu'elle aurait dû l'être. On parlait là d'une espèce censée être éteinte depuis plusieurs années, d'une espèce qui pourrait faire une grosse différence dans le combat qui opposait l'empire et la Résistance.

— Tu n'as pas l'air plus choquée que ça, je me trompe ? osa-t-elle demander.

Rima inspira profondément, encore une fois.

— Zephyr en a aperçu également. Depuis l'arrière de cet avant-poste, nous avons une vue imprenable sur le palais. Il dit en avoir vu plusieurs aller et venir de là-bas ces dernières années, se justifia-t-elle. J'avoue que je n'y croyais pas vraiment puisque je n'ai jamais pu en voir un par moi-même, mais ça m'étonnerait que vous me mentiez tous les deux.

— Comment est-ce possible que soudainement tout le monde ait aperçu des dragons alors que ces créatures sont censées avoir disparu il y a plus de vingt ans ? intervient enfin Kahil qui était resté silencieux depuis le début de la discussion.

— En effet, c'est étrange mais je ne veux écarter aucune piste. Il est possible qu'on nous ait menti sur leur disparition. Zephyr suppose qu'ils vivent plus au nord du palais, vers les Gorges de Cendres, raison pour laquelle personne n'a pu les apercevoir durant toutes ces années, répondit Rima.

— Ça pourrait se tenir. La zone est infranchissable ; personne n'aurait pu vérifier. Qu'est-ce qu'on peut faire ? demanda-t-il.

— Pas grand-chose je suppose, déclara Rima.

Nyrva ouvrit de grands yeux ronds.

— Pas grand-chose ? Vous ne comprenez pas ce que cela signifie ? dit-elle, un regard sévère posé sur Rima. Si les dragons sont toujours de ce monde, cela signifie qu'un membre de la famille royale vit toujours, qu'il y a encore des chances de se débarrasser du tyran qui dirige notre pays. Donc que les Arzis ont un espoir de récupérer leur liberté. Nous pourrions essayer d'approcher l'un de ces dragons, nous pourrions tenter d'en apprivoiser un ? Cela pourrait nous aider à récupérer le trône.

Rima inspira profondément tandis que Azlan posa un regard admiratif sur la jeune femme. Il n'avait pas eu l'occasion de rencontrer d'humaines aussi déterminées depuis plusieurs centaines d'années.

— Tu as beaucoup de rêves Nyrva, mais parfois il est essentiel d'apprendre à vivre avec la réalité. La vraie vie est plus compliquée que ça et tu le sais. Si un membre de la famille royale a survécu, où veux-tu le retrouver ? demanda Rima. Admettons même que nous le retrouvions, qui l'aidera à récupérer le trône ? Qui te dit que l'allégeance des dragons n'a pas changé de camp en tant d'années ?

— Je te trouve beaucoup trop pessimiste, soupira la jeune femme avant de se diriger vers la porte.

Le désert était glacial, Nyrva jura, elle se sentait bête d'être sortie sans emporter de quoi se couvrir. La nuit était bien avancée, la jeune femme se prit à réfléchir à la dernière fois qu'elle avait dormi une nuit complète. En quelques jours, sa vie avait été totalement chamboulée et elle avait encore du mal à se faire à cette idée. Elle s'éloigna un peu de l'avant-poste pour s'installer au sommet d'une dune. De là, elle avait une vue imprenable sur le palais qu'elle se mit à fixer. Il semblait à la fois si loin et si proche. Elle n'avait jamais pris la peine d'y penser, mais si ses parents n'avaient pas été assassinés, vingt-cinq ans plus tôt, peut-être aurait-elle vécu là-bas, avec les enfants des autres nobles. Sa vie aurait été radicalement différente.

La nuit offrait un spectacle céleste époustouflant. Nyrva s'allongea sur le sable froid pour pouvoir mieux observer les étoiles et les deux lunes dans le ciel. Quand ils étaient enfants, Kahil et elle quittaient souvent leur maison discrètement au cœur de la nuit afin de se rejoindre ensemble sur les toits de la ville. Elle soupira, ces instants de bonheur lui semblaient si lointains.

Soudain, un cri guttural fendit l'air. Nyrva se redressa rapidement, épiant les airs, sûre qu'il s'agissait là d'un cri de dragon.

Elle le vit apparaître au loin, de la même direction que l'endroit où se trouvait le palais. Un dragon noir, encore plus grand qu'elle l'imaginait, volait vers le sud, dans leur direction. La créature massive aux écailles noires fendait l'air à toute vitesse. Malgré la distance, la lueur des deux lunes permit à Nyrva de voir clairement sa tête ornée de cornes. Un grand sourire se plaqua sur son visage, la créature était encore plus incroyable que dans son court souvenir. Le dragon ralentit un peu en arrivant près d'elle, il se mit à tourbillonner dans les airs au-dessus de la jeune femme avant de se poser à quelques mètres. Nyrva bouche bée, ne savait pas comment réagir, partagée entre la fascination et la terreur que ce dragon ait pu décider qu'elle serait son prochain repas. Elle se demanda pendant un instant de quoi se nourrissait cette espèce. Certainement pas de légumes en tout cas. La créature la fixait en retour. Un éclair de lucidité traversa le regard de la jeune femme, et s'il trahissait leur position ? Rima allait la tuer. Elle essaya de faire de grands signes au dragon pour lui intimer de s'en aller avant que quelqu'un ne se rende compte de sa présence, sans succès.

— Par pitié envole-toi, si quelqu'un te voit je suis fichue.

La bête resta de marbre, se contentant de grogner légèrement.

— En voilà une grosse bête, tonna une voix grave.

Nyrva se retourna rapidement la main sur l'une de ses dagues accrochées à son harnais.

— Ce n'est que moi, évite de me tuer s'il te plaît, j'aimerais rentrer chez moi après cette mission, plaisanta Zephyr.

— Tu ne m'en veux pas d'avoir attiré un dragon aussi près de la base ? l'interrogea-t-elle paniquée.

Zephyr éclata de rire.

— Qu'est-ce qui te fait rire comme ça ? demanda-t-elle en fronçant les sourcils

— Je pense que cela se saurait si tu étais capable d'attirer un dragon Nyrva. Il avait juste envie de se poser ici. J'ai déjà été témoin de la même chose, ça doit être plus fréquent qu'on ne le croit.

Rassurée, la jeune femme expira enfin.

Elle posa son regard sur le dragon, profitant de cette opportunité inespérée de pouvoir l'observer de près. Elle n'avait jamais eu l'occasion d'admirer une bête aussi majestueuse, il devait bien être trois voire quatre fois plus gros que ce à quoi elle s'attendait. Il la regardait également, une lueur d'intelligence dans les yeux, comme s'il essayait de comprendre qui elle était.

— Il est vraiment immense, déclara Zephyr visiblement impressionné.

Nyrva acquiesça silencieusement, elle voulait s'approcher encore plus près mais elle n'osait pas, de peur que la bête perde son sang-froid et les attaque tous les deux.

— On devrait peut-être le laisser tranquille avant qu'il décide de faire de nous son repas je pense, finit par proposer Zephyr comme s'il pouvait lire dans les pensées de la jeune femme.

Elle acquiesça de nouveau d'un hochement de tête et le suivit vers l'avant-poste. Une fois assez éloignée, elle s'arrêta pour regarder le dragon une dernière fois avant qu'il prenne son envol. Il poussa un dernier cri dans sa direction avant d'étendre ses puissantes ailes. Elle aurait juré qu'il s'adressait à elle.

Il fut décidé que Leya et Rima se rendraient au palais le lendemain. Rima, secondée par Azlan, avait passé son après-midi à mémoriser les plans de la bâtisse. C'était la première fois qu'elle essayait de s'infiltrer au sein du bâtiment. Habituellement, des membres de la Résistance volontaires s'y rendaient en se faisant passer pour des domestiques, mais ils prenaient alors le risque de devoir y rester plusieurs mois voire plusieurs années. Très peu de résistants avaient pu en revenir. Rima était ambitieuse, elle comptait trouver d'une façon ou d'une autre un moyen d'avoir accès aux plans de l'armée Impériale, elle voulait connaître les positions des régiments ainsi que leurs projets pour les mois à venir. Elle voulait également savoir s'ils étaient au courant du fait que les dragons étaient toujours en vie. Azlan ne pouvait pas l'aider, bien qu'il lui soit lié par un serment, il ne pouvait déroger à certaines règles mises en place par son sultan.

Leya, quant à elle, ne s'était pas vu attribuer de réelles tâches. Elle allait simplement accompagner Rima et laisser traîner ses oreilles afin de récolter des informations si l'occasion se présentait.

Nyrva se demandait quelles raisons motivaient sa cousine à rester parmi les résistants. Elle n'avait pas l'air animée d'une quelconque envie d'aider ou de sauver qui que ce soit et elle n'avait aucun projet personnel qui lui demandait de rester dans ce groupe.

Iyaan les avait rejoints à l'avant-poste entre-temps, ce qui avait le mérite d'agacer Nyrva. Rien d'important ne le concernait ici, il aurait pu rester chez lui avec Mina et Camil mais comme d'habitude, il fuyait son rôle de père et de mari.

— Nous vous accompagnerons aussi loin que possible, dit Zephyr, sortant Nyrva de ses pensées. Rima leva également la tête de ses plans du palais pour acquiescer.

Le groupe chevauchait depuis un peu plus d'une heure quand Zephyr leur fit signe de s'arrêter. Les dernières lueurs de l'aube caressaient le paysage alors qu'ils arrivaient enfin à destination. Une mer de rochers s'étendait face à eux. Les rochers pointaient vers le ciel comme les vestiges d'une ancienne citadelle déchue, érodés par les éléments et le passage inexorable du temps.

Le sol était jonché de cailloux de toutes tailles, formant une mosaïque irrégulière sous leurs pieds. Certains étaient lisses, polis par des siècles d'exposition aux éléments, tandis que d'autres semblaient avoir été arrachés des entrailles de la terre, rugueux et anguleux. Des ombres dansantes s'étiraient entre les pierres, créant un jeu de lumière mystique à mesure que le soleil apparaissait à l'horizon. Nyrva, vêtue de sa tenue de combat, ajusta la dragonne de son épée sur la bandoulière du fourreau. Ses yeux sombres scrutaient la plaine, évaluant chaque recoin de cette étendue pierreuse. Le silence régnait, seulement rompu par le murmure du vent et les claquements de sabots de leurs chevaux. Soudain, un craquement sec déchira le silence. Nyrva et Kahil se tournèrent instinctivement dans la direction du son, prêts à affronter l'inconnu. Iyaan passa à l'avant du groupe la main sur le pommeau de son épée, prenant le commandement. Un cri bien trop familier pour Nyrva fendit l'air.

— Un dragon, murmura la jeune femme en levant la tête pour suivre sa trajectoire.

Le dragon volait dans leur direction en perdant de l'altitude au fur et à mesure à la demande de son chevaucheur.

— Nyrva ! hurla Kahil en descendant de son cheval, son arme à la main.

Nyrva regarda enfin devant elle, une dizaine de soldats de l'Empire les encerclaient épée à la main tandis que le dragon se posait sur la plaine. Les rochers de toutes tailles leur avaient permis de s'approcher sans se faire repérer.

— Une embuscade, murmura Rima en tirant son glaive.

— Reste à l'arrière, ordonna Iyaan à Leya d'une voix ferme mais calme. Toi aussi, ne te mets pas en danger inutilement, ajouta-t-il en regardant Nyrva.

La jeune femme fronça les sourcils en tirant son épée.

— Je n'ai aucun ordre à recevoir de toi, répondit-elle fermement ce qui eut le mérite de faire sourire Rima tandis qu'ils s'engageaient dans la mêlée.

— Évitez de mourir, je n'ai pas le cœur à recruter de nouvelles personnes, leur hurla la doyenne en enfonçant sa dague dans le cou d'un soldat.

Le champ de bataille était un tumulte chaotique de métal, de cris et de fureur. Nyrva, chevauchant avec ferveur au cœur de la mêlée, manœuvrait habilement son épée, tranchant au travers de l'obscurité de la guerre. Le galop de son destrier résonnait dans le fracas des combats, mais soudain, une collision brutale la fit chavirer de sa monture. Le sol dur et sec la reçut avec une froideur inhospitalière.

Se relevant avec une agilité féline, la jeune femme se ruait au sommet d'une petite dune, quittant la plaine de rochers pour revenir vers l'hospitalité calme du désert. Autour d'elle, la violence se déchaînait, mais un moment de tranquillité émergea lorsqu'elle croisa le regard intense d'un homme, qui se battait au loin. Son keffieh sombre masquait la quasi-totalité de son visage mais leurs yeux se rencontrèrent, et instantanément, le tumulte de la guerre semblait s'évaporer. Un silence fragile s'installa, comme si le monde entier avait fait une pause pour observer ce moment. Nyrva, encore haletante de l'effort du combat, le fixa avec intensité, incapable de détacher son regard. Il y avait une tension palpable entre eux, une électricité dans l'air qui rendait tout le reste invisible.

L'inconnu, son arme toujours à la main, arrêta son assaut, la fixant avec une expression indéfinissable. Les sons de la bataille semblaient s'estomper, ne laissant que le souffle du vent et les cris du dragon.

Les yeux de Nyrva glissèrent le long de la silhouette de l'ennemi, capturant chaque détail de sa tenue de chevaucheur de dragon. Son torse était protégé par une cuirasse souple mais résistante, ornée de motifs complexes. La lueur intense des rayons du soleil dansait sur les éclats métalliques de ses protections, créant une aura presque mystique autour de lui. Il portait un pantalon assorti, moulant ses jambes avec une flexibilité adaptée au combat. Ses bras étaient couverts de manches ajustées en cuir, révélant des muscles sculptés par des années d'entraînement et de batailles. Chaque pièce semblait avoir été choisie avec soin, combinant l'élégance et la fonctionnalité. Nyrva ne pouvait s'empêcher de reconnaître l'aura de respect et d'autorité qui émanait de lui alors qu'il se tenait au cœur de la bataille.

La réalité de la guerre semblait lointaine, comme si un étrange éther les avait enveloppés. La jeune femme et cet inconnu restaient immobiles, captifs de ce moment suspendu, où le monde entier paraissait avoir disparu et où seul comptait le lien étrange et inexplicable entre eux.

Puis, comme si un fil invisible avait été coupé, la bataille reprit son cours. Les deux ennemis, encore debout mais séparés par la distance physique et le chaos autour d'eux, étaient forcés de retourner à la furie de la guerre qui les entourait.

— Concentre-toi Nyrva, arrête de rêvasser, hurla Kahil en plaquant son dos contre celui de sa meilleure amie pour éviter qu'un ennemi en profite pour la surprendre. Tu n'es pas blessée ?

— Non, désolée je ne sais pas ce qu'il m'a pris. Où est Leya ? demanda-t-elle soucieuse de ne plus avoir sa cousine dans son champ de vision.

— Bien cachée j'espère, répondit-il en tuant un soldat.

Il attrapa le poignet de Nyrva.

— On ne gagnera pas, ils ont un dragon. Fuis avant qu'ils ne t'attrapent.

Nyrva fronça les sourcils.

— Ai-je l'air d'être aussi lâche ?

— Ce n'est pas de la lâcheté de vouloir survivre Nyrva, lui contesta-t-il fermement.

Rima arrêta son cheval devant les deux amis à ce moment-là.

— Retraite, fuyez, nous ne pouvons pas nous en sortir avec si peu de monde, hurla-t-elle.

— Où est Leya ? demanda Nyrva sincèrement inquiète pour sa cousine.

— Avec Zephyr ou Iyaan mais elle n'est pas seule, ne t'en fais pas. Remonte vite à cheval, nous n'avons pas de temps à perdre répondit-elle rapidement avant de partir au galop.

Nyrva s'apprêtait à la suivre quand Kahil l'attrapa vivement par le bras et la tira vers lui, essayant tant bien que mal de lui éviter de se faire toucher par une flèche qui lui érafla l'épaule. La jeune femme hurla de douleur.

— Tu vas bien ? lui demanda Kahil alors qu'elle était toujours dans ses bras. On ne va pas avoir le temps de s'enfuir on dirait, dit-il en remarquant qu'ils étaient tous deux encerclés par les soldats.

Nyrva grogna de frustration.

Leurs assaillants s'approchèrent et les saisirent, les séparant. La jeune femme regarda autour d'elle, Rima, Zephyr, Iyaan et Leya avaient pu fuir ce qui la soulagea. Résolue, elle tenta de se libérer, mais ses efforts furent vains. Kahil, les yeux lançant des éclairs, observait leurs ravisseurs avec méfiance.

Les captifs furent entravés avec de lourdes cordes. Le visage de Nyrva se ferma, elle était désormais aux mains de l'Empire.

CHAPITRE 5

Soudain, le chaos fut.

Nyrva s'accroupit et plaça ses bras au-dessus d'elle pour se protéger la tête. Le monde n'était plus que fumée et vent. Elle ne percevait rien à plus d'un mètre, un puissant nuage de fumée grise les avait happés. Elle entendait les gardes autour d'elle hurler de terreur et de douleur. Elle discernait les contours du dragon près d'elle qui se débattait et qui essayait de prendre son envol sans succès.

On posa une main puissante sur son bras, elle sursauta, prête à dégainer ses dagues avant de comprendre qu'il s'agissait de Kahil. Son ami peinait à garder les yeux ouverts tant les éléments s'étaient déchaînés avec violence.

— Tu n'es pas blessée ? demanda-t-il en criant pour se faire entendre.

La jeune femme fit non de la tête, incapable d'ouvrir la bouche tant la pression autour d'eux était forte. Kahil l'entoura de ses bras dans un geste protecteur. Nyrva se rapprocha de lui pour se blottir contre lui, se laissant submerger par son enivrante odeur de cèdre et d'encens.

Un cri guttural se fit entendre, mais la jeune femme ne reconnut pas là le rugissement d'un dragon. Le cri était plus intense, plus bestial, plus glaçant.

Elle sentit les poils de ses bras se hérisser. La bête devait être immense, jamais un hurlement n'avait autant résonné en elle. Nyrva leva la tête pour rencontrer le regard inquiet de son meilleur ami. Il semblait faire son possible pour contenir sa terreur.

— Nous devons sortir de là, hurla Nyrva.

— C'est trop dangereux, on ne voit rien. Je ne veux pas risquer d'aller dans la direction de la bête à laquelle appartient ce cri, répondit-il d'une voix ferme.

Les hurlements des soldats mirent fin à leur débat. Kahil resserra son étreinte sur la jeune femme sans oser bouger. Nyrva entendit le dragon prendre son envol et le silence fut. Quelques soldats avaient sûrement réussi à prendre la fuite au dos de ce dernier.

Le mugissement du vent se fit de plus en plus lointain, de plus en plus faible. L'espace autour d'eux redevint net, la fumée se dissipa petit à petit. Nyrva se releva doucement avant d'appuyer une main tremblante sur l'avant-bras de son ami. Une douleur intense se propagea dans son crâne, elle posa sa main libre sur l'une de ses tempes. Le monde semblait tournoyer autour d'elle.

Et soudain, ce fut le trou noir.

CHAPITRE 6

Nyrva ouvrit lentement les yeux, la lumière chaleureuse de l'aube pénétrait en douceur dans la pièce. Sa vue était floue, mais elle commença à distinguer les contours de la chambre dans laquelle elle se trouvait. Les murs étaient ornés de tapisseries richement décorées, et des meubles en bois noble ajoutaient une touche d'élégance à l'endroit. Un parfum subtil de fleurs flottait dans l'air, atténuant l'austérité de l'instant.

Elle était allongée sur un lit confortable, recouverte d'une couverture douce vert sauge. Les événements précédents semblaient encore brumeux dans son esprit.

Elle se redressa petit à petit, laissant ses yeux s'ajuster à la lumière. Un léger étourdissement la saisit, et elle posa sa main sur son front pour tenter de calmer les vertiges. Ses souvenirs refirent surface : le désert, la plaine de rochers, le dragon, l'embuscade, le combat, la bête qui les avait sauvés, puis tout devenait noir.

Soudain, la porte s'ouvrit lentement, révélant une silhouette familière. Azlan apparut dans l'encadrement de la porte. À la vision de la jeune femme éveillée, son visage semblait marqué par le soulagement.

— Nyrva, tu es enfin réveillée, dit-il d'une voix douce en s'approchant du lit. Comment te sens-tu ?

Nyrva cligna des yeux, essayant de rassembler ses pensées. Elle ne gardait pas un excellent souvenir de sa première rencontre avec Azlan et son amabilité soudaine la rendait méfiante.

— Un peu étourdie, mais ça peut aller, murmura-t-elle. Où sommes-nous ? demanda-t-elle troublée à l'idée de se retrouver dans une chambre qu'elle ne connaissait pas.

Le djinn sourit.

— Nous sommes chez Rima, elle a pensé qu'il était préférable de retourner en ville pendant ta convalescence.

Nyrva se redressa davantage, prenant conscience de la chaleur rassurante de la chambre.

— Que s'est-il passé ?

Azlan s'adossa au mur en face de son lit, bras croisés.

— Lorsque Rima a sonné la retraite, elle a pris la fuite avec Leya, Iyaan et Zephyr, mais elle a bien vu que Kahil et toi ne suiviez pas. Il était hors de question pour elle de vous abandonner aux mains de l'empire, elle m'a donc invoqué, déclara-t-il.

Nyrva fronça les sourcils.

— Quoi ? demanda Azlan, les commissures de ses lèvres relevées.

— Tu veux dire que c'était toi, la bête, qui as rugi le vent et la fumée ?

— En effet, c'était bien moi, impressionnée ? ajouta-t-il sur un ton sarcastique.

La jeune femme leva un sourcil.

— Pas le moins du monde, tu as failli nous tuer.

— Disons qu'il est compliqué pour moi de diriger mon pouvoir lorsque je ne suis pas sous ma forme originelle. Mais pour me rattraper, je vous ai amenés ici sans que vous n'ayez à subir le trajet et je vous ai soignés.

— Donc c'est toi qui t'occupes de moi ?

Il acquiesça, une lueur d'amusement dans les yeux.

— Disons que les djinns sont bien meilleurs guérisseurs que les humains et que Rima à toute confiance en moi contrairement à toi.

Nyrva ferma les yeux un instant, reconnaissante d'être encore en vie. Elle n'avait pas pu le voir sous sa forme bestiale, mais Azlan l'avait terrifiée. L'énergie et l'aura de pouvoir qui s'étaient dégagées de lui sur le champ de bataille semblaient avoir empli le désert. Elle n'osait pas imaginer de quoi il était capable à pleine puissance.

— Comment va Kahil ? finit-elle par demander honteuse d'avoir oublié son meilleur ami.

Le djinn se dirigea vers le fauteuil près du lit.

— Le garçon est beaucoup plus résistant que toi, dit-il en se moquant d'elle. Il a réussi à rester conscient jusqu'à notre arrivée ici. J'ai pansé ses plaies et il a dû dormir toute une après-midi. Il est en réalité déjà sur pieds mais je le force à garder le lit pour le moment.

La jeune femme fronça les sourcils.

— Comment ça plus résistant que moi ? J'ai été inconsciente combien de temps ?

— Pas moins d'une journée et demie, répondit-il. Tu as dormi toute la journée d'hier, je pense que tu as dû prendre un gros coup sur la tête.

Elle écarquilla les yeux.

— Si seulement tu savais diriger ton pouvoir, je n'aurais pas eu à garder le lit aussi longtemps, contrat-elle railleuse.

Le djinn leva les épaules.

— Désolé, je suppose.

Nyrva leva les yeux au ciel.

— Rima doit vraiment penser que je suis la pire recrue qu'elle n'ait jamais eue.

Azlan éclata de rire, tandis que la porte de la chambre s'ouvrit sur Rima au même moment. Elle entra dans la pièce avec un sourire chaleureux portant un bouquet de fleurs fraîches qu'elle avait soigneusement choisies pour égayer l'espace.

— Et pourtant, je suis assez contente de t'avoir parmi nous, la détrompa la cheffe de la Résistance. Comment tu te sens ? Je me suis inquiétée.

Un léger sourire étira les lèvres de Nyrva qui prit conscience du fait qu'elle avait enfin trouvé sa place dans un groupe qui l'appréciait réellement à sa juste valeur. Cela lui faisait du bien d'être comprise et de se sentir à la maison. Elle avait toujours connu et apprécié Rima mais son intégration au sein de la Résistance avait fait prendre un tout nouveau tournant à leur relation. Elle lui en était reconnaissante.

— Je vais bien grâce à toi, dit-elle en croisant le regard du djinn. Grâce à Azlan également, je pense que des remerciements sont de mise.

— Je t'en prie, jeune humaine, répondit-il en se levant pour sortir de la pièce. Si mes services sont de nouveau requis, vous savez où me trouver.

Rima s'installa dans le fauteuil que le djinn venait de libérer. Nyrva la détailla, c'était la première fois qu'elle la voyait porter autre chose que sa tenue de combat. La doyenne de la Résistance portait une tenue qui alliait élégance et praticité. Le tissu principal de sa robe en soie légère, d'une teinte profonde d'émeraude, était orné de délicates broderies dorées représentant des motifs floraux. Le haut de la robe était ajusté, mettant en valeur sa silhouette gracieuse tout en restant suffisamment ample pour permettre une liberté de mouvement.

— Comment tu te sens ? demanda Rima, brisant le confortable silence qui s'était installé dans la pièce.

Nyrva inspira profondément avant de répondre.

— Je vais bien. J'ai juste la tête qui tourne un peu et je dois avoir quelques hématomes, mais rien de grave, répondit-elle doucement. Cela aurait pu être pire si j'avais réellement été faite prisonnière par ces soldats. Qui sait ce qu'ils auraient pu me faire ?

Rima acquiesça silencieusement avec un air satisfait, un léger sourire sur les lèvres.

— Pour être honnête avec toi, l'une des raisons pour lesquelles je n'admets quasiment que des hommes dans la Résistance, c'est ça. J'ai toujours peur que l'une de vous se fasse piéger et qu'on finisse par profiter d'elle. J'ai peur d'être responsable d'un traumatisme aussi grand, se confia-t-elle.

Nyrva lui offrit un léger sourire compatissant. Elle comprenait la position de Rima qui avait elle-même failli vivre une agression. Cependant, elle n'avait jamais pensé au fait que c'était pour cette raison que la Résistance était majoritairement constituée d'hommes.

— Tu sais, cette histoire qui dit que j'ai tué le soldat qui a essayé de profiter de moi, commença-t-elle, plongeant son regard dans celui de Nyrva.

Cette dernière acquiesça d'un léger hochement de tête.

— Elle est fausse. Il a profité de moi, je n'ai rien pu faire. À cette époque, je n'étais qu'une femme fragile. J'étais incapable de porter un seau du puits jusque chez moi, c'était Altais, mon mari, qui le faisait pour moi.

Elle expira, son regard maintenant bloqué vers la fenêtre au travers de laquelle elle fixait l'horizon.

— Ce soldat a égorgé mon mari dans notre lit, et il a profité de moi à côté de son corps encore chaud. Je l'ai tué, c'est vrai, mais des années plus tard. Sur le coup, j'aurais été incapable de le faire.

— Rima... murmura Nyrva surprise, voulant lui apporter son soutien mais ne sachant pas comment l'exprimer.

— Les femmes seront toujours les premières à souffrir en temps de guerre Nyrva, c'est pour ça que tu dois être forte. Je sais que tu l'es déjà, mais tu dois l'être davantage, encore et encore, et ne jamais te reposer sur tes acquis. C'est uniquement de cette façon que tu survivras dans ce monde.

Après une après-midi de convalescence supplémentaire, Nyrva décida qu'elle avait gardé le lit assez longtemps. Aussi, elle jugea que c'était le moment pour elle de retrouver Kahil. Rima lui avait interdit de se rendre à l'étage, préférant laisser au jeune homme du temps pour se reposer, mais maintenant qu'elle-même allait mieux, elle supposait que cela devait également être le cas de son meilleur ami.

Après avoir enfilé sa tenue de combat, posé un châle sur ses épaules et natté ses longs cheveux bouclés, elle monta les marches de l'escalier en bois poli quatre par quatre pour rejoindre son ami en espérant qu'il soit encore dans sa chambre. Alors qu'elle atteignait le haut de l'escalier, le murmure de voix parvint à ses oreilles.

Elle s'avança avec grâce vers la pièce, son châle de soie bleu faisant un léger bruissement. Kahil était là, assis sur le rebord d'un lit jonché de coussin, entouré par l'odeur enivrante du thé au jasmin. Mais il n'était pas seul. À ses côtés se trouvait sa cousine, Leya.

Un instant figée, Nyrva sentit une pointe de surprise lui chatouiller l'estomac. Ses yeux rencontrèrent ceux de Kahil, un éclat de culpabilité furtif dans son regard, comme s'il n'avait pas le droit de se trouver en présence de la jeune fille, puis se tournèrent vers Leya qui arborait un sourire timide.

— Ah, Nyrva, dit Kahil en se levant, une lueur d'appréhension dans ses yeux. Leya est venue prendre de mes nouvelles et elle m'a apporté du thé.

Nyrva esquissa un sourire poli, mais son regard scrutateur ne trompait personne, Leya n'était pas la bienvenue.

— Je vois, dit-elle, maîtrisant son émotion.

Sentant l'ambiance de la pièce s'alourdir considérablement, Leya se leva avec élégance.

— Je vais vous laisser discuter en privé. On se revoit bientôt Kahil.

Alors que la jeune fille s'éloignait, Nyrva se tourna vers Kahil, son expression dévoilant un mélange de préoccupations et d'interrogations.

— On se revoit bientôt Kahil ? questionna-t-elle avec une pointe d'amusement dans la voix. J'ignorais que vous étiez devenus les meilleurs amis du monde en si peu de temps.

Kahil leva les yeux au ciel, prêt à subir les railleries de son amie.

— Elle voulait juste se rendre utile, c'est gentil de sa part, se justifia-t-il.

— En effet, répondit Nyrva en s'installant en tailleur au bout du lit. Comment tu te sens ? demanda-t-elle inquiète en détaillant son visage qui habituellement arborait une expression confiante.

Des ecchymoses violettes s'étiraient le long de sa mâchoire, comme s'il avait été percuté par quelque chose.

— Je vais beaucoup mieux, tu aurais vu l'état dans lequel j'étais il y a deux jours. On aurait cru qu'un dragon s'était servi de moi comme d'un coussin. Les soins de Azlan ont plutôt aidé, dit-il tandis qu'un léger sourire se dessina sur ses lèvres. Je m'en veux presque d'avoir eu autant d'a priori sur lui au début.

Nyrva se redressa et réajusta le châle sur ses épaules.

— Je pense que c'est normal qu'on ait eu des a priori, on nous a élevés dans l'idée que c'était mal de simplement adresser la parole aux djinns. C'est compliqué de remettre en question les valeurs avec lesquelles on nous a éduqués, et puis on s'est retrouvés face à une Rima qui est carrément liée à un djinn. C'est dur à encaisser quand on ne s'y attend pas, déclara Nyrva après un court instant de réflexion. D'ailleurs, je n'ai pas totalement saisi ce que ça signifiait pour elle d'être liée à Azlan.

Kahil se leva du lit pour fermer la porte doucement, il prit ensuite place dans le fauteuil près du lit.

— D'après ce que j'ai compris, sa vie est liée à la sienne, s'il meurt, elle meurt également. C'est une sorte de pacte que sa famille perpétue et honore depuis des générations. Azlan permet aux personnes liées à lui d'avoir tout ce qu'ils veulent mais je ne sais pas ce qu'il récupère en contrepartie. Apparemment, c'est grâce à lui que la Résistance est encore sur pied et qu'elle est capable de mener de grosses attaques contre l'empire. Zephyr m'a dit qu'il a fait exploser des lieux stratégiques d'un seul clignement d'œil. C'est également pour cette raison que personne ne remet en question l'autorité de Rima bien qu'elle soit une femme, expliqua-t-il en chuchotant.

— Je vois, répondit Nyrva sur le même ton. Au final, le lien qui les unit, c'est un peu le même type de lien qui unissait les membres de la famille royale aux dragons non ?

Kahil acquiesça silencieusement. La jeune femme ne relança pas la conversation, trop occupée à mûrir ce qu'elle venait d'apprendre dans son esprit.

Azlan n'avait pas l'air hostile et elle avait fini par sympathiser avec lui mais elle restait assez méfiante. Quoiqu'il fasse, il restait un djinn, un être capable de tous les tuer d'un claquement de doigts et tant qu'elle ne connaîtrait pas la contrepartie de Rima en échange de sa protection, elle serait méfiante envers lui.

— Qu'en est-il de la mission de Rima et de Leya du coup ? finit-elle par demander en se rappelant les circonstances de l'attaque.

— A priori, elle est toujours d'actualité cependant je n'ai pas plus de détails. Personne ne m'a rien dit depuis notre retour. Mais je ne pense pas qu'on sera de la partie cette fois-ci.

Nyrva se leva et s'approcha de la fenêtre de la chambre, elle tira légèrement le rideau pour pouvoir observer le ciel bleu tacheté de quelques nuages qui s'offrait à elle.

— Je t'avoue que j'ai bien envie d'aller au palais à la place de Leya, confia-t-elle doucement. J'ai l'impression qu'il y a pas mal de choses qu'on pourrait y découvrir sur les dragons ou encore sur la famille royale. La plus grande bibliothèque du continent se trouve là-bas, ça pourrait être intéressant, se justifia-t-elle en voyant le regard sceptique de son ami.

— Tu commences à faire une obsession de toute cette histoire Nyrva, ça peut devenir dangereux. Je pense que tu devrais arrêter d'y penser.

Elle soupira profondément.

— Pourquoi est-ce que ça n'a l'air de perturber personne que des dragons se baladent à leur guise dans le désert ? La théorie des Gorges de Cendres se tient mais ça reste très étrange, déclara-t-elle.

Kahil se leva de son fauteuil et se mit à faire les cent pas dans la pièce, il avait besoin de se dégourdir les jambes.

— Oui Nyrva, c'est étrange, commença-t-il. Mais quand bien même nous réussirions à découvrir quelque chose, qu'est-ce que cela changerait ? Qu'est-ce qu'on ferait de ces informations ?

Nyrva fronça les sourcils, offrant un regard dur à Kahil.

— Si tu penses de cette façon, qu'est-ce que tu fais au sein de la Résistance Kahil ? À quoi bon ? Qu'est-ce que ça change ?

Elle soupira bruyamment avant de reprendre.

— Et si la réponse à notre liberté était simplement de découvrir si un membre de la famille royale a survécu ? La Résistance opère depuis des années et pourtant ? Sommes-nous libres ? Quelque chose a-t-il réellement changé ? J'ai perdu ma tante qui était ma seule famille à cause de la Résistance. Désolée de penser qu'il est peut-être temps d'explorer une autre voie, conclut la jeune femme d'une voix ferme et convaincue.

Kahil s'approcha d'elle, elle voyait dans son regard le combat qui l'animait. Elle savait qu'il était d'accord avec elle, qu'elle avait raison. Mais ces quelques mois au sein de la Résistance l'avaient rendu encore plus loyal envers le mouvement que ce que s'imaginait la jeune femme.

— Je suis désolé, finit-il par dire. Je sais que tu as beaucoup perdu et je sais que tu n'as jamais eu le temps de réellement faire ton deuil. Je sais que tu es une femme forte Nyrva et parfois il m'arrive de prendre ça comme acquis. J'aurais dû penser au fait que la Résistance est responsable de ce que tu as vécu avant de t'inciter à la rejoindre.

Il la prit dans ses bras. Surprise, Nyrva frémit.

— Peu importe ce que tu souhaites faire, je t'accompagnerai et je te soutiendrai, reprit-il. Si tu veux aller au palais pour en découvrir davantage sur les dragons ou sur le régicide, je t'accompagnerai. Tu n'es pas seule Nyrva, je serai toujours là pour toi.

Surprise par cette déclaration, la jeune femme resta un moment dans les bras de son ami, figée. Elle aimait son meilleur ami de toute son âme, mais ce genre de choses se traduisaient habituellement par les actes, elle n'était pas habituée au fait que quelqu'un lui parle aussi ouvertement de ses sentiments. Malgré tout, elle était heureuse de savoir qu'elle n'était pas seule et que quelqu'un était là pour la protéger.

Elle s'extirpa de son étreinte et lui offrit son plus beau sourire.

— Merci Kahil, lui dit-elle.

Ils n'avaient plus qu'à convaincre Rima de les laisser participer à la prochaine mission.

CHAPITRE 7

— C'est hors de question, cria Rima. Quel genre de cheffe je serais si je laissais deux jeunes recrues partir seules, en mission suicide ?

— Mais ça n'a rien de suicidaire, tu comptais partir seule avec Leya. Nyrva sait se battre depuis sa plus tendre enfance, on ne sera pas démuni sur place, se défendit Kahil d'une voix déterminée, essayant de la convaincre.

Son aînée se leva de la chaise sur laquelle elle était assise pour se placer devant son bureau, sur lequel elle s'appuya, les bras croisés.

— C'est la première vraie mission de Nyrva, je ne peux pas vous laisser faire ça sans une personne expérimentée, dit-elle songeuse.

— Je peux les accompagner si c'est vraiment ça le problème, intervint Iyaan que Nyrva n'avait pas remarqué dans le coin de la pièce.

Elle fronça les sourcils d'étonnement. Pour quelles raisons Iyaan voudrait-il lui apporter son aide à elle qu'il détestait plus que tout ?

— En soi, Kahil a raison, déclara-t-il. Nyrva est entraînée, elle se bat même mieux que certains de nos hommes. Je serais moins inquiet de les voir, eux, partir. Leya est trop faible pour cette mission, conclut-il d'une voix calme.

— Tu préfères que je meure plutôt que Leya, si je comprends bien, demanda Nyrva railleuse.

Iyaan éclata de rire.

— Disons que oui, on peut voir les choses comme ça, répondit-il sur le même ton.

Nyrva sourit légèrement avant de se tourner de nouveau vers Rima qui ne s'était pas démise de son air songeur.

— Tu vois, même Iyaan trouve que c'est plus sensé que j'y aille à la place de Leya, lança-t-elle à son aînée.

Rima finit par se redresser et commença à faire les cent pas le long de son bureau.

— Si Iyaan vous accompagne, c'est d'accord. Mais vous devez me promettre d'être extrêmement prudents, je veux que vous reveniez vivants, ordonna-t-elle. Est-ce clair ?

Iyaan et Kahil acquiescèrent silencieusement. Elle planta son regard dans celui de Nyrva.

— Je suis sérieuse Nyrva, quoiqu'il arrive, tu dois survivre, peu importe le prix, dit-elle d'une voix douce mais ferme.

La jeune femme soutint son regard. On aurait dit qu'une conversation silencieuse se déroulait entre les deux femmes. Nyrva finit par détourner les yeux.

— Parfait, nous prendrons la route dans deux jours, ça devrait laisser le temps à tout le monde de se remettre et de se préparer, proposa finalement Nyrva en regardant successivement Kahil puis Iyaan.

Les deux hommes acquiescèrent silencieusement. Satisfaite, la jeune femme quitta la pièce.

Kahil s'apprêtait à lui emboîter le pas mais Rima lui fit signe de rester là où il était. Elle se dirigea vers la porte et la ferma doucement avant de se tourner vers les deux hommes.

— Vous devez la protéger coûte que coûte, commença-t-elle. Si jamais il lui arrive quelque chose, ne revenez pas pour vous justifier, je ne vous pardonnerai pas.

Iyaan fronça les sourcils, sceptique.

— Pourquoi ? demanda-t-il sur la défensive. Qu'est-ce qu'il s'est passé pour que la vie de Nyrva vaille soudainement autant pour toi ?

La cheffe de la Résistance inspira lentement avant de retourner s'asseoir derrière son bureau.

— On m'a récemment rapportée des informations… des informations que je ne peux ni partager ni divulguer.

Elle leva les yeux vers Iyaan.

— Tu vas devoir me faire confiance comme d'habitude, ajouta-t-elle calmement.

Le jeune homme s'installa dans un fauteuil en tissu bleu, face à elle.

— Je te ferai toujours confiance Rima, mais tu sais bien que parfois, pour conserver la loyauté de ses hommes il est important de faire des concessions. Qu'as-tu appris au sujet de Nyrva Lascaris qui la rende aussi importante ? demanda-t-il de nouveau.

— S'il s'agit d'un sujet qui concerne Nyrva, je préfère que tu ne dises rien Rima, intervint Kahil d'une voix ferme.

Il jeta un regard mauvais à Iyaan.

— Tu devrais te méfier des gens avec lesquels tu travailles s'ils exigent de toi que tu leur livres des informations en échange de leur loyauté, ajouta-t-il.

Iyaan leva les yeux au ciel avant de se lever.

— Tout de suite les grands mots. Personne ne te remettra de médaille pour avoir joué au chevalier servant Kahil. Par pitié réveille-toi, on a tous compris que tu es fou amoureux d'elle mais au bout d'un moment, soit tu l'en informes pour qu'elle le sache, soit tu arrêtes d'agir comme si tu étais son ombre. C'est vraiment insupportable, cracha Iyaan l'air sincèrement agacé.

Le visage de Kahil devint cramoisi. Rima se retint de ricaner en toussotant. Iyaan leva les yeux au ciel une dernière fois avant de quitter la pièce.

— Iyaan a raison, intervint Rima alors que Kahil s'apprêtait à s'en aller à son tour. Tu devrais le lui dire, tu n'as rien à perdre de toute façon. Et puis, qui sait, peut-être que ses sentiments sont réciproques.

— Je connais Nyrva. Autant ne rien lui dire. Elle ne m'aime pas de cette façon.

Ils se levèrent à l'aube, comme chaque fois qu'ils prévoyaient de quitter la ville. Nyrva fut la première arrivée aux écuries. Elle décida de commencer à seller son cheval en attendant que ses deux compagnons la rejoignent. Elle appréciait le calme qui régnait en début de journée, personne pour troubler ses pensées, personne pour l'embêter.

La lueur matinale rasait les murs de la vieille écurie de bois, illuminant la paille éparpillée sur le sol. Atlas se dressait dans le coin de l'étable, sa crinière noire flottant dans la brise légère. Nyrva s'approcha doucement, sa main caressant le chanfrein de l'animal. Elle plaça ensuite une selle ouvragée avec finesse sur le dos musclé de son destrier, resserrant soigneusement les sangles pour assurer un ajustement parfait.

— Prêt à encore partir à l'aventure ? murmura-t-elle.

Son cheval hennit doucement comme pour lui répondre, la jeune femme sourit avant de lui tendre une carotte qu'il mâcha bruyamment.

— Bon, quel est le plan ? demanda une voix grave.

Nyrva se tourna vers l'entrée de l'écurie, Kahil se dirigeait vers le box de Berlioz, son cheval, tandis qu'Iyaan l'observait, adossé contre le mur. Elle leva un sourcil.

— Il n'a pas changé depuis que tu en as parlé avec Rima hier. Je suis une lavandière, Kahil est forgeron et tu es ce que tu veux tant que tu arrives à te faire petit, répondit-elle froidement.

Malgré tous ses efforts, elle ne parvenait pas à rester courtoise avec Iyaan plus de cinq minutes. Le fait qu'il n'y mettait pas du sien pour l'être de son côté ne l'aidait absolument pas.

— Toujours aussi serviable Nyrva, merci pour ce récapitulatif de mission, répliqua le jeune homme sarcastiquement tout en se dirigeant vers le box de son cheval.

Nyrva leva les yeux au ciel avant de sortir de l'écurie avec le sien. Il faisait particulièrement froid, elle réajusta sa cape épaisse sur ses épaules et frictionna ses mains entre elles pour les réchauffer. Elle refusait de le montrer mais elle appréhendait la mission à venir, elle avait peur d'échouer et de se retrouver emprisonnée au sein des cachots du palais. Elle pensa à ce qu'elle devait faire une fois sur place. Rima lui avait demandé d'accéder à la bibliothèque mais aussi de trouver une façon de pénétrer dans les appartements privés de l'Empereur. Elle doutait d'en être capable mais elle trépignait d'impatience à l'idée d'en apprendre davantage sur les dragons et sur l'histoire de l'empire.

Kahil sortit à son tour de l'écurie avec son cheval, ce qui la sortit de ses pensées.

— Prête ? demanda-t-il en souriant légèrement.

Elle acquiesça d'un hochement de tête en lui rendant son sourire. Il fouilla dans une bourse en cuir attachée à la selle de son cheval avant de s'approcher doucement d'elle. Son ami lui prit les mains et y enfila des gants de cuirs noirs. Surprise, la jeune femme ne dit rien, se laissant simplement faire.

— Je les ai commandés spécialement pour toi, j'ai vu que tu n'en avais pas, se justifia-t-il. Ils te plaisent ?

Nyrva les observa, un immense sourire plaqué sur ses lèvres.

— Je les adore, merci Kahil, dit-elle sincèrement reconnaissante envers son meilleur ami.

Iyaan toussota pour exprimer son impatience. Nyrva se dirigea vers son cheval tandis que Kahil lui lança son regard le plus meurtrier.

Ils finirent par se mettre en route, Iyaan prenant la tête du groupe puisqu'il était le plus familier avec le chemin à effectuer.

Ils chevauchèrent silencieusement pendant quelques heures, puis arrivèrent aux alentours du palais. Iyaan ralentit avant de s'arrêter, ses compagnons firent de même.

Le soleil était encore haut dans le ciel et il brillait intensément malgré le froid, les compagnons étaient cependant chanceux que le vent ne se soit pas levé.

— Comment on y entre ? demanda Nyrva à Iyaan qui leur avait assuré qu'il s'occupait personnellement de cette partie de leur mission.

— On attend le crépuscule. La Résistance a des hommes à l'intérieur du palais. L'un d'eux nous rejoindra ce soir pour nous aider à entrer discrètement, expliqua-t-il. Reposez-vous et changez-vous en attendant.

Rima leur avait fourni des tenues pour leur permettre de se fondre parmi les domestiques du palais. La façon dont elle avait pu se les procurer restait obscure, mais depuis que Nyrva avait appris l'existence de Azlan, elle ne cherchait plus à trouver de raisons rationnelles aux actions de la doyenne.

Elle s'installa près de son cheval étendu au sol qui se reposait, ils avaient encore quelques heures avant que le soleil n'entame sa descente vers l'horizon. Kahil l'imita silencieusement.

La jeune femme, le regard perdu dans l'horizon infini du désert, observait les vagues dorées qui s'étendaient à perte de vue, baignées par la douce lueur du soleil. Au loin, émergeant de ce paysage, se dressait le palais, une silhouette imposante qui semblait surgir de nulle part.

Les murs en pierre ocre se fondaient avec élégance dans leur environnement, comme s'ils étaient nés du sable lui-même. Nyrva pouvait distinguer les arcs en ogive, les minarets gracieux et les fenêtres finement ciselées qui ponctuaient la structure imposante.

— Quoiqu'il arrive à l'intérieur, ne te mets pas en danger, finit par dire Kahil, brisant le confortable silence qui s'était installé entre les deux amis.

Nyrva le fixa surprise pendant un instant avant de poser sa main sur son avant-bras, un geste se voulant réconfortant.

— Je ne suis pas suicidaire Kahil. Je ne ferai rien qui mettrait ma vie en danger, ne t'en fais pas pour moi, lui répondit-elle d'une voix douce. Et puis, ce n'est l'histoire que de quelques semaines. Dans moins d'un mois, on rentrera à la maison, ensemble et sains et saufs.

La jeune femme se voulait rassurante mais elle ne pensait pas ses mots. Elle n'avait plus de foyer, plus de maison à laquelle rentrer saine et sauve.

Un léger sourire se dessina sur les lèvres de Kahil. Rassuré, il se leva. Iyaan les rejoint au même moment, il fixa l'horizon sur laquelle se détachait une silhouette qui galopait dans leur direction.

— On dirait que Imad est en avance, murmura-t-il suspicieux. Gardez la main sur vos armes, au cas où ça ne serait pas lui. Il est tôt, je ne l'attendais pas avant le coucher du soleil.

Ses deux compagnons acquiescèrent. Nyrva récupéra son arc qu'elle avait laissé près de son cheval et le banda vers la silhouette qui se rapprochait doucement, le gardant en vue. Kahil, lui, récupéra son épée et se tint à ses côtés, attentif.

La silhouette de celui qui devait être Imad se précisa, Iyaan sembla se détendre comme s'il reconnaissait finalement son compagnon d'armes.

— C'est bien lui, chuchota-t-il. Mais garde-le en joue pour le moment Nyrva.

Cette dernière hocha la tête pour acquiescer. Imad arriva enfin à leur hauteur, il ralentit progressivement sa cadence avant de s'arrêter. Tandis qu'il descendait de son cheval, Iyaan s'approcha de lui.

— Tu es en avance, fit-il simplement remarquer.

Son interlocuteur sourit en voyant l'arc bandé de Nyrva, une flèche pointée vers lui.

— Tu es toujours aussi méfiant cousin, les habitudes ont la vie dure avec toi, répondit-il avant de prendre Iyaan dans ses bras.

Le jeune homme lui rendit son étreinte, l'air heureux de retrouver son ami qu'il n'avait pas vu depuis longtemps.

— Tu peux lâcher ton arc Nyrva, il est bien de notre côté, finit-il par dire.

Cette dernière fronça les sourcils, sceptique Le nouvel arrivant n'avait rien fait ou dit qui pouvait prouver son allégeance à leur cause mais soit, elle finit par s'exécuter. Elle ne comprendrait tout simplement jamais les hommes et leur manque de méfiance.

— Mon tour de garde s'est terminé plus tôt, l'Empereur a fait amener une courtisane dans ses appartements. Il n'avait donc plus besoin de nous, se justifia Imad. Je me suis dit que j'allais en profiter pour raccourcir votre temps d'attente. C'est donc vous les nouveaux ? demanda-t-il en posant son regard sur Nyrva puis Kahil successivement.

— Kahil nous a rejoints il y a un moment déjà mais oui, Nyrva est nouvelle, intervint Iyaan.

— Je vois. Allons-y dans ce cas, ne perdons pas de temps, déclara-t-il avant de remonter en selle.

Ses trois compagnons l'imitèrent rapidement avant de le suivre. Il s'élança vers le palais, refaisant le parcours qu'il venait d'effectuer en sens inverse.

Ils n'eurent pas à chevaucher longtemps avant d'arriver aux grandes portes du palais. Elles n'étaient gardées que par deux escortes. Imad leur fit un signe de tête avant de s'arrêter. Ses compagnons l'imitèrent.

— Ils sont nouveaux, déclara Imad.

L'un des gardes s'approcha nonchalamment.

— Ils peuvent entrer sans leurs armes, dit-il simplement.

Imad leur fit signe d'obtempérer. La jeune femme se sépara de ses dagues et de son arc avec un poids sur le cœur. Elle se sentait désormais nue, démunie, incapable de se défendre mais elle s'était doutée qu'elle ne pourrait pas les conserver avec elle.

Ses compagnons se délestèrent de leurs armes à leur tour et le garde leur fit signe de passer.

Nyrva qui craignait de se faire prendre fut surprise par l'agitation qui régnait aux abords de la bâtisse. Des gens allaient et venaient, effectuant leur tâche ou discutant simplement. On se serait cru dans un grand marché ouvert. Personne ne prêta attention à leur arrivée, ils se fondirent facilement dans la foule.

Une fois aux écuries, Imad descendit de son cheval et chuchota quelque chose à l'oreille d'un palefrenier qui acquiesça sans discuter. Il décida de prendre leurs chevaux alors qu'ils en descendaient.

— C'est si… facile ? fit remarquer Nyrva troublée.

Imad ricana.

— On ne se rend pas compte à quel point un palais peut être vivant avant d'y mettre les pieds. Il y a tellement d'allées et venues chaque jour que oui, en soi, c'est assez simple de s'y infiltrer. Ce qui peut être compliqué c'est de se rapprocher de personnes importantes, expliqua le jeune homme. Iyaan, reste avec moi. Je vais te faire intégrer la garde. Kahil, je vais te présenter Ali, il gère la guilde des forgerons et il travaille souvent avec nous. Quant à toi Nyrva, Aria sera ravie de t'accueillir parmi les lavandières. Elle me doit un service et elle se plaint fréquemment de manquer de main-d'œuvre.

Nyrva s'arrêta, toujours sceptique. Tout était bien trop facile à son goût, elle peinait à croire que ce soit aussi simple alors que Rima était morte d'inquiétude à l'idée de leur départ.

— Malgré tes explications, excuse-moi de trouver ça beaucoup trop simple, se justifia-t-elle.

— Nyrva, le plus compliqué n'est absolument pas d'entrer au palais, crois-moi. Le plus compliqué sera d'en sortir vivant, intervint Iyaan en soupirant, presque exaspéré par les doutes de la jeune femme.

— Il a raison, ajouta Imad. J'ai fait entrer pas mal de personnes de la Résistance ici, seul Zephyr en est ressorti. Ici, tous tes faits et gestes seront contrôlés quand tu seras dans l'enceinte du palais, chacun de tes regards, chacune de tes paroles sera analysée. C'est de ce qu'il risque d'arriver dont tu devrais te méfier, Nyrva.

Elle inspira profondément, cherchant le regard de Kahil. Elle se rendit compte qu'elle avait besoin de réconfort. Elle avait besoin qu'on la rassure. Son ami lui offrit ce regard doux et réconfortant. Elle souffla, reprenant ses esprits. Elle s'était elle-même portée volontaire pour mener à bien cette mission. Ce n'était pas le moment de défaillir, Iyaan en serait beaucoup trop satisfait. Elle avait tant de choses à découvrir ici.

— D'accord, allons-y, dit-elle en se mettant enfin en marche.

Imad sourit avant de reprendre sa route vers l'intérieur du palais. Il salua deux gardes sur son passage avant d'escorter ses compagnons au sein du bâtiment.

Ils étaient à l'intérieur du palais.

CHAPITRE 8

Imad avait indiqué un chemin à Nyrva sans réellement lui donner plus d'indications. C'est ainsi que la jeune femme se retrouva à déambuler autour de grands draps blancs étendus. Une douce odeur florale s'en dégageait, ce qui l'apaisa.

La résistante se racla la gorge, ne sachant pas quoi dire ou quoi faire. Elle entendait une douce voix féminine chantonner mais ne parvenait pas à la trouver.

— Il y a quelqu'un ? demanda-t-elle d'une petite voix.

Le chantonnement s'arrêta, une petite silhouette émergea de la mer de tissus. Nyrva se retrouva nez à nez avec une jeune fille qui devait en être au début de sa vingtaine. Elle avait de longs cheveux blonds relevés en un lourd chignon qui dégageait son visage sculpté, dévoilant de profonds yeux bleus. La nouvelle venue lui adressa un regard interrogateur. Elles portaient la même robe de mousseline bleue.

— Je m'appelle Nyrva, commença la jeune femme, ne sachant pas ce qu'elle avait le droit de révéler. Imad m'a affirmé que je pouvais trouver du travail ici.

La blonde soupira profondément.

— Il est incorrigible, murmura-t-elle avant de lui adresser son sourire le plus chaleureux. Enchantée Nyrva, je suis Aria, la cheffe des lavandières du palais. Imad m'a informée de ton arrivée mais je n'arrive pas à croire qu'il n'ait pas pris la peine de t'accompagner jusqu'ici, dit-elle d'une voix douce et fluette.

Nyrva se détendit, sa première impression sur la lavandière était assez positive mais elle restait sur ses gardes. Elle aurait dû demander à Imad à quel point la jeune fille était informée des enjeux de leur mission avant de le quitter.

— Tu as besoin d'aide ? finit par demander Nyrva en pointant du doigt le panier de linge qui se trouvait au sol un peu plus loin.

Aria acquiesça d'un hochement de tête.

— J'ignore ce qui t'amène au palais, Imad m'a déjà parlé de vous à de nombreuses reprises sans réellement entrer dans les détails, mais je me doute que ton objectif n'est pas d'affûter tes compétences de lavandière, commença-t-elle sur le ton de l'humour en se dirigeant vers le panier qu'elle souleva sans effort. Je ne te donnerai pas beaucoup de tâches. Je veux juste un coup de main de temps en temps, nous étions une dizaine de lavandières mais trois viennent d'avoir un enfant donc je manque de main-d'œuvre.

Nyrva lui adressa un sourire encourageant tandis que la jeune fille lui tendit le panier.

— Si tu as besoin d'aide ou si tu n'as pas de temps pour m'aider, n'hésite pas à me le dire. J'ai beau être née Abyad, je ne manque pas de sensibilité envers votre cause.

La résistante posa sur elle un regard surpris. Jamais il ne lui était venu à l'idée que des Abyads puissent soutenir la cause Arzi. Naïvement, elle était toujours partie du principe que tous les Abyads étaient forcément en accord avec la politique de l'Empereur.

Comprenant le débat interne de son interlocutrice, Aria reprit.

— Je reste persuadée que vous avez une vision biaisée de Sa Majesté, mais je ne peux pas vous en vouloir après tout ce que son père a pu faire subir à votre peuple, dit-elle en plongeant son regard dans celui de Nyrva. En revanche, je comprends votre combat et tu peux avoir confiance en moi comme Imad a su me faire confiance.

Cela faisait maintenant cinq jours que Nyrva et ses compagnons avaient infiltré le palais de l'Empereur. La bâtisse était immense, encore plus grande que ce qu'elle imaginait avant de la découvrir. On pouvait passer plusieurs semaines sans jamais se croiser. Précédemment qu'ils ne se séparent, Iyaan avait pris l'initiative de leur indiquer un lieu, un jour et un horaire auquel les trois compagnons devaient se retrouver de façon hebdomadaire. Ils en profiteraient pour faire le point sur l'avancée de leur mission mais surtout pour s'assurer que tout le monde était bien en vie. La bâtisse était si grande que s'il leur arrivait quelque chose, des semaines pouvaient s'écouler avant qu'ils n'en entendent parler.

Depuis, Nyrva avait croisé Kahil une fois en passant près de l'atelier de la guilde des forgerons, mais elle n'avait pas revu Iyaan qui devait se trouver parmi les gardes.

Elle s'habituait peu à peu à cette nouvelle routine. Le matin, Aria lui donnait des tâches à effectuer pour la journée. Elle se démenait pour en être débarrassée rapidement et ainsi avoir son après-midi de libre pour vagabonder dans l'enceinte du bâtiment et donc tendre les oreilles pour récupérer des informations. Pour le moment, cela avait été en vain, elle n'avait rien découvert et n'avait pas réussi à localiser la grande bibliothèque du palais.

Les couloirs de la bâtisse étaient assez austères, la pierre grise semblait usée à certains endroits et la plupart des salles manquaient affreusement de décoration. On pourrait presque croire qu'aucune rénovation ou aménagement n'avait été effectué depuis plusieurs décennies.

Nyrva était de mauvaise humeur, elle voulait absolument trouver quelque chose à raconter à ses compagnons avant leur rendez-vous dans deux jours. Elle détestait l'idée de n'avoir rien découvert et elle avait l'impression d'être une bonne à rien. Son ego en prenait un coup. Comme chaque matin depuis son arrivée, elle se réveillait à l'aube. Elle faisait sa toilette et elle enfilait sa tenue de lavandière rapidement avant de retrouver Aria. Les deux femmes avaient appris à se connaître davantage, elles passaient leurs matinées ensemble et partageaient une chambre. La cheffe des lavandières estimait que c'était plus prudent de cette façon, elles pouvaient donc échanger des informations sans risquer d'être écoutées dans l'intimité de leur chambre. Nyrva avait ainsi appris qu'Aria avait vingt-trois ans. Elle travaillait au palais depuis sa plus tendre enfance, sa mère étant elle-même une cuisinière ayant eu une relation illégitime avec un noble. Elle n'avait jamais rien connu d'autre mais était très appréciée parmi les domestiques. Elle avait découvert la cause Arzi de cette façon ; la population du palais était très cosmopolite. Les Arzis et les Abyads travaillaient main dans la main au plus grand étonnement de la résistante.

— Tu as bien dormi ? demanda la jeune lavandière sincèrement préoccupée par les traits tirés de sa nouvelle amie.

— Pas vraiment, marmonna Nyrva ne faisant rien pour cacher sa mauvaise humeur. Mais ça va aller, ne t'en fais pas. Qu'est-ce que je dois faire aujourd'hui ?

Aria lui adressa son plus beau sourire en lui tendant un panier de linge propre, repassé et plié. La douce odeur de rose et de lys de la jeune fille embaumait la pièce.

— J'ai enfin une bonne excuse pour que tu puisses te rendre dans les appartements de Son Excellence, chuchota-t-elle d'une voix pleine d'enthousiasme. Habituellement, c'est moi qui le fais, mais disons que j'ai trop de travail aujourd'hui pour le faire.

Nyrva ouvrit de grands yeux surpris. C'était enfin sa chance d'avancer dans sa mission et d'obtenir des informations qu'elle pourrait partager avec ses compagnons cette semaine. Aria, anxieuse, jeta un œil autour d'elles avant de reprendre en chuchotant avec un air plus sérieux.

— En revanche, tu vas devoir être très prudente. Si tu te fais prendre, on pourrait te faire exécuter sans même te poser de questions.

Nyrva acquiesça d'un hochement de tête. Aria se détendit et posa un regard vers la fenêtre pour se rendre compte de l'heure qu'il était. Elle sourit légèrement avant de reprendre.

— Bien, Sa Majesté doit déjà être sortie. Sois attentive. En entrant dans les appartements, tu vas refermer la porte derrière toi, doucement. On ne sait jamais, peut-être que ses plans ont changé et qu'il y est toujours. Avant de faire quoique ce soit, assure-toi qu'il n'y a réellement personne, que ce soit lui ou un autre domestique. Tu ne dois rien faire si tu n'es pas absolument sûre d'être seule. C'est clair ?

— C'est clair, répéta son amie.

— Sur ta droite lorsque tu seras dos à la porte, il y aura de grandes portes blanches avec des poignées dorées, c'est là que tu devras ranger les draps qui sont dans ce panier, expliqua-t-elle en pointant du doigt l'un des paniers en osier. Si jamais tu veux aller plus loin dans l'exploration des lieux, prends ce panier, ajouta-t-elle en désignant un autre panier identique. Il contient des serviettes. La salle de bains est la pièce la plus éloignée de l'entrée. Si tu te fais prendre, tu pourras ainsi justifier ta présence, en espérant que la personne soit assez clémente pour t'écouter avant de t'ôter la vie.

Nyrva fronça les sourcils, montrant ainsi son scepticisme.

— Je plaisante, reprit Aria en grimaçant. Personne dans ce palais n'est assez cruel pour tuer de sang-froid sans véritable raison. Quoiqu'il en soit, je ne peux rien faire d'autre pour t'aider malheureusement, conclut la jeune fille.

— Tu m'aides déjà énormément, merci infiniment Aria, répondit Nyrva avec douceur.

— Viens me voir à ton retour pour me confirmer que tu es encore en vie et que tu ne t'es pas fait prendre, se moqua Aria en quittant la pièce, un panier de linge sale sous le bras.

Nyrva sourit, les deux femmes ne se connaissaient que depuis peu mais elle avait l'impression qu'elles avaient déjà noué une amitié sincère et elle en était extrêmement reconnaissante. Elle prit les deux paniers que sa supérieure avait préparés pour elle et se dirigea d'un pas lent mais décidé vers les appartements impériaux. Elle n'avait jamais eu l'occasion de s'y rendre mais Aria les lui avait indiqués lorsqu'elle lui avait fait visiter le palais quelques jours plus tôt.

Le palais étant immense, cela lui prit bien une demi-heure pour les atteindre. L'entrée des appartements était surveillée par deux gardes aux regards sévères. Ils étaient immobiles, de part et d'autre de l'encadrement de la grande porte blanche striée de dorures. Dans un premier temps, Nyrva se retrouva trop intimidée pour prendre l'initiative de passer la porte mais au bout d'un moment, le garde de droite laissa échapper un gloussement.

— Tu peux entrer, tu sais ? Ça ne t'avancera pas de rester là, immobile.

Les joues rouges de honte, Nyrva se précipita vers la porte qu'elle ouvrit et referma aussitôt derrière elle, oubliant la première instruction d'Aria qui était de la refermer doucement. Elle inspira profondément, dans l'espoir de reprendre vite ses esprits. Elle était dans les appartements de l'Empereur, ce n'était pas le moment de se laisser submerger par ses émotions. Elle finit par relâcher le souffle qu'elle retenait et se chuchota à elle-même.

— Inutile de paniquer, tout va bien Nyrva.

Elle regarda autour d'elle, curieuse. Elle se trouvait dans un grand salon, somptueusement meublé. Une douce odeur de pluie, de vent et de coton qui devait appartenir au propriétaire des lieux embaumait l'air. De luxueux tapis épais recouvraient le sol, absorbant le bruit de ses pas. Les murs étaient ornés de fresques représentant des scènes historiques. Des fenêtres aux rideaux lourds donnaient sur des jardins bien entretenus que la jeune femme n'avait pas encore eu l'occasion de découvrir. Elle supposa qu'il s'agissait des jardins privés de la famille Impériale.

Nyrva tendit l'oreille, à l'affût du moindre bruit. Les lieux semblaient vides, le silence régnait. Par précaution, elle fit ce qu'Aria lui avait conseillé, elle ouvrit les grandes portes de l'armoire sur sa droite et y rangea les draps qui se trouvaient dans le premier panier d'osier. Elle referma délicatement les portes, prenant son temps pour laisser à quiconque serait présent l'occasion de se trahir d'une façon ou d'une autre.

Elle récupéra le second panier qu'elle avait posé sur le buffet en face des armoires et se mit en quête de la salle de bains. Elle passa par une première pièce qui devait être le bureau de l'Empereur. La décoration était assez sobre et modeste, bien que la pièce soit immense. Un bureau en bois était disposé près d'une grande fenêtre, le fauteuil était simple mais semblait assez confortable. Sur le mur en face, un grand tableau mettait en scène un dragon et son chevaucheur au cours d'une bataille. Nyrva resta figée un instant, subjuguée par la beauté de l'œuvre.

Elle finit par se reprendre, son regard s'accrochant aux dossiers sur le bureau, elle les détailla sans les toucher par peur de se faire prendre. Des cartes, des rapports de soldats, rien qui ne l'intéressait réellement. Elle se nota mentalement que la prochaine fois elle devrait s'assurer d'avoir assez de temps pour fouiller la pièce.

Elle sortit du bureau et ouvrit une autre porte, la chambre principale. Nyrva n'avait jamais manqué de rien en grandissant et elle se vantait du fait que rien ne pouvait l'impressionner, elle qui appartenait à l'une des rares familles Arzis encore riches, mais elle n'avait jamais vu une chambre aussi luxueuse. Le lit était assez grand pour accueillir un régiment entier. Une grande cheminée incrustée de pierres précieuses se trouvait en face de ce dernier. Comme dans le premier salon, un luxueux tapis de fourrure recouvrait l'intégralité du sol et de grandes fourrures étaient disposées sur le lit.

— Waouh, murmura-t-elle sincèrement impressionnée.

Elle s'approcha des lourdes tentures assorties au couvre-lit. La vue de la fenêtre donnait sur d'immenses montagnes au loin. Elle n'avait jamais eu l'occasion de les voir mais elle supposait qu'il s'agissait des Gorges de Cendres.

Elle sortit de la chambre et trouva enfin la salle de bains, elle rangea les serviettes et se dirigea vers la porte principale de la suite, ses deux paniers vides à la main.

Le garde qui lui avait parlé plus tôt lui adressa un signe de tête qu'elle lui rendit avant de disparaître au détour d'un couloir.

Satisfaite, elle se mit à la recherche d'Aria. Elle n'avait certes rien trouvé de réellement utile mais elle avait accès aux appartements impériaux et elle savait maintenant de quelle façon ils étaient disposés. Elle savait qu'Iyaan serait intéressé par ces informations.

Elle finit par trouver Aria à l'extérieur, la jeune fille étendait de grands draps, seule. Un grand sourire illumina son visage lorsqu'elle vit son amie.

— Tu en as mis du temps, je commençais à m'inquiéter, lui reprocha-t-elle. Alors ? Comment ça s'est passé ? Tu as trouvé ce que tu cherchais ?

Nyrva lui adressa un sourire, son amie aimait se mettre dans tous ses états pour un rien. Elle avait passé très peu de temps au sein des appartements de l'Empereur en réalité.

— Désolée, j'ai peut-être un peu traîné. J'ai pu faire le tour, ça m'a suffi pour cette fois mais j'aurai certainement besoin d'y retourner, répondit Nyrva.

Aria acquiesça.

— Il serait peut-être plus prudent d'attendre que Son Excellence s'en aille pour plusieurs jours. Tu pourrais prendre le temps de réellement fouiller sans t'inquiéter de te faire surprendre de cette façon.

Nyrva fit oui de la tête, elle y avait également pensé.

— Depuis la fenêtre du salon de l'Empereur, j'ai vu des jardins que je n'ai encore jamais vus, commença Nyrva. Tu sais où se trouve l'entrée ?

— Oui, ce sont les jardins privés de Son Excellence. Cette fois-ci, je ne suis pas sûre de pouvoir t'aider à y accéder, désolée. Seuls Sa Majesté et ses jardiniers y ont accès, répondit Aria en faisant la moue.

— Ce n'est pas grave, je trouverai peut-être un moyen de fouiner pendant la nuit.

Aria leva les yeux au ciel, ça l'inquiétait de savoir que son amie n'avait pas peur de se mettre en danger.

Les deux amies ne partageaient pas les mêmes opinions sur l'empire et sur l'Empereur. Aria trouvait que Elias Sayyadi régnait justement et qu'il se préoccupait de son peuple, tandis que Nyrva ne voyait que le nettoyage ethnique que perpétrait la famille frauduleusement assise sur le trône.

Nyrva se saisit d'un drap qui se trouvait dans le panier d'Aria et l'étendit. La moindre des choses qu'elle pouvait faire était d'aider son amie à finir plus rapidement son travail.

— Oh j'oubliais, Kahil est passé tout à l'heure. Il te cherchait, l'informa Aria. Mais pas de panique, il m'a dit qu'il voulait juste prendre de tes nouvelles. Il ne s'est rien passé, ajouta-t-elle rapidement en voyant le visage de son amie pâlir.

— De toute manière, je le verrai avec Iyaan dans deux jours, répondit Nyrva.

Aria acquiesça avant de se baisser pour récupérer son panier vide.

— On dirait bien qu'on en a fini pour aujourd'hui, annonça-t-elle en souriant.

Le jour du rendez-vous arriva enfin, Nyrva était tout excitée à l'idée de revoir son meilleur ami. Elle l'avait de nouveau croisé la veille, mais il semblait très occupé et elle n'avait donc pas pu lui parler. Elle arriva en avance au point de rendez-vous que leur avait indiqué Iyaan, il s'agissait d'une grande fontaine dans les jardins du palais. Les courtisanes et les nobles mais aussi le personnel s'y promenaient souvent à leur guise, ce qui en faisait le lieu idéal pour se rassembler sans éveiller les soupçons. Elle s'installa sur un banc. Ce jour-là, le ciel était bien dégagé, les journées étaient de plus en plus agréables, on sentait le printemps qui approchait. Le soleil avait déjà commencé sa descente vers l'horizon.

Kahil arriva le premier, un sourire s'étira sur ses lèvres lorsqu'il aperçut Nyrva, elle le lui rendit. Il s'installa à ses côtés.

— Comment tu vas ? demanda-t-il d'une voix douce.

— Je vais bien, j'ai de la chance d'être tombée sur Aria. Nous nous entendons plutôt bien, l'informa sa meilleure amie d'une voix enthousiaste.

Kahil sourit, rassuré, bien qu'il ait croisé Nyrva à deux reprises cette semaine et qu'elle paraissait souriante, il s'était tout de même inquiété du fait qu'elle puisse avoir du mal à s'adapter à cette nouvelle vie sous couverture. Elle qui n'avait jamais eu à servir d'autres personnes.

— Tant mieux, répondit-il simplement, ne voulant pas admettre qu'il avait pensé à elle toute la semaine durant.

— Et toi alors ? Comment cela se passe à la guilde des forgerons ? le questionna-t-elle curieuse.

— Contre toute attente, je m'y plais bien. Le maître-forgeron a beaucoup d'expérience et il m'en a appris beaucoup. C'est mon père qui va être content lorsque je rentrerai. Je suppose qu'on va même pouvoir augmenter les prix de nos prestations, répondit-il sur le même ton que la jeune femme.

La tradition familiale voulait que chaque homme de la famille reprenne la forge de père en fils. Cela n'avait jamais posé problème à Kahil qui très jeune avait insisté pour aider son père. Nyrva était rassurée d'apprendre que son ami n'était pas dépaysé dans cette nouvelle vie.

— Je vois que tu es un bon élève, répondit-elle pour le taquiner.

Il rit légèrement.

— Disons que j'ai un bon professeur. Iyaan est en retard, fit-il remarquer en fronçant les sourcils. J'espère que tout va bien, ce n'est pas vraiment son genre.

— Il a dû être retenu quelque part, il va sûrement bientôt arriver, dit Nyrva, cherchant à le rassurer mais également à calmer la petite voix dans sa tête qui commençait à s'inquiéter.

— J'espère bien, dit le jeune homme en se levant.

Nyrva fit de même et ils se mirent à se balader dans les jardins tout en discutant de leur semaine, attendant l'arrivée de leur compagnon. Les minutes passaient, mais il ne vint pas.

— C'est étrange, reprit Kahil alors qu'un silence lourd de tension s'était installé entre eux.

— Peut-être qu'il a oublié ? Il est parfois tête en l'air, suggéra la jeune femme.

Kahil fit non de la tête.

— S'il y a un sujet sur lequel Iyaan n'est absolument pas tête en l'air, c'est bien tout ce qui touche à la Résistance, chuchota-t-il par peur d'être entendu par des oreilles indiscrètes.

Kahil se rassit sur un banc avant d'inviter Nyrva à faire de même d'un geste.

— Partons du principe qu'il lui est arrivé quelque chose. On va devoir faire sans lui, déclara-t-il.

Nyrva le regarda, une pointe de surprise dans le regard. Kahil savait tellement mieux gérer ses émotions qu'elle, il n'avait pas du tout perdu son sang-froid et était tout de suite passé à autre chose. Il méritait bien sa place au sein de la Résistance. Elle acquiesça d'un hochement de tête.

— Tu as appris des choses ? lui demanda-t-il.

— J'ai accès aux appartements de l'Empereur, dit-elle assez fière d'elle. J'ai pu en faire le tour rapidement. Pour le moment je n'ai pas réellement eu le temps de fouiller. Mais je devrais pouvoir le faire avant notre prochain rendez-vous je pense, ajouta la jeune femme.

Il sourit, l'air satisfait.

— Incroyable, je ne pensais pas que tu réussirais à aller aussi vite. Pour ma part, j'avoue que je n'ai rien appris de vraiment utile mais les hommes parlent beaucoup lorsqu'ils visitent la guilde. Cela devrait bien m'être utile, déclara le jeune homme.

Nyrva soupira profondément.

— Partons du principe qu'Iyaan s'est fait prendre et qu'il est emprisonné quelque part, nous devrions faire quelque chose non ? Ou tu penses qu'on devrait juste le laisser là où il est ? demanda-t-elle inquiète.

— Tu t'inquiètes vraiment pour lui ? la questionna Kahil spontanément, surpris que le sort d'Iyaan impacte son amie.

— Pas le moins du monde, qu'il pourrisse là où il se trouve. Je suis inquiète pour nous, c'est Iyaan qui a des contacts ici, je ne connais qu'Aria et tu ne connais que les artisans de la guilde. C'est lui qui sait qui est de notre côté et qui ne l'est pas.

Kahil éclata de rire.

— C'est bien ce que je pensais, impossible que tu ressentes de la compassion pour lui. Pour le moment, partons du principe qu'il a juste eu un empêchement. Inutile de s'inquiéter pour rien, on réfléchira à tout cela s'il manque le prochain rendez-vous. Cela te convient ? demanda-t-il en reprenant son sérieux.

— Oui, cela me convient, répondit-elle en hochant la tête.

Son regard s'arrêta sur Aria au loin, qui se dirigeait vers eux d'un pas pressé, le regard inquiet. Nyrva se leva pour aller à sa rencontre, Kahil la suivit.

— Aria ? interrogea Nyrva inquiète. Tu vas bien ? Qu'est-ce qu'il se passe ?

La jeune fille regarda autour d'elle pour s'assurer qu'aucune oreille indiscrète ne les épiait avant de répondre.

— Je viens de croiser Imad, il a de mauvaises nouvelles, dit-elle en balbutiant, l'air terrifié. Iyaan a été arrêté, quelqu'un l'a dénoncé.

CHAPITRE 9

Nyrva suffoquait, elle avait l'impression que son cœur allait exploser.

— Nyrva, ça va aller, assieds-toi, entendit-elle Kahil dire d'une voix lointaine. Respire Nyrva. Regarde-moi.

Elle s'exécuta machinalement, ayant l'impression d'être enfermée au fin fond de son propre esprit. Le regard de son ami ne reflétait que de l'inquiétude. Elle s'installa sur un banc, forcée par Kahil, et essaya tant bien que mal d'inspirer profondément. Le jeune homme s'accroupit afin de se mettre à sa hauteur. Elle relâcha son souffle.

— Tout va bien, ça va aller, répéta encore une fois le forgeron. Tu m'entends Nyrva ?

Elle hocha la tête avant de prendre ses propres joues entre ses mains. La froideur de ces dernières l'aida à reprendre ses esprits. Elle regarda ses deux amis successivement. Aria semblait inquiète, elle ne cessait de regarder autour d'eux pour s'assurer qu'aucun curieux ne s'approchait trop. Kahil lui adressa un regard déterminé, ne voulant pas transmettre ses craintes à la jeune femme qui peinait déjà à canaliser ses propres émotions.

— Désolée, murmura Nyrva. Cela faisait longtemps que je n'avais pas fait de crise de panique. Je vais bien.

Kahil se détendit, un sourire réconfortant apparut sur son visage. Il se leva avant de se tourner vers Aria qui était toujours nerveuse.

— Tu en sais plus ? reprit-il comme si la crise de panique de Nyrva n'avait jamais eu lieu.

Kahil était habitué. Depuis sa plus tendre enfance, Nyrva avait toujours eu du mal à gérer ses émotions, se laissant souvent submerger par elles. En grandissant, ses crises s'étaient faites de plus en plus rares mais elles n'avaient jamais complètement disparu.

— Imad m'a dit que Son Altesse aurait appris d'une source anonyme qu'un résistant avait réussi à infiltrer sa garde, expliqua la jeune fille. Habituellement, les gardes suivent la règle tacite de la loi du silence, jamais ils ne dénoncent l'un des leurs. Mais pour une raison que j'ignore, la règle ne s'est pas appliquée cette fois-ci, il a été dénoncé. Il se trouve actuellement dans les geôles du palais, chuchota-t-elle mal à l'aise à l'idée de parler de cela en public. Je ne pense pas que vous soyez en danger, la source ne parlait que d'un résistant, ajouta-t-elle pour les rassurer.

— Aucune idée de qui est la source ? demanda Kahil l'air songeur.

Aria fit non de la tête.

— Tu devrais peut-être en discuter avec Imad directement. Je ne sais rien de plus, désolée.

Kahil lui adressa un sourire, sincèrement reconnaissant pour son aide.

— Merci d'avoir pris le risque de venir nous en parler, lui dit-il. Vous devriez y aller. Nyrva, on se revoit ici dans une semaine à la même heure, reprit-il en regardant son amie qui acquiesça d'un hochement de tête. Prends une tisane en rentrant, cela devrait t'aider à te calmer et si jamais ça t'arrive encore, viens me voir, j'essayerai de trouver un médecin pour t'aider.

La jeune femme lui sourit, reconnaissante.

— Merci Kahil, ça devrait aller, dit-elle un peu honteuse que ses faiblesses aient ainsi été mises au grand jour.

Elle se leva et suivit Aria vers le quartier des domestiques après avoir fait un geste de la main à Kahil pour le saluer.

Elle essayait de le cacher mais l'arrestation d'Iyaan l'inquiétait énormément. Elle ne parvenait pas à penser au nom d'une personne qui aurait bien pu les dénoncer. Personne ne les connaissait au palais si ce n'était les alliés de la Résistance. Ce qui signifiait que l'informateur était en réalité une personne en lien de près ou de loin avec le mouvement résistant. Elle soupira profondément dans l'espoir d'arrêter d'y penser, craignant de refaire une crise de panique.

— Tu sais, ça m'arrivait à l'époque de paniquer de cette façon, dit Aria doucement, brisant le silence qui s'était installé entre elles sur le chemin.

— Ah oui ? questionna Nyrva intriguée.

La jeune fille acquiesça d'un hochement de tête. Elle s'arrêta pour s'installer sur un muret. Elle fit signe à Nyrva de faire de même. Elles pouvaient observer au loin le genre de marché qu'avait découvert Nyrva à son arrivée à l'arrière du palais. Des dizaines de domestiques s'affairaient ici et là tandis que des enfants couraient en criant et jouaient autour de ce chahut.

— Plus jeune, lorsque ma mère m'a avoué le nom de mon père, je me suis mise en tête que peut-être s'il me rencontrait, il voudrait apprendre à me connaître davantage. J'étais persuadée qu'une relation père-fille normale était possible entre nous. J'ai donc essayé de l'approcher, commença-t-elle d'une voix calme mais assurée. Ce que j'ignorais alors, c'est qu'il était marié, ma mère n'était qu'une liaison extraconjugale, rien de bien sérieux. À vrai dire, je ne sais même pas si c'était consenti. Il a trois filles, l'une d'elles a exactement le même âge que moi. Je n'ai pas été assez discrète, un jour elle m'a surprise alors que je les observais au loin. Je le faisais souvent, j'étais tellement envieuse de cette vie qui aurait pu être la mienne si j'étais née de la bonne mère.

Elle marqua une pause pour reprendre son souffle, ses joues étaient rouges et son regard rivé vers le sol.

— Naïvement, je lui ai tout dit, j'ai même eu l'audace de lui dire en souriant que nous étions demi-sœurs. Jamais personne ne m'a jeté un regard plein de dégoût aussi intense qu'elle a pu le faire. Elle m'a juré que si elle venait à croiser mon chemin de nouveau, elle m'arracherait les yeux. Elle avait l'air si sérieuse que j'ai pris peur. Pendant des mois, j'ai arpenté le palais en rasant les murs pour me faire discrète. Je faisais des crises de panique lorsque j'entendais parler une fille qui avait le même timbre de voix qu'elle.

Elle se tut, son regard perdu dans le vide.

— Tu as fini par réellement la croiser, comprit Nyrva.

— En effet. Elle m'a fait fouetter. J'ai eu l'impression que ça durait des heures tant c'était douloureux mais elle ne s'est pas arrêtée là, ajouta-t-elle en rivant son regard vers Nyrva. Elle m'a marqué au fer rouge, avec le sceau de mon père.

Nyrva déglutit, imaginant la douleur. Elle posa une main compatissante sur le bras de son amie.

— Le pire dans tout ça… reprit-elle doucement. C'est que mon père était là. Il n'a rien fait, il a juste regardé. Sa fille m'a dit « toi qui voulais tant faire partie de sa famille, te voilà marquée par ses armoiries », avant de simplement me jeter au sol en dehors de leurs appartements. J'avais seize ans. Pas un jour ne passe sans que j'y pense. Ils vivent toujours ici, il m'arrive de les croiser à de rares occasions.

— Je suis si désolée Aria, toi plus que quiconque, tu ne méritais pas ça.

Aria expira.

— J'en ai longtemps voulu à ma mère, après tout c'était à cause d'elle que j'étais une bâtarde mais en grandissant j'ai fini par comprendre. Mes crises de panique ont duré jusqu'à mes vingt ans. Il m'a fallu du temps pour comprendre que ces personnes-là n'étaient pas ma famille. Cela va mieux maintenant.

Elle sourit à son amie.

— Je n'ai pas la prétention de te dire que je te comprends mais laisse à ton corps le temps de guérir, qu'importe ce qui te tracasse et te provoque ces crises, ça va aller. Tu iras mieux avec le temps, je serai là pour t'aider, conclut la jeune fille.

Nyrva plongea son regard dans le sien, les larmes au bord des paupières.

— Merci Aria, dit-elle avec sincérité.

La jeune fille se leva du muret sur lequel elle était assise avant de tendre la main vers Nyrva.

— Allons-y, c'est l'heure du dîner, annonça-t-elle.

Nyrva sourit, se leva d'un bond et prit la main de son amie avant de la suivre vers les cuisines.

Six jours passèrent. Nyrva avait fini par totalement s'habituer à sa nouvelle routine. Ses tâches de lavandière n'étaient pas une corvée pour elle puisqu'elle les effectuait en compagnie de son amie. Aria ne lui avait pas permis de retourner fouiller les appartements de l'Empereur. Ce dernier devait quitter le palais pour quelques jours la semaine suivante et elle refusait de prendre le risque que son amie se fasse prendre alors qu'elle n'avait qu'à attendre quelques jours de plus avant de pouvoir le faire sans risque.

La résistante avait également essayé à plusieurs reprises de se rendre dans les jardins privés de l'Empereur mais ils étaient aussi bien gardés que ses appartements. Cependant, Aria lui avait affirmé qu'elle lui présenterait un jardinier qui serait peut-être enclin à l'aider si le cœur lui en disait. Nyrva n'avait qu'une hâte désormais, que Elias Sayyadi quitte enfin le palais pour quelques jours afin qu'elle puisse mener à bien sa mission.

Elle avait rendez-vous avec Kahil le lendemain, elle espérait que son meilleur ami ait plus de choses à lui raconter qu'elle n'en avait. La jeune femme avait espéré croiser Imad pour en savoir plus sur l'arrestation d'Iyaan sans succès, elle ne le voyait jamais. Aria lui avait expliqué qu'il était souvent affecté à la garde de l'aile Est du palais tandis qu'elles travaillaient dans l'aile Ouest.

Ses tâches de la journée terminées, Nyrva vagabondait au sein du palais, comme elle en avait l'habitude désormais. Ces deux semaines passées à l'intérieur du bâtiment avaient eu raison de toutes ses craintes et ses doutes. Il faisait bon vivre pour les domestiques au sein du palais Impérial, personne ne semblait maltraité ou apeuré, au contraire. Tout le monde semblait chérir son travail et sa position et elle en comprenait la raison. Les domestiques étaient nourris, logés, blanchis et ils en retiraient un salaire supérieur à la moyenne, et ce, qu'ils soient Arzi ou Abyad. Ce que Nyrva ne comprenait pas, c'est comment l'Empereur pouvait mener une politique aussi assassine et cruelle envers les Arzis alors qu'il était bon avec tous les domestiques sans distinction d'ethnie. Quelque chose n'était pas normal.

La jeune femme se dirigea vers les jardins, le soleil était encore haut dans le ciel et brillait intensément malgré les basses températures et les quelques bourrasques. Très peu de monde se baladait ce jour-là, préférant la protection des murs au froid. Nyrva s'installa sur un banc et étendit ses jambes. Cela faisait un moment qu'elle n'avait pas pu s'entraîner et son corps commençait à lui réclamer sa dose d'exercice quotidienne. Elle aurait voulu récupérer son cheval afin de se promener en dehors des murs du palais, mais comme l'avait avertie Imad lors de leur rencontre, il était facile d'entrer au palais mais beaucoup plus compliqué d'en sortir. Des dizaines de gardes surveillaient les remparts jour et nuit. Imad avait certainement dû effectuer un échange de bons procédés pour les rejoindre deux semaines plus tôt.

Tandis qu'elle laissait ses pensées suivre leur cours, Nyrva ne remarqua pas que quelqu'un s'était approché d'elle. Reprenant ses esprits, elle sursauta avant de lever les yeux vers le nouvel arrivant. Kahil lui rendit un regard rieur.

— Tu devrais être plus prudente, je t'observe depuis au moins cinq minutes, dit-il de sa voix grave.

Nyrva se surprit à penser que cette voix lui avait manqué cette semaine et qu'elle regrettait de ne pas pouvoir l'entendre plus souvent. Kahil s'installa aux côtés de sa meilleure amie qui n'avait encore dit aucun mot. Son enivrante odeur de cèdre et d'encens chatouilla les narines de la jeune femme.

— Tu vas bien ? demanda-t-il en fronçant les sourcils, surpris de son silence.

Elle hocha la tête pour acquiescer avant de s'étirer.

— Oui, je vais bien. Je suis juste très fatiguée, se justifia-t-elle avant de lui lancer un regard sceptique. Notre rendez-vous n'a lieu que demain, qu'est-ce que tu fais ici ? demanda-t-elle en regardant autour d'elle pour s'assurer que personne ne les épiait.

Kahil soupira bruyamment.

— J'ai passé la semaine à chercher Imad pour en savoir plus sur Iyaan. Je suis épuisé entre le travail à la guilde et ça, ça a été une semaine assez rude, dit-il.

Nyrva se tourna vers lui, impatiente d'en savoir davantage.

— Et du coup ? le pressa-t-elle ne supportant pas cette manie qu'il avait de laisser planer le suspense.

— Je n'ai pas trouvé Imad mais j'ai discuté avec plusieurs personnes ici et là, commença-t-il avant de faire une courte pause. Iyaan est bien aux cachots, il doit être jugé pour trahison mais il risque d'être condamné sans procès, les Arzis n'ont que rarement droit à un réel procès impartial.

— Il va mourir, murmura Nyrva comme pour se convaincre elle-même de la réalité de la situation du mari de son amie. Mina va être dévastée.

— J'ai également appris d'autres choses...

Kahil plongea son regard dans celui de son amie, il attendait une réaction de sa part avant de lui annoncer ce qu'il avait découvert lors de son investigation.

— Kahil, arrête de faire ça. Dis-moi ce que tu as appris, se plaignit-elle.

— J'ai découvert qui est la personne qui a dénoncé Iyaan à l'Empereur. Je suis sûr que c'est elle, mais je ne sais pas encore comment ni pourquoi, murmura-t-il.

Nyrva le fixa, les mains tremblantes, attendant qu'il lui donne un nom. Son cerveau réfléchissait à mille à l'heure. Elle n'arrivait pas à imaginer qu'elle puisse connaître la personne qui l'avait dénoncé, à moins que cela soit Aria ? Mais elle refusait d'y penser, elle avait beaucoup trop confiance en la jeune fille.

— Il s'agit de Leya, dit-il la gorge nouée.

La jeune femme haussa un sourcil, dubitative, doutant du fait qu'elle ait bien compris ce que venait de lui annoncer son ami.

— Leya ? Comment ça ? Comment ça serait possible ? Elle est en ville et puis comment pourrait-elle demander une audience avec l'Empereur ? Elle est Arzi.

Des milliers de questions sans réponses fusaient dans son esprit, cela n'avait aucun sens. Outre le fait que sa cousine n'avait aucune raison de trahir la Résistance, elle n'en avait également aucun moyen.

La réalité de la situation ne parvenait pas à s'immiscer dans son esprit. Il était impossible que Leya soit à l'origine de cette trahison.

— Je te l'ai dit Nyrva, tout ce que je sais c'est que c'est elle. J'ai besoin de plus de temps pour trouver des réponses à ces questions, se justifia de nouveau Kahil.

Nyrva se leva, incapable de tenir en place, et se mit à faire les cent pas.

— Cela n'a aucun sens, je ne peux pas y croire. Leya a beau être odieuse mais de là à dénoncer Iyaan ? Prendre le risque qu'il se fasse exécuter par sa faute ? Et puis, pourquoi l'avoir dénoncé lui et pas nous ? Elle est proche de Nasir, pourquoi faire exécuter le frère de la seule personne dont elle est proche ? réfléchit Nyrva à haute voix.

Un sourire se dessina sur les lèvres de Kahil, Nyrva le fixa stupéfaite.

— Tu ris alors qu'on vient d'apprendre que ma cousine nous a trahis ?

— Je ris parce que tu poses beaucoup de questions alors que nous n'avons aucune réponse.

La jeune femme se rassit aux côtés de Kahil, elle soupira avant de se prendre la tête entre les mains.

— Je suis épuisée, finit-elle par dire après quelques secondes de silence. Je déteste être dans le flou.

— Je sais, répondit Kahil. C'est pour cette raison que j'ai essayé d'en apprendre davantage avant de t'en parler mais pour le moment, je n'en sais pas plus. Mais j'estimais que tu avais le droit de le savoir.

Il posa une main réconfortante sur l'avant-bras de son amie.

— Ce n'est rien Nyrva, cela ne change rien pour nous. Si Leya avait voulu nous dénoncer, elle l'aurait déjà sûrement fait. Cela n'aurait aucun sens d'attendre pour le faire plus tard.

— Rien n'a de sens Kahil, je m'attends au pire désormais, répondit-elle doucement. Elle est actuellement au palais ? finit-elle par demander.

Kahil acquiesça d'un hochement de tête. Nyrva inspira profondément. Elle était troublée. Contrairement à ce qu'affirmait son ami, cela changeait tout pour eux. Leya pouvait décider à n'importe quel moment de les dénoncer et de les mener sur l'échafaud. L'urgence de mener à bien leur mission et de quitter le palais se faisait de plus en plus ressentir.

Elle se leva de nouveau avant de se tourner vers Kahil qui semblait également perdu dans ses pensées.

— Je vais y aller, j'ai besoin de penser à autre chose, commença-t-elle tandis que son ami se levait également du banc. Tu veux maintenir notre rendez-vous de demain ?

Kahil fit non de la tête.

— Si jamais tu veux vraiment te changer les idées, la guilde organise une grande fête ce soir. La plupart des domestiques et des gardes y seront. Je pense que ça a déjà commencé dans la grande cour. Il y aura des diseuses de bonne aventure, des musiciens et beaucoup de nourriture. Tu veux m'y accompagner ? demanda le jeune homme.

Nyrva s'apprêtait à décliner, elle voulait rentrer se reposer mais elle croisa le regard de son ami. Elle comprit qu'il partageait sûrement son trouble lui aussi. Il considérait Leya comme une amie et lui aussi devait être dans l'incompréhension et dans la peur de se faire dénoncer par la jeune fille. Elle prit la main qu'il lui tendait et lui offrit un léger sourire avant d'acquiescer d'un geste de la tête.

La fête battait déjà son plein. Les enfants couraient et hurlaient par dizaine, les jeunes filles dansaient en riant et les hommes pariaient sur qui serait le plus habile avec un arc et des flèches. Kahil et Nyrva se dirigèrent vers les stands de nourriture, ils étaient affamés, les révélations ayant bien réveillé leur appétit. Ils se dirigèrent vers une table libre, les mains pleines d'assiettes. La jeune femme s'installa.

— Je vais chercher de quoi boire, je reviens, déclara Kahil avant de s'en aller.

Nyrva regarda autour d'elle, les moments de rassemblement lui faisaient toujours chaud au cœur. Elle aperçut Aria au loin en pleine discussion avec un garde qu'elle ne connaissait pas. Elle sourit, la jeune fille n'échapperait pas aux taquineries ce soir lorsqu'elles se retrouveront seules dans leur chambre.

Une vieille dame s'approcha de la table, Nyrva la suivit du regard. Elle portait une longue robe brune et un long châle noir sur les épaules. Elle s'arrêta face à elle avant de lui sourire.

— Veux-tu que je te lise ta bonne fortune mon enfant ? demanda-t-elle d'une voix élégante qui ne semblait pas lui appartenir.

— J'avoue être assez méfiante de ce genre de pratique, répondit timidement Nyrva qui, elle, n'avait jamais cru à ce genre de chose et était persuadée que les diseuses de bonne aventure et voyantes n'étaient que des charlatans.

La vieille dame sourit avant de s'installer sur la chaise en face de Nyrva sans que cette dernière l'y ait invitée. Elle lui attrapa délicatement la main droite. La jeune femme se laissa faire, n'osant pas vexer l'inconnue.

— D'où viens-tu mon enfant ? Il ne me semble pas t'avoir déjà rencontrée ici, bien que tu me sois familière, demanda-t-elle d'une voix intriguée.

— Je viens de la capitale. Qui êtes-vous ? finit par questionner Nyrva mal à l'aise à l'idée d'être aussi proche d'une inconnue.

Un léger parfum de citron lui chatouilla les narines. La dame restait le regard rivé sur elle, ce qui la mis mal à l'aise.

— Mon nom est Tasnim, je vois le futur des habitants de ce palais depuis plusieurs décennies maintenant. Dis-moi Nyrva, où se trouve ta famille ?

Nyrva se raidit, elle n'avait pas donné son prénom à Tasnim. Comment pouvait-elle le connaître ?

— Je n'ai pas de famille, ma tante qui m'a élevée nous a quittés il y a peu, répondit tout de même la jeune femme d'un ton prudent.

La vieille dame plongea son regard dans celui de Nyrva qui ne parvint pas à s'en détacher. Elle se sentait happée, obligée de soutenir ce regard perçant.

— Je reconnais ton sang, murmura la diseuse de bonne aventure. Tu n'as pas de tante mon enfant, tes parents étaient tous deux enfants uniques.

— C'est impossible, insista Nyrva. J'ai été élevée par ma tante.

La vieille ricana.

— Ce n'était pas ta tante, Nyrva. Tes parents t'ont peut-être confiée à une personne en qui ils avaient toute confiance mais ce n'était pas ta tante. Je peux te l'affirmer, déclara-t-elle d'une voix monotone.

La jeune femme fronça les sourcils, déconcertée.

— Qui sont mes parents dans ce cas ? finit-elle par demander.

— Des personnes importantes, répondit simplement la vieille dame, balayant le sujet. Je reconnais ton sang, répéta-t-elle. Tu es en danger ici, tu devrais t'en aller loin et ne plus jamais revenir.

Elle lâcha brusquement sa main.

— Nyrva ? appela la voix de Kahil.

Elle tourna la tête vers son meilleur ami qui approchait, deux verres à la main.

— Qu'est-ce qu'il se passe ? demanda-t-il l'air préoccupé.

Nyrva s'apprêtait à répondre mais lorsqu'elle regarda de nouveau devant elle, Tasnim avait disparu. Elle la chercha du regard mais rien, la diseuse de bonne aventure semblait s'être volatilisée.

CHAPITRE 10

Sa rencontre avec Tasnim l'avait perturbée, la jeune femme n'arrêtait pas d'y penser. Comment la vieille dame pouvait-elle connaître ses parents ? Pourquoi lui avait-elle dit que Nada n'était pas réellement sa tante ? Nyrva était frustrée. Elle se devait d'être rationnelle, elle se devait d'agir comme si cette conversation n'avait jamais eu lieu. Les diseuses de bonne aventure n'étaient que des charlatans. Mais l'idée qu'elle ne puisse pas vérifier ses dires la contrariait. Plus que jamais, elle se sentait seule et elle prit réellement conscience de ce que signifiait le fait d'être orpheline. Elle avait Kahil, pourtant le vide qui s'était installé en elle la submergeait, elle n'avait plus aucun lien de parenté avec personne.

— Tu m'écoutes Nyrva ? demanda Kahil, la sortant de ses pensées. Il posa un regard scrutateur sur elle, se rendant bien compte que quelque chose n'allait pas. Tu penses encore à cette vieille dame ? comprit-il tout de suite.

— Je n'arrive pas à comprendre comment elle a pu se volatiliser de la sorte. Et puis, tout ce qu'elle m'a dit n'a aucun sens mais elle a tout de même semé une graine de doute en moi, avoua-t-elle avant de soupirer bruyamment. Et si elle avait raison Kahil ? Et si Nada n'était pas réellement ma tante ?

— Pourquoi t'aurait-elle élevée si elle ne l'était pas Nyrva ? demanda-t-il doucement avant de prendre la main de son amie dans la sienne pour la rassurer.

— Elle a dit que mes parents étaient des gens importants. Peut-être qu'ils m'ont confiée à elle pour je ne sais quelle raison. Ce n'est pas impossible, Nada m'a toujours dit qu'ils avaient été assassinés lors du coup d'État. Je n'ai aucune façon de le vérifier, répondit la jeune femme d'une voix incertaine.

— Nyrva, regarde-moi, dit Kahil dans l'espoir de capter son regard fuyant. Au final, qu'importe, tu as vécu une enfance heureuse avec Nada et c'est tout ce qui compte. Si elle n'est pas ta tante par le sang, elle reste ta tante par le cœur. Ce n'est rien. Ne laisse pas les paroles d'une inconnue douteuse te mettre dans cet état. Nada est bien ta tante si tu décides qu'elle l'est. C'est clair ? demanda-t-il d'une voix ferme mais calme.

La jeune femme hocha la tête pour dire oui. Les commissures de ses lèvres se relevèrent légèrement.

— Merci Kahil, merci d'être là, dit-elle doucement.

Son ami lui rendit son sourire.

— C'est à ça que servent les amis, Nyrva.

— Nyrva ! l'interpella Aria en ouvrant soudainement la porte de la pièce dans laquelle elle se trouvait.

La jeune femme sursauta avant de diriger un regard noir vers son amie.

— Tu m'as fait tellement peur, cria-t-elle. Ne refais plus jamais ça !

Aria ferma la porte derrière elle en riant avant de s'installer rapidement en face d'elle.

— Son Altesse va quitter le palais pour au moins trois jours dès demain soir. Tu vas pouvoir fouiller à ta guise les appartements impériaux, chuchota-t-elle bien qu'elles soient seules dans la chambre.

Un sourire se dessina sur les lèvres de Nyrva.

— C'est l'occasion de déposer du linge propre dans sa chambre en effet, répondit-elle sur le ton de l'humour. Merci Aria, j'irai le lendemain dans la journée.

La cheffe des lavandières acquiesça.

— Malheureusement, pour le moment je n'ai pas trouvé de façon de rejoindre les jardins privés. Peut-être que tu trouveras un moyen depuis les appartements impériaux, suggéra la jeune fille.

Son interlocutrice hocha la tête pour acquiescer. Ce serait sûrement le cas.

Le lendemain, après avoir mené à bien ses tâches, Nyrva occupa une partie de sa journée à déambuler dans les couloirs du palais. Elle appréciait le fait de découvrir de nouvelles parties de la bâtisse et de les explorer. Elle se retrouva dans un dédale de couloirs vides, les lieux étaient silencieux et elle comprit que peu de personnes devaient s'aventurer dans cette partie du palais qui ne semblait pas être utilisée. Les tableaux et les tapis étaient poussiéreux et les vitres des fenêtres totalement sales. Son attention se porta sur un immense tableau accroché au mur en face d'une très grande fenêtre qui donnait sur la cour intérieure. Il s'agissait d'un portrait de famille mais il ne représentait pas la famille Impériale.

Nyrva réfléchit un instant avant de se rendre compte qu'il s'agissait là de la famille royale déchue du royaume d'Arzawa. La famille Nasyrian, sauvagement assassinée vingt-cinq années auparavant. Le roi Imran se tenait derrière un fauteuil dans lequel était assise sa femme Esme, leur bébé dans les bras. Leur fils Ayden se tenait à côté d'elle. Ayden n'avait que trois ans lors de l'assassinat et sa sœur, à peine deux mois. Nyrva se surprit à ressentir de la mélancolie, elle n'avait pas connu cette ère mais tout le monde disait que le couple royal œuvrait activement pour le bien de ses sujets. Elle n'avait jamais rencontré ne serait-ce qu'une seule personne qui avait du mal à en dire. Elle s'octroya la permission d'observer en détail le tableau, elle avait déjà vu des représentations du Roi mais jamais de son épouse et de leurs enfants. Esme avait la peau laiteuse, ce qui contrastait avec celles des autres membres de la famille. Elle n'était pas originaire d'Arzawa, c'était la princesse d'un royaume beaucoup plus au nord. Elle avait rencontré le Roi Imran lorsque son père et elle avaient scellé des accords commerciaux avec le royaume Arzi. Les rumeurs racontent que le coup de foudre fut instantané entre eux. Ils se sont mariés l'année suivante et leur fils Ayden est né celle d'après.

Sur le tableau, la Reine portait une longue robe de mousseline carmin et dorée, les couleurs de la famille Nasyrian, ses longs cheveux bruns étaient détachés et ses profonds yeux verts relevés par un trait de khôl. Le Roi, quant à lui, portait une tenue de chevaucheur de dragon en cuir noir. Ses cheveux lui arrivaient au niveau de la mâchoire et il portait une courte barbe. Ayden, lui, possédait les yeux verts rieurs de sa mère et les cheveux noirs de son père. Nyrva se rendit compte à ce moment que la jeune princesse n'avait pas de prénom, du moins, le couple royal n'avait pas eu le temps de présenter sa fille au peuple avant le drame. Il était de coutume qu'aux six mois de chaque prince et princesse, le peuple se réunisse devant le palais royal pour que le Roi lui présente son dernier-né depuis la grande terrasse. La princesse n'avait pas vécu assez longtemps pour que cette coutume soit honorée.

Nyrva reprit son chemin, errant dans cette aile du palais totalement oubliée. Elle se rendit compte que le soleil commençait à décliner, les couloirs étaient baignés d'une douce lueur orangée. Elle arriva au niveau d'une fenêtre qui donnait sur ce qui semblaient être les jardins privés de l'Empereur qu'elle avait déjà aperçus depuis ses appartements. À sa plus grande surprise, elle se retrouva face à une porte qui avait l'air de donner sur ces fameux jardins. Elle l'ouvrit sans peine, elle n'était pas verrouillée. Sûrement que personne n'avait pris la peine de vérifier puisque personne ne venait par ici. Nyrva referma doucement la porte derrière elle, tâchant de ne faire aucun bruit. Elle commença à déambuler dans les jardins qui paraissaient immenses.

— Qui a besoin de jardins aussi grands pour son usage unique ? pensa-t-elle.

À force de marcher, elle déboucha sur une clairière, un grand terrain plat délimité par des arbres mais sans rien au centre. Elle leva un sourcil, intriguée, la terre semblait avoir été battue, l'herbe était toute retournée.

La jeune femme tendit l'oreille, elle était persuadée avoir entendu des bruits de pas étouffés. Elle regarda autour d'elle, mais ne vit rien. S'il y avait réellement quelqu'un, il devait être caché par la végétation environnante. Nyrva s'apprêtait à rebrousser chemin quand elle entendit un cri familier. Un dragon. Elle leva la tête d'un coup pour voir la bête qui s'approchait d'elle pour se poser. Elle comprit enfin quelle était l'utilité de la clairière : une piste d'atterrissage.

Le dragon entama sa descente lentement. Le chevaucheur sur son dos fronça les sourcils en remarquant la jeune femme. Nyrva prit conscience du fait qu'il serait certainement judicieux de se cacher mais elle n'en fit rien, elle resta là, tétanisée, le souffle coupé.

Le dragon, enfin sur la terre ferme, la scruta de son regard grave. Le chevaucheur descendit de sa monture sans lâcher la jeune femme du regard. Cette dernière ne respirait plus, essayant de se faire toute petite.

— Vous êtes ? demanda le nouvel arrivant en se plantant devant elle.

Elle leva la tête, l'homme devait bien la dépasser de plus d'une tête, elle le détailla rapidement. Ses yeux étaient aussi noirs que l'onyx et ses cheveux bruns bouclés lui tombaient sur les yeux. Une forte odeur d'orage, de mer et de citron l'entourait, elle huma discrètement, le chevaucheur sentait bon. Comprenant qu'elle n'allait pas répondre, il fronça les sourcils.

— Qu'est-ce que tu fais ici ? la questionna-t-il.

La jeune femme s'autorisa enfin à respirer.

— Je me baladais dans le palais et je me suis perdue, répondit-elle estimant qu'il valait mieux servir une demi-vérité qu'un mensonge.

— Perdue ? Vraiment ? dit-il, l'air méfiant. Et tu es ?

— Nyrva, je suis lavandière au palais, répondit-elle spontanément assez fière du fait qu'elle se soit imprégnée de sa nouvelle identité aussi rapidement.

Et tu es ? questionna-t-elle en l'imitant.

— Naïl, se présenta-t-il simplement.

Nyrva attendit qu'il développe mais il n'en fit rien. Le jeune homme la fixa et se rendit compte qu'elle ne savait toujours pas qui il était. Les coins de ses lèvres se relevèrent.

— Tu ne sais pas qui je suis ? constata-t-il incrédule.

La jeune femme fit non de la tête, ne cherchant pas à faire semblant qu'elle le connaissait.

— Je m'appelle Naïl Sayyadi, ajouta-t-il fièrement.

Nyrva le dévisagea bouche bée, le chevaucheur avait le même nom que l'Empereur mais elle ignorait que l'Empereur avait une famille en dehors de son défunt père. Son trouble transparaissait sur son visage, ce qui fit rire Naïl.

— Aucune femme n'avait réagi de cette façon en apprenant mon identité, dit-il sur un ton railleur.

— Pour être tout à fait honnête, commença-t-elle. Je ne sais toujours pas qui tu es. Je comprends bien que tu appartiens à la famille de l'Empereur mais...

La fin de sa phrase resta en suspens. Naïl posa sur elle un regard intéressé. La jeune femme comprit qu'elle n'avait peut-être pas donné les bonnes réponses.

— On m'avait dit que les Arzis étaient assez peu informés sur nous mais je n'aurais jamais cru que c'était à ce point, déclara-t-il troublé. Je suis le frère d'Elias, l'Empereur, expliqua-t-il. Tu savais qu'il avait un frère ? demanda-t-il alors qu'il imaginait très bien la réponse.

Nyrva fit non de la tête, il soupira.

— C'est un scandale qu'on ne chante pas mes louanges jusqu'à la capitale, qui l'aurait cru ? dit-il pour se moquer, un léger sourire sur les lèvres.

Nyrva sourit, se surprenant à le trouver drôle. Elle finit par poser son regard sur le dragon gris aux yeux rouges qui attendait toujours derrière Naïl. Elle comprit alors que l'allégeance des dragons allait désormais à la famille

Impériale. Elle avait espéré qu'ils soient toujours du côté des Arzis mais elle s'était visiblement trompée. Elle devait en parler avec Kahil. Le prince la fixa un instant l'air perturbé.

— Pourquoi tu n'as pas peur d'elle ? demanda-t-il brisant le silence qui s'était installé entre eux. Tu as déjà eu l'occasion de voir un dragon ?

Elle jura mentalement, elle n'était définitivement pas faite pour être espionne. Elle était beaucoup trop tête en l'air pour ça. Elle s'apprêtait à répondre lorsque Naïl la devança.

— Ne me mens pas, dis-moi la vérité, ordonna-t-il d'une voix calme mais ferme.

— En effet, j'en ai déjà vu un dans le désert, dit-elle. Un grand dragon noir, il s'est posé près de moi pendant que j'observais les étoiles, se justifia-t-elle. Je voulais dire, il s'est posé près de moi pendant que j'observais les étoiles, Votre Altesse, rectifia-t-elle.

Mieux valait faire preuve de politesse, elle devait jouer le rôle d'une lavandière, il serait malvenu de s'adresser familièrement au prince. Ce dernier fronça les sourcils.

— Inutile de s'encombrer d'autant de cérémonies, appelle-moi tout simplement Naïl.

La jeune femme acquiesça, elle ne s'attendait pas vraiment à cette réponse mais soit.

— Un dragon noir aux yeux verts, je suppose ? demanda-t-il, reprenant naturellement la conversation comme si de rien n'était.

Nyrva confirma d'un geste de la tête, surprise qu'il le sache.

— Elias bien évidemment. dit-il l'air agacé. Tu devrais retourner dans les appartements des domestiques, il commence à se faire tard. C'est dangereux de se balader dans certaines parties du palais une fois le soleil couché.

Il marqua une pause et lui adressa son plus beau sourire.

— On se recroisera peut-être Nyrva, mais évite de te perdre dans certains endroits si tu tiens réellement à ta vie, l'avertit-il, une pointe d'ironie dans la voix.

La jeune femme ne se fit pas prier, elle rebroussa rapidement chemin et se rendit aussi vite qu'elle le put dans sa chambre. Aria l'y attendait, elle se leva d'un bond en entendant la porte s'ouvrir.

— Nyrva, où étais-tu passée ? J'étais hyper inquiète, s'exclama la jeune fille.

Nyrva prit le temps de s'asseoir sur son lit avant de lui répondre.

— J'ai trouvé un moyen d'accéder aux jardins privés, dit-elle assez fière de sa trouvaille.

Aria ouvrit de grands yeux ronds. Son amie s'apprêtait à lui parler de sa rencontre avec le prince Naïl, mais elle se ravisa soudainement. Elle n'avait pas parlé des dragons à la lavandière et elle ne savait pas s'il était réellement judicieux de lui en apprendre davantage sur le sujet. Parfois, le savoir pouvait être dangereux.

— Tu as pu les explorer ? demanda simplement Aria.

— Pas encore, mais je le ferai certainement bientôt, répondit la jeune femme.

Elle voulait lui demander des informations au sujet du prince Naïl, mais elle hésita, ne sachant pas comment aborder le sujet. Elle ne voulait pas lui parler des circonstances de leur rencontre. Elle décida de se taire pour le moment, elle trouverait bien une façon d'en parler à l'avenir.

— Sa Majesté a bien quitté le palais ce soir, je l'ai aperçue avant de rejoindre la chambre, ajouta Aria en souriant, fière de pouvoir aider son amie.

Nyrva lui rendit son sourire, elle s'en voulait de ne pas pouvoir tout lui révéler alors que cette dernière semblait lui faire pleinement confiance.

— Merci infiniment pour ton aide Aria, je ne sais pas ce que je ferais sans toi.

— Ce n'est rien, ne me remercie pas. C'est ce que font les amies.

CHAPITRE 11

C'est submergée par l'angoisse et l'appréhension que Nyrva se leva ce jour-là. Comme à son habitude, elle commença sa journée par ses tâches quotidiennes de lavandière. Une fois ces dernières terminées, elle retrouva Aria qui lui confia comme la première fois, deux paniers de draps et de serviettes propres à apporter dans les appartements privés de l'Empereur. Son amie lui souhaita une dernière fois bonne chance avant de la prendre dans ses bras et de lui faire promettre d'être prudente. Elles se mirent d'accord sur le fait que Nyrva devait revenir la voir une fois sa mission accomplie pour la rassurer et lui donner des nouvelles.

Les couloirs étaient anormalement vides, comme si les domestiques profitaient tous de l'absence de l'Empereur pour vaquer à d'autres occupations que leurs tâches quotidiennes. La jeune femme fit le trajet jusqu'aux appartements impériaux en ne croisant que quelques gardes et deux femmes de chambre. Même les appartements étaient moins gardés que d'ordinaire, seul un garde était posté à droite des grandes portes et il ne semblait pas vraiment attentif à ce qui l'entourait puisqu'il avait le nez plongé dans un livre. Un léger sourire étira les lèvres de la jeune femme, elle avait l'impression de ne pas avoir ouvert de livre depuis une éternité alors qu'elle adorait lire. Cette pensée lui rappela qu'elle devait encore trouver la position de la bibliothèque du palais. La bâtisse était si vaste qu'en presque un mois d'exploration, elle n'était toujours pas parvenue à la localiser.

Le garde leva à peine la tête lorsqu'il l'entendit pousser la grande double porte de bois précieux. Elle pénétra dans le petit salon qu'elle connaissait désormais avant de refermer doucement la porte derrière elle. Comme la première fois, elle marqua un temps de pause pour s'assurer qu'elle était bien seule. Aucun bruit. Par précaution, elle commença par ranger les draps dans la première porte à sa droite, comme le lui avait indiqué Aria, lors de sa première visite. Elle se rendit ensuite directement dans le bureau de l'Empereur, persuadée que c'était la pièce la plus pertinente à explorer. Le bureau était un réel capharnaüm, des documents traînaient ici et là sans véritable logique. Nyrva les observa sans les toucher, peu confiante en sa capacité de tout remettre en place avant son départ.

Une lettre attira son attention, elle reconnaissait l'écriture de sa cousine.

— Votre Excellence, la Résistance prévoit une attaque explosive deux jours avant la fête de Norouz, lut-elle à voix haute.

Sans réfléchir, elle déplaça la lettre pour en trouver une autre en dessous.

— Votre Majesté, comme je vous l'ai promis, vous trouverez avec cette lettre des informations sur Iyaan Ceret, guerrier au sein de la Résistance. J'ose espérer que vous honorerez votre part du marché. J'ai énormément d'informations en ma possession qui pourraient vous intéresser.

Choquée, Nyrva s'installa dans le fauteuil de l'Empereur. Kahil avait raison, Leya avait bel et bien osé les trahir. Elle continua à fouiller, mais elle ne trouva que des rapports de missions et des rapports militaires. Rien sur les dragons, rien sur le sort d'Iyaan. Elle soupira, la pièce était plus vaste que dans ses souvenirs. Son regard fut de nouveau attiré par le grand tableau en face du bureau. Elle se demandait qui était le chevaucheur qui avait été peint, probablement l'Empereur. Elle se rendit compte qu'elle ignorait complètement à quoi ressemblait Elias Sayyadi. Si elle avait su, peut-être qu'hier elle aurait réalisé par elle-même que Naïl était son frère, ils devaient sûrement se ressembler.

Elle finit par se lever, elle ne devait pas trop traîner. Elle passa par la chambre, espérant trouver quelque chose sur les tables de chevet mais rien.

Elle quitta les appartements, frustrée mais aussi en colère. Elle avait maintenant la confirmation que Leya les avait bien trahis. Tout ce qu'elle voulait faire, c'était la confronter. Nyrva ne cessait de se demander ce que sa cousine pouvait bien y gagner. Quelle était la part du marché de l'Empereur. De nouvelles questions venaient encore s'ajouter à toutes celles qui demeuraient déjà sans réponses.

Elle retrouva Aria en pleine conversation avec le même garde que la dernière fois, elle se rendit compte qu'elle avait totalement oublié d'en discuter avec son amie. La jeune femme se promit de le faire dès lors que l'opportunité se présenterait. Elle en savait à la fois énormément, mais à la fois si peu sur son amie. Elles s'étaient confiées sur des sujets très personnels mais elles ne parlaient jamais de sujet plus simple, tout aussi important. Perdue dans ses pensées, Nyrva ne remarqua pas que la jeune fille avait abandonné sa discussion pour la rejoindre.

— Tout va bien ? demanda Aria, l'air sincèrement inquiète.

— Oui tout va bien, ne t'en fait pas. J'ai trouvé quelques informations, on en discutera ce soir si tu veux ? dit-elle en chuchotant, bien consciente qu'au palais les murs avaient des oreilles.

La jeune fille acquiesça en souriant.

— Je dois parler à Kahil, on se retrouve ce soir ?

— Oui, j'ai encore beaucoup de tâches à effectuer de toute manière. À plus tard !

La guilde des forgerons était en pleine effervescence, jamais Nyrva ne les avait vus s'affairer autant. L'atelier était noir de monde, si bien que la jeune femme eût beaucoup de mal à trouver son ami. Elle dut bien se faire bousculer trois fois avant d'enfin l'apercevoir au loin.

— Kahil ! appela-t-elle en s'approchant de lui.

Il leva la tête en direction de sa voix avant de river sur elle un regard inquiet.

— Tu es occupé ? demanda-t-elle d'une voix calme.

— Tout va bien ? demanda-t-il prudent.

— Oui, je reviens d'une... exploration. J'ai découvert certaines choses, chuchota-t-elle. Je peux attendre que tu finisses si tu veux. J'ai terminé toutes mes tâches, j'ai du temps devant moi.

— Assieds-toi là, dit-il en pointant du doigt un tabouret près de lui. J'en ai bientôt fini, si j'avais su je t'aurais prévu de la lecture, ajouta-t-il l'air contrit.

Nyrva lui adressa un sourire.

— Tu t'excuses toujours pour rien, ce n'est pas grave. Tu ne pouvais pas deviner que j'allais m'imposer sur ton lieu de travail sans prévenir, répondit-elle.

Il lui rendit son sourire.

La jeune femme resta là un moment à le regarder travailler. En tendant l'oreille, elle comprit que les forgerons avaient reçu une grosse commande pour l'armée Impériale et que les délais étaient très courts, d'où l'agitation de la guilde entière. Personne ne connaissait la raison de cette commande, mais certains des artisans pariaient sur une déclaration de guerre ou une répression du mouvement résistant. Nyrva observa Kahil, se demandant comment devait se sentir son ami qui à l'origine créait des armes pour que ses alliés de la Résistance puissent se défendre. Le voilà qui se retrouvait à forger les armes qui serviront à tuer ses compagnons d'armes. Son visage restait impassible, il était bien meilleur infiltré qu'elle.

Nyrva observa les collègues du jeune homme, plus de la moitié étaient Arzis. Encore une fois elle se fit la réflexion que la politique de l'Empereur n'avait aucun sens.

Au bout d'un moment, Kahil lui fit signe de le suivre dehors. Ils s'installèrent sur un muret près des ateliers. Nyrva comprenait pourquoi les couloirs du palais étaient aussi déserts, tous les domestiques semblaient s'être donné rendez-vous à l'extérieur.

— J'ai fouillé le bureau de l'Empereur, chuchota-t-elle, brisant le silence qui s'était naturellement installé entre eux. J'ai retrouvé plusieurs lettres écrites par Leya, elles ne sont pas signées mais c'est bien son écriture. Tu avais raison, c'est bien elle qui a dénoncé Iyaan et je crains qu'elle ne nous dénonce à terme. Elle se vante dans ses écrits d'avoir des informations qui pourraient intéresser l'Empereur. Elle lui donne également des informations sur les activités de la Résistance, lui dévoila-t-elle.

Kahil soupira, il était las de cette situation, les informations qu'il avait pu récupérer étaient donc avérées.

— Nous sommes en danger, qui sait quand elle décidera de révéler nos identités, murmura-t-il. Il faut que l'on trouve un moyen de prévenir Rima, mais cela me semble quasiment impossible d'envoyer un message vers l'extérieur.

Nyrva soupira. Elle repensa à ce que lui avait dit Imad lors de leur arrivée, « le plus compliqué n'est absolument pas d'entrer au palais, crois-moi. Le plus compliqué sera d'en sortir vivant ».

— Ce n'est pas tout, déclara-t-elle.

Kahil posa un regard interrogateur sur son amie.

— J'ai trouvé un moyen de rejoindre les jardins privés de l'Empereur hier. Il s'avère que ce ne sont pas réellement des jardins dans le sens où on l'entend. J'y ai trouvé une piste d'atterrissage pour dragons. J'ai également rencontré Naïl Sayyadi, dit-elle d'une voix basse, gardant en tête qu'ils étaient en public.

— Tu as rencontré le prince ? demanda Kahil dubitatif.

Nyrva lui adressa un regard interrogateur.

— Tu sais que l'Empereur a un frère ? l'interrogea-t-elle surprise.

Il acquiesça d'un hochement de tête.

— Je l'ai appris récemment en écoutant les autres forgerons de la guilde en parler. Apparemment Elias s'occupe de la politique de l'empire et Naïl s'occupe de celle du palais. C'est pour cette raison que les Arzis sont aussi bien traités ici, le petit frère ne partage pas les idées génocidaires de son aîné. Au contraire, il paraît qu'il est pour la paix et l'égalité entre les deux peuples, expliqua-t-il. Mais du coup, comment s'est passée votre rencontre ? demanda-t-il curieux.

— Il m'a surprise dans les jardins alors qu'il venait d'atterrir avec son dragon. Il m'a simplement demandé ce que je faisais là et il s'est présenté. Il avait l'air surpris que je ne sache pas qui il est, résuma simplement la jeune femme.

Kahil rit.

— En effet, il a dû être surpris. Toute personne qui travaille au sein du palais le connaît apparemment. Si on avait intégré le personnel de façon plus classique, une rencontre avec lui aurait été inévitable. J'espère simplement qu'il n'a pas trop bonne mémoire, ça a dû le surprendre de voir une inconnue qu'il n'a pas recrutée lui-même.

Nyrva n'y avait pas repensé mais elle avait en effet décelé de la surprise dans le regard du prince la veille, bien qu'à ce moment-là elle n'en avait pas compris la raison.

— Cela m'amène à un autre sujet, les dragons ont prêté allégeance aux Sayyadi je pense, dit-elle en soupirant. Naïl et Elias ont chacun le leur.

— Forcément, je pense que c'était inévitable, répondit-il impassible. Les dragons ont toujours servi la royauté, on ne peut pas leur en vouloir. Ils se sont adaptés comme le font certains Arzis qui servent eux-mêmes le pouvoir en place.

Nyrva acquiesça bien qu'elle ne partageait pas ce genre de pensée. Adaptation ou non, il était inenvisageable pour la jeune femme de prêter allégeance à un gouvernement qui décimait les siens.

— Et toi alors ? Aucune découverte ? demanda-t-elle en jouant avec les pans de ses manches.

Son ami fit un signe de tête pour dire non.

— Je pense que nous devrions essayer de faire quelque chose pour Iyaan, déclara-t-elle soudainement.

Kahil lui adressa un regard perplexe avant de se mettre à rire.

— Qui aurait cru que tu serais la première de nous deux à faire cette proposition, dit-il. En effet, j'y pensais mais j'ai peur que cela nous oblige à quitter le palais sur le champ une fois qu'on l'aura libéré.

Nyrva sourit légèrement.

— J'ai beau ne pas le porter dans mon cœur, je ne suis pas un monstre au point de vouloir qu'il reste enfermé dans les cachots jusqu'à ce que l'Empereur décide de l'exécuter. Il est peut-être irresponsable et insupportable, mais personne ne mérite cela, pas même lui, se justifia la jeune femme. Et effectivement, notre couverture risque d'en pâtir, mais en même temps je crains qu'elle soit déjà à risque maintenant que l'on sait que Leya nous a trahis, ajouta-t-elle.

Kahil soupira, ils se retrouvaient tous les deux dans une situation délicate. Il ignorait de quelle façon réagir. Il avait rejoint cette mission en étant assez serein puisque Iyaan, qui avait déjà beaucoup d'expérience, les accompagnait. Mais maintenant qu'il devait prendre sa place de stratège, il s'inquiétait pour la sécurité de sa meilleure amie. Une erreur de sa part et il risquait de définitivement la perdre. De plus, même sans penser à la sécurité de Nyrva, il ne connaissait pas suffisamment le bâtiment pour pouvoir planifier une évasion. Il pouvait toujours demander de l'aide à Imad mais ils ne se connaissaient pas suffisamment. Il ignorait quelles étaient les limites de la confiance qu'il pouvait lui accorder.

Kahil finit par se lever du muret avant de se tourner vers son amie.

— Pour le moment, continue à vivre de la même façon que tu l'as fait ces derniers jours. J'ai besoin de plus d'informations sur les cachots, la garde, le bâtiment également. J'en sais trop peu pour tenter quelque chose. Je ne mettrai pas nos vies en péril pour sauver celle d'Iyaan, déclara le jeune homme.

La jeune femme se leva également.

— J'ai eu l'occasion d'explorer la majeure partie du bâtiment qui est utilisée, je peux peut-être essayer de concevoir une carte ? Si tu commences l'exploration de zéro, cela risque d'être long. Il serait stupide de tenter quelque chose et de risquer de retrouver Iyaan mort parce qu'on aurait trop attendu avant d'agir, proposa Nyrva.

— Je ne peux pas me fier à une carte Nyrva, c'est trop risqué. Imaginons que tu fasses une erreur...

— Arrête de me traiter comme une enfant Kahil. Je suis tout aussi compétente que toi, pourquoi me tromperais-je ? l'interrompit-elle. Je n'arrive pas à croire que tu n'as pas confiance en moi.

— Ce n'est pas ce que je dis, c'est simplement trop risqué.

La jeune femme serra la mâchoire et adressa un regard glacial à son ami.

— Je ne comprends pas en quoi tes investigations seraient plus pertinentes que les miennes ? J'arpente les couloirs de ce bâtiment depuis des jours dans le but de nous faciliter la tâche si besoin et tu refuses de te fier à moi ? Qu'est-ce que tu penses avoir de plus que moi Kahil ?

— Une simple erreur remettrait ta sécurité en question Nyrva, je refuse de te perdre. Je veux mettre toutes les chances de mon côté pour te protéger, répondit-il sur le même ton.

Nyrva leva les yeux au ciel.

— Pourquoi avoir passé toutes ces années à m'apprendre à me battre et à m'apprendre à être observatrice si, au final, tu n'as pas confiance en tes propres enseignements, Kahil ?

— Encore une fois, je préfère te laisser croire que je ne te fais pas confiance que de prendre le risque de te perdre bêtement.

Agacée, la jeune femme ne prit pas la peine de répondre et se dirigea vers le palais. Bien qu'elle comprenne le raisonnement de son ami, elle détestait le fait d'être sous-estimée de cette façon. Kahil ne l'avait pas habituée à ce genre de comportement et contre toute attente, cela la blessait.

CHAPITRE 12

Comme les trois jours précédents, Nyrva était de mauvaise humeur. Elle dormait mal la nuit, ses pensées étant constamment tournées vers le fait que Kahil et elle s'étaient quittés en mauvais termes et qu'ils ne s'étaient pas reparlé depuis. En vingt-cinq années d'amitié, c'était la première fois qu'ils se disputaient réellement et cela ne plaisait absolument pas à la jeune femme, d'autant plus qu'ils se trouvaient en territoire ennemi et que l'un comme l'autre pouvait perdre la vie à tout moment.

— Je sais que je n'aurais pas dû, mais il passe son temps à me traiter comme une enfant, répéta Nyrva encore une fois.

Aria leva les yeux au ciel avant de s'installer en face de son amie qui pliait du linge.

— Je sais bien Nyrva, cela doit bien être la cinquantième fois que tu me le dis depuis votre altercation, répondit-elle tout en essayant de masquer son agacement.

Bien qu'elle adorait son amie et qu'elle appréciait être l'amie vers laquelle on se tournait lorsque l'on était en quête de conseils, elle n'en pouvait plus de répéter la même chose. D'autant plus que Nyrva ne semblait pas vouloir de ses conseils, son seul objectif ayant l'air d'être de se plaindre.

— C'est juste que je trouve ça hyper dénigrant, j'ai l'impression d'être traitée comme une bonne à rien alors que je sais que j'ai la capacité de faire plein de choses, continua-t-elle sans remarquer l'irritation de son amie. Il devrait le savoir lui aussi puisqu'il est la personne qui m'a entraînée.

Aria attrapa un autre drap pour le plier.

— Je vais te répéter la même chose que ce que je te dis depuis trois jours, mais tu n'as que faire de sa reconnaissance Nyrva. Le plus important est que, toi-même, tu saches ce dont tu es capable. Au diable Kahil s'il n'est pas en mesure de reconnaître tes talents. Il n'est personne après tout, cracha Aria l'air soudainement davantage agacée qu'elle ne l'était quelques minutes plus tôt.

Nyrva soupira, arrêtant ce qu'elle était en train de faire.

— Tu as raison, je le sais, reprit-elle. Mais c'est plus simple à dire qu'à faire. Actuellement, Kahil est ce qui se rapproche le plus d'une famille pour moi. Je n'ai littéralement personne d'autre. Je m'en veux énormément mais je serai incapable de m'excuser.

Aria posa un panier en osier avec force sur la table, faisant sursauter son amie.

— Par pitié Nyrva, encore une plainte et je risque d'exploser. Arrête tes jérémiades si tu ne veux recevoir aucun conseil de ma part. C'est tellement agaçant, j'ai l'impression d'être condamnée à t'écouter geindre.

Elle retira les draps qui étaient posés devant la jeune femme pour les remettre dans un panier.

— Lève-toi et agis en adulte, va retrouver Kahil, excuse-toi ou fais-lui ces reproches directement, mais ne remets pas les pieds ici tant que tu n'en as pas fini avec cette affaire. Je ne le supporterai pas une seconde de plus.

Nyrva posa un regard surpris sur son amie. Elle ne l'avait jamais vu aussi en colère et elle n'aurait jamais cru qu'Aria était capable de parler de cette façon, elle qui était habituellement si douce et si calme. Elle acquiesça silencieusement d'un signe de tête.

— Je suis désolée, je ne pensais pas être aussi insupportable, s'excusa-t-elle rapidement. J'ai moi-même du mal avec les personnes qui se comportent ainsi habituellement, je n'ai aucune excuse.

— Tout va bien Nyrva, nous sommes amies. Tu ne m'écoutais pas lorsque je te donnais gentiment mes conseils, j'ai donc pensé que tu avais peut-être besoin d'être légèrement secouée, se justifia la jeune blonde avec un léger sourire coupable sur les lèvres. Tu peux continuer à geindre, je serai toujours là pour t'écouter. Mais je sais que tu n'es pas ce genre de personne, cela te libérera davantage d'en discuter directement avec le principal concerné. La preuve, tu rumines depuis trois jours et au final, rien n'avance.

Nyrva se leva soudainement de sa chaise qui grinça bruyamment sur le plancher. Elle plaça ses deux mains à plat sur la table face à elle.

— Tu as raison, je vais en parler avec Kahil, clama-t-elle d'une voix ferme. Je vais le voir tout de suite, je te raconterai ce soir.

Aria la salua en riant, Nyrva avait beau être son aînée, elle se comportait parfois comme une enfant, songea-t-elle.

Nyrva se dirigea vers la guilde des forgerons d'un pas décidé, révisant mentalement ce qu'elle prévoyait de dire à son meilleur ami. Elle comptait s'excuser bien évidemment mais pas avant de lui avoir révélé tout ce qu'elle avait sur le cœur. Elle ne supporterait pas plus longtemps d'être ainsi traitée par lui. Kahil devait ouvrir les yeux sur ses capacités, elle ne se laisserait plus faire bien qu'elle sache qu'il ne pensait pas à mal. Le fait qu'il la materne l'agaçait, elle avait vingt-cinq ans, il était temps qu'il cesse de se comporter comme un grand frère trop protecteur.

Au détour d'une allée, elle déboucha enfin sur les ateliers. Comme trois jours plus tôt, les artisans étaient en pleine effervescence et se hâtaient pour terminer la commande passée par l'armée. On se serait cru dans une fourmilière, les petites bâtisses étaient noires de monde, les forgerons allant et venant les bras chargés de métal. La jeune femme était véritablement impressionnée.

Elle se mit en quête de son ami, s'enfonçant dans l'atelier et s'attendant à le trouver au même endroit que la dernière fois mais elle ne le trouva pas. Elle fit le tour trois fois sans succès, Kahil n'était visiblement pas là. Elle fronça les sourcils, perplexe, repensant à leur dernière conversation. Le jeune homme avait exprimé son besoin d'explorer le palais afin de pouvoir mettre au point un plan, mais était-il possible qu'il ait décidé de le faire en plein jour alors qu'il était censé travailler ?

Elle sortit de l'atelier pour s'installer sur le muret qui avait été le témoin silencieux de leur dispute quelques jours plus tôt. Si Kahil revenait travailler, elle le verrait forcément passer d'ici. Elle n'avait pas besoin de s'inquiéter, elle ne doutait pas du fait qu'il ne ferait jamais rien qui mettrait sa couverture et donc sa vie en danger. Elle attendit donc patiemment pendant une heure puis deux, mais Kahil ne revint pas. Une montée d'inquiétude commença à envahir Nyrva. Et s'il lui était arrivé quelque chose ? Et si Leya avait révélé au grand jour sa couverture ? Et s'il était enfermé dans les geôles du palais ? Et s'il était mort ? Un tourbillon de doutes s'empara d'elle. Elle se mit à suffoquer, elle essaya de respirer, de contrôler les sentiments d'appréhension et de terreur qui s'infiltraient doucement en elle mais elle en était incapable.

Se faisant violence, elle se leva du muret. Peut-être que Kahil n'était que malade et que de ce fait il avait pris sa journée pour traîner au lit.

« Aucune raison de s'inquiéter Nyrva, tu te trouveras ridicule quand tu te rendras compte qu'il était juste malade. Rien de bien grave, juste un petit rhume. » se força-t-elle à penser pour se rassurer. Elle se dirigea de nouveau vers les ateliers, peut-être que l'un des collègues de son ami en savait plus et qu'il pourrait la rassurer davantage. Elle s'arrêta devant l'entrée, inspira profondément et se dirigea vers le maître de la guilde. Il était facile de l'identifier grâce au tatouage qu'il portait au niveau de l'épaule droite, un marteau et une enclume. Du haut de son mètre quatre-vingt-dix et de ses cent kilos de muscles, il la toisa d'un air circonspect.

— Tu as besoin de quelque chose ? la questionna-t-il d'une voix grave et ferme.

— Je suis à la recherche de Kahil, il travaille avec vous depuis peu. Je ne le vois pas, répondit Nyrva d'une voix faible et chevrotante pour laquelle elle se détesta du plus profond de son être.

Le colosse haussa un sourcil, une lueur de surprise passant dans son regard sombre.

— Je n'ai pas de nouvelle de Kahil depuis hier, l'informa-t-il. Il n'est pas venu au travail et n'a prévenu personne. Si jamais tu le trouves, rappelle-lui que je ne plaisante pas avec les tire-au-flanc, conclut-il avant de reprendre ce qu'il faisait avant l'intervention de la jeune femme.

Nyrva balbutia des remerciements décousus et s'éloigna de nouveau de l'atelier pour se rasseoir sur le muret. Elle avait besoin de réfléchir. C'était étrange, cela ne semblait pas être une décision qu'aurait prise Kahil, il n'aurait jamais risqué d'attirer l'attention aussi bêtement. Elle soupira profondément, elle devait absolument le retrouver. Avec un peu de chance, il aura juste dérogé à ses obligations afin d'explorer le palais et d'en dessiner une carte pour l'évasion d'Iyaan. Cela ne la mènerait à rien de penser au pire, aussi se refusa-t-elle à le faire.

Elle se leva d'un bond et prit la route pour les quartiers des forgerons. Tous les artisans vivaient dans la même aile du palais, ils étaient répartis dans les chambres en fonction de la guilde à laquelle ils appartenaient. Nyrva n'eut pas beaucoup de mal à trouver les quartiers des forgerons mais eut bien du mal à découvrir quelle chambre son ami occupait depuis plusieurs semaines. Elle pensa soudain au fait qu'elle ignorait tout de la vie de Kahil au palais depuis leur arrivée. Elle avait rencontré Aria, mais le jeune homme avait-il rencontré d'autres personnes ? Avait-il noué des amitiés avec certains d'entre eux ? Tant de questions auxquelles elle n'avait pas de réponse. Elle se rendit compte que leurs conversations tournaient la plupart du temps autour de son quotidien à elle au palais, mais jamais autour de celui de Kahil qui, au final, ne lui racontait pas grand-chose.

Elle interrogea plusieurs hommes qu'elle croisa, leur demandant s'ils connaissaient un forgeron du nom de Kahil. La plupart semblaient savoir de qui il s'agissait, ce qui rassura la jeune femme. S'il était arrivé quelque chose à son ami, peut-être réussirait-elle à trouver des alliés pour l'aider parmi les connaissances de ce dernier.

Elle finit par trouver quelqu'un qui lui indiqua précisément où se trouvait la chambre du jeune homme. Elle s'y rendit immédiatement, ne se donnant pas la peine de frapper à la porte avant d'entrer. La pièce était vide. Elle soupira, Kahil semblait partager sa chambre avec deux autres personnes, des vêtements traînaient ici et là et une dague familière trônait sur un lit défait. Nyrva la récupéra et l'attacha à sa ceinture sous sa tunique, elle pourrait peut-être être utile dans un avenir proche. Elle inspecta la chambre du regard, à la recherche du moindre indice, de la moindre piste, du moindre message que le résistant aurait pu laisser, mais rien. La pièce était démunie d'intérêt, ses murs gris lui conféraient une ambiance austère. Seuls les trois lits, un bureau et une grande armoire que se partageaient les trois hommes l'occupaient.

Elle en sortit, laissant la porte claquer bruyamment derrière elle. Encore une fois, elle interrogea les hommes qu'elle croisa, espérant que l'un d'eux en sache davantage ou que quelqu'un lui dise clairement où trouver son compagnon, mais personne ne semblait s'intéresser à la disparition de ce dernier.

Essayant de ne pas se laisser submerger par la panique, elle alla se balader dans les couloirs du palais, espérant le croiser au détour de l'un d'eux. Cela ne devait pas être si grave, il devait sûrement être quelque part, en sécurité, vaquant tranquillement à ses occupations pendant qu'elle s'imaginait un drame fictif qui n'avait pas eu lieu.

Elle pressa le pas bien qu'elle marchait sans but, empruntant les couloirs et les escaliers au hasard. Au dédale d'un couloir vide, elle percuta quelqu'un alors qu'elle ne regardait pas devant elle, trop préoccupée pour lever les yeux qui étaient rivés vers le sol. Elle rebondit sur le torse de l'inconnu qui la rattrapa par le poignet pour lui éviter la chute. La jeune femme leva la tête vers l'inconnu en se frottant le front.

— Aïe, dit-elle. Je suis désolée, je ne regardais pas où j'allais, s'excusa-t-elle avant de se rendre compte qu'elle se trouvait face à Naïl, le prince et frère de l'Empereur.

Elle se maudit mentalement, elle n'avait pas le temps pour ça, elle devait absolument retrouver son ami.

— Nyrva ? demanda-t-il, surpris.

Elle cligna plusieurs fois des yeux, surprise qu'il se souvienne de son prénom.

— C'est moi qui suis désolé, je ne regardais pas plus devant moi que toi. Qu'est-ce que tu fais ici ? la questionna-t-il.

La jeune femme fronça les sourcils, ne comprenant pas la question. Elle regarda autour d'elle, le couloir semblait ressembler aux autres, pourquoi n'aurait-elle pas le droit d'être ici ? Comprenant qu'elle ne comprenait pas la question, le prince sourit.

— Nous sommes dans l'aile des chevaucheurs, aucun souci avec le fait que tu sois ici. C'est juste que c'est rare de voir autre chose que des hommes dans ces couloirs, expliqua-t-il. À moins que tu sois là pour rendre visite à quelqu'un ? ajouta-t-il sur un ton faussement innocent qui sous-entendait beaucoup de choses.

Le rouge monta aux joues de la jeune femme qui s'empressa de démentir avant qu'il ne se fasse des idées.

— Absolument pas ! Je suis à la recherche d'une personne et j'ai dû me perdre. Je ne regardais pas vraiment où j'allais, dit-elle rapidement.

— Je vois, répondit Naïl.

Les coins de ses lèvres se relevèrent légèrement.

— Tu te perds assez souvent je trouve, se moqua-t-il. Je peux peut-être t'aider, qui cherches-tu ? ajouta-t-il réellement curieux.

— Kahil, c'est un ami. Il travaille pour la guilde des forgerons, répondit naturellement Nyrva.

Après tout, peut-être que le prince était sa meilleure chance. Si Leya les avait trahis, il devait être au courant.

— Et pourquoi es-tu à sa recherche ? demanda-t-il d'une voix calme.

S'il savait quelque chose, il le cachait bien.

— Je n'ai pas eu de ses nouvelles depuis plus de trois jours alors qu'avant ça je le croisais quasiment tous les jours, se justifia la jeune femme.

— Je vois, répondit le prince en s'appuyant contre un mur face à une fenêtre. Je vais envoyer quelqu'un le chercher, si j'en apprends davantage, je te contacterai.

— Vraiment ? demanda Nyrva en criant presque, surprise par la réponse du jeune homme.

Il acquiesça silencieusement. La jeune femme fronça les sourcils, sceptique, ce qui eut le mérite de faire rire Naïl.

— Si tu as quelque chose à dire, dis-le Nyrva, ne me regarde pas de cette façon, finit-il par dire.

Elle s'adossa à la fenêtre, en face du prince, les bras croisés, avant de répondre.

— Bien que j'apprécie énormément ta sollicitude, c'est très gentil de ta part de prendre la peine de m'aider, commença-t-elle. Je ne peux m'empêcher de me demander pourquoi tu le fais ? Tu es prince d'un empire qui déteste mon peuple au point d'essayer de le décimer. C'est même assez surprenant que je me sente assez en sécurité pour te dire tout cela sans avoir peur de me faire exécuter. Quelles sont tes réelles intentions ? conclut-elle.

— Je sais que tu as intégré le palais dans le but de récupérer des informations, commença-t-il.

Le visage de la jeune femme se ferma, elle s'était mise dans une situation dangereuse. Elle s'apprêtait à répondre mais le prince la devança.

— Ne t'en fais pas, tu n'es pas en danger avec moi ; je ne suis pas mon frère. C'est d'ailleurs parce que je ne suis pas mon frère que je souhaite t'aider et que tu peux me parler aussi librement sans te faire exécuter, ajouta-t-il sur un ton plus sérieux.

— Je ne comprends pas, murmura l'espionne qui avait été percée à jour.

— Je ne partage pas les desseins de mon frère, je suis pour une politique d'égalité concernant les Arzis. C'est pour cette raison que la plupart des domestiques Arzis sont bien traités au palais. Je gère les affaires internes tandis que mon frère s'occupe de la politique de l'Empire, expliqua-t-il.

— Mais il connaît ta position sur le sujet ?

— Évidemment, il ne l'accepte pas, mais cela ne change rien, dit-il.

Nyrva le fixa dubitative. À aucun moment, il ne lui était venu à l'esprit qu'il avait pu la percer à jour alors qu'il était le plus à même de pouvoir le faire.

— Concernant le fait que tu appartiennes à la Résistance, ajouta-t-il. Je l'ai su dès que j'ai posé les yeux sur toi. Personne n'entre au palais sans que je ne le rencontre avant, mais je sais qu'il est possible d'acheter certains gardes.

Nyrva ferma les paupières, elle avait besoin de reprendre ses esprits. Avec un peu de chance, il ne la ferait pas exécuter tout de suite pour trahison, il le disait lui-même, il n'était pas son frère.

— Je ne vais rien te faire Nyrva, dit-il doucement. Je le répète, tu ne crains rien de moi.

— Pourquoi ? demanda-t-elle d'une voix basse mais ferme.

Il croisa les bras.

— Contrairement à ce que pense Elias, j'estime que vous avez le droit de vous défendre. On ne peut pas s'attaquer à un peuple tout entier en espérant qu'il courbera l'échine sans se défendre, déclara-t-il. Je suis contre ce que mon père a commencé et je suis contre ce que mon frère perpétue depuis quelques années. La seule raison pour laquelle je n'ai pas fui cette famille est que je reste persuadé que je peux changer les choses depuis l'intérieur. Je serai toujours plus utile pour les Arzis en étant l'allié de mon frère qu'en étant son ennemi.

La jeune femme posa un regard troublé sur le prince. Elle n'aurait jamais cru entendre ce discours de sa part, mais d'une certaine façon cela la rassurait. Leur cause n'était pas totalement perdue s'ils avaient des alliées au sein des plus hautes sphères de l'empire. Elle devait absolument en parler à Kahil et Rima.

— Je dois avouer que je ne pensais pas trouver en toi un allié des Arzis, répondit-elle encore incrédule. Kahil, l'ami que je cherche, a rejoint le palais avec moi. Je ne pense pas que tu l'aies déjà vu.

— Je l'ai déjà rencontré, la contredit-il. C'est moi qui me suis rendu à la guilde des forgerons pour passer la dernière commande de l'Empereur, il y était. C'était le seul visage que je ne connaissais pas. Encore une fois, j'ai compris qu'il devait être un résistant, expliqua-t-il face au regard circonspect de la jeune femme.

— Moi qui pensais que nous étions discrets, dit-elle, une pointe d'ironie dans la voix.

— En réalité, vous l'êtes. Personne n'est au courant du fait que le palais a déjà été infiltré plusieurs fois par la Résistance. Je suis le seul au courant et je dois uniquement cela à ma bonne mémoire des visages, dit-il en souriant. Alors, quels sont les plans de la Résistance ? Je ne me suis jamais trahi devant un espion comme je viens de le faire avec toi. J'avoue que je suis curieux de connaître votre façon de travailler depuis plusieurs années.

Nyrva soupira.

— Tu m'excuseras d'être aussi méfiante, mais je ne pense pas qu'il soit justifiable pour moi de t'en dire davantage. La vie de bien trop de personnes est en jeu malheureusement, répondit-elle.

— Je comprends, dit-il. Je ferai mes preuves, Nyrva. Je te donnerai des raisons de me faire confiance dans le futur.

La jeune femme l'observa. Contre toute attente, son cœur s'emballa. Elle lui offrit un léger sourire.

— Merci de croire en notre cause, il m'arrive d'arrêter de le faire parfois. Le fait de savoir que même toi, tu y crois, ça me redonne de l'espoir, conclut-elle.

Il lui rendit son sourire avant de se diriger vers le bout du couloir.

— Je reviendrai vers toi lorsque j'en saurai davantage pour Kahil, lança-t-il avant de disparaître.

CHAPITRE 13

Cinq jours s'étaient écoulés sans que Nyrva n'ait eu de nouvelles de Kahil ou de Naïl. Elle se retourna encore une fois dans son lit. Elle n'avait pas connu une nuit de sommeil digne de ce nom depuis des jours et la fatigue commençait à se faire plus que ressentir. Elle ne tiendrait pas longtemps comme cela. La nuit était bien avancée, mais plusieurs heures la séparaient encore du lever du soleil. Décidant qu'il était inutile d'essayer de se rendormir, elle se leva doucement. Aria dormait profondément. Ces derniers jours, son amie avait dû travailler deux fois plus pour rattraper ses bêtises. Nyrva, trop fatiguée pour effectuer ses tâches correctement, ne cessait de faire des erreurs. Agacée, la cheffe des lavandières avait donc suggéré qu'elle cesse de venir travailler quelques jours, le temps qu'elle en apprenne davantage sur la disparition de Kahil et qu'elle aille mieux.

La jeune femme avait fini par raconter à son amie sa rencontre et sa conversation avec le prince Naïl. Kahil n'étant plus là pour la conseiller, elle avait besoin de se confier à quelqu'un d'autre. Aria avait été surprise au début, mais après réflexion elle avait déclaré que cela faisait sens, Naïl était bon avec tout le monde, il aidait même les domestiques lorsqu'il le pouvait. Qui d'autre que lui aurait pu devenir un allié de la Résistance au sein de ce palais ? Nyrva, quant à elle, restait assez suspicieuse au sujet de cette conversation. Elle avait beau croire ce que lui avait dit le prince, elle restait tout de même méfiante. Et s'il s'agissait d'un piège ? Et s'il essayait simplement de gagner sa confiance pour ensuite la piéger ? Le prince avait beau avoir l'air sincère, elle ne pourrait jamais lui faire totalement confiance. Il restait le petit frère de Elias Sayyadi. Il restait un membre de la famille Impériale.

La jeune femme s'habilla hâtivement sans faire de bruit. Elle enfila sa tenue de travail, une épaisse robe de mousseline bleue, elle posa un châle sombre en laine sur ses épaules avant de quitter la chambre discrètement, s'assurant que son amie ne s'était pas réveillée entre-temps.

Sans surprise, les couloirs étaient déserts, tout le monde devait dormir à cette heure-ci. Nyrva prit conscience du fait que les gardes ne patrouillaient que très rarement dans les quartiers des domestiques. Était-ce là une volonté du prince de laisser assez d'espace aux espions pour qu'ils puissent s'infiltrer et se rencontrer discrètement sous le couvert du voile de la nuit ? Cela ne l'étonnerait pas, à vrai dire plus rien ne pouvait l'étonner maintenant qu'elle avait appris l'opinion du prince sur la politique de son frère. Elle se dirigea vers les jardins. La nuit était glaciale, la jeune fille resserra son châle sur ses épaules, elle avait besoin de la morsure du froid pour se remettre les idées en place afin de pouvoir réfléchir correctement. Ces derniers jours, elle avait continué son exploration du palais, priant pour croiser son ami Kahil au détour de chaque couloir. Elle s'était de nouveau rendue dans les ateliers de la guilde et dans les quartiers des forgerons à plusieurs reprises, mais rien. Personne n'avait aperçu Kahil depuis sa disparition et personne ne semblait s'en inquiéter. Elle inspira profondément, elle devait se rendre à l'évidence, ses espoirs étaient vains. Son ami devait sûrement croupir dans l'une des geôles du donjon, près d'Iyaan. Leya avait sûrement fini par donner son nom à l'Empereur qui l'avait fait arrêter. Ce serait certainement bientôt au tour de la jeune femme. Un désagréable frisson parcourut son corps à cette pensée, elle ne pouvait pas rester sans rien faire. Elle devait trouver une solution pour libérer ses compagnons ou alors elle devait prendre la fuite avant d'être elle-même arrêtée.

Ses pas la menèrent jusqu'au banc sur lequel elle avait pris l'habitude de retrouver Kahil. Elle s'y installa tout en maudissant mentalement sa cousine. Elle n'arrivait toujours pas à croire qu'elle ait pu leur faire ça, qu'elle ait pu passer du côté de l'ennemi. Qu'avait-il bien pu se passer au sein de la Résistance après leur départ pour que Leya décide d'abandonner le groupe ? Bien que Nyrva n'eût jamais particulièrement fait confiance à la jeune fille, jamais elle ne l'aurait cru capable d'une trahison aussi grande. Elle ne cessait de se demander ce qu'elle pouvait bien avoir à y gagner, quelles étaient ses motivations ?

Les jardins n'étaient éclairés que par la douce lumière des deux lunes, leurs éclats étaient particulièrement intenses cette nuit-là. Nyrva riva son regard vers le ciel pour observer les étoiles, elle n'avait pas pu le faire depuis sa première nuit dans le désert en tant que membre de la Résistance.

— Tu es seule ? demanda une voix grave sur sa droite.

La jeune femme se leva d'un bond, portant sa main à sa taille où la dague qu'elle avait retrouvée dans la chambre de Kahil était toujours cachée. Elle se retrouva nez à nez avec Naïl. Elle fronça les sourcils, surprise de le trouver ici.

— Qu'est-ce que tu fais dans les jardins des domestiques à cette heure-ci ? Les jardins privés sont devenus trop petits pour toi ? demanda-t-elle d'une voix calme empreinte d'ironie.

Le prince rit légèrement avant de s'asseoir sur le banc sur lequel la jeune femme était assise quelques secondes plus tôt.

— Pour ton information Nyrva, ces jardins sont publics et ouverts à tous. Je n'ai pas à justifier ma présence ici, répondit-il d'un air taquin.

Elle leva les yeux au ciel avant de s'asseoir à ses côtés. L'odeur du prince lui chatouilla les narines, un mélange d'orage, de mer et de citron agréable.

— Tu n'arrives pas à dormir ? demanda-t-il d'une voix qui laissait transparaître son inquiétude.

Elle confirma d'un hochement de tête.

— Depuis la disparition de Kahil, je ne parviens plus à fermer l'œil. Je ne cesse de penser au pire, avoua-t-elle sans honte.

— Qu'est-ce que vous êtes l'un pour l'autre ? demanda Naïl qui ne fit aucun effort pour masquer sa curiosité.

La question surprit Nyrva, elle avait grandi dans un milieu si restreint dans lequel tout le monde se connaissait. Aussi loin qu'elle s'en rappelât, elle n'avait jamais eu à justifier leur relation. Jamais elle n'avait réalisé avant ce soir à quel point elle avait eu de la chance de vivre dans une bulle coupée de la réalité toutes ces années durant.

— Nous sommes meilleurs amis depuis notre enfance, je le considère un peu comme un frère. Nous avons grandi ensemble et d'une certaine façon il m'a tout appris. Il est aussi la dernière personne qu'il me reste, expliqua-t-elle avec mélancolie.

— Comment ça ? Tu n'as pas de famille ? la questionna-t-il surprit.

Nyrva se surprit à ressentir de la tristesse. Elle ne s'était toujours pas rendu pleinement compte qu'elle n'avait plus de famille de sang et elle avait encore du mal à en parler. Les évènements s'étaient enchaînés si rapidement qu'ils lui semblaient si peu réels, comme s'il s'agissait d'un vague rêve qu'elle avait vécu il y a longtemps.

— Mes parents sont décédés alors que je n'avais que quelques mois, j'avais un frère aussi de ce qu'on m'a dit mais il est également mort. J'ai été élevé par ma tante Nada, mais elle a été récemment assassinée par les gardes impériaux, donc non je n'ai pas vraiment de famille, raconta-t-elle d'une douce voix qui laissait transparaître sa tristesse.

Naïl riva son regard vers le sol, mal à l'aise. Une vague de culpabilité le submergea sans qu'il ne puisse la refouler.

— Pour tes parents, c'est la faute de mon père, je suppose ? demanda-t-il dans un souffle, craignant que la jeune femme confirme ses suppositions.

Elle acquiesça d'un léger hochement de tête.

— Je suis désolé.

Nyrva posa un regard empli de bienveillance sur le prince.

— Tu n'as pas à l'être. Aucun enfant ne devrait porter le fardeau de ses parents. Tu n'es ni ton frère ni ton père Naïl. Arrête de t'excuser pour leurs fautes. Tu n'es responsable de rien.

Le jeune homme lui rendit son regard, une lueur de surprise dans les yeux. Il lui adressa un sourire plein de reconnaissance. On l'avait élevé avec le discours inverse, c'était la première fois que quelqu'un le voyait juste comme Naïl et non pas comme le prince Naïl, le frère de l'empereur Elias Sayyadi.

— Malgré tout, je suis sincèrement désolé pour tout ce que tu as dû endurer sous prétexte que tu es née Arzi. Je te fais la promesse que les choses changeront un jour, ajouta le prince d'une voix basse mais déterminée.

Il avait beau être prince, il restait susceptible de se faire arrêter pour trahison si quelqu'un l'entendait fomenter contre le pouvoir en place. Nyrva ne répondit pas, se contentant de lui adresser un sourire avant de retourner à sa contemplation des étoiles. Naïl, lui, l'observa, elle, pendant un moment avant de lever. Au loin, la ligne d'horizon commençait à s'éclaircir légèrement. Une nouvelle journée sans nouvelles de Kahil allait commencer pour Nyrva. Elle soupira, se ressassant les mots de Naïl. Elle espérait voir de son vivant un monde dans lequel les Arzis seraient totalement libres mais elle doutait que cela arrive, cette simple pensée n'était qu'un fantasme. Le prince était un rêveur et bien qu'il ait du pouvoir, il n'en avait malheureusement pas suffisamment pour mettre à exécution sa vision du monde.

Le jeune homme inspira profondément, faisant sortir Nyrva de ses pensées. Elle posa sur lui un regard intrigué.

— Je suis désolé de devoir te l'annoncer de cette façon, mais la raison pour laquelle je t'ai rejoint cette nuit est que j'ai des nouvelles de ton ami Kahil, avoua-t-il, une pointe de compassion dans la voix.

Nyrva se leva d'un bond.

— J'aurais voulu t'apporter de meilleures nouvelles, mais il a bien été arrêté sous demande de l'Empereur. On l'aurait informé que ton ami est un traître et qu'il espionne pour le compte de la Résistance. Il va certainement se faire exécuter.

CHAPITRE 14

Naïl avait fini par raccompagner la jeune femme dans sa chambre. Il se rendait bien compte qu'elle allait mal, la fatigue et la préoccupation ne lui permettaient plus de réfléchir correctement. Il l'avait laissée avec Aria, la lavandière, non pas sans promettre qu'il repasserait prendre de ses nouvelles la nuit prochaine.

Nyrva n'avait même plus assez d'énergie pour se retourner dans son lit. Elle restait simplement là, allongée, immobile. Iyaan et Kahil avaient été faits prisonniers par la faute de Leya. Elle se retrouvait donc seule, en territoire ennemi, sans trop savoir quoi faire. Plus que jamais, Rima lui manquait, elle avait besoin de ses conseils et de ses directives. Elle avait eu raison de s'être opposée à l'idée de les envoyer seuls au palais. Ils auraient dû l'écouter.

Aria l'avait laissée seule, elle devait travailler. La jeune fille lui avait promis qu'elle repasserait dans la journée pour prendre de ses nouvelles et également pour lui apporter de quoi se nourrir mais Nyrva n'avait pas envie de manger. Elle n'avait envie de rien. Après tout, c'était maintenant une question de jour avant qu'elle ne se fasse elle-même arrêter. Leya n'allait certainement pas l'épargner alors qu'elle avait déjà fourni les noms d'Iyaan et Kahil. Elle soupira, elle était épuisée. Elle ferma les yeux et se laissa aller dans les bras de Morphée.

Nyrva avait l'impression d'avoir dormi pendant des jours lorsque la porte de sa chambre se referma brusquement, la réveillant en sursaut. D'un bond, elle se redressa sur son lit pour découvrir le nouvel arrivant, Naïl. Elle soupira, lassée, avant de se rallonger et de se retourner pour faire face au mur.

— Qu'est-ce que tu veux ? lui demanda-t-elle d'une voix presque inaudible, sans prendre la peine de le regarder.

Le prince s'installa sur le lit inoccupé d'Aria qui se trouvait en face de celui de la jeune femme.

— Tu comptes te laisser dépérir encore longtemps ? demanda-t-il agacé, ignorant la question qui lui avait été posée.

Elle ne répondit pas, laissant un lourd silence s'installer dans la petite chambre.

— Nyrva, tu n'aideras personne en te comportant de cette façon. Je sais que c'est dur pour toi, mais je pense que tu ne t'attendais pas à ce que tout soit tout rose en intégrant la Résistance, non ? reprit-il.

Toujours aucune réponse de la jeune femme. Contrarié, le jeune homme se leva pour s'approcher du lit dans lequel elle se trouvait. Il empoigna la couverture qui était posée sur elle et d'un geste, la lui enleva, la laissant glisser au sol. Nyrva se leva d'un bond, rouge de fureur.

— Mais qu'est-ce que tu fais ? cracha-t-elle en colère.

— Tu vois que tu es capable de te lever, tonna-t-il d'une voix ferme. Habille-toi et rejoins-moi dehors, tu as cinq minutes, ordonna-t-il d'une voix qui ne laissait pas de place aux contestations.

Sans lui laisser le temps de répondre, il se dirigea vers la porte de la pièce qu'il ferma brusquement derrière lui.

Exaspérée, Nyrva s'empressa de troquer son pyjama pour un pantalon et une tunique ample. Elle attacha ses longs cheveux bouclés en une queue de cheval basse et elle quitta la chambre pour rejoindre le prince. Ce dernier l'attendait, adossé contre le mur face à sa porte, les bras croisés. Il la toisa de son regard d'onyx.

— Qu'est-ce que tu veux ? demanda-t-elle lassée par la situation.

— Suis-moi, dit-il simplement avant de se mettre en marche sans donner plus d'explication à la jeune femme.

Elle le suivit en traînant des pieds, n'appréciant pas qu'on s'adresse à elle de cette façon. Ils traversèrent les longs couloirs du palais, s'éloignant à chaque pas des quartiers des domestiques. Nyrva observa attentivement leur environnement. Ils se trouvaient maintenant dans les quartiers des chevaucheurs, cette partie du palais que la jeune femme ne connaissait pas avant de croiser le chemin du prince quelques jours plus tôt. Elle s'immobilisa. N'entendant plus les pas de la jeune femme derrière lui, Naïl s'immobilisa à son tour, et lui adressa un regard curieux.

— Où allons-nous ? lui demanda-t-elle d'une voix ferme.

— Dans ma chambre, j'aimerais qu'on discute à l'abri des oreilles et regards indiscrets, répondit-il sur le même ton.

Elle lui retourna un regard railleur.

— Il y a un problème ? demanda-t-il.

— Cela t'arrive souvent d'emmener des filles dans ta chambre pour discuter alors que tu ne leur as parlé que trois fois ?

Naïl éclata de rire, tandis que son interlocutrice leva les yeux au ciel.

— Oui, Nyrva, j'ai l'habitude d'amener dans ma chambre chaque jeune fille que je rencontre dans les couloirs de ce palais, pour discuter, répondit-il ironique. Veux-tu bien me suivre maintenant ?

La jeune femme se remit en marche en soupirant, devançant le prince alors qu'elle ignorait l'emplacement de sa chambre. Ce dernier essaya de contenir son hilarité avant de la dépasser pour la guider dans le dédale de couloirs.

Les quartiers des chevaucheurs étaient un véritable labyrinthe, c'était la seule partie du palais dans laquelle autant de couloirs s'entrecroisaient sans que cela ait réellement de sens. Le prince lui expliqua que le palais avait été bâti ainsi du temps de la dynastie royale Nasyrian pour qu'en cas d'invasion, les ennemis aient du mal à trouver les chambres des chevaucheurs. Cela avait été réfléchi afin d'éviter qu'ils ne se fassent assassiner dans leur sommeil puisqu'ils étaient la ligne de défense la plus importante de l'Empire. Leurs dragons représentaient un avantage stratégique évident. Bien que Nyrva eût refusé de se montrer intéressée, force était d'avouer que la stratégie était intéressante.

Naïl finit par s'arrêter devant une grande porte en bois simple qu'il déverrouilla rapidement. Il laissa la jeune femme entrer dans sa chambre avant de la suivre. Il referma doucement la porte derrière lui avant de la verrouiller.

Nyrva observa la pièce, ils se trouvaient dans un petit salon, assez similaire à celui des appartements de l'Empereur mais en plus petit et en plus sobre. Les couleurs dominantes étaient le gris, le blanc et le noir. Contrairement à son frère, le prince semblait aimer la sobriété.

— Tu juges la décoration ? demanda-t-il pour la taquiner.

— Tu as meilleur goût que ton frère, répondit-elle simplement.

Il fronça les sourcils, comprenant que la jeune femme avait pu visiter les appartements de l'Empereur.

— Je sais, dit-il en se dirigeant vers un fauteuil en tissu noir dans lequel il s'installa. Fais comme chez toi, mets-toi à l'aise, ajouta-t-il en faisant signe à la jeune femme de s'asseoir.

Elle ne se fit pas prier.

— Tu veux du thé ?

Nyrva posa sur lui un regard sceptique, rien n'avait de sens dans leurs échanges. Elle avait du mal à se rendre compte qu'elle était confortablement installée dans un fauteuil dans le petit salon privé des appartements du prince de l'Empire d'Arzawa. La situation était plus qu'étrange.

— Non merci, ça ira. Je me contenterai d'écouter ce que tu as à me dire, répondit-elle d'une voix ferme.

— Je sais où se trouve Kahil, déclara-t-il en allant droit au but.

Nyrva s'apprêtait à répondre mais il ne lui en laissa pas le temps.

— Laisse-moi terminer avant de dire ce que tu as à dire, ordonna-t-il de sa voix la plus ferme. Nous avons, mon frère, ses conseillers et moi, effectué notre réunion stratégique de la semaine hier. Mon frère nous a annoncé qu'il avait un espion au sein de la Résistance, une jeune fille apparemment qui les a rejoints assez récemment. Ce mois-ci, elle lui aurait livré les noms de deux espions infiltrés, Iyaan Ceret, que nous connaissions déjà, nous avons déjà eu affaire à lui et Kahil Aslani, ton ami. Mon frère les a fait arrêter tous les deux. Il compte leur soutirer toutes les informations possibles avant de les exécuter. Pour le moment, ils n'ont rien dit. Je suppose qu'Elias ne compte pas les laisser s'en tirer de cette façon, il ne les exécutera pas tant qu'ils ne lui auront pas fourni d'informations utiles.

La jeune femme s'affaissa dans son fauteuil, incapable de garder la moindre contenance. Ce qu'elle venait d'apprendre ne la rassurait pas le moins du monde. Kahil était encore en vie certes, mais il se faisait torturer tous les jours. Parfois, la mort était préférable à la vie et la donner était une forme de bonté.

— Tu ne dis rien ? demanda le jeune prince surpris, ignorant tout du conflit intérieur de son interlocutrice.

— Je ne sais pas vraiment quoi dire. Je n'arrive pas à considérer ça comme une bonne nouvelle pour être honnête, déclara-t-elle dans un souffle. Tu sais dans quel état ils sont ?

Naïl ne répondit pas tout de suite, essayant de trouver les bons mots.

— Si tu les revois, tu dois te préparer au fait qu'ils ne seront peut-être plus réellement les mêmes. Les bourreaux de mon frère n'y vont pas de main morte. Je préfère que tu t'attendes au pire pour éviter d'être choquée.

Cependant, ce n'est pas ça qui m'inquiète le plus.

Nyrva lui adressa un regard déterminé, l'encourageant à continuer.

— Tu es forcément la prochaine. Je ne suis pas vraiment emballé à l'idée de venir te rendre visite dans les geôles du palais entre tes deux ou trois séances de torture quotidiennes. Tu ne le supporterais pas et moi non plus.

La jeune femme fronça les sourcils, surprise.

— Pourquoi tu ne le supporterais pas ? demanda-t-elle.

Les commissures de ses lèvres se relevèrent légèrement.

— Je n'aime pas voir mes amis souffrir, pour qui est-ce que tu me prends ?

Nyrva gloussa.

— C'est un honneur pour moi d'apprendre que je suis l'amie de Son Altesse, se moqua-t-elle. Je sais que je suis la prochaine, l'espionne est ma cousine Leya. Je suis d'ailleurs surprise qu'elle n'ait pas commencé par moi. Je pensais qu'elle appréciait Iyaan et Kahil pour être honnête.

Le jeune homme se leva et se mit à arpenter la pièce, faisant les cent pas.

— Et si tu restais cachée ici, dans mes appartements quelque temps ? De cette façon, même si Elias se lance à ta recherche, il ne te trouvera pas, proposa le prince tout en réfléchissant aux possibilités qui s'offraient à eux.

— Ne serait-ce pas étrange ? Les domestiques parleraient forcément entre eux et cela risquerait d'arriver aux oreilles de ton frère, répondit-elle. Je pense que la solution la plus judicieuse serait que tu m'aides à quitter le palais. Il vaudrait mieux que je sois aussi loin que possible.

— En effet, je peux t'aider à quitter le palais.

Elle soupira bruyamment.

— Si seulement les choses étaient aussi simples que cela, déclara la jeune femme. Je refuse de partir sans Kahil. Je ne serai jamais réellement libre s'il reste emprisonné. Je préfère rester au palais à me faire passer pour une lavandière jusqu'à trouver une solution.

— Ce n'est pas une bonne idée Nyrva. C'est risqué, protesta le prince d'une voix grave et ferme.

— Je n'ai jamais dit que c'était une bonne idée, mais je ne quitterai pas cet endroit sans mon ami Naïl ! répondit-elle sur le même ton, irritée que le prince ne comprenne pas.

Il s'immobilisa et se passa une main dans les cheveux. Les rouages de son cerveau étaient en ébullition, il cherchait une solution depuis la veille, sans succès.

— J'ai une audience avec mon frère, prévue ce soir. Reste ici pour le moment, tu seras en sécurité. Nous trouverons une solution à mon retour, dit-il plus calmement. Je ferai tout ce qui est en mon pouvoir pour libérer Kahil mais ne fait rien d'imprudent en attendant s'il te plaît.

À contre cœur, Nyrva acquiesça d'un hochement de tête. Elle pouvait bien faire l'effort d'attendre quelques heures supplémentaires. Après tout, elle était démunie et elle avait besoin de toute l'aide que pouvait lui fournir Naïl.

Avant de s'en aller, le prince lui indiqua la direction du bureau et de sa bibliothèque privée afin qu'elle ne s'ennuie pas durant son absence.

À peine la porte fermée derrière lui, la jeune femme bondit sur ses pieds pour fouiller le bureau. Naïl avait beau affirmer qu'il était de son côté, elle serait bête de le croire sur parole sans faire ses propres investigations.

Elle ne trouva que des cartes, des ordres de missions, des contrats de travail et des factures domestiques. Il n'avait pas menti lorsqu'il disait gérer seul l'intégralité des affaires internes du palais. La jeune femme s'affaissa dans le confortable fauteuil du bureau. La pièce était encore plus simple que le bureau de son frère. Les murs étaient totalement vides, dénués de tableaux ou de tapisseries. Un simple bureau de bois sombre trônait au bout de la pièce, dos à une grande fenêtre qui donnait sur les jardins privés du palais. Les fauteuils autour étaient simples, en cuir noir. Un grand tapis était posé sur le sol, seul élément qui apportait un peu de chaleur parmi toute cette austérité. Il n'y avait rien d'autre si ce n'était des étagères pleines de livres de compte sombres.

Elle finit par se lever pour reprendre son exploration des appartements du prince. Sa chambre, bien que moins grande que celle de l'Empereur, restait immense, la taille de son lit était indécente en comparaison avec son petit lit de domestique. Les appartements comptaient deux salons, trois salles de bains, trois chambres, un bureau, une bibliothèque et un dressing. C'était beaucoup trop pour une seule personne, songea la jeune femme. Elle finit par se décider à faire le tour de la bibliothèque. À sa plus grande surprise, celle-ci était très fournie mais également très variée. Elle s'attendait à ne trouver que des essais sur la guerre, la politique ou l'économie mais le prince avait de nombreux livres d'aventure, de romance ou encore des livres de fiction, comme les folklores de différentes régions du monde. Elle en sélectionna trois et retourna s'installer dans le petit salon dans lequel Naïl l'avait laissée.

Pendant un instant, elle songea à s'en aller. Après tout le prince n'avait aucun ordre à lui donner, elle décidait toujours pour elle-même, mais elle abandonna cette pensée en se rappelant qu'elle n'avait nulle part où aller. De plus, ses chances de sauver ses compagnons étaient bien trop minces si elle s'y prenait seule. Naïl avait plus de chance de réussir cette mission.

Elle s'installa confortablement dans l'un des fauteuils et se laissa entraîner par sa lecture.

Le temps passa sans qu'elle s'en rende compte. Elle avait l'impression que seulement une demi-heure s'était écoulée lorsqu'elle entendit la porte principale s'ouvrir. Naïl était de retour.

— Des nouvelles ? demanda-t-elle pour seule forme de salutation.

Un sourire amusé apparut sur le visage du jeune homme.

— Je t'avoue que j'aurais cru que tu te serais enfuie pendant mon absence, je suis étonné que tu sois toujours là, répondit-il ignorant la question qu'elle lui avait posée.

Il referma doucement la porte derrière lui avant de s'installer dans un fauteuil en face de la jeune femme.

— Comment se sont passées les fouilles ? J'ai passé le test de confiance ?

Nyrva manqua de s'étouffer avec sa propre salive, elle toussa aussi fort qu'elle le put.

— Comment tu peux être au courant ? lui demanda-t-elle les sourcils froncés par la surprise.

Il rit.

— Tu viens de me le confirmer, mais je me doutais bien que tu allais fouiller l'entièreté de mon bureau. Tu ne me fais pas encore confiance ? demanda-t-il comme s'il s'agissait de la question la plus simple du monde.

La jeune femme referma le livre qu'elle tenait encore entre ses mains avant de le poser sur la petite table qui la séparait du prince.

— Ce n'est pas que je ne te fais pas confiance, c'est juste compliqué. On m'a appris à craindre ta famille toute ma vie durant et bien que je sache pertinemment que tu n'es pas ta famille, que tu ne te représentes que toi-même, il m'arrive de me méfier de toi, expliqua-t-elle, le regard rivé sur ses mains posées sur ses genoux. Je suis désolée.

Naïl se détendit, il posa un regard adouci sur la jeune femme.

— Tu n'as pas à t'excuser Nyrva, c'est totalement normal.

Il se leva pour tirer sur une corde qui se trouvait près de la porte principale.

— Tu dois être affamée, c'est pour qu'on nous apporte de quoi manger, expliqua-t-il en croisant le regard curieux de son interlocutrice.

Il s'installa de nouveau sur le canapé et s'éclaircit la gorge avant de reprendre la parole.

— Tes amis ne vont pas se faire exécuter, pour le moment du moins. J'ai convaincu l'Empereur que ça ne servirait pas spécialement ses intérêts d'en faire des exemples, dit-il. Je suis désolé, j'aurais voulu t'apporter de vraies bonnes nouvelles mais pour le moment, je ne peux pas vraiment faire mieux.

— Je comprends, c'est déjà beaucoup. Merci pour tout ce que tu fais, répondit-elle reconnaissante.

On frappa à la porte, deux domestiques entrèrent avec un chariot de plats. Nyrva, surprise par la rapidité avec laquelle les plats étaient arrivés, posa une main sur son ventre qui s'était mis à crier famine. Elle était affamée, ne se souvenant pas de quand datait son dernier vrai repas. L'odeur des plats lui mettait l'eau à la bouche.

Une fois les assiettes disposées sur la grande table, la domestique s'en alla refermant doucement la porte derrière elle. Nyrva se leva, trop impatiente pour faire preuve de bonnes manières, lorsque la porte principale s'ouvrit de nouveau, cette fois sur un homme aux yeux bleus. Il était grand et portait ses longs cheveux blonds en une demi-queue.

— Je vois qu'il est l'heure de dîner, dit-il sans se présenter.

Il referma la porte derrière lui d'un claquement et sourit lorsque son regard se posa sur la jeune femme.

— Voilà donc la fameuse espionne que la Résistance nous a envoyée.

CHAPITRE 15

— Aaron, tu fais peur à notre invitée, dit Naïl railleur.

L'inconnu, Aaron, adressa son plus beau sourire à la jeune femme avant de se diriger vers la grande table. Il tira une chaise et invita Nyrva à s'y installer d'un signe de tête. Cette dernière s'exécuta silencieusement mais lui rendit tout de même son sourire. Aaron prit place face à elle tandis que Naïl s'installa en bout de table, entre ses deux invités.

— Sache que la description que Naïl a faite de toi ne te rendait absolument pas justice, lança le nouveau venu pour briser le silence qui s'installait petit à petit.

— Je n'ai fait aucune description de toi, nia le prince en regardant la jeune femme.

— Permets-moi d'en douter, répondit-elle, sceptique.

Elle posa son regard sur le nouveau venu installé en face d'elle.

— Tu es ? demanda-t-elle curieuse.

Ce dernier fronça les sourcils en regardant Naïl.

— Je n'arrive pas à croire que tu ne lui aies pas parlé de moi, déclara-t-il avant de poser à nouveau son regard sur Nyrva. Je m'appelle Aaron, je suis le commandant de l'armée Impériale. Je suis le second de Naïl, mais tu peux me considérer comme le meilleur chevaucheur de notre génération.

Le prince leva les yeux au ciel.

— Ne l'écoute pas, il est juste mon second, mais je suis le meilleur chevaucheur de cette génération après mon frère, corrigea-t-il.

— L'Empereur chevauche souvent ? demanda la jeune femme intriguée. Il me semblait qu'il a une réputation assez clichée d'Empereur qui ne fait pas grand-chose de ses journées si ce n'est tuer des Arzis innocents. J'ai du mal à l'imaginer à la tête d'une opération militaire, expliqua-t-elle face aux regards perplexes des deux hommes.

— C'est pour cette raison que je t'ai dit que la Résistance est mal informée lorsque l'on s'est rencontré. Vous êtes littéralement aux antipodes de la réalité, déclara le prince l'air troublé. J'ai beau être le général de cette armée, mon frère ne m'a nommé que pour me donner du pouvoir. Il me surpasse en tout point sur le plan militaire. Il n'a absolument pas besoin de moi.si cet empire est ce qu'il est aujourd'hui c'est grâce à lui. Il a conquis ses terres en allant par lui-même sur le terrain. J'ai beau ne pas partager ses idéaux, j'ai du mal avec l'idée qu'on entache son nom en faisant courir de fausses rumeurs à son sujet, dévoila-t-il d'une voix ferme.

Aaron contint son rire.

— Et donc, c'est moi qui fais peur à notre invitée ? dit-il une pointe d'ironie dans la voix, la tête penchée sur le côté droit. Désolé Nyrva, j'ignore comment tu as pu sympathiser avec lui mais cet homme ne sait absolument pas comment se comporter en société, ne lui en tiens pas rigueur.

La jeune femme lui offrit un léger sourire. Elle ne lui en voulait pas, songeant au fait qu'il devait être compliqué pour le prince de faire la part des choses entre ses propres convictions et l'affection qu'il devait éprouver pour son frère. Elle n'avait jamais vu Naïl l'air aussi agacé, ce qui la surprit. Nyrva se rendit compte que le manque d'informations était le plus gros point faible de la Résistance, ce qui était étrange puisque Rima tirait ses informations de Azlan, son djinn. Elle se fit une note mentale, elle devait absolument en parler avec la cheffe de la Résistance. Depuis qu'elle avait rencontré le prince, elle avait l'horrible impression que chaque jour, elle apprenait que ce qu'elle croyait savoir depuis toujours n'était que mensonge. Cela ne lui disait rien qui vaille.

— Je suis désolé, s'excusa Naïl, sortant la jeune femme de ses pensées. Je ne voulais pas être aussi ferme, c'est juste que j'ai l'habitude qu'on invente des choses sur mon frère pour le dénigrer alors qu'on pourrait tout simplement s'en prendre à lui en pointant du doigt tout ce qu'il fait réellement de mal. Mais je suppose que tu n'y peux rien si tu ne sais que ce que la Résistance a voulu te faire croire.

— Je ne pense pas que la Résistance ait voulu me faire croire quelque chose, répliqua-t-elle. Je crois qu'ils pensent réellement que ces informations sont réelles, cela n'aurait pas de sens de mentir à tout le monde.

Aaron rit de nouveau. La jeune femme fronça les sourcils, les ricanements du jeune homme devenaient agaçants.

— Dans ce cas, c'est encore pire que ce que nous pensions. Comment peuvent-ils nous considérer comme leurs ennemis alors qu'ils ne savent rien de nous ?

Nyrva fronça les sourcils, elle avait beau faire confiance à Naïl, elle ne savait rien des positions de son ami. De plus, tout laissait croire qu'il avait l'air assez fier de servir dans l'armée Impériale.

— Si je puis me permettre, Aaron, commença la jeune femme. Nous n'avons pas besoin de connaître nos oppresseurs pour les considérer comme nos ennemis. Si nous commencions à chercher à vous comprendre, cela reviendrait à vous humaniser. Or, il me semble que lorsque vous décimez les nôtres vous ne cherchez pas à en faire de même. Nous ne sommes que des sous-hommes qui ne méritons pas de vivre pour vous ? Vous n'êtes que des sous-hommes qui nous tuent en raison de notre ethnie pour nous, déclara Nyrva d'une voix calme mais ferme.

Elle se félicita mentalement d'avoir réussi à dire ce qu'elle avait à dire sans que sa voix tremble.

Aaron lui adressa un regard surpris, il était mal à l'aise. La jeune femme riva son regard vers le prince qui pouffa. Il se retenait de rire en observant le visage rouge de son ami.

— Nyrva, dit-il en riant. Aaron et moi ne serions pas amis si nous ne partagions pas les mêmes idées. Il est aussi de ton côté. En revanche, c'était une très bonne réplique. J'aurais presque voulu qu'il ne soit pas de notre avis pour voir sa réaction.

Son interlocutrice devint rouge d'embarras.

— Je suis désolée, j'ai mal interprété tes paroles, balbutia-t-elle.

— C'est moi qui ai été maladroit, je n'aurais pas dû dire ça, s'excusa Aaron.

Naïl éclata de rire.

— Si seulement vous pouviez vous voir tous les deux, dit-il en essuyant les larmes d'hilarité qui menaçaient de couler le long de ses joues. Quelle belle équipe on fait là. C'est de ma faute, reprit le prince. J'aurais dû te présenter Aaron comme il se doit Nyrva. Disons que c'est mon ami d'enfance, nous avons grandi ensemble et nous avons rejoint l'armée dans le but de changer les choses de l'intérieur.

— Nous étions de grands naïfs à cette époque, ajouta le jeune blond en reprenant son sérieux. À partir de nos dix ans, Naïl et moi avons grandi dans les beaux quartiers de Qimasheh, la capitale. Forcément, la ville appartient aux Arzis donc c'est parmi eux que nous avons vécu. Après mon dix-neuvième anniversaire, j'ai rencontré une fille, Intisar. Je voulais l'épouser mais un jour, sa famille entière a été assassinée par les gardes impériaux. Je me battrai toujours pour que les Arzis aient les mêmes droits que nous. Je me battrai toujours pour honorer la mémoire d'Intisar.

La jeune femme porta la main à sa bouche, ressentant l'émotion de son interlocuteur.

— Pourquoi les gardes les ont tués ? demanda-t-elle troublée par le parallèle avec ce que sa tante avait subi.

— Parce qu'ils le peuvent et que personne ne leur en tiendra jamais rigueur tout simplement, répondit Aaron d'une voix empreinte de tristesse.

Naïl posa une main compatissante sur l'avant-bras de son ami en signe de soutien silencieux.

— Je t'ai mal jugé, je suis désolée, répéta Nyrva qui s'en voulait de s'être montrée aussi hostile envers lui sans même le connaître.

Il lui adressa un sourire sincère.

— Mon comportement n'a pas aidé, ce n'est rien, répondit-il d'une voix chaleureuse avant de poser son regard sur le prince. Bon, quel est le plan ? Allons-nous enfin renverser ce système ?

Le jeune homme brun leva les yeux au ciel, l'air sincèrement agacé.

— Tu sais bien que ce n'est pas aussi simple. Malgré tout, quoiqu'il arrive, je refuse de me mettre mon frère à dos, murmura-t-il.

— Pourquoi ? demanda Nyrva ne comprenant pas le prince. Depuis notre rencontre, tu me dis ô combien tu es contre la politique de ton frère et ô combien tu es prêt à faire n'importe quoi pour que les choses changent, mais d'un autre côté, tu le défends sans cesse et tu refuses de te le mettre à dos. Je ne comprends pas la nature de votre relation.

— C'est compliqué, Elias et moi n'avons pas le même père biologique, mais c'est le seul dans cette famille qui m'a toujours traité comme si j'étais réellement son frère. C'est le seul qui ne m'a jamais mis face à ma différence, expliqua-t-il le poing serré. Elias et moi avons beaucoup de désaccord, mais il a juste besoin de voir le bon chez les autres. Je reste persuadé que je peux le faire changer d'avis avec le temps. Il n'est pas mauvais au fond.

Nyrva ne répondit pas mais elle doutait sincèrement qu'un meurtrier comme Elias Sayyadi puisse changer du jour au lendemain et puis quand bien même cela arriverait, personne n'était prêt à lui pardonner ses crimes. Les choses n'étaient pas aussi simples que cela.

— Je te comprends Naïl et je ne te blâme pas de voir le meilleur chez lui. En revanche, nous n'avons pas le temps, chaque jour qui passe, des Arzis meurent. Combien d'innocents ton frère devra encore tuer avant que tu parviennes à le faire changer d'avis ? Je ne pense pas qu'il soit judicieux de lui laisser du temps, déclara la jeune femme.

Le prince soupira bruyamment.

— Je le sais Nyrva. Laisse-moi tout de même un peu de temps, s'il te plaît.

Elle lui adressa un léger sourire, elle n'avait pas d'autres choix que de lui en laisser.

Le reste du dîner se déroula plus calmement, la discussion déviant sur des banalités du quotidien. Nyrva apprit que Aaron, bien que possédant sa propre chambre dans les quartiers des chevaucheurs, avait accaparé l'une des chambres des appartements de Naïl. Il y avait élu résidence sans rien demander à personne, au plus grand désarroi de son meilleur ami. La jeune femme ressentit un pincement au cœur, elle était en sécurité, à table avec des personnes avec lesquelles elle pouvait rire pendant que son meilleur ami était emprisonné quelques mètres sous ses pieds et qu'il se faisait torturer. Elle devait absolument trouver une solution.

Elle essaya d'aborder le sujet une nouvelle fois avant de quitter la table.

— Comment se fait-il qu'en étant aussi gradés, vous ne puissiez pas libérer Kahil et Iyaan ? Vous n'avez aucun supérieur si ce n'est Elias, non ? demanda-t-elle alors qu'elle connaissait pertinemment la réponse.

— Si tes compagnons avaient été emprisonnés par n'importe qui d'autre nous aurions pu les libérer à la seconde, mais c'est Elias lui-même qui a demandé leur arrestation. On ne peut rien faire pour l'instant malheureusement, répondit Aaron.

— Je comprends, dit-elle avant de se lever.

— Nyrva, l'interrompit le prince alors qu'elle allait s'en aller. Nous trouverons une solution, je te le promets.

Elle soupira pour seule réponse.

— Je prends la troisième chambre, annonça-t-elle sans attendre de réponse de sa part.

— Je ne te raccompagne pas, tu as déjà dû explorer cette chambre lors de ta fouille, lança Naïl, une pointe d'amusement dans la voix.

Les joues rouges, Nyrva se dirigea vers la dernière chambre inoccupée des appartements. Elle avait en effet déjà eu l'occasion de la visiter dans la journée. Un peu moins grande que celle du prince, elle restait malgré tout plus grande que ce que la décence permettait. De grands et lourds rideaux bleu nuit encadraient la grande fenêtre qui donnait sur les jardins privés du palais. Un confortable tapis blanc était posé sur le sol, les couvertures du grand lit étaient assorties. Le soleil se couchait doucement au loin, illuminant la chambre d'une douce lumière ambrée. La lune argentée était déjà visible dans le ciel, sa jumelle bleue ne tarderait pas à faire son apparition.

La jeune femme se dirigea vers la salle de bains attenante. La baignoire, dans laquelle elle plongea, était infiniment plus spacieuse que celle à laquelle elle avait accès dans les quartiers des domestiques, qu'elle devait partager avec pas moins d'une dizaine d'autres femmes.

Elle ne trouva pas grand-chose dans les armoires si ce n'est un peignoir, une tunique et un pantalon. Elle décida qu'elle se soucierait de sa tenue le lendemain, en attendant, elle ne rêvait que d'une bonne nuit de sommeil. Le soleil s'était couché depuis peu quand elle tira les rideaux pour confortablement s'installer sous les draps de soie blanche. Il ne lui fallut que quelques minutes pour se laisser aller dans les bras de Morphée.

CHAPITRE 16

Deux semaines. C'était le délai que Nyrva avait accordé à Naïl. Elle lui laissait deux semaines pour qu'il trouve une façon de libérer Kahil en utilisant ses méthodes, sans quoi, elle n'en ferait qu'à sa tête. Une semaine s'était déjà écoulée et le jeune prince semblait déjà à court de solutions. Chaque soir, après le dîner, Aaron et lui s'enfermaient dans le bureau pour réfléchir à un plan, chaque soir, elle les entendait soupirer avant de sortir du bureau la mine dépitée.

Dans une semaine, si son ami n'était pas libre, elle se rendrait elle-même dans les cachots, munie d'une simple dague et elle aviserait une fois sur place. Qui sait, peut-être que sur un malentendu elle réussirait à faire quelque chose après tout.

Elle était confortablement installée dans un fauteuil, un livre entre les mains, mais elle ne parvenait pas à se concentrer. Elle avait passé ces derniers jours installée à la même place à profiter de la bibliothèque personnelle de Naïl.

Au final, peut-être aurait-elle dû lui accorder une semaine de délai seulement. Cela la rendait furieuse de penser au fait que Kahil allait encore souffrir pendant au moins sept jours. C'était beaucoup trop, il ne méritait pas ça. Quelle piètre amie elle faisait.

Elle referma son livre brusquement, elle s'en voulait tellement de se sentir bien. Elle s'en voulait de mener une vie normale et confortable alors que Kahil ne bénéficiait pas de ce luxe.

Elle soupira, elle avait besoin de prendre l'air. Elle posa son regard sur la fenêtre, le soleil était encore haut dans le ciel, Aaron et Naïl ne reviendraient pas avant plusieurs heures, elle avait tout le loisir d'aller se balader. Elle retourna dans sa chambre pour récupérer un châle qu'elle noua autour de ses épaules. Le prince lui avait fait apporter des vêtements dans la semaine. Elle avait dû l'arrêter lorsqu'il avait émis l'idée de faire venir une couturière qui pourrait lui confectionner une garde-robe digne d'une princesse. Naïl ne semblait pas comprendre que ses jours ici étaient comptés. Bien que sa sollicitation la touche, la jeune femme avait pour projet de quitter ces murs dès que ses compagnons seraient libres. Elle enfila rapidement une paire de bottes et quitta sa chambre pour se diriger vers la porte qui donnait sur les jardins. Comme elle s'y attendait, l'air était frais. Elle resserra davantage son châle autour d'elle. Chacune de ses respirations se transformait en petit nuage de vapeur. Elle se mit à errer au hasard dans les jardins privés, tout en suppliant les Dieux oubliés de ne pas mettre l'Empereur sur son chemin. La partie des jardins la plus proche était entretenue comme le seraient des jardins de plaisirs, on y trouvait des bosquets de fleurs, des fontaines et des arbustes, mais plus on s'y enfonçait et plus la nature reprenait ses droits.

De grands arbres formaient presque une forêt, dissimulant les grandes plaines rasées qui servaient de pistes d'atterrissage aux dragons et à leurs chevaucheurs. La jeune femme n'avait pas encore osé aborder le sujet avec ses deux nouveaux amis, mais elle était toujours aussi surprise par le fait que personne n'ait remarqué les dragons au palais, les domestiques ne semblaient rien savoir. Cela lui semblait invraisemblable, mais il fallait croire qu'ils étaient très discrets.

Une semaine, c'était le temps qu'il lui restait pour aborder le sujet avec

Naïl ou avec Aaron, c'était le temps qu'il lui restait pour en découvrir un maximum sur les dragons et sur la façon dont ils étaient liés à leur chevaucheur. Elle avait tant de questions, elle était si curieuse à leur sujet qu'elle ignorait par où commencer.

Elle traversa l'une des pistes d'atterrissage lorsqu'elle entendit un cri qui lui était familier désormais. Elle leva les yeux vers le ciel, le scrutant à la recherche de la bête. Un grand dragon gris foncé aux yeux rouges entamait sa descente vers la terre ferme. La dragonne de Naïl.

Elle se félicita mentalement de l'avoir reconnue. Elle était de moins en moins impressionnée par ces bêtes, désormais, elle ne ressentait que de la fascination pour elles. Une fois au sol, la dragonne se coucha devant elle, fermant les yeux comme si elle souhaitait faire une sieste. Surprise, la jeune femme l'observa d'un air curieux. Petit à petit, elle leva sa main pour la diriger vers le gros lézard qui ne protesta pas, elle caressa sa peau rugueuse comme s'il n'était qu'un simple chat et elle jura l'avoir entendu ronronner. Un léger sourire se dessina sur ses lèvres. Si quelqu'un lui avait dit quelques semaines plus tôt qu'elle allait un jour se retrouver à caresser un dragon, elle aurait envoyé ce fou paître.

— J'aurais dû demander ton nom à ton maître, dit-elle doucement en s'asseyant contre elle.

La dragonne souffla, Nyrva rit, interprétant sa réaction pour de l'agacement.

— Ton chevaucheur oui, pas ton maître, désolée. Je suppose que les dragons considèrent qu'ils n'ont pas de maître.

Elle sentit la bête se détendre, comme quoi, elle avait vraiment réussi à communiquer avec elle.

Après plus d'une heure passée à parler de ses craintes et de ses inquiétudes concernant l'avenir avec la dragonne, elle décida de se lever. Ses jambes étaient engourdies et douloureuses, elle se redirigea vers le palais. Le ciel commençait doucement à s'assombrir, elle pressa le pas, impatiente de prendre un bain pour se réchauffer. Elle s'imaginait déjà passer la soirée au coin du feu avec un bon livre.

Ce fut Aaron qui l'accueillit lorsqu'elle rentra, il était affalé dans l'un des fauteuils, un tas de document sur les genoux.

— Tu es rentré tôt, fit-elle remarquer étonnée.

Les deux hommes avaient pour habitude de travailler jusqu'à la tombée de la nuit.

— J'ai donné leur soirée à mes hommes, répondit-il distraitement. D'un côté, ça me laisse le loisir de moi-même me reposer et de l'autre ça permet de faire en sorte qu'ils me trouvent incroyable.

— Je vois, répondit la jeune femme qui n'avait absolument pas l'air convaincue. Je me retire dans ma chambre, ne t'avise pas de me déranger.

Aaron haussa simplement les épaules, reprenant la lecture de ses rapports de mission.

Nyrva daigna quitter sa chambre pour le dîner, honorant ainsi ses hôtes de sa présence. Ils avaient pris l'habitude de partager le dernier repas de la journée depuis que la jeune femme les avait rejoints. Ils en profitaient en général pour faire le point et pour partager avec la jeune espionne les informations qu'ils avaient pu récupérer au sujet de l'emprisonnement de Kahil et d'Iyaan.

— Aethaerunth m'a dit que tu as passé l'après-midi avec elle, déclara le prince lorsque Nyrva s'installa à table.

Celle-ci lui lança un regard intrigué, visiblement perdue.

— Aethae quoi ? demanda-t-elle.

Aaron ricana.

— C'est le nom de mon dragon, l'éclaira Naïl en gloussant.

— Oh je vois, dit la jeune femme. En effet, elle était dans les jardins donc j'ai discuté avec elle, ajouta-t-elle.

— Discuté ? répéta Aaron en haussant un sourcil. Comment ça ?

Le rouge monta aux joues de Nyrva. Machinalement, elle se mit à jouer avec les mèches qui dépassaient de sa tresse.

— Nous avons discuté, je ne peux pas expliquer ça autrement. Tu discutes bien avec ton dragon non ?

— En effet, mais c'est mon dragon donc je discute avec lui mentalement. Comment as-tu pu discuter avec un dragon qui ne peut pas te répondre ? insista Aaron, sceptique.

— Tu poses beaucoup trop de questions, répondit-elle en levant les yeux au ciel.

Naïl se mit à rire.

— Aethaerunth m'a expliqué que Nyrva parlait à voix haute et qu'elle n'avait qu'à acquiescer ou grogner pour qu'elles se comprennent. Je n'ai pas la vision mais je suppose que c'est une façon concrète de faire, déclara le prince.

— Je vois, répondit son ami, toujours aussi sceptique.

La jeune femme inspira pour se donner du courage, c'était le moment rêvé pour aborder le sujet qui la tracassait depuis son arrivée.

— Je me demandais, comment se fait-il que les domestiques ne soient pas au courant pour les dragons ?

— Ils ne les voient pas, déclara Naïl. Les dragons ont le pouvoir de se rendre invisibles, lorsque Aethaerunth le fait, je suis le seul capable de la voir.

Nyrva fronça les sourcils.

— Ils le font régulièrement ?

— Il me semble qu'ils le font chaque fois qu'ils quittent les Gorges de Cendres, ils n'ont pas le droit de se montrer à la population.

— Dans ce cas, comment se fait-il que Zephyr et moi ayons vu le dragon d'Elias dans le désert ? insista la jeune femme.

— Il a peut-être dérogé à la règle, intervint Aaron. Niemreonth n'est pas connu pour respecter les directives qu'on lui donne.

La jeune femme acquiesça, pas encore totalement convaincue. Quelque chose l'embêtait, mais elle ne parvint pas à mettre le doigt dessus.

— Qui est au courant de l'existence des dragons ?

— L'Empereur, l'armée, ce qui n'inclut pas la garde et tous les djinns. Certains souverains étrangers ont des doutes mais aucun ne peut réellement confirmer le fait qu'ils ont survécu.

Le reste du repas passa plus rapidement, Naïl expliqua à la jeune femme que l'Empereur était attendu à plusieurs centaines de kilomètres du palais la semaine prochaine. Ils avaient prévu de faire évader les résistants ce jour-là. Nyrva sourit, une vague d'espoir monta en elle. Elle avait tellement hâte de revoir son ami. Elle devait voir Aria dans la semaine avant de quitter le palais, elle ne pouvait pas partir sans rien lui dire alors qu'elle l'avait tant aidée durant son séjour.

— Si tout se passe comme prévu, c'est ta dernière semaine parmi nous, conclut le jeune brun.

Nyrva crut voir passer une lueur de tristesse dans ses iris, elle devait sûrement se faire des idées.

— J'espère que tu as conscience du fait que la Résistance aura toujours mon soutien, déclara Naïl. Mes positions sur ce sujet ne changeront pas, il est légitime que vous vous défendiez face à votre oppresseur. J'aimerais beaucoup rencontrer votre cheffe un jour.

La jeune femme déglutit, une vague d'émotion l'envahit, elle ne s'attendait pas à trouver un allié en la personne du prince. Rima apprécierait la nouvelle. Elle sourit, reconnaissante.

— Merci Naïl, merci infiniment pour tout ce que tu fais, dit-elle doucement. Si nous nous étions rencontrés dans d'autres circonstances, nous aurions pu être de bons amis toi et moi.

Il lui rendit un sourire triste.

— Pour moi, nous le sommes déjà Nyrva. Tu es une amie, répondit-il en rivant son regard dans celui de sa nouvelle alliée.

Elle en profita pour détailler son visage, ce jour-là Naïl était rasé, il avait un visage beaucoup plus juvénile sans barbe, lui qui ne faisait déjà pas ses vingt-huit ans. Elle se perdit dans son regard aussi sombre qu'une nuit noire. Elle se surprit à le trouver beau, elle qui ne s'était jamais fait ce genre de réflexion en pensant à un homme.

Dans sa ville, tout le monde se connaissait au moins de vue. Elle n'avait donc jamais posé un jugement sur ces visages familiers qui l'avaient accompagnée toute sa vie durant, mais le prince était vraiment beau.

Ne sachant quoi répondre, la jeune femme quitta la table pour se diriger vers la porte de sa chambre, qu'elle referma rapidement derrière elle avant de s'y adosser. C'est seulement à ce moment-là qu'elle s'autorisa à relâcher sa respiration qu'elle avait retenue depuis que Naïl l'avait qualifiée d'amie. Dans une semaine, tout serait fini. Elle rentrerait chez elle avec Kahil et elle ne le reverrait plus jamais. C'est ici que leur chemin se séparerait. Refusant d'y penser davantage, elle alla se coucher, un point sur le cœur.

CHAPITRE 17

La semaine ne passa pas aussi rapidement que Nyrva l'escomptait, mais elle finit par toucher à sa fin. Aaron et Naïl avaient peaufiné leur plan pendant deux jours entiers. Le soir même, Nyrva, Kahil et Iyaan seraient libres et en route pour Qimasheh.

Les trois compagnons se levèrent avant l'aube. Nyrva, parce qu'elle était incapable de dormir davantage, elle qui avait déjà peiné à trouver le sommeil en allant se coucher. Naïl, parce qu'il s'apprêtait à commettre un acte de trahison envers son frère. Bien qu'il crut fermement en la cause de la Résistance, il s'en voulait énormément. Aaron, parce qu'il avait été obligé par son général à se lever tôt.

L'Empereur avait quitté le palais au cours de la nuit, sur le dos de son dragon. D'après son petit frère, il ne reviendrait pas avant trois jours. Cela laissait tout le temps à Nyrva et ses compagnons de rentrer, la capitale n'étant qu'à une demi-journée à dos de cheval.

Ils se retrouvèrent tous les trois dans le salon principal. Un silence pesant que personne n'osait briser emplissait la pièce, rendant l'atmosphère presque étouffante. Nyrva finit par soupirer bruyamment.

— On ne risque pas de réussir à faire grand-chose si l'on n'ose à peine se parler, déclara-t-elle, un sourire moqueur sur les lèvres dans l'espoir de détendre ses alliés.

Le prince lui rendit son sourire.

— Tout va bien se passer, à la fin de la journée tu seras loin d'ici Nyrva Lascaris, je te le promets, dit-il, sentant un profond sentiment de crainte émaner de la jeune femme.

Elle lui lança un regard empli de reconnaissance. Ces derniers jours, ils avaient presque appris à communiquer en ne passant que par leur regard, ce genre de chose risquait de lui manquer. Nyrva risquait de lui manquer. Il la détailla, elle portait une tenue de combat qu'il avait fait faire tout spécialement pour elle, toute de cuir et de coton, elle était similaire aux tenues que portaient les chevaucheurs. Par-dessus, elle portait un harnais sur lequel elle avait attaché deux dagues de chaque côté et un arc sur son dos. Il tenait à ce qu'elle soit suffisamment armée ; qui savait dans quelle posture elle se trouverait quand il ne serait plus là pour la protéger. Elle avait coiffé ses longs cheveux bouclés en une haute queue de cheval qu'elle avait séparée en deux nattes très épaisses pour qu'ils ne la gênent pas. Ses bottes de cuir souple lui arrivaient au-dessus du mollet. Il s'attarda un instant sur son visage, sur ses pommettes saillantes puis sur ses longs cils qui encadraient ses grands yeux noirs. Jamais il ne lui avait été donné de contempler plus belle créature. Il espérait que le temps passé à ses côtés ne lui était pas compté.

— La plupart des gardes ne seront pas là, Aaron leur a ordonné d'effectuer d'autres tâches. Ce qui m'inquiète ce sont ceux qui nous verront sortir avec les prisonniers. J'ai beau être le chef de la garde, certains sont plus fidèles à mon frère qu'à moi-même, reprit-il.

— Comment allons-nous faire pour ceux-là du coup ? interrogea Nyrva.

— Nous allons nous battre, ils ne seront pas très nombreux, répondit-il calmement.

— Tu veux dire qu'on risque de les tuer ? demanda-t-elle avec inquiétude.

— Eh bien, cela leur apprendra à ne pas être fidèles au chef de la garde, lui répondit Aaron dont la jeune femme avait totalement oublié la présence.

Le prince leva les yeux au ciel.

— On ne va tuer personne, on les assommera simplement, le contredit-il.

Nyrva acquiesça, préférant largement cette option à l'autre.

— Tu restes derrière nous, reprit Naïl en la regardant. Tu nous laisses faire, je le répète mais je suis contre le fait que tu nous accompagnes. Mais si tes amis te voient, cela sera plus simple de les faire sortir sans qu'ils se débattent ou qu'ils ne hurlent.

Le plan initial voulait que Naïl et Aaron fassent sortir Kahil et Iyaan des cachots tandis que Nyrva les attendrait avec des chevaux à l'extérieur du palais. Mais cette dernière avait refusé, avançant comme arguments que les deux prisonniers pourraient se méprendre et penser qu'on les amenait vers leurs exécutions. Le prince n'était en réalité pas convaincu par ces arguments mais si cela faisait plaisir à la jeune femme de venir, soit, tant qu'elle suivait les consignes cela n'allait rien changer à leur plan.

Nyrva acquiesça d'un hochement de tête, elle l'avait promis, elle ne prendrait aucun risque inconsidéré.

Ils se dirigèrent tous les trois vers les cachots, les couloirs du palais débordaient d'effervescence, malgré l'heure matinale. Les domestiques allaient et venaient, vaquant à leur tâche, discutant et riant au détour d'un couloir. Maintenant qu'elle s'apprêtait à le quitter, Nyrva se rendit compte que la vie au palais allait lui manquer. Ces quelques semaines lui avaient suffi à s'y attacher. Elle regrettait de ne pas avoir eu l'occasion de revoir Aria, Naïl lui avait promis d'arranger une rencontre mais l'occasion ne s'était pas présentée. Elle espérait pouvoir la revoir dans le futur. Ils se dirigèrent d'un pas léger vers leur destination, Naïl voulait éviter d'attirer l'attention inutilement sur eux.

La jeune femme avait presque oublié à quel point le palais était immense, il ne leur fallut pas moins d'une demi-heure pour rejoindre les sous-sols de la bâtisse. Comme l'avait prédit le prince, très peu de gardes étaient en poste. Nyrva, rasant presque les murs, suivit silencieusement ses deux compagnons qui, essayant de ne pas attirer l'attention, discutaient comme à l'accoutumée de missions, de rapports et d'affaires internes au palais.

Ils s'enfoncèrent de plus en plus dans les cachots, passant devant de nombreuses cellules pleines. Le prince avait expliqué à la jeune femme que ses compagnons avaient été enfermés dans les cellules les plus éloignées pour éviter que de trop nombreuses personnes les entendent hurler durant leurs séances de tortures. Les couloirs se firent de plus en plus sombres, les gardes de moins en moins nombreux, seuls ceux en qui l'Empereur avait confiance restaient. Ces derniers fixaient d'un mauvais œil le petit groupe qui s'arrêta enfin devant les cellules des Résistants.

Contrairement à ce qu'avait cru Nyrva, les portes n'étaient pas des barreaux, mais de réelles portes renforcées en métal. Seule une lucarne au centre de ces dernières permettait aux prisonniers d'avoir accès à une source de lumière. Deux gardes surveillaient les deux cellules d'un œil mauvais.

Naïl s'approcha d'une première cellule tandis qu'Aaron se planta devant un soldat qui se mit au garde-à-vous instantanément.

— Soldat, l'interpella le jeune blond. Allez faire un tour dans l'armurerie pour vous assurer que tout est en ordre, ordonna-t-il d'une puissante voix grave et ferme.

Le soldat lui rendit un regard sceptique, pas réellement motivé à l'idée d'obéir à l'ordre de son commandant.

C'est à ce moment-là que Naïl dégaina ses dagues, Nyrva eut à peine le temps de tourner la tête que le coup survint. Choquée, elle s'écarta pour se retrouver adossée au mur, une main sur la bouche, étouffant le cri qui menaçait de s'échapper de ses lèvres. L'un des gardes était déjà au sol, poignardé au niveau de l'épaule. Aaron avait récupéré son épée et se battait avec deux gardes qui avaient accouru, alertés par les cris. Le prince, quant à lui, se battait au corps à corps avec un dernier soldat. La jeune femme repéra un trousseau de clés attaché à la ceinture du garde neutralisé, elle se jeta à genoux au sol pour défaire l'attache de sa ceinture. Le garde gémissait de douleur, se tenant l'épaule droite de la main gauche.

— Je suis désolée, chuchota Nyrva en réussissant enfin à détacher les clés.

Elle se précipita vers la première cellule, ne sachant pas lequel de ses compagnons elle renfermait. Les mains tremblantes, elle réussit avec peine à déverrouiller la porte, d'un geste, elle l'ouvrit et se retrouva face à Iyaan, méconnaissable, enchaîné à sa couchette. Elle s'approcha rapidement de lui et essaya toutes les clés de son trousseau afin de le libérer jusqu'à enfin trouver la bonne. Iyaan se frotta les poignets, se retenant de grimacer tant la douleur était intense. Le regard de la jeune femme s'arrêta sur celui du résistant, elle n'y trouva que de la douleur et du désespoir. Son corps était amaigri et taché de contusion. L'un de ses yeux était fermé, ses joues semblaient avoir été lacérées de toute part. D'immenses cicatrices se croisaient sur ses bras. Elle ressentit presque de la peine pour lui.

— Il faut qu'on se dépêche, dit-elle simplement d'une voix ferme en se relevant pour se précipiter vers la cellule contiguë dans laquelle était supposé se trouver son meilleur ami.

Elle jeta un regard rapide vers ses nouveaux alliés qui en avaient terminé avec les gardes restants. Aaron déplaçait les corps tandis que le prince rejoignit la jeune femme pour l'aider à ouvrir la porte.

— Il va bien ? demanda-t-il en désignant Iyaan du menton.

— Curieusement, il a l'air en état de se déplacer, répondit-elle en faisant tomber le verrou de la porte de la cellule dans laquelle elle se précipita.

Kahil était allongé sur sa couchette et semblait inconscient. La jeune femme jura avant de le libérer de ses liens.

— Kahil, réveille-toi ! ordonna-t-elle d'une voix ferme mais inquiète.

Le prince se pencha vers lui pour le redresser. Il le porta du mieux qu'il put sur son épaule jusqu'à ce que Aaron vienne l'aider en le portant de l'autre côté. Iyaan attendait devant sa cellule, perdu, totalement désorienté et ne sachant pas ce qu'il devait faire.

— Qu'est-ce qu'on fait ? demanda Nyrva paniquée maintenant qu'ils étaient tous les cinq réunis devant la cellule de son ami.

— Comme depuis le début, tu nous suis. Des chevaux vous attendent dans la cour arrière, répondit Aaron d'une voix autoritaire, laissant son aura de commandant reprendre le dessus.

La jeune femme acquiesça bien qu'inquiète pour son ami toujours inconscient. Ils traversèrent le couloir dans le sens inverse avant de bifurquer vers un autre couloir sur leur droite. La jeune femme fronça les sourcils, il ne s'agissait pas du chemin qu'ils avaient emprunté pour rejoindre les cellules. De plus, ils se dirigeaient vers un cul-de-sac. Elle s'apprêtait à le faire remarquer lorsque Naïl s'arrêta devant un mur avant d'actionner une pierre en appuyant dessus.

— Un passage secret, chuchota-t-elle surprise.

Elle jura mentalement, évidemment que la bâtisse devait être truffée de souterrains connus uniquement de certaines personnes. Quel palais n'avait pas de passage secret ? Elle se détestait pour sa naïveté, elle n'y avait absolument jamais pensé.

À peine pénétraient-ils dans le passage que ce dernier se referma derrière eux avec fracas. Le couloir était extrêmement sombre, seulement éclairé par les faisceaux de lumière qui se frayaient un chemin parmi les fissures du mur. Le prince prit la tête du groupe alors qu'Iyaan prenait sa suite pour aider Aaron à porter Kahil. Il semblait à l'aise, comme s'il connaissait les lieux par cœur et qu'il n'avait pas besoin de s'inquiéter. Nyrva pressa le pas pour se retrouver à sa hauteur.

— Tout se passe comme vous l'aviez prévu ? demanda-t-elle, ressentant le besoin pressant d'être rassurée.

Le visage du jeune homme s'adoucit lorsqu'il posa le regard sur son amie. Il lui adressa un sourire qui se voulait rassurant.

— Arrête de t'inquiéter Nyrva, fais-moi confiance. Tout va bien se passer, répondit-il simplement en chuchotant, ne voulant pas trop dévoiler de son plan pour éviter d'angoisser davantage la jeune femme.

Elle essaya tant bien que mal de lui rendre son sourire mais elle était beaucoup trop rongée par l'inquiétude. Même s'ils réussissaient à s'enfuir, comment allait-elle faire avec Kahil inconscient, comment pouvait-elle lui faire traverser le désert s'il était incapable de se tenir droit sur un cheval ? Elle inspira profondément, il s'agissait là d'un problème pour la Nyrva du futur. Pour le moment, elle devait simplement suivre le prince et écouter ses directives.

Ce dernier finit par ralentir lentement le pas jusqu'à totalement s'arrêter devant un autre mur. Comme la première fois, il appliqua une légère pression sur l'une des pierres du mur et un autre passage s'ouvrit, cette fois-ci sur l'extérieur. Nyrva eut l'impression que les rayons du soleil étaient sur le point de lui brûler les yeux, elle s'était habituée à la pénombre des tunnels.

Ils débouchèrent sur une grande cour que la jeune femme n'avait encore jamais vue. Aethaerunth, la dragonne du prince, les attendait aux côtés de trois chevaux chargés de sacs. Le cœur de Nyrva battait toujours à cent à l'heure, elle était si proche de la liberté qu'elle n'osait à peine y croire.

Aaron, Iyaan et Kahil émergèrent à leur tour du passage, Iyaan se frotta les yeux de sa main libre. La douleur devait être plus intense pour lui qui n'avait pas vu les rayons du soleil depuis plusieurs semaines.

— Comment allons-nous faire avec Kahil inconscient ? demanda enfin Nyrva, exprimant son angoisse à voix haute.

— Je peux monter avec lui, répondit Iyaan d'une voix vraisemblablement déchirée.

La jeune femme fut frappée par un éclair de peine. Le jeune homme devait avoir beaucoup souffert mais le voilà qui proposait tout de même de souffrir davantage pour qu'ils puissent s'en aller rapidement. Elle lui adressa un léger sourire reconnaissant.

— C'est trop risqué, je viens avec vous. Cela sera plus prudent, intervint Naïl l'air déterminé.

Aaron fronça les sourcils, l'improvisation de son ami ne lui plaisait absolument pas.

— C'est trop risqué Naïl, si Elias apprend que...

— Elias n'en saura rien, l'interrompit-il. Je te laisse tout gérer en mon absence, je serai de retour avant la tombée de la nuit, Aethaerunth nous accompagne, déclara-t-il.

Aethaerunth souffla, comme pour confirmer les propos de son chevaucheur. Aaron acquiesça d'un signe de tête, à contrecœur. Ce changement de plan ne lui disait rien qui vaille. Satisfait par le fait que son ami ne cherche pas à le faire changer d'avis, Naïl sourit.

— Dépêchons-nous. Il est préférable de ne pas traîner, tonna-t-il.

Nyrva empoigna rapidement les rênes de l'un des chevaux avant de le monter, elle lui caressa distraitement l'encolure pensant à Atlas, son cheval. Il lui manquait.

Elle ressentit un pincement au cœur, elle s'était tellement habituée à la présence du prince ces dernières semaines qu'elle appréhendait le moment où ils se sépareraient. Même si elle savait qu'il ne s'agissait que d'un au revoir et non pas d'un adieu. Naïl était déterminé à aider la Résistance, elle avait confiance en lui. Elle savait qu'elle le reverrait bientôt, mais cela ne serait pas la même chose que de vivre avec lui comme elle l'avait fait ces derniers jours.

Iyaan l'imita et monta à cheval après avoir aidé le prince à placer Kahil sur le sien. Aaron s'en alla, les laissant dans la cour après avoir offert un dernier geste de salut et un dernier sourire à la jeune femme. Sa bonne humeur lui manquerait, elle n'avait jamais rencontré quelqu'un d'aussi drôle que le jeune blond.

— Vous êtes prêts ? demanda Naïl, la sortant de ses pensées.

Elle s'apprêtait à acquiescer lorsqu'un cri déchira l'air. Elle leva les yeux vers le ciel. Son estomac se tordit d'angoisse quand elle reconnut de quel dragon il s'agissait, un dragon noir aux yeux verts, le dragon de l'Empereur.

Paniquée, Nyrva chercha le regard du prince ; elle avait besoin qu'il la rassure, mais il n'en fit rien. Lui-même semblait tout aussi anxieux, son regard rivé sur le dragon de son frère. Ce dernier se posa dans un grondement sourd. La jeune femme n'eut pas le temps de voir le chevaucheur descendre de son dragon au loin, elle ressentit soudainement une vive douleur à l'arrière du crâne. Et ce fut le trou noir.

CHAPITRE 18

Si elle avait pu, Nyrva aurait hurlé. Jamais de sa courte existence, la jeune femme n'avait connu pareille douleur. Elle puisa au plus profond de ses forces pour réussir à ouvrir les yeux. Tout était noir autour d'elle. Seul un faisceau de lumière était parvenu à se frayer un chemin dans la pièce au travers d'une des fissures de la porte. La jeune femme essaya tant bien que mal de déglutir sans y parvenir, sa gorge était totalement desséchée, l'empêchant d'émettre le moindre son. Elle puisa au plus profond de sa volonté pour se forcer à se redresser. Après un effort infini, elle se retrouva enfin assise sur ce qui lui servait de couchette. L'obscurité l'empêchait de détailler son environnement, elle inspira profondément, essayant de reprendre ses esprits et de se souvenir de ce qu'il s'était passé.

Les souvenirs affluèrent d'un coup, les cachots, les soldats au sol, Kahil inconscient, le passage secret, la grande cour dans laquelle Aethaerunth les attendait, Naïl qui avait décidé de les accompagner pour leur faciliter le voyage avec Kahil et enfin le dragon de l'Empereur. La jeune femme voulut soupirer mais chaque respiration la faisait souffrir. Elle contint les larmes qui menaçaient de quitter ses yeux pour couler le long de ses joues. Cela n'aurait pas dû se passer ainsi, Elias n'était pas censé revenir avant trois jours. Elle se retrouvait prisonnière et démunie, incapable de faire quoique ce soit pour sauver ses compagnons.

Elle tâta ses côtes et constata qu'on lui avait confisqué ses dagues, elle se retrouverait donc vulnérable si on l'attaquait. Nyrva essaya de se lever malgré la protestation de ses muscles endoloris, combien de temps avait-elle passé inconsciente ? Où étaient ses amis ? Étaient-ils en sécurité ? Elle avait tant de questions qui demeuraient sans réponse.

Elle devait trouver un moyen de sortir de là. La jeune femme refusait d'attendre que l'Empereur se décide à la torturer comme il l'avait fait avec ses compagnons. Elle n'était pas capable de supporter cela, elle n'avait jamais été entraînée pour cela. Elle déglutit, pensant que jamais elle n'aurait dû rejoindre la Résistance. Elle n'avait pas l'étoffe d'une guerrière, savoir manier l'épée ne lui serait d'aucune utilité dans cette situation. Elle se leva tant bien que mal et essaya de marcher le long de sa petite cellule. Elle voulait se dégourdir les jambes et réhabituer ses muscles aux mouvements quand soudain la porte s'ouvrit avec fracas sur un garde enrobé et petit de taille qui lui lança un regard mauvais. Il avait en main un plateau de métal sur lequel reposaient un pauvre morceau de pain rassis et une outre d'eau.

Leurs regards se croisèrent dès qu'il entra dans la cellule. La jeune femme s'immobilisa, incapable de réfléchir. Sans prévenir, elle se jeta sur le garde qu'elle tenta de désarmer du mieux qu'elle put malgré la douleur qui lui tenaillait les muscles. Elle jura ; combien de temps avait-elle passé inconsciente pour souffrir autant ? Choqué, le garde n'eut pas le réflexe de se défendre, persuadé que sa prisonnière était toujours inconsciente, il n'avait pas prévu de se retrouver dans cette situation.

Nyrva en profita pour lui assener un coup sur la tête avec le manche de l'épée qu'elle venait de lui dérober. Le garde perdit instantanément connaissance. Paniquée à l'idée de l'avoir peut-être tué, elle se leva d'un bond avant de penser à récupérer le trousseau de clés qui gisait à ses côtés. Elle s'en empara et sortit doucement de sa cellule, passant d'abord la tête pour s'assurer que la voie était bien libre.

Surprise, elle découvrit un couloir vide. Soit on l'estimait assez peu dangereuse pour ne pas poster de garde devant sa cellule, soit on s'attendait à ce qu'elle reste inconsciente un peu plus longtemps. Elle passa la tête dans la lucarne de l'une des cellules à la recherche de ses amis mais elles étaient vides. Elle fronça les sourcils, inquiète, pourquoi l'avait-on séparée de ses compagnons ? Soudain, son sang se glaça et ses jambes s'immobilisèrent. Elle entendit un cri strident fendre l'air, elle reconnut la voix de Kahil. Elle porta la main à ses lèvres, étouffant le sanglot qui menaçait de s'échapper.

Son ami, inconscient lors de leurs retrouvailles, se faisait de nouveau torturer par sa faute. Pendant un instant, elle hésita à se rendre dans la direction depuis laquelle venait la voix mais elle se ravisa. Leur précédente tentative d'évasion s'était soldée d'un échec alors qu'elle était accompagnée. La jeune femme devait se rendre à l'évidence, elle ne parviendrait à rien seule. Elle songea à prendre l'autre direction pour trouver une autre échappatoire quand on l'attrapa par le bras. Surprise, elle assena un coup d'épée sans réfléchir au nouveau venu. Ce dernier répliqua et réussit à désarmer la jeune femme sans difficulté, la plaquant contre un mur.

— Où tu penses aller comme ça ? gronda-t-il le visage déformé par la colère.

La jeune femme déglutit, prise de terreur, elle aurait dû agir plus vite, elle avait perdu un temps précieux en cherchant à réfléchir à ses options. Elle se débattit, essayant de s'échapper de la prise de son assaillant mais ce dernier était trop fort pour elle. Elle fit donc la seule chose qui lui passa par la tête, elle attrapa la main de l'homme et le mordit de toutes ses forces. Il ne réagit pas tout de suite, ne comprenant pas ce qu'il se passait mais la douleur le frappa d'un coup. Il se mit à hurler avant d'envoyer son poing sur le visage de la prisonnière qui s'effondra au sol, sonnée.

— Saleté d'Arzi, cria-t-il avant de l'attraper par les cheveux et de la traîner jusqu'à sa cellule.

Malgré la douleur, Nyrva ne réagit pas, elle n'en avait pas l'énergie.

Il referma la porte qui gronda, la laissant de nouveau seule dans la pièce sombre. La jeune femme se releva doucement, peinant à tenir sur ses jambes, le coup qu'elle avait pris à la tête lui avait fait perdre tous ses sens. Elle se traîna tant bien que mal jusqu'à sa couchette sur laquelle elle s'effondra. Ses larmes laissaient d'épaisses traces blanches sur leur passage le long de son visage noir de crasse. Elle ferma les yeux, laissant libre cours à ses sanglots.

Elle fut réveillée par le grincement de la porte. Elle se redressa en sursaut, elle ne se rappelait pas s'être assoupie. C'est à ce moment-là qu'elle comprit que ses poignets étaient entravés de lourdes chaînes. Elle jura, on avait dû l'attacher alors qu'elle était assoupie pour éviter qu'elle essaye de nouveau de s'enfuir. Son attention se reporta sur la porte qui s'ouvrit lentement tandis que la lumière pénétrait dans la pièce, lui brûlant la rétine. Elle se frotta les yeux du revers des mains avec tout le mal du monde, ses chaînes étaient atrocement lourdes. Un garde entra, une torche à bout de bras, il balaya la cellule du regard et constata que la jeune femme, se tenait silencieuse dans l'obscurité oppressante. Satisfait, il quitta l'embrasure de la porte, révélant une silhouette que la prisonnière trouva familière, qui s'avança avec l'assurance d'un prédateur dans son antre. La lueur vacillante de la torche révéla le visage de son ravisseur, un homme au regard dur et impénétrable.

— C'est donc toi qui as donné autant de fil à retordre à mes hommes, constata-t-il d'une voix froide, s'arrêtant devant elle comme un fauve étudie sa proie.

Nyrva le fixa avec défi, la flamme de sa détermination vacillant mais ne s'éteignant pas. Elle resta silencieuse, détaillant l'inconnu. Sa carrure lui était familière mais elle ne parvint pas à mettre le doigt sur son identité. Il sourit avant de s'accroupir pour se mettre à sa hauteur, plongeant son regard dans celui de la jeune femme. Ce sourire était familier, elle aurait pu jurer qu'elle l'avait déjà vu quelque part.

— J'ai beaucoup entendu parler de toi Nyrva, je me fais une joie de t'accueillir dans mon humble cachot. J'espère que le mobilier est à ta convenance, dit-il doucement.

Nyrva pâlit, comprenant face à qui elle se trouvait, Elias Sayyadi, l'Empereur. Elle lui rendit un regard mauvais. Le jour de sa capture, elle n'avait pas pu distinguer nettement son visage, mais certains de ses traits étaient similaires à ceux de Naïl, le fait qu'ils soient frères était gravé sur leurs visages.

Elle ne répondit pas, ne sachant pas quoi lui dire. Elle rassembla toute sa volonté pour ne pas faillir, elle refusait de lui montrer la crainte qu'elle éprouvait.

— Je te pensais sincèrement plus loquace, ta cousine m'a parlé de ta répartie intarissable, ajouta-t-il.

La prisonnière fronça les sourcils, pourquoi essayait-il d'engager la conversation avec elle alors qu'il aurait pu tout simplement la faire exécuter ou torturer ? Elle soutint son regard, il partageait les mêmes traits que son frère à l'exception de sa barbe qui était légèrement plus fournie, sa mâchoire plus définie et son regard plus sévère. Sa peau était également légèrement plus blanche. Il n'avait pas la douceur et le charme de son cadet, sa beauté était plus brute, plus froide. Il portait une tenue de chevaucheur, il devait rentrer de voyage, pensa la jeune femme.

— Bien, je suppose que tu n'as pas envie de répondre. Voyons si quelques semaines d'enfermement te font changer d'avis, conclut-il avant de s'en aller.

Le garde le suivit avant de refermer la lourde porte de métal d'un coup dans un grondement assourdissant.

Nyrva s'autorisa enfin à relâcher sa respiration, ses mains tremblaient et le poids des chaînes n'en était pas la seule raison. Elle s'affala de nouveau sur sa couchette, elle devait trouver un moyen de s'évader de cet endroit.

Les jours passaient et se ressemblaient, Nyrva n'avait aucun moyen de tenir le compte du temps qui fuyait. On venait lui donner de quoi se nourrir et s'hydrater de temps en temps, mais les repas étaient tellement espacés qu'elle avait arrêté de se fier à cela pour compter le nombre de jours depuis lequel elle était retenue captive. On lui avait retiré ses chaînes, afin qu'elle puisse se nourrir et qu'elle puisse atteindre le pot de chambre au fond de la cellule.

Parfois, il lui arrivait d'entendre les hurlements de Kahil. Elle savait qu'il se faisait torturer mais elle ne pouvait rien faire, donc pour éviter de devenir folle elle mettait ses mains sur ses oreilles et elle essayait de se bercer elle-même en chantant pour couvrir les cris. L'Empereur n'était pas revenu la voir et elle en était reconnaissante, elle savait qu'elle serait la prochaine. Un jour, ils arrêteraient de s'en prendre à Kahil et cela serait à son tour ou bien à celui d'Iyaan.

Elle repensait à l'histoire de Rima parfois, elle se disait que cela pouvait lui arriver également. Elle craignait de sombrer dans la folie, la solitude ne lui réussissait pas.

La porte de sa cellule s'ouvrit dans un grincement aigu, par réflexe Nyrva se redressa sur sa couchette. Une domestique entra, la même que d'habitude. C'était elle qui venait lui apporter ses quelques repas et vider son pot de chambre quelques fois par semaine. Une lueur d'espoir passa furtivement dans les yeux de la prisonnière, elle pencha la tête pour vérifier que les gardes se tenaient bien à l'extérieur de la cellule. Elle s'approcha discrètement de la nouvelle venue et lui intima d'un geste de se taire.

— Comment t'appelles-tu ? demanda Nyrva d'une voix aussi basse qu'un souffle.

La domestique écarquilla les yeux, visiblement déchirée entre l'envie de lui répondre et la crainte de se faire châtier pour cette erreur.

— Elnaz, finit-elle par répondre tout aussi bas que son interlocutrice.

Une vague de soulagement traversa Nyrva, elle craignait d'être ignorée par la jeune fille.

— J'ai besoin que tu fasses passer un message à Aria, la cheffe des lavandières. Tu la connais ? se précipita-t-elle de lui demander la voix emplie d'espoir.

Elnaz hocha frénétiquement la tête, par chance, elle connaissait Aria, elles avaient déjà eu l'occasion d'échanger quelques fois. La respiration de la captive se fit plus rapide, prise d'adrénaline, tout n'était peut-être pas encore perdu pour elle.

— Il faut que tu ailles la voir et que tu lui demandes qu'elle aille voir le prince Naïl. Elle doit découvrir ce qu'il sait de mon emprisonnement. Est-il complice ou non ? dit-elle rapidement. Tu peux faire ça pour moi ? la questionna-t-elle, une pointe de crainte dans la voix.

— Oui, je le ferai, répondit la domestique, le regard déterminé.

— Merci infiniment, chuchota Nyrva qui retourna s'écrouler sur sa couchette.

Ses jambes étaient incapables de la porter plus longtemps tant elle était affaiblie pas ces derniers jours de captivité.

Elnaz lui jeta un dernier regard compatissant avant de quitter la pièce. Tous les espoirs de la jeune femme reposaient désormais sur ses épaules. À peine eut-elle quitté la cellule que Nyrva se laissa aller dans les bras de Morphée. Ces derniers temps, la prisonnière profondément affaiblie, affamée et stressée peinait à rester éveillée. Chaque moment de lucidité lui demandait une énergie qu'elle ne possédait pas.

Comme à chaque fois, Nyrva fut réveillée par des cris mais ceux-là étaient différents, il ne s'agissait pas des cris de son meilleur ami. Surprise, elle puisa dans ce qu'il lui restait de force pour s'approcher de la lourde porte de métal qui la séparait du monde extérieur. Elle y colla son oreille, se crispant au contact de la surface froide. La prisonnière entendit deux personnes hurler, elle pâlit, déglutit difficilement et essaya de stabiliser sa respiration. Elle se laissa aller sur le sol froid, collant son dos à la porte. Ils avaient commencé à s'en prendre à Iyaan également, elle était la prochaine, c'était l'histoire de quelques jours seulement. Elle inspira profondément et ferma les yeux.

Elle n'avait toujours pas eu de retour de Elnaz, elle ne savait même pas combien de jours s'étaient écoulés depuis qu'elle lui avait soumis sa requête. La domestique était revenue trois fois depuis, mais elle n'avait rien dit, l'ignorant comme elle le faisait auparavant. La faible lueur d'espoir qui brûlait en Nyrva commençait doucement à s'éteindre, elle commençait à se faire à l'idée qu'elle allait sûrement mourir ici, inutilement. Finalement, elle n'avait même pas pu aider la Résistance, elle n'avait fait que se jeter dans la gueule du loup, se condamnant et condamnant ses compagnons par la même occasion.

Sentant une pression dans le dos, elle se leva d'un bond. On ouvrait la porte, comme le lui confirma l'horrible grincement qu'elle émit. La jeune femme se décala, reculant vers sa couchette quand Elnaz entra. La prisonnière essaya du mieux qu'elle put de lui offrir un sourire poli, la nouvelle venue le lui rendit avant de faire un signe imperceptible de la tête pour lui intimer d'approcher.

Surprise, Nyrva s'exécuta, elle s'approcha discrètement de la domestique après s'être assurée que les gardes à l'extérieur regardaient ailleurs.

— Aria m'a dit de te dire que le prince a été confiné dans ses appartements depuis ton arrestation, mais qu'il a un plan pour te sauver. Il te demande de ne rien faire et d'attendre qu'il vienne, dit-elle d'une voix basse et rapide sans prendre le temps de respirer.

La prisonnière soupira de soulagement, pendant un instant elle avait pensé que peut-être, Naïl l'avait abandonnée, peut-être qu'il la laissait sciemment croupir au fin fond des cachots.

— Merci infiniment Elnaz, répondit-elle ayant du mal à contenir son émotion.

Elle retourna s'asseoir sur sa couchette, le visage plus détendu. Tout n'était pas perdu. À l'extérieur, quelqu'un souhaitait toujours l'aider. C'est avec un sourire béat qu'elle sombra de nouveau dans l'inconscience.

CHAPITRE 19

Un bruit assourdissant retentit dans le couloir. Curieuse, Nyrva se leva pour jeter un œil au travers de la lucarne de sa porte. Elle ne vit rien, le choc avait dû se dérouler dans l'angle mort. Elle retourna s'asseoir sur sa couchette, jouant avec le rebord de ses manches pour calmer son anxiété. Comme tous les jours, elle s'ennuyait. Les journées se ressemblaient toutes et duraient une éternité. Un second bruit la fit sursauter, elle fronça les sourcils, c'était étrange. Soudain, elle entendit des bruits de pas et des cris, elle se leva angoissée. Sans ses dagues, son épée et son arc, elle se sentait démunie et vulnérable. La porte de sa cellule s'ouvrit d'un coup, elle mit ses mains devant elle, prête à se défendre en cas d'attaque, mais ce fut Naïl qui apparut dans l'embrasure de la porte. Elle ravala un hoquet de surprise, il était vraiment venu, il ne l'avait pas abandonnée. Contre toute attente, le prince l'enlaça, l'air sincèrement soulagé de l'avoir retrouvée. La jeune femme lui rendit son étreinte, essayant de contenir les larmes chaudes qui menaçaient de dévaler ses joues.

— Tes cheveux sentent horriblement mauvais Nyrva, remarqua-t-il les yeux rieurs en se détachant d'elle.

Le rouge monta aux joues de la prisonnière.

— Disons qu'on ne m'a pas accordé le même luxe que dans tes appartements, déclara-t-elle, un léger sourire sur les lèvres.

Il reprit son sérieux et sortit de la cellule pour récupérer une épée sur le corps d'un garde qu'il venait probablement de tuer.

— Prends ça, le plus compliqué va être de libérer tes amis, ils sont sous haute surveillance contrairement à toi, reprit-il l'air grave en tendant l'épée à la jeune femme qui s'en empara sans poser de questions.

— Je ne suis pas sûre de pouvoir me battre, je peine à rester consciente longtemps ces derniers temps, dit-elle rapidement prise de panique.

Il lui prit sa main libre pour la rassurer, le contact chaud fit sursauter Nyrva qui avait perdu l'habitude des contacts physiques.

— Ce n'est rien, reste simplement derrière moi, je veux juste que tu aies de quoi te défendre au cas où quelque chose m'arriverait, lui répondit-il doucement d'une voix pleine de chaleur.

Nyrva voulut pleurer, il lui avait tellement manqué. Ces derniers jours avaient été les plus longs pour elle. Jamais elle ne s'était sentie aussi faible, la malnutrition commençait à avoir un réel impact sur son corps.

Elle acquiesça d'un hochement de tête et se mit à le suivre. Il longea un long couloir, des voix commençaient à se préciser au cours de leur progression. Le prince se retourna vers la jeune femme pour lui indiquer d'un signe de main qu'il y avait cinq gardes puis sans prévenir, il s'élança, épée à la main. Terrifiée à l'idée de perdre connaissance en plein combat, la jeune femme resta en retrait, le simple fait de se déplacer l'avait essoufflée. Elle observa le combat avec attention malgré tout, prête à intervenir si leurs ennemis profitaient de leur supériorité numérique.

Ce qu'ils finirent par faire, attaquant tous en même temps Naïl. Nyrva brandit son épée et se mêla au combat, sans réfléchir, elle transperça de sa lame l'homme le plus proche qui s'écroula au sol. Son sauveur en finit avec les quatre autres.

Nyrva était épuisée, son souffle court résonnait dans les couloirs sombres du donjon. La lueur vacillante d'une torche qu'elle avait récupérée sur un mur éclairait son visage marqué par la détermination et la fatigue. Son épée, maculée du sang du garde qu'elle avait dû neutraliser pour parvenir jusqu'ici, était serrée dans sa main tremblante.

Le bruit des pas précipités résonnait dans les couloirs étroits, le cliquetis de l'armure des gardes approchant rapidement. Ils savaient tous deux qu'ils n'avaient que peu de temps. Elle pressa son dos contre le mur, dissimulant son ombre dans l'obscurité. Les gardes apparurent, leurs torches illuminant la pierre froide du donjon. Leur surprise fut palpable lorsqu'ils découvrirent les corps inertes de leurs compagnons. Naïl les observa avec un calme glacial, son regard fixe trahissant une détermination sans faille.

Soudain, il se lança dans l'action, surgissant de l'ombre comme une ombre elle-même. Son épée siffla dans l'air alors qu'il parait les attaques des gardes avec une agilité surprenante. Les sons métalliques des lames s'entrechoquant résonnaient dans les couloirs déserts du donjon.

Le prince était un combattant hors pair, esquivant, parant et ripostant avec une grâce meurtrière. Le sol devint un tableau macabre de violence, chaque mouvement de son épée écrivant une nouvelle ligne dans cette histoire sanglante.

Finalement, le silence retomba, brisé seulement par la respiration haletante de Nyrva. Les gardes étaient tombés, vaincus. Naïl se tenait au milieu de la salle, son épée ensanglantée témoignant de la bataille qu'il venait de livrer.

Son regard se tourna vers la cellule dans laquelle l'un des compagnons de Nyrva était retenu prisonnier. La jeune femme se dressa sur la pointe des pieds pour découvrir au travers de la lucarne le visage aminci et tuméfié d'Iyaan. Il était là, les yeux écarquillés d'incrédulité et d'espoir. Naïl s'approcha avec la clé récupérée sur le cadavre d'un garde, il ouvrit la porte d'un coup sec et libéra le jeune homme de ses chaînes.

— Iyaan, nous devons partir d'ici, maintenant, murmura-t-elle, la gravité de la situation marquant sa voix.

Iyaan hocha faiblement la tête, encore sous le choc de sa libération soudaine.

— Ils ont emmené Kahil ailleurs, balbutia-t-il la voix empreinte d'une profonde angoisse que celui qu'exprimaient ses yeux.

Le choc transforma le visage de la jeune femme.

— Comment ça ? Où est-il ? demanda-t-elle, paniquée.

— Il était dans la cellule d'à côté, mais on l'a déplacé ce matin Je ne sais pas où il est, répondit-il d'une voix tremblante.

Naïl fronça les sourcils avant de se diriger vers la cellule contiguë pour vérifier les propos du résistant.

— Il dit vrai, confirma-t-il. Nous n'avons pas le temps de le retrouver Nyrva, il faut absolument que je te fasse sortir d'ici.

— Je ne partirai pas sans Kahil, gronda la jeune femme d'une voix chevrotante.

— Dans ce cas, tout cela n'aura servi à rien, nous allons simplement mourir tous les trois, répondit le prince sur un air de défi.

La résistante observa le visage d'Iyaan, il était totalement déformé par la peur et la torture qu'il avait subies. Elle soupira, elle ne pouvait pas le condamner à endurer cela de nouveau.

— Je reviendrai le chercher, promit Naïl. Je ne te demande pas de l'abandonner, je te demande juste de me laisser te sauver avant de m'occuper de lui.

— Allons-y, acquiesça-t-elle à contrecœur.

Satisfait, il se mit en chemin vers un couloir parallèle qui débouchait sur un cul-de-sac. Les deux résistants le suivirent, le pas pressé. Comme la première fois, il ouvrit un passage d'une simple pression sur une pierre. Ils s'y engouffrèrent silencieusement. Après s'être assurée qu'Iyaan parvenait à suivre la cadence, Nyrva pressa le pas afin d'arriver au niveau de Naïl.

— Est-ce réellement raisonnable d'emprunter les passages après ce qu'il s'est passé la dernière fois ? demanda-t-elle, anxieuse à l'idée que ces événements puissent se répéter.

Il posa une main rassurante sur son épaule avant de dégager une mèche qui tombait sur les yeux de la jeune femme.

— Cette fois-ci, tout se passera bien Nyrva, répondit-il. Tu vas réussir à monter à cheval ? lui demanda-t-il inquiet.

Elle acquiesça d'un hochement de tête.

— Je tiendrai le coup, dit-elle déterminée.

— Bien, des chevaux vous attendent, rejoignez la ville et mettez-vous en sécurité. Je ferai mon possible pour retrouver Kahil.

— Tu veux dire que tu ne nous accompagnes pas ? réalisa-t-elle à voix haute, une pointe de tristesse dans la voix.

— Malheureusement je ne pourrais pas et libérer Kahil et t'accompagner. Mais je te promets de faire au plus vite et de te retrouver.

Elle acquiesça avec tristesse. Le prince finit par s'arrêter devant un mur qui s'ouvrit devant eux. Ce passage débouchait à l'extérieur des murs du palais. Surprise, Nyrva constata que son cheval, Atlas, l'attendait aux côtés de deux autres chevaux.

— Comment as-tu su ? demanda-t-elle à son compagnon en s'approchant du cheval.

— Tu l'as mentionné une fois, quand tu m'as parlé du fait que tu adorais monter à cheval, dit-il en souriant assez fier de son petit effet.

La jeune femme lui rendit un sourire plein de reconnaissance.

— Merci Naïl, merci pour tout ce que tu as fait, dit-elle finalement.

— Arrête ça, on dirait presque des adieux. Je n'aime pas ça.

— Ce ne sont pas des adieux, murmura-t-elle. Tu me retrouveras.

Il acquiesça.

— Toujours Nyrva, je te retrouverai toujours.

Elle monta sur son cheval, Iyaan fit de même. Naïl récupéra le cheval qui aurait dû transporter Kahil. Il offrit un dernier sourire à son amie.

— Soyez prudent, dit-il.

Ils s'élancèrent au galop, le laissant seul.

Ils chevauchèrent pendant plus d'une heure avant que Nyrva décide de s'arrêter en apercevant une oasis. Ils ne savaient pas s'ils auraient la chance d'en trouver d'autres au cours de leur trajet, il était donc plus prudent de faire halte. La jeune femme était inquiète, elle ne connaissait rien du désert et avait l'impression qu'ils tournaient en rond depuis le début. Iyaan lui affirmait que non, mais plus les minutes passaient et plus elle avait du mal à lui faire confiance. Le résistant ne semblait pas maître de son corps. De violents tremblements le prenaient par moment et il ne semblait plus avoir toute sa tête.

La jeune femme s'accroupit pour se désaltérer, son compagnon s'était allongé un moment, il ne voulait pas boire. L'inquiétude qu'elle ressentait se décupla, que ferait-elle si Iyaan perdait la vie durant leur voyage ? Comment sortirait-elle du désert ?

Tous les efforts de Naïl pour la sauver seraient vains.

— Tu devrais boire un peu, lui suggéra-t-elle en se relevant.

Il l'ignora, elle s'approcha de lui, mais il semblait assoupi. Elle soupira, allant s'asseoir un peu plus loin. Après tout, une petite sieste ne lui ferait pas de mal, elle était restée consciente longtemps et elle craignait de s'évanouir à dos de cheval. Elle s'allongea et, épuisée, tomba rapidement dans les bras de Morphée.

Ce furent les hennissements des chevaux qui la réveillèrent. Elle se leva d'un bond et se rua sur l'épée qu'elle avait gardée, prête à parer toute attaque. Elle ne trouva qu'Iyaan qui regardait au loin, elle suivit son regard pour découvrir leurs chevaux qui prenaient la fuite.

— Qu'est-ce qu'il s'est passé ? s'exclama-t-elle incrédule.

Son compagnon de voyage ne répondit pas, agacé. Elle s'approcha de lui pour le secouer.

— Qu'est-ce qu'il s'est passé Iyaan ? répéta-t-elle d'une voix plus ferme.

— Je les ai libérés, ce n'est pas juste de les laisser mourir ici avec nous, répondit-il simplement d'une voix qui semblait lointaine.

La jeune femme le fixa stupéfaite, elle n'avait absolument pas l'intention de mourir dans ce désert. Elle vit rouge.

— Personne ne va mourir, nous allons sortir de ce désert en vie et nous allons rentrer chez nous. Réveille-toi un peu Iyaan, tu as une femme et deux enfants qui t'attendent à la maison. Sois un homme et arrête de t'apitoyer sur ton sort, le sermonna-t-elle en colère.

Il ne lui rendit qu'un visage vide. Nyrva commença à s'inquiéter davantage, le jeune homme était sa seule chance de sortir de ce désert en vie, mais il ne semblait pas partager ce projet.

— Dans quelle direction devons-nous aller ? demanda-t-elle.

Au plus grand soulagement de la jeune femme, il pointa une direction du doigt. Elle décida de le croire et commença à marcher. Il était inutile de s'énerver contre lui, cela ne les ferait pas sortir de cette situation plus rapidement.

— Allons-y, dit-elle. À cause de toi nous avons de la route.

Le désert s'étendait à perte de vue, ses dunes dorées capturant les derniers rayons du soleil déclinant lentement. Ils marchaient maintenant depuis plusieurs heures. Nyrva, assoiffée, était agenouillée dans le sable brûlant, ses yeux fixés sur la silhouette affaiblie d'Iyaan, qui gisait à quelques mètres d'elle. Les tourbillons de poussière dansaient autour d'eux, créant une ambiance irréelle dans ce lieu aride.

Nyrva n'avait jamais aimé Iyaan, et il le savait. Leur collaboration forcée avait été le résultat de circonstances indésirables, mais même dans cet instant tragique, la froideur de son regard ne laissait transparaître aucune affection.

Le vent chaud murmura des échos désolés à travers le désert, accentuant l'atmosphère étouffante qui pesait sur ce moment. Iyaan toussa faiblement, ses yeux cherchant Nyrva comme s'il avait quelque chose à lui dire. Le jeune homme avait été considérablement affaibli par sa captivité, sa compagne n'osait même pas lui demander ce qu'il avait pu subir durant ces quelques semaines, prisonnier dans les cachots du palais. Il n'allait certainement pas sortir en vie du désert, Nyrva le savait et Iyaan le savait également.

Elle inspira profondément.

— Je n'aurais jamais pensé mourir de cette façon, loin de Mina. Je n'aurais jamais pensé mourir sans pouvoir rencontrer notre deuxième enfant, murmura-t-il, laissant échapper un soupir fatigué.

Nyrva resta silencieuse, elle avait tant de choses à lui reprocher, elle voulait tant lui rappeler qu'il avait choisi ce destin. Elle voulait encore une fois lui reprocher d'avoir épousé Mina alors qu'elle aurait pu être plus heureuse avec quelqu'un d'autre, quelqu'un qui l'aurait vraiment aimée à sa juste valeur. Elle voulait également lui reprocher d'avoir entraîné Kahil, Leya puis elle-même dans cette histoire, mais elle préféra se taire. La détresse se lisait dans les yeux d'Iyaan, la réalité de sa mort imminente était incontestable.

— Tu sais, dit Iyaan d'une voix feutrée, je pense qu'une part de moi te déteste parce que tu as toujours eu raison. Mina méritait d'épouser une personne qui aurait été prête à rester à ses côtés.

Nyrva détourna le regard, refusant de s'engager dans une conversation qui réveillait davantage sa colère, mais elle ne put s'empêcher de chuchoter.

— Évidemment que j'ai toujours eu raison.

Les grains de sable glissaient entre ses doigts alors qu'elle serrait ses poings, impuissante face à l'inéluctabilité de la mort.

Iyaan toussa de plus en plus faiblement, sa respiration devenant laborieuse. Ses yeux s'éteignirent lentement, laissant derrière eux un vide palpable.

Nyrva se leva doucement, regardant une dernière fois le corps inerte d'Iyaan. Le désert, silencieux et imperturbable, semblait lui rendre un dernier hommage. Elle se mit en route, sa propre survie dépendait de sa capacité à retrouver rapidement le chemin de l'avant-poste qu'occupait la Résistance. Une fois là-bas, elle comptait convaincre Rima d'envoyer des hommes au palais. Elle refusait de laisser Kahil là-bas, maintenant qu'elle était libre, l'Empereur se vengerait certainement sur lui.

Le soleil brûlant du désert étendait son règne implacable sur le sable infini. Nyrva, épuisée par des heures de marche solitaire, sentait la chaleur oppressante peser sur elle, chaque pas devenait un défi. Sa gorge était sèche, ses lèvres gercées murmuraient des encouragements, le silence risquait de lui faire perdre la tête.

Soudain, à l'horizon, une ondulation floue captura son attention. Incertaine de ses sens défaillants, elle accéléra le pas. À mesure qu'elle avançait, l'illusion se transformait en une réalité : une oasis émergeant du désert aride. Les palmiers dansaient doucement sous la brise, et une mélodie apaisante de feuilles caressées par le vent atteignit ses oreilles sèches. Nyrva, ébahie par la vue, pressa le pas, dépassant les dunes. La fraîcheur de l'air humide enveloppa son corps, et elle découvrit une étendue d'eau cristalline au milieu de l'oasis. Un cri de joie s'échappa de ses lèvres, mêlé à un soupir de soulagement.

Elle s'agenouilla au bord de l'étang, tremblante d'anticipation, et plongea ses mains déshydratées dans l'eau. La sensation rafraîchissante fit naître des frissons sur sa peau brûlée par le soleil. Elle leva ses mains et laissa l'eau glisser entre ses doigts, se perdant dans l'ivresse de l'eau fraîche. Jamais elle n'avait connu une aussi grande soif.

Les oiseaux invisibles dans les palmiers chantaient une symphonie de bienvenue, et le murmure de l'eau contre les berges devint une douce berceuse. Nyrva, toujours agenouillée au bord de l'oasis, leva son visage vers le ciel bleu azur, remerciant silencieusement les nombreux Dieux oubliés pour cette découverte.

Elle décida de faire une courte pause, de se reposer à l'ombre des palmiers, et de contempler l'horizon infini du désert qui s'étendait autour d'elle. La vie avait émergé là où tout semblait stérile, et Nyrva savoura le miracle de l'oasis au milieu de ce désert impitoyable.

Après un long moment de répit, la jeune femme reprit sa route. Elle devait absolument se hâter, elle avait perdu énormément de temps entre le trépas d'Iyaan et la pause qu'elle avait faite. Le soleil écrasant du désert brûlait le sable doré à perte de vue, créant des vagues de chaleur qui ondulaient dans l'air immobile. Fatiguée mais également déterminée, Nyrva marcha quelques heures durant, reconnaissante que son corps continuait de la porter malgré tout ce qu'il avait pu subir ces derniers temps. Alors qu'elle continuait son chemin, un mirage étonnant se dessina devant elle. Entre les dunes, les contours d'une imposante porte en fer forgée apparurent. La structure semblait tout droit sortie d'un conte de fées oublié, il n'y avait aucune raison logique pour qu'une telle porte se dresse au beau milieu du désert sans aucun bâtiment autour. Elle s'arrêta, sceptique.

— Une porte en plein milieu du désert, murmura-t-elle comme pour se convaincre de ce qu'elle voyait.

Elle reprit sa marche, toujours en direction de la porte, s'attendant à chaque clignement d'œil qu'elle disparaisse. Ce ne fut pas le cas. Chaque pas qu'elle faisait en direction de cette porte la rendait plus claire et plus réelle. Une fois arrivée plus près de celle-ci, elle se rendit compte que la porte était recouverte de neige. Elle resta un instant stoïque devant elle, ne sachant pas quoi penser ou quoi faire. C'était étrange. Elle contourna la porte, celle-ci ne donnait sur rien, elle pouvait en faire le tour sans problème. Elle s'accroupit et toucha la neige. La morsure du froid était bel et bien réelle, elle était extrêmement froide.

— Comment c'est possible ? murmura-t-elle n'arrivant toujours pas à réaliser ce qu'il se passait.

Il n'avait pas du tout neigé dans l'Empire depuis plus d'une dizaine d'années, et quand bien même, il ne neigeait pas dans le désert, tout cela allait totalement à l'encontre de la logique.

La porte, richement ornée de motifs complexes et de symboles mystérieux, se dressait comme une relique perdue dans le temps. Les rayons du soleil rebondissaient sur le métal, créant des reflets étincelants qui semblaient presque surnaturels dans ce décor désolé.

Nyrva s'éloigna de la porte pour prendre plus de recul sur ce qu'elle voyait. Chaque pas soulevait des grains de sable qui s'éparpillaient dans le vent. Elle resta incrédule devant la réalité de cette découverte improbable. Les détails artistiques de la porte semblaient raconter une histoire oubliée depuis longtemps. Alors que Nyrva examinait les motifs, la porte grinça légèrement, comme si elle attendait depuis des éons le visiteur qui aurait le courage de la découvrir. Un frisson parcourut l'échine de la jeune femme, mêlé à l'excitation de l'inconnu. Devait-elle pousser la porte et essayer de la traverser bien qu'elle semblait ne mener nulle part ?

Elle s'approcha de nouveau des barres de métal froid, elle poussa légèrement la porte qui s'ouvrit sans offrir de résistance. Elle s'apprêtait à la franchir quand on l'attrapa soudainement par le bras. Elle se retourna rapidement, la main droite sur le pommeau de son épée. Elle se retrouva nez à nez avec un homme, plus grand qu'elle d'au moins une tête, mate de peau, avec des cheveux bruns qui lui arrivaient aux épaules et de profonds yeux de la même couleur. Son regard n'exprimait que de la détresse.

— Ne fais surtout pas ça, finit-il par chuchoter, une once d'appréhension dans la voix.

— Qui êtes-vous ? demanda Nyrva sur le même ton sans enlever la main du pommeau de son épée.

Il tira sur son bras pour qu'elle s'éloigne de la porte. Méfiante, elle s'exécuta sans faire d'histoire, ce qui eut le mérite de détendre l'inconnu.

— Qui êtes-vous ? répéta-t-elle d'une voix plus ferme que la première fois.

— Je m'appelle Amir, finit-il par répondre en effectuant une révérence.

Nyrva le détailla sceptique, il semblait n'être plus vieux qu'elle que d'un ou deux ans, il avait l'air en meilleure forme qu'elle, en aucun cas affamé, assoiffé ou épuisé. Elle regarda autour d'elle, commençant enfin à se demander d'où il pouvait bien venir mais rien, uniquement l'infinité du désert. Elle se rendit compte qu'il la fixait lui aussi silencieusement.

— Je m'excuse de paraître aussi méfiante mais… commença-t-elle doucement tandis qu'il la fixait sans bouger. Je n'arrive pas à comprendre d'où vous pouvez bien venir, j'étais seule il y a un instant et soudainement… elle s'interrompit, mettant enfin le doigt sur ce qui la perturbait depuis le début.

Amir ne clignait pas des yeux, il les gardait grands ouverts sans jamais les refermer. Elle sentit l'impulsion de reculer, mais une force intérieure la retint, elle ne voulait pas qu'il perçoive son étonnement et qu'il prenne cela pour de la peur. Elle continua sa phrase imperturbable.

— Vous êtes apparu sans crier gare. D'où venez-vous ? finit-elle par le questionner.

— Je passais tout simplement par-là shahzadeh. Je comprends que cela puisse être perturbant pour vous mais je voulais simplement vous éviter de commettre une erreur en passant cette porte, répondit-il laissant Nyrva avec plus d'interrogations qu'elle n'en avait avant de poser sa question.

La situation était étrange, un profond sentiment de malaise s'installa en elle, son instinct de survie lui hurlait de s'enfuir, de courir à toute vitesse et de ne s'arrêter que lorsqu'elle serait loin de cette créature, mais elle n'en fit rien. Elle n'aurait pas pu aller bien loin dans son état.

— Shahzadeh ? Qu'est-ce que cela signifie ? le questionna-t-elle.

Amir pencha la tête sur le côté, des frissons de terreur parcoururent les bras de Nyrva.

— Simplement le titre qui vous revient shahzadeh, expliqua-t-il simplement comme si elle était censée connaître la signification du mot.

Nyrva inspira profondément.

— Êtes-vous un djinn ? osa-t-elle enfin demander.

Il sourit, ce qui ne fit qu'accroître le malaise de la jeune femme.

— Je pourrais en être un, mais je n'en suis pas tout à fait un, répondit-il après quelques secondes de réflexion.

— Je vois, répondit Nyrva alors qu'elle ne voyait pas du tout.

Commençant enfin à comprendre qu'elle n'avait pas affaire à un être humain mais à une créature surnaturelle, elle se mit en tête qu'il pourrait peut-être l'aider.

— J'ai besoin de sortir du désert rapidement, la vie de mon ami en dépend. Pouvez-vous m'aider ?

Il la fixa silencieusement pendant un instant, l'air était chargé d'une tension presque étouffante, Nyrva était terrifiée. Soudain, sans raison aucune, la tension redescendit et disparut d'un coup, un léger sourire apparut sur les lèvres d'Amir.

— Je vais vous emmener là où vous souhaitez vous rendre shahzadeh, puis-je tenir votre main pour ce faire ?

Hésitante, Nyrva acquiesça et lui tendit sa main silencieusement. Par réflexe, elle ferma les paupières. Son cœur rata un battement. À peine les avait-elle rouverts qu'elle était seule, devant le bâtiment que la Résistance occupait au sein de la capitale.

— Comment… murmura-t-elle haletante.

Elle avait l'impression d'avoir parcouru des kilomètres en courant. Elle inspira profondément avant de se précipiter vers la porte de la bâtisse. Les questions attendraient, les vies de Naïl et de Kahil étaient toujours en danger. Elle n'avait pas une minute à perdre.

CHAPITRE 20

Tout était assez flou, Nyrva ne se souvenait pas vraiment de ce qu'il s'était passé après son entrée dans le bâtiment. Rima lui avait expliqué qu'elle était entrée avec fracas, essoufflée, qu'elle avait simplement hurlé : « Nous devons sauver Naïl et Kahil. » et qu'elle avait perdu connaissance tout de suite après.

Par chance, Azlan était présent et il avait pu lui prodiguer les soins nécessaires.

La jeune femme s'était réveillée dans une chambre aux murs quelque peu délabrés. Lors de sa première venue ici, elle n'avait pas réellement prêté attention à l'état de la bâtisse, mais peut-être que ces quelques semaines au sein du palais avaient changé sa perception des choses. La peinture blanche des murs était écaillée, le bois du parquet totalement griffé et les meubles semblaient être là depuis des décennies.

Rima était toujours à son chevet, inquiète.

— Je vais vraiment bien Rima, cesse de t'inquiéter, affirma la jeune femme d'une voix douce.

Son aînée soupira bruyamment.

— Tu ne peux pas me dire que tout va bien alors que tu rentres enfin après des semaines sans nouvelles, totalement amaigrie, épuisée et déshydratée, répondit-elle nerveusement. Tu aurais vu ton état Nyrva, nous pensions que tu n'allais pas t'en sortir.

— Disons que ce n'est pas passé loin, murmura son interlocutrice avec ironie, ce qui eut le mérite de l'agacer. Plus sérieusement, il faut absolument que nous retournions au palais. La vie de Naïl et Kahil en dépend, je ne sais pas de combien de temps ils disposent.

La cheffe de la Résistance se leva pour vérifier que la porte de la chambre était bien fermée. Elle reprit son siège et posa un regard sérieux sur sa jeune recrue.

— Raconte-moi tout et explique-moi qui est ce Naïl, dit-elle d'une voix douce mais ferme, la cheffe de la Résistance reprenant le dessus sur la douce Rima.

Nyrva acquiesça d'un hochement de tête. Elle lui raconta l'intégralité de ce qu'il s'était passé durant leur absence, en commençant par leur arrivée au palais, sa couverture de lavandière, l'arrestation d'Iyaan, sa découverte des appartements impériaux puis des jardins privés, la trahison de Leya, sa rencontre avec Naïl, l'emprisonnement de Kahil, la tentative d'évasion qui s'était finie en emprisonnement, le sauvetage de Naïl et enfin son périple dans le désert avec le décès d'Iyaan et sa rencontre avec Amir. À la fin de son récit, elle était hors d'haleine, elle avait tant de choses à dire et elle avait si peur d'oublier des détails qu'elle parlait rapidement, comme si sa vie en dépendait. Le visage de Rima afficha plusieurs expressions successivement, d'abord la curiosité, puis la peur, mais aussi la colère, puis l'inquiétude et enfin la détermination.

— Faire intégrer la Résistance à Leya a été ma pire décision en tant que cheffe de cette organisation. Je le regrette tellement, murmura-t-elle en se passant les mains sur son visage. Il y a quelques semaines, Nasir m'a informée que Leya avait quitté la ville. Il ignorait où elle voulait se rendre mais elle lui aurait dit que ce n'était que l'histoire de quelques jours. J'aurais dû trouver cela plus suspicieux, mais Leya ne nous aidait pas tellement, au contraire, elle pouvait s'avérer être une charge, j'ai donc laissé faire. Si seulement j'avais su qu'elle comptait saboter votre mission, ajouta-t-elle.

La jeune femme posa une main compatissante sur le bras de son aînée.

— Tu ne pouvais pas savoir Rima, cela ne sert à rien de vivre avec des remords, dit-elle doucement.

Cette dernière lui offrit un sourire forcé.

— J'ai encore une information à te partager, reprit Nyrva d'une voix douce et basse.

Rima posa sur elle un regard empli de curiosité qui l'encouragea à ontinuer.

— Je sais que tu connais Azlan depuis ta naissance et que tu as pleine confiance en lui, mais je doute de ses capacités d'espionnage, commença-t-elle, essayant de voir quelle serait la réaction de Rima avant d'en dire davantage.

Cette dernière fronça les sourcils, surprise du chemin que prenait cette conversation.

— Comment ça tu doutes de ses capacités d'espionnage ? répéta-t-elle.

Nyrva inspira profondément avant de reprendre la parole.

— À chacune de mes conversations avec Naïl et Aaron, je me rendais compte que toutes les informations que nous avions sur l'Empereur, les chevaucheurs et tout le reste étaient fausses. Eux-mêmes sont conscients de nos lacunes. Je sais que tu tiens toutes tes informations d'Azlan mais elles sont pour la plupart erronées, expliqua-t-elle.

Comme la jeune femme s'y attendait, la cheffe de la Résistance n'accueillit pas la nouvelle avec joie.

— Qui te dit qu'ils ne t'ont pas menti ? répliqua-t-elle en fronçant les sourcils.

— Comment peux-tu répondre cela alors que tu ignorais même que l'Empereur avait un frère ? Il est évident qu'il y a un souci avec les informations que te transmet ton djinn Rima.

Cette dernière soupira.

— J'ai pleine confiance en Azlan, Nyrva, il doit y avoir une explication, déclara-t-elle.

— Je sais Rima, je tenais simplement à t'alerter. Sois tout de même méfiante.

La doyenne acquiesça avant de se lever.

— Je te verrai plus tard, certains sujets requièrent ma présence.

Nyrva se leva, hors de question pour elle de passer sa journée au lit. Elle se devait de rendre visite à sa meilleure amie pour lui annoncer la tragique nouvelle de vive voix. Après cela, elle réfléchirait à une façon de porter secours à Kahil et à Naïl. Que la Résistance accepte de l'aider ou non, elle trouverait une solution.

Elle se leva d'un bond et se dirigea vers la salle de bains pour essayer d'effectuer une toilette tant bien que mal avec ce qu'elle avait sous la main. Même dans le quartier des domestiques du palais, la salle de bains était plus luxueuse que celle que proposait la bâtisse. Elle soupira, elle n'avait jamais réalisé à quel point le manque de moyens de son peuple était prononcé.

Après s'être habillée, elle se dirigea lentement vers la maison de son amie, elle redoutait cette rencontre, ne sachant pas quoi dire. Les rues étaient vides bien que le soleil soit haut dans le ciel. La plupart des habitants de la ville devaient vaquer à leurs tâches domestiques et les enfants devaient être à l'école. Les rues de Qimasheh avaient manqué à la jeune femme, quelques semaines plus tôt, elles étaient tout ce qu'elle n'avait jamais connu. Qui aurait cru que sa vie basculerait aussi soudainement ? Les températures s'étaient quelque peu réchauffées, l'hiver cédait doucement sa place au printemps.

Elle arriva enfin dans la rue où vivait Iyaan avant son décès. Elle inspira profondément avant de se diriger vers la maison du résistant décédé. Des frissons parcoururent ses bras, la maison de sa tante, dans laquelle elle avait grandi n'était qu'à quelques mètres.

Elle frappa doucement à la porte, une part d'elle espérant que son amie ne lui ouvrirait pas, qu'elle ne serait pas chez elle, mais Mina ouvrit la porte, un bébé dans les bras et un grand sourire plaqué sur ses lèvres.

— Nyrva ! Tu m'as tellement manqué, je commençais à m'inquiéter pour toi. Je t'aurais bien pris dans mes bras mais cela risque d'être compliqué avec le bébé, s'exclama-t-elle.

Elle se décala de l'encadrement de la porte.

— Viens, entre !

La lueur du soleil illuminait le salon de Mina alors que Nyrva entrait doucement, portant le fardeau d'une nouvelle trop lourde à partager. Les rideaux de coton dansaient légèrement avec la brise de l'après-midi, créant une atmosphère de calme qui contrastait douloureusement avec le poids de la nouvelle que venait délivrer son amie.

— Camil n'est pas là ? demanda Nyrva.

Mina fit non de la tête.

— Il est chez mes parents, j'irai le chercher plus tard, je dois dîner chez eux ce soir.

Les yeux de Nyrva, empreints de tristesse et de compassion, rencontrèrent ceux de son amie, elle prit une profonde inspiration.

— Nyrva, que se passe-t-il ? demanda Mina, ses mains tremblantes alors qu'elle installait son bébé dans son couffin.

Nyrva s'approcha avec précaution, prenant place aux côtés de son amie. Elle prit les mains de Mina dans les siennes, cherchant le réconfort dans ce geste de solidarité.

— Mina, je... j'aurais voulu ne jamais avoir à t'annoncer une telle nouvelle, commença Nyrva d'une voix douce et hésitante. Iyaan... Iyaan est parti. Nous étions prisonniers au palais Impérial, avec un ami nous avons pu le libérer mais il était déjà très affaibli. Il...

Elle inspira profondément avant de continuer.

— Il n'a pas supporté notre voyage dans le désert et il est mort.

Le souffle de Mina se coupa, ses yeux s'écarquillant d'incrédulité.

— Non... non, ce n'est pas possible, murmura-t-elle, ses yeux se remplissant de larmes.

Nyrva resserra doucement son étreinte sur les mains de son amie, sentant la peine partager l'espace entre elles.

— Ses derniers mots ont été pour les enfants et toi, expliqua Nyrva, essayant de trouver des mots apaisants sans grand succès.

Le silence s'installa, brisé seulement par les sanglots étouffés de Mina. La jeune mère dégagea brusquement ses mains de celles de son amie. Ses yeux, habituellement doux, étaient désormais chargés de colère et de chagrin.

— Où est-il ? demanda-t-elle.

Nyrva lui répondit par un regard empli de questions.

— Son corps, où est-il ? clarifia-t-elle.

— Dans le désert Mina, j'étais moi-même sur le point de mourir, je n'aurais jamais pu traverser le désert en le portant sur mon dos, répondit Nyrva d'une voix douce.

Un silence plein de tension s'installa entre les deux amies.

— Nyrva, comment as-tu pu faire ça ? s'écria-t-elle, sa voix oscillant entre la tristesse et la fureur.

Nyrva, assise en silence, détourna le regard, incapable de soutenir le regard enflammé de son amie. Elle sentait le poids de la culpabilité peser sur elle, mais elle savait qu'aucun mot ne pourrait apaiser la tempête émotionnelle qui grondait à l'intérieur de la jeune femme.

— Tu l'as laissé mourir dans le désert, Nyrva ! continua Mina, ses mains se crispant en poings serrés. Il ne méritait pas ça. Il méritait une sépulture décente, pas d'être abandonné comme un paria.

Nyrva leva enfin les yeux, cherchant à expliquer, à partager le fardeau du choix difficile qu'elle avait dû faire.

— Mina, je comprends que cela te fasse mal, mais c'était son choix de rejoindre la Résistance et il savait comment cela pouvait se finir.

— Son choix ? Mina éclata de rire, un rire mêlé de larmes. Il était perdu, désespéré, et personne n'a jamais rien fait pour l'aider. Tu aurais dû le ramener, Nyrva. Si ce n'était pas pour lui, tu aurais dû le ramener pour moi.

Les mots de Mina résonnaient dans la pièce comme des accusations cinglantes. Nyrva se leva à son tour, cherchant un moyen de soulager la douleur qui déchirait son amie.

— Si j'avais pu faire quelque chose je l'aurais fait Mina, mais je ne pouvais rien faire, expliqua la jeune femme d'une voix basse mais déterminée.

— Et maintenant, il est mort, seul dans le désert !

Mina hurla, ses larmes coulant librement sur son visage.

— Tu aurais dû faire quelque chose. Tu aurais dû le ramener à la maison.

— Mina, je m'excuse sincèrement mais Iyaan était un adulte. Il savait ce qu'il faisait et il a sciemment décidé de presque abandonner sa famille pour aller s'amuser au sein de la Résistance. J'ai énormément de peine pour toi car tu es mon amie et que tu souffres, mais avec le recul, non, je ne regrette pas d'avoir laissé son corps dans le désert. Je n'allais certainement pas risquer ma propre survie pour que tu puisses pleurer sur le corps de l'incapable qui t'a abandonnée avec deux enfants. Désolée si tu me détestes pour ça mais honnêtement, ce n'est plus mon problème, finit par déclarer Nyrva, fatiguée des reproches, avant de se diriger vers la sortie.

— Comment peux-tu dire ça ? hurla son amie alors qu'elle sortait de la maison de cette dernière.

Elle comprenait la tristesse qu'elle pouvait ressentir, mais elle ne se sentait pas capable d'écouter ses accusations plus longtemps. Elle ne regrettait pas son choix, si cela était à refaire, elle laisserait de nouveau Iyaan dans le désert.

CHAPITRE 21

À peine sortie de la maison de son amie, Nyrva se retrouva nez à nez avec Azlan. Surprise, elle marqua un temps d'arrêt. Rima avait dû lui parler de ses suspicions, inutile de faire semblant de ne pas savoir pourquoi il était là. Il portait un keffieh sur la tête qui tombait sur sa nuque de sorte à cacher ses oreilles pointues. De cette façon, il passait presque pour un être humain ordinaire.

— Qu'est-ce que tu veux ? demanda-t-elle en reprenant son chemin, persuadée qu'il allait la suivre.

C'est ce qu'il fit, il se mit à marcher à la même cadence que la jeune femme.

— Rima m'a relaté votre petite conversation, répondit-il d'une voix calme.

— Comme c'est surprenant, moi qui pensais qu'elle garderait ça pour elle, dit Nyrva railleuse.

— Je n'ai pas le droit d'interférer sur certains sujets, le destin des humains est écrit depuis des millénaires, je n'ai pas le droit de dévoiler certaines choses, se justifia-t-il avant de s'arrêter.

Curieuse, la jeune femme s'arrêta également. Elle le détailla, elle comprit qu'elle n'avait jamais vraiment pris le temps de le faire. Le djinn avait le teint hâlé, il faisait bien une tête de plus que Kahil alors que ce dernier était déjà considéré comme grand, ses cheveux noirs contrastaient avec ses yeux vert profond.

— Bien, disons que tu n'as pas le droit de parler de certaines choses, pourquoi avoir menti à Rima ? demanda-t-elle, espérant le mettre au pied du mur.

— Je n'ai jamais menti à Rima, notre pacte me l'interdit. J'ai toujours dit la vérité, je n'y peux rien si elle a tendance à surinterpréter les choses, se plaignit-il presque.

La jeune femme fronça les sourcils.

— Comment ça ? demanda-t-elle.

— Nyrva, certaines choses vous dépassent en tant qu'humains. Vous ne pouvez pas tout savoir. Jusqu'ici, Rima s'en contentait très bien. Arrête d'essayer de franchir la ligne.

Elle soupira.

— J'ai rencontré un djinn dans le désert, déclara-t-elle soudainement.

Ce fut au tour de Azlan de froncer les sourcils.

— Amir n'est pas un simple djinn, c'est un originel, la contredit-il.

Elle lui adressa un regard perdu pour l'encourager à en dire davantage.

— Les originels existent depuis la nuit des temps, ce sont les premières créatures à avoir peuplé ce monde. On ne vous apprend vraiment rien à l'école ? s'offusqua-t-il l'air contrarié.

— Disons que les djinns font partie du folklore et non de la réalité pour la plupart du commun des mortels, répliqua-t-elle en se retenant de rire. Amir m'a empêchée de passer une porte dans le désert, qu'est-ce que c'était ?

— Ce que tu as vu, c'est ce qu'on appelle l'antre de fumée, lui répondit-il. C'est une porte qui relie votre monde au nôtre. Seuls les djinns sont censés pouvoir la voir et la traverser.

La jeune femme fronça les sourcils.

— Dans ce cas, pourquoi je l'ai vue ? J'aurais pu la passer si Amir ne m'avait pas arrêtée, pensa-t-elle à voix haute.

— Comme je te l'ai dit plus tôt, certaines choses vous dépassent en tant qu'humain. Je ne peux rien te dire de plus. Laisse le temps t'apporter les réponses que tu cherches.

Elle soupira bruyamment avant de reprendre son chemin, elle devait parler à Rima pour la convaincre d'envoyer des hommes au palais.

La cheffe de la Résistance était introuvable. Nyrva avait cherché partout sans succès. Rima devait être dans l'un de ces jours où elle ne voulait pas être trouvée. La jeune femme soupira, elle aussi avait besoin d'être seule pour réfléchir. Elle emprunta un cheval dans les écuries de la Résistance, Aether, un grand mâle à la robe grise mouchetée, et chevaucha jusqu'au désert.

Kahil et elle avaient pour habitude de se rendre dans une crique qui abritait un petit cours d'eau. C'est ici que le jeune homme avait appris à son amie à manier l'arc et l'épée. C'est ici qu'ils avaient passé des heures à discuter ou à admirer les étoiles. Nyrva ressentit un pincement au cœur, elle s'en voulait tellement d'être partie sans lui. Si la situation avait été inversée, il ne l'aurait jamais abandonnée au palais, elle le savait. Elle s'installa sur un rocher et contempla l'horizon. De combien de temps Naïl aurait-il besoin pour libérer son ami ? Allait-il en être réellement capable ? Le prince devait maintenant être considéré comme un traître par son frère, était-il même encore en vie ? La respiration de la jeune femme s'accéléra à cette idée, si Naïl était mort par sa faute, elle ne se le pardonnerait jamais.

Un cri familier la sortit de ses pensées, un sentiment d'espoir l'envahit. Elle n'eût même pas à lever la tête vers le ciel pour deviner qu'il s'agissait d'Aethaerunth.

La dragonne atterrit près d'elle dans un nuage de poussière. Le cœur de la jeune femme se mit à battre la chamade, ne sachant pas à quelle nouvelle s'attendre. Le nuage de sable et de poussière autour d'eux se dissipa, Nyrva se précipita vers la créature ailée pour découvrir Naïl et Kahil. Elle porta sa main à la bouche pour étouffer le cri de soulagement qui menaçait d'en sortir.

Plus à l'aise que le Arzi, Naïl descendit du dos de son dragon d'un bond, un énorme sourire plaqué sur les lèvres, il prit Nyrva dans ses bras. La jeune femme lui rendit son étreinte, soulagée de le savoir en vie.

— Tu m'as retrouvée, murmura-t-elle.

— Je t'ai retrouvée, répéta-t-il sur le même ton en passant une main dans les longs cheveux relâchés de la jeune femme.

Elle resta silencieuse un instant, profitant du moment.

— Je craignais que ton frère s'en prenne à toi, avoua-t-elle en se dégageant de son étreinte délicatement.

— Tout va bien, tout le monde est sain et sauf, répondit-il d'une voix rassurante.

— Aaron et Aria ? demanda-t-elle tout de même préoccupée.

— Ils vont bien, tous les deux. J'ai chargé Aaron de la protéger ainsi qu'Elnaz, ajouta-t-il.

Elle lui offrit un sourire reconnaissant. Kahil toussota, interrompant leur échange. Honteuse de l'avoir oublié, Nyrva le prit dans ses bras. Il avait énormément maigri, ses joues étaient creuses et ses yeux semblaient vides. Sa peau était tachetée de traces violines et il semblait avoir du mal à se déplacer correctement.

— Tu es en vie, dit-elle doucement, comme pour se rassurer elle-même.

— Je suis en vie, répéta son meilleur ami d'une voix brisée.

— Rentrons, Azlan pourra te soigner, dit-elle en se détachant de son étreinte.

Il acquiesça d'un hochement de tête. Nyrva se tourna vers Aethaerunth dont elle avait presque oublié la présence.

— Elle ne peut pas venir en ville, dit-elle à Naïl.

— Tu sais que Aethaerunth ne passe pas tout son temps avec moi ? demanda-t-il d'un ton railleur. Aussi étonnant que cela puisse paraître, elle a une vie en dehors de moi et de mes petits problèmes d'humains comme elle aime le dire, dit-il en souriant.

Nyrva écarquilla les yeux, il ne lui était jamais venu à l'esprit que les dragons n'avaient pas besoin des humains alors que c'était évident. On enseignait à l'école que les dragons vivaient en société, bien établis, avec un système politique très strict, mais c'était assez déroutant de se dire que tout cela ne relevait pas du mythe mais bien de la réalité.

— En effet, j'avoue que je n'y avais pas pensé, dit-elle d'une petite voix. Je suis désolée, ajouta-t-elle à l'attention du dragon qui lui répondit en soufflant.

Azlan les accueillit aux portes de la ville, évidemment il savait déjà qu'ils étaient à sa recherche. Il les conduit chez Rima, qui les attendait déjà sur place. Elle semblait de bien meilleure humeur que plus tôt ce qui rassura Nyrva.

Kahil s'installa dans la chambre qu'il avait occupée lors de sa dernière convalescence tandis que Azlan se hâta de panser ses plaies.

Nyrva en profita pour présenter Naïl à Rima. Elle sourit, lorsqu'ils s'étaient fait leurs adieux la première fois, Naïl avait exprimé sa volonté de rencontrer la cheffe de la Résistance. Elle n'aurait jamais cru que ce moment arriverait aussi vite.

La jeune femme se retira dans la cuisine pour préparer du thé pendant qu'ils discutaient. Au bout d'un moment, elle fut rejointe par Rima.

— C'est donc lui, le fameux prince dont tu me parlais ce matin, constata-t-elle.

Nyrva acquiesça, un léger sourire sur les lèvres. Son aînée sourit également.

— Ces retrouvailles ont l'air de te faire plaisir.

— En effet, il m'a aidée à m'échapper et je craignais qu'il lui arrive quelque chose. Ces retrouvailles me font plus que plaisir, répondit-elle.

— Il a l'air de t'apprécier, suggéra Rima

Nyrva fronça les sourcils, elle avait l'impression que la cheffe de la Résistance essayait de lui faire passer un message, mais elle ne parvenait pas à comprendre concrètement ce qu'elle essayait de lui dire.

— Je l'apprécie également, répondit-elle.

Rima inspira profondément avant de s'asseoir.

— Tu l'ignores réellement ? demanda Rima feignant l'innocence.

Nyrva arrêta ce qu'elle faisait pour lancer un regard interrogateur à son aînée.

— J'ignore quoi ? demanda-t-elle sincèrement curieuse.

— Que Kahil a des sentiments pour toi, répondit Rima en gloussant. C'est presque écrit clairement sur son visage, comment peux-tu ignorer ça Nyrva ?

Le rouge monta aux joues de la jeune femme qui ne s'attendait pas à une telle révélation.

— Mais pas du tout, c'est juste Kahil, on est simplement amis depuis toujours. Tu te trompes sur lui, bafouilla-t-elle.

Rima s'approche d'elle et planta son regard dans le sien.

— J'ai un peu plus d'expérience que toi dans cette vie Nyrva, crois-moi, il est fou amoureux de toi. Tu es la seule qui ne l'a pas encore réalisé, tout le monde le sait, conclut-elle d'une voix douce mais ferme.

Nyrva ne dit rien, mais ses pensées n'étaient tournées que vers cette révélation. Elle soupira, elle n'aimait pas Kahil de cette façon. Il était comme un frère pour elle, ils s'étaient vu grandir l'un et l'autre. Jamais elle n'avait pensé à lui comme à un homme.

— Je ne le vois pas de cette façon, finit-elle par dire, brisant le silence qui commençait à s'installer.

— Je sais bien, répondit son interlocutrice. Je te le dis simplement pour que tu fasses attention. La jalousie peut être dangereuse et il risque de devenir assez rapidement jaloux des regards tendres que te lance ton prince.

— Naïl ne me lance aucun regard tendre, il est simplement inquiet pour moi, répondit-elle précipitamment.

La doyenne leva les yeux au ciel avant de quitter la pièce. Nyrva les retrouva dans le bureau de la propriétaire de la maison, un plateau de thé au jasmin dans les mains. Elle s'installa aux côtés de Naïl, en face de Rima. Ce dernier lui offrit un signe de tête reconnaissant lorsqu'elle lui tendit une tasse pleine du liquide ambré. Il devait être épuisé, pensa la jeune femme. Le temps passé au palais après son départ n'avait pas dû être simple pour lui, le prince, qui par deux fois avait désobéi au frère qu'il admirait tant. Elle se doutait que le voyage à dos de dragon n'avait pas dû être de tout repos puisqu'il avait dû s'assurer que Kahil ne chute pas en plein vol. Elle devait empêcher la cheffe de la Résistance de le retenir trop longtemps dans ce bureau, d'autant plus qu'elle-même avait énormément de questions à lui poser.

— Qui me dit que tu n'es pas un espion ? demanda Rima, interrompant le cours des pensées de la jeune femme.

— Rima ! s'exclama-t-elle.

Son aînée ne lui accorda pas un regard, elle fixait le prince de ses yeux perçants. Naïl inspira, essayant de contenir son amusement.

— Ma Dame, commença-t-il d'une voix flatteuse.

On ressentait le fait qu'il avait été élevé au sein d'une famille éduquée.

— Soyons sérieux, il n'y a pas grand-chose à espionner au sein de la Résistance depuis plusieurs années déjà. Vous le savez vous-même, vous êtes désorganisés et vous manquez d'informations sur l'empire. En somme, l'Empereur ne vous considère pas comme une menace.

Rima fronça les sourcils, agacée, il avait raison et elle le savait.

— De plus, reprit-il, un sourire charmeur plaqué sur les lèvres. Si j'avais réellement besoin d'informations à votre sujet, je procéderais de la même façon que vous.

Les deux femmes lui adressèrent un regard perdu.

— Je demanderais des informations au peuple des djinns, précisa-t-il, ce qui eut le mérite de rendre la cheffe de la Résistance rouge de honte. Rima, je pense sincèrement que vous avez besoin de moi. Sans vouloir me jeter des fleurs, bien évidemment. Le mouvement de la Résistance a besoin d'un regard neuf, un regard qui a déjà une expérience militaire et qui a accès à plus d'informations. Informations auxquelles vous n'aurez d'ailleurs jamais accès sans moi, je ne pense pas qu'il soit nécessaire de vous rappeler que je suis le seul et unique prince de cet empire, conclut-il railleur.

— Je me porte garante de lui, ajouta Nyrva.

Rima soupira bruyamment. Elle avait déjà prévu de lui accorder sa confiance lorsque Nyrva lui avait fait part de son expédition au sein du palais. Cette conversation n'était qu'une formalité, mais elle n'appréciait pas la tournure qu'elle prenait. Le prince avait raison et elle détestait cela.

— J'ai confiance en Nyrva, si elle a confiance en toi, je ne peux que suivre son jugement, céda la doyenne sans répliquer.

Nyrva se leva de son siège.

— Bien, si cette conversation touche à sa fin, je pense que Naïl a besoin de repos, déclara-t-elle.

Rima acquiesça silencieusement.

— La chambre que tu as utilisée la dernière fois est libre, je te laisse lui indiquer le chemin, répondit-elle à l'attention de la jeune femme qui lui adressa un sourire reconnaissant.

La chambre était beaucoup plus petite que dans ses souvenirs, elle marqua un temps d'arrêt dans l'embrasure de la porte.

— Il y a un problème ? demanda Naïl inquiet.

— J'ai l'impression que ces quelques semaines au palais ont changé ma perception des choses, répondit-elle en allant s'installer dans le fauteuil près du lit. Beaucoup de choses me semblent plus petites, ou plus usées que ce que j'aurais pu remarquer auparavant, se justifia-t-elle honteuse.

Le prince ricana.

— Tu finiras par t'y faire, dit-il. Plus jeune, lorsque nous avons déménagé de notre maison de Hattusa au palais, j'ai eu le même souci alors que j'ai eu la chance de grandir dans une maison déjà très luxueuse. Mais l'habitude vient avec le temps, ajouta-t-il en s'asseyant sur le lit en face d'elle.

Le visage de la jeune femme se détendit, comme si elle venait de se décharger d'un secret trop lourd à porter auprès d'une personne qui la comprenait totalement.

— Tu dois être épuisé, fit-elle remarquer doucement, brisant le silence qui commençait à s'installer.

— En effet, je suis épuisé, répondit-il sur le même ton. Mais disons que te savoir saine et sauve et libre me donne suffisamment d'énergie pour tenir, ajouta-t-il un léger sourire sur les lèvres.

Nyrva lui rendit son sourire.

— Tu devrais peut-être te reposer un peu, suggéra-t-elle.

— Ou alors, je pourrais simplement rester avec toi, répondit-il spontanément.

La jeune femme ne voulait pas quitter la pièce, pour la première fois depuis longtemps, elle se sentait réellement à la maison. Elle avait l'impression d'avoir retrouvé une partie d'elle-même qu'elle n'avait jamais connue. Jamais personne ne lui avait fait ressentir ce genre de chose et pourtant, Naïl, par sa simple présence, lui faisait ressentir une myriade de sentiments.

— Combien de temps comptes-tu rester parmi nous ? demanda-t-elle, à la fois parce qu'elle était intriguée mais également parce qu'elle ne savait pas quoi répondre, craignant trop de gâcher ce précieux moment.

Naïl s'étira, il essayait tant bien que mal de lutter contre la fatigue, ne voulant perdre aucune seconde du temps qu'il lui restait auprès de Nyrva.

— À vrai dire, je ne sais pas encore. Il va m'être compliqué de retourner au palais avant un petit moment. Mon frère me pardonnera mais il aura besoin de temps. Cependant, Aaron a besoin de moi. Disons que je m'accorde une petite semaine avant de prendre une décision.

La jeune femme se leva.

— Une semaine, c'est parfait. Tu as donc le temps de te reposer un peu, dit-elle en se dirigeant vers la porte de la chambre.

— Nyrva... commença-t-il.

— Je serai en bas, dans le salon à ton réveil, l'interrompit-elle. Donc repose-toi Naïl, nous aurons tout le temps du monde pour discuter plus tard, je sais que tu es épuisé, ajouta-t-elle.

Il lui adressa un sourire reconnaissant. Elle quitta la pièce en refermant la porte derrière elle. Qu'est-ce qu'elle aimerait vraiment avoir tout le temps du monde à ses côtés.

CHAPITRE 22

Naïl savait qu'il était épuisé, mais il ne pensait pas l'être à ce point. Ce qu'il pensait être une sieste se transforma en une nuit de douze heures. Il fut réveillé par l'éclat des deux pleines lunes et des étoiles, il n'avait jamais vu les astres aussi éclatants. Au palais, il ne prenait pas souvent le temps de les observer. Il sourit en se rappelant que lors de leur première rencontre, Nyrva lui avait dit qu'elle adorait observer les étoiles. Il se leva d'un bond, c'était la parfaite occasion de le faire ensemble. Il dévala les escaliers en espérant que la jeune femme serait réellement dans le salon comme elle lui avait promis avant qu'il ne sombre dans les bras de Morphée.

Il entra doucement dans la pièce plongée dans la pénombre, seulement éclairée par la lueur d'une bougie posée sur la petite table en face du canapé sur lequel il retrouva la jeune femme endormie. Elle n'avait pas menti, elle était restée.

Il s'installa dans un fauteuil en face d'elle, ils iraient voir les étoiles une prochaine fois. Il observa son doux visage endormi, elle était magnifique, comme toujours, même s'il avait une préférence pour le visage agacé de la jeune femme. Il ne savait pas exactement ce qu'il préférait entre le sourire de Nyrva et sa mine boudeuse mais ce qu'il savait c'est qu'il l'aimait.

Aethaerunth s'était moquée de lui lorsqu'il l'avait compris puisqu'elle s'en était rendu compte dès le début. Mais il ne pouvait plus le nier, la jeune femme lui avait fait de l'effet dès leur première rencontre et elle ne cessait de lui en faire un peu plus chaque jour.

— Tu es réveillé ? demanda la voix ensommeillée de Nyrva qui émergeait du sommeil, le tirant de ses pensées.

— Oui, rendors-toi si tu es fatiguée Nyrva, dit-il doucement.

La jeune femme se redressa et s'étira. Elle s'était changée, elle portait la tenue de combat qu'il lui avait fait faire avant leur premier essai d'évasion. Il se nota mentalement qu'il devait payer grassement la couturière qui l'avait confectionnée, jamais une tenue n'avait tant mis en valeur son porteur.

— Désolée, je me suis assoupie, se justifia-t-elle.

— Je pensais qu'on pourrait aller observer les étoiles ensemble si tu veux, proposa-t-il se rappelant la raison pour laquelle il la cherchait.

Les commissures de ses lèvres se relevèrent instantanément.

— J'adorerais faire ça avec toi, répondit-elle, une pointe d'excitation dans la voix. Tu veux peut-être te laver et te changer avant ? proposa-t-elle.

Se rappelant qu'il n'avait pas du tout pris la peine de se laver depuis son départ du palais, il rougit. Il devait se trouver dans un piteux état. Nyrva remarqua sa gêne, ce qui la fit éclater de rire.

— Je pense qu'on peut dire qu'on s'est tous les deux vus dans nos pires états, plaisanta-t-elle. La salle de bains est au fond à droite de la cuisine. Je t'ai déjà préparé des vêtements propres, ce sont ceux de Kahil, ils devraient faire l'affaire.

Il lui adressa un sourire reconnaissant avant de s'engouffrer dans la salle de bains. Il comprit ce dont Nyrva parlait quand elle disait s'être trop habituée aux grandeurs du palais, la pièce était assez petite mais cela se justifiait assez facilement par le fait que Rima vivait seule. La cheffe de la Résistance se contentait très bien des espaces qu'elle possédait.

Une fois propre et changé, le prince retrouva la jeune femme qui l'attendait toujours dans le salon.

Il la suivit au travers des rues de la ville. La nuit n'était pas tombée depuis si longtemps, certains hommes se baladaient toujours, rentrant chez eux ou se rendant à la taverne du quartier, de nombreux groupes de soldats faisaient leurs rondes. Le prince fronça les sourcils, les patrouilles étaient beaucoup trop nombreuses aux vues de la taille de la ville, il allait devoir en discuter avec son frère.

Nyrva continua de marcher jusqu'aux portes de la ville. Elle lui avait expliqué qu'elle adorait admirer le ciel depuis le sommet des dunes du désert. Il pouvait comprendre, lui-même adorait la grande étendue de sable silencieuse, il y avait également passé beaucoup de temps.

La jeune femme finit par trouver un endroit qui lui convenait. Elle s'installa doucement au sol, heureuse de partager ce moment avec Naïl. Ici il n'était plus prince et elle n'était plus membre de la Résistance. Ils étaient simplement Naïl et Nyrva, deux personnes qui s'appréciaient et qui partageaient un moment ensemble.

— Les étoiles sont éclatantes cette nuit, nous avons de la chance, dit-elle pour briser le silence lourd de sous-entendus qui menaçait de s'installer entre eux.

Naïl acquiesça, bien qu'il ne regardât pas réellement les étoiles.

— Pourquoi as-tu rejoint la Résistance ? demanda-t-il curieux.

— Disons que le décès de ma tante m'a pas mal ébranlée, Kahil m'a ensuite parlé des circonstances de sa mort et j'ai ressenti comme un besoin de revanche. Je voulais absolument faire quelque chose pour mon peuple et j'estimais être capable de le faire. J'avoue maintenant que ma décision a été prise sur un coup de tête, mais en réalité je ne la regrette pas, expliqua-t-elle mélancolique.

— Si tu n'avais pas rejoint la Résistance, qu'aurais-tu fait ?

La jeune femme rit légèrement.

— Je ne me suis jamais posé la question. À Qimasheh, les opportunités sont rares pour les femmes. D'un côté, les Abyads ne souhaitent que notre mort ou dans le meilleur des cas ils essayent de profiter de nous. De l'autre, les hommes Arzis ont très peu de respect pour les femmes de leur peuple. Ils les voient comme des ménagères avant tout, comme des pondeuses d'enfants aussi parfois. On nous accorde très peu de responsabilités, on ne nous laisse pas quitter la ville seule. J'ai de la chance d'avoir été élevée par Nada qui m'a laissée suivre les enseignements qui me faisaient envie et j'ai de la chance d'avoir rencontré Kahil plus jeune. Sans lui, je serais certainement mariée à l'heure qu'il est, je n'aurais jamais appris à manier l'épée ou l'arc. Ma vie serait totalement différente, dit-elle d'une voix douce. Si la société n'était pas telle qu'elle est, peut-être me serais-je lancée dans la politique ou bien dans le droit. J'aurais voulu faire entendre la voix de ceux que l'on n'écoute pas, j'aurais voulu défendre ceux qui ne peuvent pas le faire eux-mêmes. Au final, la Résistance me semblait être la seule option viable qui m'était proposée sur le moment, conclut-elle.

Naïl inspira profondément.

— Tu aurais fait une oratrice exceptionnelle, j'aurais été de ton côté si tu t'étais lancée dans la politique, plaisanta le jeune homme.

Elle lui adressa son plus beau sourire.

— Et toi alors ? Qu'aurais-tu fait si tu n'étais pas né prince ? demanda à son tour la jeune femme sur le même ton.

— Je me serais engagé dans l'armée, répondit-il sans réfléchir. Je ne pourrais pas vivre sans ce lien qui me relie à Aethaerunth, expliqua-t-il en croisant le regard surprit de son interlocutrice.

— Comment c'est ? Je veux dire, qu'est-ce que ça fait de partager ses pensées avec quelqu'un d'autre ?

— Disons que c'est assez étrange, on n'est jamais réellement seul mais en même temps ça a quelque chose de réconfortant. Je n'y renoncerai pour rien au monde, répondit le prince. Lorsque le lien s'est mis en place, j'ai eu le sentiment d'avoir retrouvé une partie de moi que j'avais égarée. C'était comme si tout s'était remis en ordre et que je n'avais vécu que pour ce moment.

Nyrva jouait machinalement avec le sable autour d'elle, comme elle pouvait le faire lorsqu'elle était plus jeune.

— La sensation de voler doit être incroyable, reprit-elle. Lorsque j'étais enfant, j'étais persuadée d'être une enfant spéciale, je pensais que j'étais l'élue et qu'un jour mes pouvoirs se manifesteraient. Je ne sais pour quelle raison, mais j'étais persuadée que je pourrais voler, j'en étais tellement persuadée qu'un jour je me suis cassée le genou en sautant d'un rocher trop haut, raconta-t-elle en souriant.

Naïl pouffa, il aurait voulu la rencontrer à cette époque.

— Quel est ton plus grand rêve ? demanda-t-il, l'air sincèrement intrigué.

La jeune femme fit la moue et se mit à réfléchir. Personne ne lui avait jamais posé cette question, aussi, ne s'était-elle jamais autorisée à y réfléchir.

— Je n'ai jamais rien connu d'autre que Qimasheh au final, j'adorerais découvrir le monde, visiter le royaume d'Ilnaz et tout ce qui se trouve plus loin, finit-elle par déclarer.

Le jeune homme sourit avant de se lever, elle le suivit du regard, curieuse.

— Allons-y dans ce cas, dit-il simplement.

— Comment ça ?

— Allons visiter le monde Nyrva, qu'est-ce qui nous en empêche au final ?

— La distance ? proposa-t-elle.

Il se mit à rire.

— Nous avons un dragon capable de nous amener n'importe où en quelques heures, la contredit-il.

La jeune femme le fixa, considérant sérieusement sa proposition. Naïl était fou et spontané, et c'est ce qu'elle adorait chez lui. Elle se leva de nouveau à son tour, un sourire plaqué sur ses lèvres.

— Aethaerunth est-elle au courant que tu l'utilises comme moyen de locomotion pour séduire une dame ? demanda-t-elle, une pointe d'ironie dans la voix.

Le prince tendit sa main pour qu'elle la prenne.

— Pour tout te dire, c'est totalement l'idée d'Aethaerunth, répondit-il alors qu'elle prenait sa main.

Ils se dirigèrent vers le dragon qui venait de les rejoindre dans la nuit noire.

— Je ne suis jamais montée sur le dos d'un dragon, fit timidement remarquer la jeune femme, essayant de cacher son appréhension.

— Je sais, répondit-il en souriant. Je peux ? demanda-t-il en plaçant ses mains à quelques centimètres de la taille de son interlocutrice.

Elle acquiesça d'un signe de tête. Il l'attrapa par la taille pour l'aider à monter sur le dos du dragon. Une fois installée, il prit place derrière elle.

— Place tes jambes de la même façon que si tu étais installée sur un siège trop bas pour toi, tu ne peux pas vraiment te mettre à califourchon sur un dragon, ils sont beaucoup trop larges pour ça, expliqua-t-il en lui montrant l'exemple.

Elle s'exécuta.

— Bien, je vois que tu apprends vite, dit-il en riant. Accroche-toi bien.

— À quoi ? hurla-t-elle alors que le dragon décollait sans prévenir.

La jeune femme se cramponna du mieux qu'elle put aux proéminences de la bête tandis que le prince se moquait d'elle, visiblement plus à l'aise.

La nuit était bien avancée, seule la lueur des deux lunes et des étoiles éclairait le paysage qui défilait sous leurs yeux. Nyrva ouvrit de grands yeux fascinés. Jamais dans sa vie elle n'aurait cru vivre pareille expérience. Naïl, lui, n'avait d'yeux que pour la jeune femme. Habitué aux vols, il préféra se concentrer sur ce qui l'intéressait réellement.

Le voyage dura quelques heures. Nyrva n'en perdit pas une miette, le regard toujours rivé sur l'horizon. L'aurore se mit à peindre le ciel d'une palette rose et orange, tandis que le soleil entamait son ascension sur la ligne d'horizon. Le prince avait toujours les mains sur la taille de la jeune femme, inquiet à l'idée qu'elle puisse chuter par inadvertance.

Au loin, les contours d'une ville commencèrent à se dessiner. Curieuse, Nyrva tourna la tête vers Naïl pour qu'il lui indique leur position.

— Nous sommes à Hattusa, la capitale du royaume d'Ilnaz, la ville dans laquelle j'ai grandi jusqu'à mes dix ans, expliqua-t-il, heureux d'être de retour à la maison.

La jeune femme contempla les hauts bâtiments de la ville qui se précisait de plus en plus au fur et à mesure qu'ils s'en approchaient. Plusieurs dragons volaient dans le ciel, invisibles aux yeux des civils. Au loin, on pouvait apercevoir l'océan. Nyrva ouvrit de grands yeux stupéfaits, elle n'avait qu'entendu parler de cette grande étendue d'eau. Qimasheh se trouvait au fin fond des terres, le plus grand bassin qu'elle avait pu voir de son existence se trouvait être un simple lac qui lui semblait désormais ridicule en comparaison.

Aethaerunth amorça doucement un atterrissage sur une piste prévue à cet effet. Tout semblait extrêmement différent de ce dont la jeune femme avait l'habitude, aussi fut-elle surprise de constater que des hommes guidaient les dragons pour qu'ils n'atterrissent pas tous sur les mêmes pistes.

Aussitôt au sol, Naïl bondit du dos du dragon et attrapa son amie par la taille pour la déposer sur la terre ferme. Tout engourdies du voyage, les jambes de Nyrva criaient de douleur, elle grimaça.

— Tu finiras par t'y habituer, se moqua Naïl. Nyrva, bienvenue chez moi, ajouta-t-il heureux de lui faire découvrir sa ville.

La jeune femme sourit, le prince ressemblait à un enfant fier de montrer son horrible dessin à sa mère, il était adorable. Il tendit sa main, elle la prit sans réfléchir et le suivit dans le dédale des rues étroites de la ville. Il était encore tôt, peu de personnes se trouvaient dehors à cette heure-ci. Le prince la conduisit sur les hauteurs de la ville d'un pas pressé.

— Où allons-nous ? demanda-t-elle surprise par leur cadence.

— Dans mon endroit préféré, je veux que tu voies le soleil se lever sur l'océan, répondit-il en accélérant encore le rythme.

Elle le suivit à travers le dédale de petites rues, le quartier semblait assez ancien. Malgré tout, les bâtiments avaient l'air d'être entretenus, aucun n'était décrépi. À ce simple détail, elle pouvait dire que la situation économique de la ville était plus envieuse que celle dans laquelle elle avait grandi. Ils s'arrêtèrent devant un grand escalier de pierre incrusté à même la montagne.

— J'espère que tes jambes se sont remises du voyage, dit-il d'un ton railleur avant de commencer son ascension.

Les muscles de la jeune femme hurlaient de douleur, mais le prince avait l'air si excité à l'idée de lui montrer ce lever de soleil qu'elle se fit violence, heureuse de lui faire plaisir.

La montée ne fut pas longue, ils débouchèrent sur une grande plaine couverte d'herbe et de gypsophile. Le jeune homme attrapa la main de Nyrva et la guida vers un grand rocher plat sur lequel ils s'installèrent. La jeune femme écarquilla les yeux face à la beauté du paysage qui se dévoilait à elle. On lui avait appris que l'océan s'étendait à l'infini, mais jusqu'alors elle n'avait pas saisi la notion d'infini Peu importait la direction dans laquelle elle tournait la tête, l'eau bleue était présente, entourant les terres dans son étau. Elle prit à cet instant conscience de sa petitesse par rapport à la grandeur du monde qui l'entourait. Le ciel s'étirait au-dessus de l'océan dans une palette de couleur délicate allant du violet foncé à l'orange vif. Naïl observa sa compagne de voyage, il fut heureux de constater que l'émerveillement colorait son beau visage.

— C'est magnifique, finit-elle par dire, brisant le confortable silence qui s'était installé entre eux.

— J'avais l'habitude de venir observer les levers du soleil ici avec Elias lorsque nous étions plus jeunes. De l'autre côté de la montagne, on peut également admirer les couchers du soleil, expliqua-t-il.

La jeune femme l'écoutait silencieusement, buvant ses paroles.

— Tu veux visiter la ville ? Le marché de Hattusa est le plus grand marché à ciel ouvert du continent, lui proposa-t-il.

Elle acquiesça d'un hochement de tête avant de se lever d'un bond de leur rocher. Nyrva n'avait jamais eu l'occasion d'expérimenter beaucoup de choses dans la vie et elle tenait à saisir toutes les opportunités qui se présenteraient à elle désormais.

Le prince n'avait sûrement pas menti, la jeune femme refusait de croire qu'un plus grand marché puisse exister. Les étals s'étendaient à l'infini, les allées étaient noires de monde, jamais Nyrva n'avait vu autant de personnes réunies dans un seul et même endroit. Émerveillée, elle allait de stand en stand, touchant les tissus, sentant les parfums, goûtant ce que les vendeurs lui proposaient. Tout n'était que découverte, tous ses sens étaient sursollicités, elle ne savait plus où donner de la tête. Elle fut surprise de constater que Naïl était bien connu des marchands qui semblaient énormément l'apprécier. Tous voulaient lui offrir leur meilleur produit mais ce dernier refusait systématiquement, insistant toujours pour payer et laissant toujours une pièce d'argent supplémentaire pour les remercier de leur gentillesse.

Son amie sourit. Elle était heureuse de confirmer encore une fois, que le prince était une bonne personne ; rien de plus révélateur que le comportement de son peuple pour le prouver.

Ils passèrent plusieurs heures ainsi à déambuler ensemble dans les allées avant que Naïl ne propose de lui faire découvrir le quartier de son enfance.

Nyrva se considérait chanceuse d'avoir grandi dans une grande maison mais c'était sans avoir vu la taille de la maison du prince. Il lui expliqua qu'avant même l'avènement de son père au pouvoir, ce dernier était déjà un homme très influent et très respecté. C'est d'ailleurs pour cette raison que personne ne s'était retourné contre lui lorsqu'il a pris le pouvoir du royaume d'Ilnaz après avoir pris celui du royaume d'Arzawa.

La maison se trouvait dans un petit quartier résidentiel assez calme, elle était aussi grande qu'aurait pu l'être l'une des ailes du palais Impérial. La jeune femme se surprit à penser au fait que peut-être que si ses parents n'avaient pas été tués par le père du prince, elle aurait vécu pareille enfance à la sienne. Sa tante Nada lui avait toujours dit que ses parents étaient des personnes importantes parmi les nobles du royaume. Qui sait, peut-être même qu'elle aurait rencontré Naïl dans d'autres circonstances, peut-être au cours d'un événement diplomatique. Les choses auraient-elles été différentes pour cela ? Auraient-ils éprouvé de l'intérêt l'un pour l'autre ? Elle aurait tellement voulu avoir une réponse à ces questions.

— Tu es fatiguée ? demanda-t-il inquiet du silence soudain de la jeune femme.

— Non, tout va très bien, répondit-elle en souriant poliment.

— Rentrons, dit-il d'une voix douce. On pourra revenir une autre fois, tu as besoin de te reposer.

Elle acquiesça d'un hochement de tête. En effet, elle avait besoin d'une bonne nuit de sommeil pour réfléchir à une solution qui lui permettrait de sortir le prince de ses pensées.

CHAPITRE 23

La semaine passa en un éclair. Nyrva avait passé la plupart de son temps à faire découvrir Qimasheh à Naïl. Elle l'avait emmené dans les lieux les plus marquants de son enfance, lui avait fait rencontrer les commerçants qui l'avaient vue grandir. La jeune femme essayait tant bien que mal de lui rendre la pareille pour leur expédition à Hattusa. Ils n'avaient pas eu de nouvelles occasions de quitter la ville, mais le prince lui avait parlé de ses voyages et elle n'attendait que de pouvoir les vivre elle-même à son tour.

C'est empli d'angoisse qu'elle sortit de chez Rima. L'aube teintait le ciel de nuances de violet et d'orange. Nyrva n'avait pas réussi à fermer l'œil de la nuit, trop stressée par ce qu'elle allait apprendre aujourd'hui. Épuisée, elle se dirigea vers les écuries, une douce odeur d'orage, de mer et de citron embaumait l'air, elle sourit, Naïl était là. Il brossait un cheval dans l'un des box en fredonnant.

— Tout va bien ? demanda-t-elle, ne sachant pas quoi dire d'autre pour l'aborder.

Il se tourna vers elle, surpris avant de lui adresser un sourire.

— Maintenant, tout va bien, répondit-il, l'air charmeur.

La jeune femme lui assena un coup à l'épaule, il adorait la taquiner de cette façon alors qu'elle détestait ça.

— Qu'est-ce que tu comptes faire ? lui demanda-t-elle, curieuse de savoir s'il avait déjà pris sa décision quant à son départ.

Il soupira bruyamment avant de poser la brosse qu'il avait en main sur l'établi près de la porte. Une forte odeur de paille se dégageait des box mais Nyrva ne sentait que celle du prince, tout proche d'elle.

— Je vais rentrer au palais, je suis parti beaucoup trop longtemps, les affaires internes doivent être sens dessus dessous, répondit-il, comprenant la réelle question qui se cachait derrière celle qu'elle lui posait.

La jeune femme fit la moue, déçue. Égoïstement, elle avait espéré que Naïl décide de rester à Qimasheh, mais pour quel avenir ? Il était prince, il n'allait certainement pas abandonner ses obligations pour s'amuser auprès de la Résistance.

— Je comprends, dit-elle doucement, essayant de faire en sorte que sa déception ne transparaisse pas dans son attitude. Tu devrais éviter de trop traîner dans ce cas, autant arriver rapidement.

Il hocha la tête silencieusement. L'atmosphère dans les écuries se fit soudain plus lourde. Les deux amis ne savaient ni quoi dire ni quoi faire.

— Je devrais peut-être y aller, déclara Nyrva, brisant le lourd silence qui commençait à s'installer. Kahil m'attend pour que l'on s'entraîne, j'ai été trop laxiste ces derniers temps et je manque encore de technique, se justifia-t-elle face au regard curieux de son interlocuteur.

Il acquiesça d'un lent hochement de tête, la jeune femme s'apprêtait à sortir des écuries lorsqu'il l'attrapa par le bras et l'attira vers lui pour la prendre dans ses bras. Elle se détendit contre son torse musclé, se laissant noyer dans le parfum entêtant qu'il dégageait. À son tour, elle l'entoura de ses bras, lui rendant son étreinte.

— Je reviendrai. Je ne sais pas encore à quel moment, je ne sais pas encore dans quelles circonstances mais nos chemins se croiseront de nouveau

Nyrva, dit-il doucement.

— Tu me retrouveras, répondit-elle sur le même ton.

Il rit légèrement.

— En effet, je te retrouverais, et là, je pourrais te dire ce que je ressens pour toi, répondit-il.

Ils restèrent ainsi un moment, le temps s'était comme figé, leur accordant un court moment ensemble, loin du reste du monde.

Naïl était parti, Nyrva n'arrivait pas à songer à autre chose. Peut-être qu'ils ne se reverraient plus jamais.

— Concentre-toi Nyrva, en situation réelle tu serais déjà morte au moins trois fois, cria Kahil, agacé par le manque de concentration de son amie.

La jeune femme secoua la tête pour se remettre les idées en place. Elle releva son épée, prête à contrer l'assaut de Kahil, son instructeur. Elle le fixa, le regard déterminé avant de se ruer sur lui, il contra aisément l'attaque. Nyrva ne pouvait pas le surprendre, elle utilisait les mêmes techniques que lui. Elle peinait à le repousser, son meilleur ami fronça les sourcils, il était habitué à plus de combativité de sa part. Il lâcha son épée, la jeune femme s'immobilisa curieuse.

— À quoi tu penses ? Tu n'as jamais été aussi distraite de ta vie, je ne comprends pas, s'exclama-t-il agacé.

Le rouge monta aux joues de la jeune femme, encore haletante de l'effort qu'elle venait de fournir. Elle était épuisée et cet entraînement ne l'aidait pas.

Kahil soupira bruyamment, l'air encore plus agacé qu'il ne l'était il y a encore quelques secondes.

— Tu pensais encore à ton prince ? cracha-t-il d'une voix chargée de reproche.

Nyrva fronça les sourcils, jamais son ami d'enfance ne lui avait parlé sur ce ton. Elle jeta également son épée au sol et plongea un regard glacé et ferme dans celui de Kahil.

— Quel est ton problème ? demanda-t-elle d'une voix calme mais ferme.

Il s'apprêtait à lui répondre mais elle ne lui en laissa pas l'occasion.

— Admettons que je pense encore à Naïl, qu'est-ce que cela change ? Quel est ton problème Kahil Aslani ? ajouta-t-elle.

Le jeune homme inspira bruyamment avant de lui tourner le dos, il se passa une main dans les cheveux, l'air en colère. La jeune femme constata que l'une des veines de son front se faisait de plus en plus visible, ce qui la fit glousser. Il la fixa, outré qu'elle ose se moquer de lui.

— Tu te moques de moi ? demanda-t-il choqué.

— Absolument pas, je trouve juste ton comportement puéril, déclara-t-elle pour seule réponse.

— Puéril ? répéta-t-il comme s'il essayait de se convaincre qu'il s'agissait bien du mot qu'elle avait utilisé.

La jeune femme acquiesça d'un hochement de tête.

— Tu passes ton temps à parler de lui, à penser à lui, à espérer être avec lui, explosa Kahil.

Nyrva soupira bruyamment avant de lever les yeux au ciel.

— On en vient donc au vrai problème, dit-elle doucement.

— Quel vrai problème ?

Elle fronça les sourcils.

— Tu m'aimes, voilà le problème, finit-elle par avouer. Tu m'aimes mais je ne pourrai jamais t'aimer en retour, Kahil, jamais. Tu es mon meilleur ami, tu es comme un frère pour moi. Il ne pourra jamais rien se passer entre nous, dit-elle les larmes au bord des yeux.

Choqué, Kahil la fixa sans rien dire.

— Parce que tu penses que j'ai envie de t'aimer ? répondit-il, une pointe d'animosité dans la voix. Je déteste ça, t'aimer est bien la pire chose qui me soit arrivée Nyrva, comment peux-tu te comporter comme si je l'avais fait exprès ? C'est littéralement de la torture pour moi de ressentir ça pour toi.

Nyrva le fixa, elle se sentait comme si on l'avait giflée.

— Tu n'es pas le centre du monde Nyrva, ce n'est pas me connaître de croire que j'ai voulu cette situation. C'est simplement arrivé. Je n'y peux rien mais surtout je ne te demande rien. Je ne veux pas de ton amour en retour, je veux juste simplement arrêter de penser à toi, reprit-il.

Il se passa de nouveau une main dans les cheveux, perturbé par les mots qui venaient de lui échapper.

— Tu devrais rentrer, on reprendra l'entraînement une autre fois, tu as besoin de te reposer, dit-il en quittant le terrain d'entraînement laissant Nyrva seule, encore toute remuée de la conversation qu'ils venaient d'avoir.

Elle s'en voulait, elle n'aurait jamais dû lui dire qu'elle le savait et elle n'aurait jamais dû lui reprocher ses sentiments. Elle se prit la tête dans les mains, elle détestait cette part d'elle-même qui était incapable de réfléchir avant de parler.

Elle finit par prendre la route de la maison de Rima. Elle avait absolument besoin de dormir, sa dernière vraie nuit de sommeil remontait à beaucoup trop longtemps. Le soleil se couchait lentement sur l'horizon. La jeune femme s'arrêta pour observer la douce lueur des rayons dorés éclairer les murs des vieilles maisons de la ville qui l'avait vue grandir. Naïl était parti le matin même, mais il lui manquait déjà. Les heures passées à discuter de leur passé respectif, les heures passées à chevaucher ensemble, les heures passées à entrevoir un futur meilleur pour leurs deux peuples. La jeune femme soupira bruyamment, elle ignorait combien de temps s'écoulerait avant leurs retrouvailles mais elle appréhendait les jours qui allaient venir. Elle avait passé le plus clair de son temps avec le prince ces deux dernières semaines, ce qui signifiait qu'elle allait devoir réapprendre à occuper son quotidien avec son absence.

La cheffe de la Résistance se trouvait chez elle lorsque la jeune femme rentra. Assise dans l'un des fauteuils de son grand salon, elle lisait des rapports de mission. Nyrva la rejoignit, s'installant dans un fauteuil attenant.

— Comment s'est déroulé ton entraînement ? demanda-t-elle, une pointe de curiosité dans la voix.

La jeune femme fronça les sourcils, suspicieuse, Rima ne s'intéressait jamais à ses séances d'entraînement habituellement. Comprenant la question implicite, elle leva les yeux au ciel, agacée.

— Que t'a dit Azlan ? finit-elle par demander, convaincue que le djinn avait déjà tout raconté à son aînée.

— Disons que ses oreilles traînaient par-là lorsque tu as reproché à Kahil ses sentiments envers toi, répondit-elle amusée.

Nyrva se redressa dans le fauteuil sur lequel elle était affalée. Elle posa son coude sur l'accoudoir avant de poser sa tête sur sa main, tandis que son autre main jouait distraitement avec l'une de ses mèches bouclées.

— Ce n'est pas réellement de cette façon que cela s'est passé, se défendit-elle. Disons que Kahil s'est plaint du fait que j'étais distraite et avant même que j'aie pu prendre la peine de me défendre, il m'a accusé de trop penser à Naïl, expliqua-t-elle.

La cheffe de la Résistance posa sur elle un regard curieux pour l'encourager à continuer.

— Je ne pensais absolument pas à Naïl à ce moment-là, je me suis un peu énervée et oui, il se pourrait que je lui aie reproché d'éprouver des sentiments pour moi, continua-t-elle avant de soupirer bruyamment. Mais soyons honnête Rima, ses sentiments ne peuvent qu'être néfastes pour notre amitié, ils n'amèneront jamais rien de bon. Comment peut-il être aussi égoïste ?

La doyenne gloussa.

— Ma chère Nyrva, les sentiments ne se contrôlent pas. Tu penses vraiment que ce pauvre Kahil a choisi de ressentir quelque chose pour la femme grincheuse que tu es ?

La jeune femme leva les yeux au ciel une énième fois.

— Les choses pourraient être si simples, pourquoi se sent-il constamment obligé de les compliquer ? se plaignit Nyrva après un instant de réflexion.

PARTIE II

CHAPITRE 24

Le soleil pointait à peine à l'horizon lorsqu'ils passèrent la frontière de l'oasis dans laquelle ils avaient pour habitude de s'entraîner. Nyrva, accompagnée de trois nouvelles recrues de la Résistance, mit pied à terre. La jeune femme baissa la tête pour ramasser sa lourde chevelure en un haut chignon, beaucoup plus pratique pour se battre. Elle récupéra son arc accroché à son dos et se tourna vers ses élèves.

— Bien, faisons comme la dernière fois. Melly, tu commences, Qasim, tu seras son adversaire. Quant à toi Sahin, tu peux t'entraîner au tir à l'arc en attendant que vous puissiez tourner, dit-elle calmement en tendant son arc au jeune roux qui le prit, reconnaissant.

Ses disciples s'exécutèrent rapidement. Ils étaient efficaces et avaient énormément de potentiel, pour la plus grande fierté de leur instructrice.

Huit mois s'étaient déjà écoulés depuis le départ de Naïl et beaucoup de choses avaient changé dans le quotidien de la jeune femme. De simple membre de la Résistance, Rima l'avait pourvue seconde en chef, au plus grand désarroi des guerriers qui combattaient pour la cause depuis des années. Nyrva avait su monter les échelons haut la main en gagnant la confiance de la cheffe, mais également en prouvant ses compétences au combat. Rima ne pouvait désormais plus se passer d'elle.

L'anniversaire de la mort de sa tante approchait et avec cela l'anniversaire de son entrée dans la Résistance. Le temps avait filé à toute allure, la jeune femme avait à peine vu les saisons défiler que l'hiver se représentait de nouveau.

Aujourd'hui, elle était en charge de l'initiation de ses nouvelles recrues. Elle les avait elle-même intégrées au mouvement, convaincue qu'avec un peu d'entraînement, ils s'avéreraient être d'excellents éléments. Tandis qu'ils débutaient leurs exercices, elle se dirigea vers le point culminant de l'oasis. Elle adorait venir ici, avant tout car elle était persuadée que le calme permettait aux jeunes gens qui l'accompagnaient de mieux se concentrer, mais également parce qu'elle adorait admirer l'immensité du désert depuis le point le plus haut. La dernière fois qu'elle était venue ici pour le plaisir, Naïl l'accompagnait.

Naïl, le prince de l'empire et le frère de l'impitoyable empereur Elias Sayyadi. Elle n'avait pas eu de nouvelles de sa part depuis son départ huit mois plus tôt. Il avait pourtant promis qu'il reviendrait, mais chaque jour qui passait réduisait les espoirs de Nyrva. Après tout, Rima l'avait bien prévenue que les hommes étaient tous les mêmes et qu'ils ne tenaient jamais leurs engagements. La jeune femme y croyait, elle refusait de placer sa confiance en une simple promesse faite sur le feu de l'instant, mais une part d'elle refusait de désespérer. Naïl reviendrait, il le lui avait promis et elle plaçait en lui une confiance totale. Il n'avait aucune raison de lui mentir. Sûrement était-il pris dans les affaires de l'empire ? Une fois son travail terminé, il prendra le temps de la retrouver. Il la retrouvera toujours, c'est ce qu'il lui avait juré.

Par moment, il lui arrivait de repenser aux quelques semaines qu'elle avait passées au sein du palais Impérial. Cela semblait remonter à des années. Elle se languissait d'Aria. Au final, la jeune fille avait été la seule réelle amie qu'elle ait eue. Aaron aussi occupait parfois ses pensées, elle espérait secrètement qu'il continue de veiller sur son ami, le prince.

— Plus bas Melly, tu tiens ton épée beaucoup trop haut, cela te handicape ! cria-t-elle pour se faire entendre de la jeune fille en contrebas.

Melly était une jeune fille de dix-sept ans, elle avait insisté pour la rejoindre après le décès de ses parents. Incapable de laisser une enfant seule et sans solution de défense, Nyrva avait accepté. La jeune fille était une combattante fiable et efficace. Elle apprenait vite et était promise à un grand avenir au sein du mouvement résistant.

Le regard de la jeune femme se perdit de nouveau sur la ligne d'horizon. Le ciel était légèrement couvert, il faisait encore assez beau pour la saison. La fête de Mehrégân était passée et avec elle l'anniversaire de Kahil, son meilleur ami. Ces derniers mois, ce dernier s'était fait de plus en plus distant. Nyrva refusait de l'avouer à voix haute, mais cette situation lui pesait un peu plus chaque jour. Elle avait grandi avec lui, ils avaient été inséparables durant la majeure partie de leur vie mais du jour au lendemain, leur relation s'était brisée.

Tout avait commencé huit mois plus tôt, lors du fameux entraînement durant lequel Nyrva avait reproché au jeune homme ses sentiments. Il n'avait pas apprécié ce qu'elle lui avait dit et petit à petit, il s'était mis à l'éviter. Il manquait volontairement les entraînements. Il évitait de participer aux réunions communes au cours desquelles Rima faisait un récapitulatif des dernières missions et au fur et à mesure, Nyrva s'était rendu compte qu'elle le voyait de moins en moins. Elle avait vite compris et n'avait pas cherché à le dissuader, s'il refusait de lui parler, qu'il en soit ainsi. Elle refusait de quémander son amitié, elle estimait n'avoir rien fait pour mériter pareil traitement. À plusieurs reprises, Rima avait essayé du mieux qu'elle le pouvait de réunir les deux amis mais quoiqu'elle fît, rien ne fonctionnait. Kahil et Nyrva ne s'adresseraient pas la parole de sitôt. En réalité, cela lui pesait, la jeune femme ne demandait qu'à retrouver la complicité qu'elle avait un jour partagée avec lui mais malheureusement, cela n'était plus de son ressort. Elle ne pouvait rien y faire.

Kahil fut promu second de Zephyr. Le colosse avait été ravi de le prendre sous son aile, lui qui s'était rapidement lié d'amitié avec le jeune homme lors de la première mission qu'ils avaient pu partager.

— Melly, rejoins-moi. Sahin, en garde, entraîne-toi avec Qassim, finit-elle par déclarer, estimant que les deux premiers adversaires n'avaient plus grand-chose à s'apprendre à l'un l'autre.

La jeune fille grimpa jusqu'à l'endroit où se tenait son instructrice et s'installa silencieusement à côté d'elle. Elle l'admirait depuis le premier jour de leur rencontre En plus de trouver sa chevelure et ses yeux resplendissants, Melly ne cessait de répéter que jamais elle n'avait rencontré une femme qui sentait aussi bon que Nyrva Lascaris. L'odeur de jasmin, de neige et de citron que dégageait sa supérieure fascinait la jeune recrue.

— Tu n'es pas trop fatiguée ? demanda Nyrva, sincèrement inquiète pour ses protégés.

— Non tout va bien, je pourrais me battre durant encore des heures s'il le fallait, répondit Melly tout excitée.

Nyrva rit légèrement.

— C'est bien pour cela que je t'ai prise sous mon aile, déclara-t-elle d'une voix douce et bienveillante.

La jeune fille lui offrit un sourire sincère.

— Repose-toi un peu, nous n'allons pas tarder à rentrer, finit-elle par dire.

Melly acquiesça d'un hochement de tête tandis que la jeune femme se laissa retomber dans ses pensées, fixant le paysage qui se déroulait face à elle.

Depuis le départ du prince, elle n'avait plus eu l'occasion de quitter Qimasheh pour explorer d'autres contrées. Rima l'avait bien envoyée en mission ici et là, mais aucun de ces voyages n'avait su la marquer et la captiver comme son court voyage à Hattusa, huit mois plus tôt. Elle inspira profondément, à l'aube de ses vingt-six ans, sa vie ne se déroulait pas exactement comme elle l'aurait souhaité.

Elle finit par se lever, le soleil était haut dans le ciel et la chaleur commençait à les étouffer, il était temps de rentrer en ville.

— Vous avez assez travaillé pour aujourd'hui, déclara-t-elle. Je suis fière de vos progrès.

Les trois recrues lui offrirent un sourire sincère. Nyrva était très appréciée au sein de la Résistance, que ce soit des anciens ou des nouveaux. Elle faisait partie des rares personnes qui faisaient l'unanimité. Elle descendit de son perchoir pour se diriger vers son cheval. Ses trois compagnons firent de même tout en échangeant des railleries, une amitié presque fraternelle s'était développée entre eux lors de leur arrivée au sein du mouvement. Ils n'avaient pas plus de trois ans d'écart chacun, ce qui aidait grandement. Ils avaient été surpris d'apprendre que leur instructrice encourageait les relations amicales. Nyrva était persuadée que leur amitié les protégerait en cas de problèmes au cours de leurs futures missions, ce qui faisait qu'ils étaient l'escouade la plus soudée de la Résistance, pour la plus grande fierté de la jeune femme.

Leur retour se déroula sans encombre. En huit mois, la Résistance avait bien évolué, le bâtiment délabré qui leur servait de base avait fini par être vendu. Rima, avec l'aide d'autres membres, avait réussi à acheter une nouvelle bâtisse, plus pratique et moins modeste. C'est ainsi que Nyrva s'était vu accorder le droit d'avoir un bureau attitré, en tant que seconde de la générale en chef du mouvement. Elle y gérait les rapports de mission, mais aussi les finances de la Résistance. La jeune femme avait ainsi découvert que la plupart des revenus du mouvement provenaient de pillages perpétués au sein de bureaux administratifs de l'Empire, de dons des civils mais également du bon vouloir d'Azlan. Les membres ne recevaient évidemment pas de salaire, mais il était évident que la plupart de leurs besoins vitaux étaient pris en charge. Elle s'était également assurée que Mina, son ancienne meilleure amie et veuve d'Iyaan, recevait chaque mois une allocation qui lui permettait de subvenir à ses propres besoins comme à ceux de ses deux enfants.

Les deux amies ne s'étaient plus adressé la parole depuis huit mois. Nyrva avait bien essayé de rendre visite à Mina, mais cette dernière lui avait claqué la porte au nez, s'abstenant catégoriquement de lui parler. Elle refusait de lui pardonner le fait que son amie avait laissé le corps de son défunt mari dans le désert alors qu'elle aurait pu le lui apporter. Nyrva, quant à elle, ne regrettait absolument rien. Elle n'aurait jamais pu survivre si elle avait dû porter le corps d'Iyaan sur le chemin du retour. Elle le savait, rien n'aurait pu lui faire changer d'avis. Iyaan était mort, cela ne servait plus à rien de revenir sur ce sujet selon elle.

Melly proposa de s'occuper de son cheval, Nyrva reconnaissante, se dirigea donc directement vers le bureau de Rima, la cheffe de la Résistance, après avoir salué les deux hommes qui étaient chargés de monter la garde à l'entrée du bâtiment. De son bureau émanait un mélange de lys et de vanille. La jeune femme sourit, son aînée semblait dépassée par la lecture d'une lettre. Elle s'installa doucement face à son bureau, Rima jeta un coup d'œil vers elle avant de retourner à sa lecture.

— Que se passe-t-il ? finit-elle par demander calmement, surprise par le fait que Rima peinait à détacher son regard du papier jauni.

Rima posa la lettre et retira ses lunettes de vue. Elle avait commencé à en porter un mois plus tôt, fatiguée par les railleries de Nyrva qui lui faisait souvent remarquer qu'elle n'avait jamais vu quelqu'un plisser autant les yeux pour déchiffrer un texte.

— Des nouvelles du palais, commença-t-elle d'une voix agacée.

Nyrva se fit violence pour que ses émotions ne transparaissent pas sur son visage. Cela faisait des mois qu'elle-même attendait des nouvelles du palais sans jamais en recevoir.

— Il semblerait que les soldats se fassent tous rapatrier de leurs missions depuis quelque temps. Imad pense que quelque chose se prépare, expliqua-t-elle distraitement.

— Un raid ?

Elle acquiesça.

— Certainement, restons sur nos gardes ces prochains jours,

répondit la doyenne.

Nyrva acquiesça d'un hochement de tête, se retenant de verbaliser la question qu'elle avait sur le bout de la langue. Cela ne servait à rien de la poser, Rima n'avait certainement pas de réponse et cela lui confirmerait simplement que la jeune femme peinait à tourner la page.

— Je sais à quoi tu penses, finit par dire Rima, sortant Nyrva de ses pensées.

Elle posa sur sa supérieure un regard déterminé.

— Même si tu le sais, ne dis rien. Cela finira par passer, tout passe avec le temps, déclara la jeune femme.

— En effet Nyrva, tout passe avec le temps, mais il n'y a aucun mal à se laisser le temps justement. Cela ne fait que huit mois, certaines personnes ont besoin de plusieurs années pour oublier, répondit-elle d'une voix douce et rassurante.

— Je ne suis pas ces personnes. Cessons d'en parler, cela ne sert à rien, contra Nyrva d'une voix ferme.

Rima soupira bruyamment. Depuis huit mois, elle essayait d'engager le dialogue avec la jeune femme au sujet du prince, mais rien n'y faisait. Nyrva refusait catégoriquement d'en parler, préférant faire comme si rien ne s'était jamais passé.

Nyrva finit par se lever.

— J'ai un tas de factures et de rapports à trier, si jamais tu me cherches, je serai dans mon bureau, déclara-t-elle sans se retourner en se dirigeant vers la porte toujours grande ouverte.

Son propre bureau se situait à l'étage supérieur. Rima trouvait plus pratique le fait d'être au rez-de-chaussée tandis que Nyrva préférait prendre de la hauteur, pour avoir une plus belle vue depuis sa fenêtre.

Elle déverrouilla rapidement sa porte, le bâtiment était sécurisé. Malgré tout, elle avait en horreur l'idée que l'on puisse bafouer son intimité et pénétrer dans son lieu de travail sans son autorisation.

Des tas de documents jonchaient le meuble. Nyrva s'installa en soupirant bruyamment. Elle détestait le désordre, elle qui était en temps normal extrêmement bien organisée, ces derniers temps, elle croulait sous les dossiers. Elle défit son chignon qui avait difficilement survécu à la chevauchée et ramassa ses longs cheveux bruns en une queue haute négligée avant de s'atteler à la tâche.

Elle se repassa la conversation qu'elle venait d'avoir avec Rima. Elle détestait le fait que la cheffe de la Résistance soit au courant de ses tourments, mais elle ne pouvait s'en prendre qu'à elle-même. Pendant deux mois après le départ de Naïl, chaque jour, elle avait questionné la doyenne pour savoir si cette dernière avait reçu des nouvelles du prince. La réponse était restée la même. Naïl n'avait donné aucun signe de vie. Elle ne savait même pas s'il était arrivé sain et sauf. Imad lui avait dit qu'il ne l'avait vu qu'une fois au cours de ces huit derniers mois, mais que cela n'avait rien d'étrange. Le prince rencontrait certes tous les employés du palais au moins une fois, mais il ne prenait pas le thé régulièrement avec eux.

— Tu réfléchis trop, je t'entends depuis l'autre bout du quartier, déclara Azlan qui venait de s'introduire dans la pièce sans prévenir, sortant la jeune femme de ses pensées.

Sans se faire prier, il s'installa dans l'un des fauteuils en face d'elle, son doux parfum de cannelle et de bois de santal chatouillait les narines de la seconde en chef.

— Moi qui te croyais lorsque tu as promis de cesser de lire dans mes pensées, rétorqua Nyrva agacée.

Contre toute attente, le djinn et elle étaient devenus très amis ces derniers mois. La jeune femme avait bien remarqué qu'il lui cachait beaucoup de choses. Malgré tout, ils avaient réussi à trouver une dynamique qui leur convenait à tous les deux. Parfois, lorsque Nyrva le questionnait sur des sujets trop houleux pour qu'il puisse y répondre avec franchise, il semait des miettes de révélation et il la laissait se débrouiller avec. La jeune femme réussissait systématiquement à déchiffrer les informations, ce qui l'amusait au plus haut point. Il pouvait ainsi aider son amie sans que son Sultan ait à l'en blâmer.

— Longue journée ? demanda-t-il simplement.

La jeune femme soupira longuement.

— L'après-midi commence à peine que j'ai déjà envie de sauter du haut d'une montagne, répondit-elle finalement.

— Qui pourrait t'en blâmer après tout ? Tu travailles beaucoup trop Nyrva, accorde-toi du repos, dit-il en fronçant les sourcils.

La jeune femme s'apprêtait à répondre, mais son regard se posa sur la porte grande ouverte. Le djinn suivit son regard et d'un mouvement furtif de la main, ferma la porte sans quitter son siège. Nyrva fronça les sourcils, elle avait encore du mal à s'habituer aux pouvoirs de son ami.

— Quoique je fasse, j'ai l'impression que mes pensées reviennent automatiquement vers Naïl. Je sais que c'est puéril et je me déteste pour ça mais je n'y peux rien. J'y songe constamment, reprit-elle maintenant qu'ils n'étaient que deux dans l'intimité de son bureau. Dis-moi ce qu'il fait en ce moment, demanda-t-elle d'une voix hésitante.

Azlan soupira faiblement.

— Malheureusement je ne peux pas Nyrva. Je te l'ai déjà dit, mon Sultan m'interdit totalement d'interférer entre la famille Impériale et la Résistance. Si tu veux le voir, tu vas devoir le trouver par toi-même, répondit-il.

La jeune femme fit la moue, sa main droite jouant avec l'ourlet de sa manche gauche.

— Je ne vais pas risquer de me faire de nouveau enfermer par Elias juste pour m'assurer que son frère se porte bien, murmura-t-elle en posant ses coudes sur son bureau et sa tête entre ses mains.

Un large sourire se dessina sur les lèvres de son interlocuteur.

— Tu as juste à ne pas te faire prendre, déclara-t-il.

CHAPITRE 25

Les idées d'Azlan n'étaient jamais bonnes. C'était quelque chose que Nyrva avait tendance à oublier. Un instant plus tôt, elle était affalée dans le fauteuil de son bureau et en un clignement d'œil, la voilà qui se retrouvait dans le désert, devant la porte enneigée qu'elle avait découverte quelques mois plus tôt.

L'antre de fumée. La jeune femme ne comprenait pas cette appellation, aucune fumée n'émanait de la structure mais elle avait cessé de chercher à comprendre les djinns depuis un moment déjà.

— Qu'est-ce qu'on fait ici ? hurla-t-elle agacée, essayant de se faire entendre au travers de la tempête de sable qui se levait autour d'eux.

Le djinn se mit à rire, fier de la réaction qu'il avait suscitée chez la jeune femme.

— Je t'ai rapprochée du palais pour que tu puisses rendre visite à ton prince, cria-t-il aussi fort.

Nyrva soupira. En effet, Azlan ne pouvait pas l'amener directement auprès de Naïl, cela reviendrait à interférer entre les affaires de la famille Impériale et celles de la Résistance. Elle n'aimait toujours pas l'idée de se rendre au palais, craignant de finir dans les cachots comme la première fois.

— Et si je me fais attraper ? demanda-t-elle très inquiète.

Son ami lui adressa le sourire le plus sincère dont il était capable.

— Cela n'arrivera pas, j'ai vu ton futur Nyrva et il est brillant, fais-moi confiance et rends-toi au palais, répondit-il.

Elle soupira une énième fois.

— Si je meurs par ta faute, compte sur moi pour venir te hanter Azlan, dit-elle avant d'enfourcher le cheval à la robe sombre et aux yeux marron que le djinn avait fait apparaître près d'eux.

Il lui adressa un sourire plein de défi.

— Les humains morts ne peuvent pas hanter les djinns chère amie, je crains que ta menace ne m'atteigne pas.

La jeune femme leva les yeux au ciel avant de mettre une tape au flanc de son nouveau compagnon de voyage. Elle ne perdit pas son temps à essayer de le guider, elle savait que Azlan ne faisait jamais les choses à moitié, le cheval trouverait le chemin par lui-même.

Le voyage fut plus long que dans ses souvenirs. La première fois qu'elle avait effectué ce trajet, Kahil et Iyaan l'accompagnaient. Parfois, elle avait du mal à se faire à l'idée que l'un était mort tandis que l'autre refusait de lui adresser la parole. En moins d'une année, beaucoup trop de choses avaient changé dans sa vie. Sa tante Nada s'était fait tuer à cause de sa fille. Elle avait intégré la Résistance. Elle avait découvert que les dragons ne s'étaient finalement pas éteints. Elle avait été faite prisonnière. Elle avait vécu sous la couverture d'une lavandière pendant plusieurs semaines et elle avait rencontré un prince. Si la Nyrva du passé savait que celle du présent s'était fortement liée d'amitié avec l'un des membres de la famille Sayyadi, jamais elle n'aurait accepté d'y croire. Et pourtant, voilà que la Nyrva du présent se dirigeait de son propre chef vers la gueule du loup. Tout ça, uniquement pour s'assurer que ce membre de la famille Sayyadi allait bien. Le destin possédait beaucoup d'ironie.

L'imposante architecture du palais commençait à se dessiner à l'horizon.

Finalement, la tempête de sable avait fini par se tasser. De ce fait, son voyage n'avait pas été aussi laborieux qu'elle l'avait prévu. Elle fit la moue, la première fois qu'elle avait passé les portes du palais, Imad les accompagnait. Elle ignorait de quelle façon elle allait pouvoir s'y introduire cette fois.

Contre toute attente, le cheval ne s'arrêta pas, bien qu'ils ne soient plus qu'à quelques mètres des grandes portes. La jeune femme haussa les épaules et décida de faire confiance à son instinct. Azlan avait sûrement déjà tout prévu. Elle enroula autour de son visage le châle qui reposait sur ses épaules ; autant éviter de se faire remarquer. Sa longue chevelure était assez reconnaissable.

Elle passa effectivement les portes sans encombre, l'un des gardes prit même la peine de la saluer d'un signe de tête.

La cour des domestiques n'avait pas changé, tout était exactement comme dans ses souvenirs. Des enfants hurlaient et couraient partout pendant que leur mère allait et venait, vaquant à leurs tâches. Nyrva passa devant le bâtiment de la guilde des forgerons pour se rendre aux écuries. Son cœur se serra, elle repensa à Kahil et aux nombreuses fois durant lesquelles elle l'avait attendu devant le bâtiment, guettant qu'il finisse ses tâches.

Elle laissa son cheval à un palefrenier qui lui adressa un regard lubrique, la jeune femme grimaça de dégoût mais se retint de faire une scène. Elle devait à tout prix éviter d'attirer l'attention sur elle.

La jeune espionne arrangea son châle qui glissait, essayant du mieux qu'elle le pouvait de ne pas se faire remarquer. Ses pas la guidèrent vers le quartier des lavandières. Elle voulait absolument retrouver son amie Aria. Elle avait pensé à elle presque chaque jour depuis leur séparation et elle culpabilisait d'avoir quitté le palais sans avoir pu lui dire au revoir et la remercier pour tout ce qu'elle avait pu faire pour elle.

La jeune fille n'était pas dans ses quartiers. Déçue, Nyrva se rendit vers les jardins ; à cette heure de la journée la jeune blonde adorait se balader pour se dégourdir les jambes. Elle marcha d'un pas léger, prenant soin de ne pas trop attirer les regards sur elle. Sa tenue dénotait déjà suffisamment avec celle des autres. Il faudrait qu'elle trouve de quoi se changer assez rapidement, elle ne pouvait pas rester vêtue de cette façon.

Les jardins étaient assez vides à la plus grande surprise de la jeune femme. La météo était pourtant propice à la balade. Elle se dirigea vers l'imposante fontaine entourée de bancs.

Les commissures de ses lèvres se relevèrent. Au loin, elle aperçut Aria, assise seule, un livre posé sur ses genoux. Elle pressa le pas, plus qu'impatiente à l'idée de la revoir. Cette dernière leva les yeux vers la brune avant de les écarquiller.

Elle se leva d'un bond et effectua l'autre moitié du chemin pour se jeter dans les bras de son amie.

— J'étais si inquiète, murmura la jeune fille en serrant son aînée dans ses bras. J'ai cru qu'il t'était arrivé quelque chose. Naïl est rentré au palais sans toi et il a refusé d'aborder le sujet avec Aaron depuis, j'ai eu si peur, s'exclama-t-elle.

Les mots fusèrent sans qu'elle ne puisse prendre le temps d'y réfléchir. Une lueur de soulagement passa dans son regard. Nyrva lui offrit son plus beau sourire tout en se dégageant de son étreinte.

— Je vais bien, la rassura-t-elle. J'ai tellement de choses à te raconter, ajouta-t-elle tout excitée à l'idée de partager avec son amie ce qu'elle avait vécu ces derniers mois.

Aria scruta autour d'elle, troublée, avant de détailler du regard la tenue de Nyrva.

— Avant toute chose, allons te trouver une robe. J'aimerais éviter d'assister à ton arrestation alors que je viens tout juste de te retrouver, déclara la jeune blonde.

Nyrva acquiesça d'un hochement de tête avant de suivre silencieusement son amie jusqu'aux quartiers des domestiques. Elle la fit entrer dans la chambre qu'elles avaient partagée pendant de nombreuses semaines avant de verrouiller la porte à double tour. Nyrva s'assit sur le lit qui avait été le sien, suivant du regard Aria qui fouillait dans ses armoires. Elle en sortit une robe bleu ciel aux manches longues qu'elle lui tendit. Nyrva l'accepta, reconnaissante. La robe sentait la rose et la bergamote, exactement comme Aria.

La jeune femme se changea rapidement avant de nouer en une épaisse tresse ses longs cheveux.

— Merci, dit-elle. Pour la tenue mais également pour tout ce que tu as fait, ajouta-t-elle avec un léger sourire.

— Ne me remercie pas idiote, la gronda-t-elle. J'étais si inquiète, je n'ai cessé de demander de tes nouvelles à Aaron mais il ne savait rien. À quoi bon être l'ami le plus proche du prince si ce n'est pas pour récolter des informations ?

Nyrva pouffa.

— Le prince lui-même n'avait pas réellement de nouvelle de ma part pour être honnête. Je m'excuse d'être partie comme une voleuse sans te prévenir. Je n'ai pas vraiment eu le choix et j'étais persuadée que j'aurais l'occasion de te revoir sous peu, mais cela ne s'est pas réellement passé comme prévu, se justifia-t-elle, embarrassée.

Le visage de la jeune fille se détendit. Elle adressa un sourire plein de douceur à son amie avant de s'asseoir sur le lit parallèle, en face d'elle.

— Ce n'est rien, arrête de t'excuser, finit-elle par dire. Raconte-moi tout, j'attends de tes nouvelles depuis des mois, ajouta-t-elle.

Nyrva lui rendit son sourire avant de se lancer dans son récit. Elle lui raconta les quelques jours qu'elle avait passés dans les appartements du prince aux côtés de ce dernier mais également de Aaron, son évasion ratée, sa captivité puis son évasion réussie. Elle lui parla de la semaine que Naïl avait passée à Qimasheh, de leur rapprochement puis du départ de ce dernier. Elle lui apprit enfin qu'elle avait été promue au sein de la Résistance, mais qu'elle était revenue grâce à Azlan, parce qu'elle souhaitait avoir des réponses de la part du prince.

— On peut dire que cela fait beaucoup, déclara la jeune fille qui essayait encore d'assimiler toutes ces nouvelles informations.

— En effet, acquiesça Nyrva, un sourire moqueur sur les lèvres. Comment se sont passés ces derniers mois pour toi ?

Aria s'étira, soudainement épuisée de sa journée.

— Les choses n'ont pas vraiment changé ici, commença-t-elle. L'armée se regroupe petit à petit, chaque soldat est rappelé de sa mission. Certains supposent que le prince Naïl souhaite renforcer les défenses du palais en vue d'une guerre à venir. On le voit beaucoup moins qu'avant. Je trouve cela un peu étrange, mais je n'ai pas plus d'informations sur le sujet. Aaron et moi sommes devenus très amis, malheureusement il me cache encore beaucoup de choses. Il dit faire ça pour ma sécurité, mais je crains qu'il ne me trouve simplement pas digne de confiance, expliqua-t-elle en fronçant les sourcils, agacée à l'idée qu'on puisse ne pas lui faire confiance.

— Amis ? Vraiment ? demanda Nyrva, sceptique sur l'origine de la relation de ses deux amis.

Aria lui lança un oreiller sur la tête pour seule réponse, ce qui eut le mérite de la faire éclater de rire.

— Plus sérieusement, Imad nous a fait un rapport similaire. C'est étrange, j'espère que l'empire ne compte pas entrer en guerre. Les civils en pâtiraient beaucoup trop, comme d'habitude.

Aria acquiesça d'un hochement de tête, la mine troublée. Elle se leva pour se diriger vers la fenêtre, le soleil entamait lentement sa descente.

— Quel est ton plan ? demanda-t-elle curieuse de savoir si elle pourrait aider la résistante d'une façon ou d'une autre.

Nyrva soupira profondément, anticipant déjà la difficulté de sa mission.

— Pour commencer, j'aimerais retrouver Naïl. J'ai absolument besoin de lui parler, déclara la jeune femme en se levant du lit.

— Maintenant ? demanda Aria surprise.

Nyrva acquiesça d'un hochement de tête.

— Plus tôt je l'aurais trouvé, plus tôt je pourrais rentrer à Qimasheh, je n'ai pas vraiment envie d'être faite prisonnière de nouveau, se justifia-t-elle nerveuse.

Elle gardait un mauvais souvenir de sa période de captivité, à juste titre.

Aria acquiesça, elle comprenait les craintes de son amie, elle s'approcha d'elle et l'enlaça.

— Sois prudente, et cette fois-ci, viens vraiment me faire tes adieux avant de disparaître, la taquina-t-elle.

Les commissures de Nyrva se relevèrent.

— Promis, répondit-elle.

Nyrva n'avait jamais réalisé à quel point elle avait une bonne mémoire géographique ; elle se baladait dans les couloirs du palais comme si elle les avait quittés la veille. Tout était très clair dans son esprit. Elle remarqua que la garde avait été renforcée, de nombreux soldats étaient postés à des endroits qui n'étaient pas du tout gardés quelques mois plus tôt. Si ses compagnons et elle avaient essayé d'infiltrer le palais pour la première fois dans ces conditions, ils auraient sûrement échoué dès leur première journée et fini aux cachots. Elle fut également surprise de constater que de nombreux soldats étaient des femmes. Elle avait découvert lors de son premier séjour au sein du palais que les Abyads étaient beaucoup plus ouverts d'esprit sur le sujet. Jamais les Arzis n'auraient accepté d'intégrer des femmes à l'armée. Ils estimaient que la place d'une femme était au sein de son foyer et nulle part ailleurs.

Elle se dirigea vers la chambre du prince. Il était encore tôt, elle n'était pas sûre de l'y trouver mais elle trouverait bien une façon d'y entrer. La jeune femme avait oublié à quel point la bâtisse était vaste, il lui fallut plus d'une demi-heure pour rejoindre sa destination. Comme d'ordinaire, le couloir était calme. Nyrva fut surprise, la porte des appartements de Naïl était l'une des rares à ne pas être gardée. L'instant d'une demi-seconde, elle hésita, la main au-dessus de la poignée. Et si ces appartements n'étaient plus ceux du prince ? Et s'il était parti en mission ailleurs et qu'il ne comptait pas rentrer avant un moment ?

Elle inspira profondément, ce n'était pas le moment de reculer alors qu'elle avait fait tout ce chemin pour le voir. Prise d'une montée de courage, elle enclencha la poignée qui s'actionna à sa plus grande surprise. La jeune femme s'attendait à se heurter à une porte verrouillée.

Nyrva avait craint de découvrir de nombreuses choses lors de ses retrouvailles avec le prince, mais rien n'aurait jamais pu la préparer à ce qu'elle vit en ouvrant la porte. Leya, sa cousine, était installée dans un fauteuil, les jambes croisées avec une tasse de thé à la main. Naïl, installé en face de la jeune fille, lâcha sa tasse en croisant le regard surpris de Nyrva.

CHAPITRE 26

— Qu'est-ce que tu fais ici ? demanda Leya d'une voix froide, les sourcils froncés.

Nyrva ouvrit la bouche, surprise par l'audace de sa cousine.

— Je me permets de te retourner la question, traîtresse, répondit-elle, outrée.

Leya souffla bruyamment pour seule réponse. Reprenant enfin ses esprits, Naïl se leva de son fauteuil d'un bond pour se diriger vers Nyrva. En un instant, il attrapa la jeune femme par le bras et la fit entrer dans la pièce. Il vérifia que personne ne se trouvait dans le couloir avant de refermer la porte et de la verrouiller.

Agacée à l'idée que le prince n'ait pas encore pris la peine de lui adresser la parole, Nyrva soupira.

— Qu'est-ce qu'il se passe ici ? finit-elle par demander, perturbée par la situation.

Naïl inspira, son odeur d'orage, de mer et de citron embaumait l'air. Elle ressentit un pincement au cœur, son odeur représentait le même sentiment que l'on éprouvait lorsque l'on se sentait à la maison. Elle réalisa ô combien il lui avait manqué ces huit derniers mois. La jeune femme n'aurait jamais cru le retrouver dans ces circonstances. Qu'est-ce qu'il pouvait bien manigancer avec Leya, savait-il même qui elle était ?

— Je peux tout t'expliquer, finit-il par enfin dire.

Nyrva fronça les sourcils, ce n'était jamais bon signe quand les gens commençaient leurs explications de cette façon.

— Il n'y a rien à expliquer, déclara Leya en se levant du fauteuil qu'elle occupait. Tu es l'intruse dans ce palais, c'est plutôt à toi d'expliquer ce que tu fais là.

Cette dernière fronça de nouveau les sourcils avant que le prince ne se dressa devant elle. Rapidement, il attrapa les mains de la jeune femme et planta son regard dans le sien.

— Ne tire pas de conclusion hâtive, murmura-t-il.

Son regard se fit suppliant. La jeune femme acquiesça silencieusement d'un hochement de tête. Après tout, elle avait confiance en Naïl, il devait bien y avoir une explication au fait que Leya se trouve dans ses appartements. Il lâcha l'une de ses mains pour se tourner vers Leya. Nyrva baissa le regard sur son autre main, toujours prise dans son étreinte, il lui avait indéniablement manqué.

— Leya, si quiconque apprend que Nyrva est ici, je ferai en sorte que mon frère te fasse exécuter pour trahison, déclara-t-il d'une voix calme mais ferme. Est-ce clair ?

— Même toi, tu ne ferais pas ça Naïl, rétorqua la jeune fille, un sourire mesquin sur les lèvres.

— Essaye et tu verras bien, répondit le prince du tac au tac.

Leya leva les épaules puis se dirigea vers la porte qu'elle déverrouilla avant de l'ouvrir.

Nyrva posa son regard sur sa cousine et se surprit à ne rien ressentir. Elle s'attendait à éprouver de la haine et de la rancœur pour elle, mais rien ne vint.

La jeune fille qui se trouvait devant elle n'était plus qu'une simple étrangère pour elle. Elle se rendit compte que malgré sa trahison, elle ne lui en voulait pas. Nyrva voulait simplement ne plus jamais avoir affaire à Leya.

— Je ne dirai rien. En revanche, souffle un mot de ce que je t'ai dit à ton frère et c'est toi qui risques d'être exécuté pour trahison Naïl Sayyadi, déclara Leya avant de refermer la porte derrière elle sans attendre de réponse.

Nyrva et Naïl se retrouvèrent seuls, entourés par le silence oppressant des secrets qu'ils refusaient de partager et des non-dits.

Sans prévenir, le prince enlaça la résistante de toutes ses forces, elle se laissa tomber dans son étreinte, savourant chacune des effluves de mer et de citron qui émanaient de lui.

— J'ai cru que je ne te reverrais jamais, murmura-t-il en posant son menton sur le sommet de la tête de la femme qu'il aimait.

— Je suis celle qui devrais dire ça, contrat la Arzi en se dégageant de son étreinte.

Elle lui offrit un regard froid et plein de reproches. Elle avait beau s'être languie de son absence, il ne l'en avait pas moins abandonnée pendant huit mois.

— Que s'est-il passé ? Pourquoi n'es-tu jamais revenu ? demanda-t-elle d'une voix ferme, refusant de laisser transparaître ses sentiments.

Le prince soupira, il se dirigea vers le fauteuil qu'il occupait quelques instants plus tôt et s'y installa, invitant la nouvelle venue à en faire de même.

— Beaucoup de choses se sont passées depuis mon départ, ce n'est pas que je ne voulais pas revenir, c'est plutôt que je ne pouvais pas, commença-t-il.

La jeune femme continuait à le fixer silencieusement, l'encourageant à poursuivre.

— En rentrant au palais, c'est mon frère qui m'a accueilli. Je m'attendais à être puni pour mes actions mais il avait d'autres plans plus importants selon lui. Leya lui avait apporté des informations qui lui avaient fait envisager l'avenir autrement.

Il se tut, attendant une réaction de son interlocutrice.

— Quels plans ? demanda-t-elle avec une pointe d'appréhension dans la voix.

— Il prévoit d'annihiler les Arzis, déclara-t-il gravement. Je ne suis pas revenu par peur qu'il me fasse suivre et qu'on s'en prenne à toi.

Nyrva écarquilla les yeux. Elle avait vécu sa vie entière avec la crainte de se faire assassiner par l'armée Impériale, mais avant le meurtre de sa tante, elle n'avait jamais réellement eu l'impression d'être en danger. Aujourd'hui plus que jamais, elle prenait conscience de sa situation instable.

Elle repensa aux rapports de Imad, aux soldats qui étaient rappelés au palais sans raison. Tout faisait sens désormais.

— Tu veux dire que depuis huit mois tu réunis l'armée de ton frère qui a prévu d'exterminer les miens ? reformula-t-elle d'une voix tremblante.

Naïl fronça les sourcils.

— Comment peux-tu croire ça Nyrva ? Depuis huit mois, je fais tout ce que je peux, chaque jour, pour saboter les plans de mon frère, répliqua-t-il d'une voix ferme.

La jeune femme soupira de soulagement, pendant un instant, elle avait douté de lui.

— C'est d'ailleurs pour cette raison que Leya était ici, reprit-il. Elle joue un double jeu. Elle transmet des informations à Elias, mais d'un autre côté elle complote contre lui. Je n'y comprends pas grand-chose mais elle n'a aucune morale. Je pense qu'elle a d'autres alliés puissants au dehors du palais avec lesquels elle prépare quelque chose.

Nyrva fronça les sourcils. Avec qui sa cousine avait bien pu s'allier ? Cela n'avait aucun sens, elle ne connaissait personne en dehors de Qimasheh. La jeune femme allait devoir se pencher sur la question quand elle le pourrait mais pour le moment, Elias était sa priorité. Elle se redressa dans son fauteuil, encore chamboulée par ce qu'elle venait d'apprendre.

— Pourquoi maintenant ? furent les seuls mots qu'elle parvint à articuler.

Elias était au pouvoir depuis quelques années, bien que son aversion pour le peuple Arzi soit connue de tous, jamais il n'avait mis en place une réelle rafle. La plupart des décès étaient dus aux soldats qui s'amusaient à tourmenter son peuple, jamais l'Empereur n'avait de lui-même déclaré la chasse ouverte.

Naïl plongea un regard extrêmement sérieux dans celui de la jeune femme.

— L'un des héritiers Nasyrian vit toujours, déclara-t-il gravement.

Le regard de Nyrva se perdit dans le vide. Elle repensa au tableau de la famille royale qu'elle avait contemplé dans les couloirs du palais le jour où elle avait rencontré le prince pour la première fois. Ayden Nasyrian ou sa petite sœur était toujours en vie. Elle cligna des yeux plusieurs fois, essayant de reprendre ses esprits.

— Qu'est-ce que cela signifierait ? Je veux dire, si l'un des héritiers Nasyrian réapparaissait, qu'est-ce qui changerait pour ton frère ? demanda-t-elle sincèrement intriguée.

— Les dragons nous ont prêté allégeance uniquement parce que la lignée Nasyrian s'est éteinte. S'ils découvrent que ce n'est pas réellement le cas, ils nous abandonneraient et aideraient le vrai héritier à reprendre sa place, lui expliqua-t-il.

Nyrva fronça les sourcils.

— Tu veux dire que Aethaerunth serait prête à briser votre lien ? lui demanda-t-elle sceptique, elle savait ô combien le lien qui les unissait était puissant.

Les commissures de Naïl se relevèrent.

— Aethaerunth n'a jamais été douée pour respecter les règles, et puis, je suis un chevaucheur beaucoup trop incroyable pour qu'elle me tourne le dos, dit-il sur le ton de la plaisanterie. En revanche, Niemreonth, le dragon de Elias, est beaucoup plus à cheval sur les règles, il risque de rejeter leur lien. Je pense que c'est pour cela que mon frère a décidé d'agir, ajouta-t-il gravement.

Nyrva s'affala dans son fauteuil, l'un des héritiers Nasyrian était en vie. Cela changeait tout pour son peuple. S'il récupérait le pouvoir, ils seraient enfin libres.

— Lequel a survécu ? demanda-t-elle curieuse.

— La prophétie est assez floue, il pense que c'est Selene mais en soi, il se pourrait que les deux soient encore en vie, répondit-il.

Selene. La jeune femme tiqua, elle ignorait jusqu'alors le prénom de la princesse. Son regard se posa sur Naïl. Bien qu'il soit de son côté, elle ne parvenait pas à comprendre les raisons pour lesquelles il se mettait autant en danger pour le peuple Arzi. Les sauver revenait à signer l'arrêt de mort de son propre frère. Elle n'en laissa rien paraître, mais une part d'elle-même refusait de lui faire totalement confiance. À un certain point, leurs intérêts divergeaient.

— Qu'est-ce que tu comptes faire ? lui demanda-t-elle finalement.

— Je vais continuer à retarder les plans de mon frère autant que je le peux. J'essaye de gagner du temps pour que Aethaerunth réussisse à convaincre les dragons primordiaux que ce n'est pas dans leur intérêt de le servir alors que le vrai héritier est toujours en vie, expliqua-t-il.

— Naïl, murmura Nyrva en se levant doucement pour s'approcher de lui, elle prit la tête du jeune homme entre ses deux mains.

— Tu as conscience de ce que tout cela signifie ? Si Ayden ou Selene reprennent le pouvoir, Elias risque de ne pas être épargné. Es-tu prêt à avoir la mort de ton frère sur la conscience ?

Le prince enroula de ses mains les poignets de la jeune femme dont le parfum de jasmin, de neige et de citron lui chatouillait les narines. Il plongea son regard dans les yeux ébène de Nyrva. Une bulle de tension intangible les entourait, les coupant du monde.

— Tu détestes mon frère, pourquoi t'inquiètes-tu de son sort ? demanda-t-il en chuchotant de sa voix grave.

— Je déteste ton frère de toute mon âme, mais je refuse que tu aies à porter ce fardeau pour le restant de tes jours Naïl. Donc dis-le-moi, es-tu prêt à avoir la mort de ton frère sur la conscience ? répéta-t-elle sur le même ton que celui qu'il avait employé.

Les commissures des lèvres du prince se relevèrent légèrement.

— Je suis prêt à vivre avec la mort de l'entièreté de l'humanité sur la conscience si cela te permet de vivre en paix Nyrva Lascaris, déclara-t-il dans un souffle.

Le cœur de la jeune femme rata un battement, elle fixa les lèvres du prince qui n'étaient qu'à quelques centimètres des siennes. L'espace d'une seconde, elle hésita. Elle cligna des paupières plusieurs fois, dans l'espoir de reprendre ses esprits. Comprenant qu'elle voulait se défaire de son étreinte, Naïl lâcha ses poignets. Elle se dirigea vers la fenêtre.

— Dans ce cas, retrouvons l'héritier, finit-elle par dire pour briser le silence qui s'était installé suite à la tension qu'ils venaient de partager. Retrouvons l'héritier et rendons-lui le trône qui lui appartient, répéta-t-elle.

CHAPITRE 27

— Je ne peux pas rester indéfiniment cachée dans tes appartements Naïl, s'énerva la jeune femme qui en avait assez de cette conversation.

Le prince refusait de la laisser s'en aller, persuadé qu'elle risquait de perdre la vie à tout moment si elle sortait de cette pièce.

— Reste ici au moins jusqu'à ce que nous élaborions une vraie stratégie militaire, dit-il. Tu en feras partie mais accorde-moi ce délai, ajouta-t-il d'un ton suppliant.

Nyrva les yeux au ciel.

— Quatre jours. Si dans quatre jours rien n'a changé, je rentrerai prévenir Rima pour qu'elle puisse agir à sa manière, s'imposa-t-elle d'une voix ferme et déterminée. Hors de question de perdre davantage de temps, des vies plus importantes que la mienne sont en jeu.

— Parfait, beaucoup de choses peuvent se passer en quatre jours. Qui sait, peut-être que les dragons primordiaux se seront enfin décidés à écouter les avertissements de Aethaerunth, déclara-t-il à voix haute comme pour se convaincre lui-même.

Elle fit la moue.

— En effet, espérons-le, dit-elle, peu convaincue.

Aaron fut surpris de retrouver Nyrva dans les appartements de Naïl mais il lui réserva un accueil plus enjoué que ce dernier. Ils en profitèrent pour se raconter tout ce qu'ils avaient raté les uns et les autres. La situation s'annonçait plus complexe que prévu pour Nyrva, l'Empereur avait déjà annihilé une dizaine de villages au sud de l'empire. Une montée d'angoisse s'empara de la jeune femme, elle aurait dû essayer de retrouver Naïl plus tôt, ces huit mois d'hésitations allaient sûrement finir par tous leur coûter la vie.

— Tout va bien se passer Nyrva, nous parviendrons à l'arrêter, dit Naïl qui avait remarqué les tourments de la jeune femme.

Elle hocha simplement la tête, peu convaincue par les paroles du prince.

Nyrva finit par se retirer dans son ancienne chambre qui n'avait pas changé depuis son départ du palais. La nuit était vite tombée et elle n'avait pas eu le temps de se remettre du voyage bien qu'il ait été plus court qu'il aurait dû l'être. La jeune femme s'assit sur son lit avant de balayer la pièce du regard, elle n'aurait jamais cru y revenir dans ces circonstances.

Tout était flou dans son esprit, elle avait du mal à assimiler les informations qu'on lui avait communiquées aujourd'hui. D'une part, il existait une infime chance que son peuple ait la possibilité de récupérer sa liberté d'antan mais de l'autre, l'Empereur fera tout pour éviter que cela arrive, et cela incluait le fait de tous les assassiner.

Elle inspira profondément, la vie était injuste, il était injuste que les Arzis aient autant à souffrir à cause d'un seul homme. Elle passa sa main droite dans ses cheveux pour réarranger les mèches qui lui tombaient sur les yeux, des grains de sable perlèrent le long de son visage. La jeune femme fronça les sourcils, elle avait absolument besoin de prendre un bain. Elle se dirigea vers la luxueuse salle de bains attenante, un léger sourire se dessina sur ses lèvres, tout ce luxe lui avait manqué. En huit mois, les bâtiments de la Résistance avaient bien évolué mais il était indéniable qu'ils n'atteindraient jamais un tel niveau de confort.

Nyrva ne cessait de se demander pourquoi Naïl n'avait pas fait le choix d'être un prince oisif qui passe son temps à se prélasser dans des draps de soie fine et des couvertures de fourrure luxueuse. C'est sûrement la voie qu'elle aurait choisie si elle était née héritière.

La nuit de la jeune femme fut remplie de cauchemars de guerre, de sang et de quelque chose d'autre dont elle se rappelait sans grande précision. C'est dégoulinante de sueur et prise de panique qu'elle se réveilla en plein milieu de la nuit. Haletante, elle balaya sa chambre du regard, persuadée d'avoir senti une forte présence.

— Arrête de paniquer, ce n'est que moi, déclara une voix masculine familière.

Nyrva tourna la tête vers la fenêtre pour se retrouver face à Azlan. Elle fronça les sourcils, que faisait son ami au palais ?

— Azlan ? parvint-elle finalement à articuler.

Le djinn s'installa près d'elle, sur le rebord de son lit.

— Tu l'as vu, constata-t-il d'une voix ferme.

Son amie lui renvoya un regard empli d'incompréhension.

— Vu quoi ? demanda-t-elle sceptique.

— Raconte-moi ton rêve, dit-il d'une voix ferme mais douce.

Surprise par l'injonction du djinn, la jeune femme se redressa du mieux qu'elle le put et se mit à chercher dans sa mémoire.

— Je ne m'en rappelle pas vraiment, mais il y avait un enfant, un bébé et ma tante Nada, commença-t-elle en murmurant. Ce n'était pas très clair mais je pense avoir vu des dragons et...

La jeune femme écarquilla les yeux, un souvenir lui revint clairement.

— Tu étais là, tu n'avais pas la même apparence mais je sais que tu étais là. Tu as apporté un bébé chez ma tante, un enfant t'accompagnait mais il est reparti avec toi, balbutia-t-elle incertaine.

Azlan soupira.

— Tu es bien trop perspicace pour ton propre bien Nyrva, murmura-t-il. Rendors-toi, ce n'était qu'un cauchemar, ajouta-t-il en posant un doigt sur le front de la jeune femme qui s'effondra sur ses oreillers, inconsciente.

Il la fixa un instant avant de soupirer. Le Sultan risquait de ne pas être content.

CHAPITRE 28

C'était beaucoup trop long, elle ne tenait plus. Nyrva avait fait l'effort de ne rien tenter pendant deux jours, mais totalement coupée du monde, elle ne tenait plus. En tant que seconde de la Résistance, elle avait pris l'habitude d'être plongée au cœur de l'action ces huit derniers mois, c'était même elle qui donnait les ordres et établissait les stratégies. Aussi, se retrouver si impuissante commençait à lui peser. Elle voulait agir, elle se devait d'agir. Elle devait informer Rima de la situation et elle devait trouver un moyen de tuer l'Empereur.

Aaron et Naïl s'en étaient allés à l'aube, ils n'avaient passé que peu de temps dans leurs appartements ces deux derniers jours. Elle n'avait donc pas pu réellement parler avec eux de leur plan. Si Naïl voulait avoir la certitude de la retenir, il aurait dû la mettre dans la confidence de ce qu'il préparait.

La jeune femme enfila l'une des tenues de chevaucheuse, que le prince avait fait confectionner tout spécialement pour elle lors de son précédent séjour, et s'attacha les cheveux en une épaisse tresse de côté. Elle s'équipa de ses dagues, d'une épée et inspira profondément avant de quitter les appartements de Naïl. Avec un peu de chance, elle pourrait se faire passer pour une chevaucheuse de l'armée Impériale. Ce qu'elle comptait faire restait pour le moment assez flou dans son esprit. Elle voulait plus que tout confronter Elias Sayyadi, mais elle ignorait encore de quelle façon elle était censée s'y prendre.

Elle se dirigea vers le quartier des domestiques, le chemin pour s'y rendre était assez peu gardé, les quelques gardes en poste l'ignorèrent totalement. Elle passa devant la guilde des forgerons et ne put s'empêcher d'y jeter un œil, comme si elle allait y apercevoir Kahil. Elle comprit qu'elle était presque nostalgique de l'époque où Kahil, Iyaan et elle vivaient sous couverture au sein du palais. Mine de rien, son meilleur ami pouvait s'adonner à ce qu'il aimait faire, transformer du métal en objets. De son quotidien, elle gardait un bon souvenir, elle avait pu rencontrer Aria, et elle n'avait besoin de se tracasser de rien. Quant à Iyaan, elle ignorait de quelle façon il avait occupé ses journées et pour être honnête, cela ne l'intéressait pas mais au moins, à cette époque, il était en vie.

Elle trouva rapidement son amie qui étendait de grands draps blancs, l'agréable odeur de lys et de rose qui émanait de la lessive embaumait l'air.

— Ça sent bon, déclara la jeune femme en se penchant vers le panier pour attraper un drap et aider son amie.

Cette dernière se tourna vers elle, surprise. Un énorme sourire s'étala sur son visage.

— J'ai bien failli croire que tu t'étais encore volatilisée, dit-elle sur le ton de la plaisanterie.

Nyrva gloussa.

— Puisque je t'ai dit que je ne repartirai plus sans te dire au revoir, répondit la jeune femme sur le même ton. Tu sais où je peux trouver Imad ? demanda-t-elle soudainement sur un ton un peu plus sérieux.

Aria arrêta ce qu'elle faisait pour poser un regard scrutateur sur son amie.

— Pourquoi ? la questionna-t-elle suspicieuse.

— Je dois lui demander quelque chose.

Aria soupira.

— Aaron m'a dit que tu as promis de ne rien faire de stupide pendant quatre jours, récita-t-elle en analysant la tenue de la résistante. Je constate que tu as décidé d'écourter le délai, ajouta-t-elle.

Nyrva fit la moue.

— En effet, quatre jours, c'est beaucoup trop long. Des vies sont en danger, je ne peux pas attendre sans rien faire juste parce que Naïl l'a décidé, se justifia-t-elle d'une voix ferme et pleine de détermination.

La jeune blonde lui offrit un léger sourire.

— Je savais que tu n'attendrais pas aussi longtemps, ce serait mal te connaître de penser le contraire. Imad est actuellement de garde aux grandes portes, à l'entrée du palais. Il n'y a qu'un garde avec lui et il me semble qu'ils sont de mèches, donc tu peux y aller maintenant si tu as quelque chose à lui demander je pense, conclut-elle simplement en se baissant pour récupérer son panier de linge vide.

— Merci, répondit Nyrva, sincèrement reconnaissante.

Elle s'apprêtait à s'en aller mais elle s'arrêta, fit demi-tour et enlaça son amie.

— Je ne compte pas partir, mais il existe une infime chance que je ne revienne pas, donc, au revoir Aria, dit-elle d'une voix douce mais ferme.

La jeune fille lui rendit son étreinte.

— Sois prudente, murmura-t-elle.

Imad était bien en service aux grandes portes comme l'avait annoncé Aria. Il se redressa en apercevant Nyrva approcher. Depuis la promotion de la jeune femme, ils n'avaient pas eu l'occasion de se revoir, n'échangeant que par missive écrite. Troublé, il se tint droit comme un piquet et effectua un garde-à-vous parfait. La jeune femme fronça les sourcils, depuis qu'elle était devenue la seconde de Rima, la plupart des hommes de la Résistance avaient commencé à se comporter étrangement alors que pour elle, rien n'avait réellement changé.

— Ce n'est pas nécessaire Imad, lui dit-elle en le saluant d'un signe de tête, elle fit de même pour le second garde, à la droite de ce premier. Je peux parler librement ?

Elle ne le connaissait pas après tout.

Imad approuva d'un hochement de tête.

— Farshad est comme un frère pour moi, s'il avait vécu à Qimasheh, il aurait certainement rejoint la Résistance, ajouta-t-il d'une voix sûre.

La jeune femme acquiesça, satisfaite.

— J'ai besoin que tu fasses parvenir une missive à Rima. Comment t'y prends-tu habituellement ?

— Il y a un village à vingt minutes à cheval, au nord du palais. C'est là-bas que je dépose ce que je veux faire envoyer, expliqua-t-il.

— Très bien, tu peux faire ça aujourd'hui ?

Il acquiesça.

— La relève arrive dans une heure, quel message dois-je faire parvenir ?

— Informe Rima que l'Empereur envoie son armée décimer l'intégralité du peuple Arzis. Dis-lui également que l'un des héritiers Nasyrian est toujours en vie. Elle doit le retrouver pour que les dragons abandonnent Elias et se rallient à la véritable lignée légitime, déclara-t-elle.

Imad fronça les sourcils, perdu.

— Les dragons ? osa-t-il demander.

— C'est une assez longue histoire, transmets ces informations à Rima. Si notre peuple survit, tu en sauras rapidement plus. Ajoute également à la lettre que je compte agir, mais que je ne promets rien quant à mon succès dans cette mission, conclut-elle avant de lui tourner le dos pour se diriger vers le palais.

Elle venait de mettre en place la première partie de son plan, venait maintenant la seconde qui allait s'avérer beaucoup plus compliquée. Elle marcha d'un pas déterminé vers le palais, tâtant ses dagues pour s'assurer qu'elles étaient toujours là. Elle devait désormais trouver Elias Sayyadi.

Nyrva avançait lentement au travers des corridors du palais, contournant les gardes et évitant les regards indiscrets tout en se fiant à sa mémoire pour se rendre jusqu'à la salle du trône. Elle avait découvert la pièce la première fois qu'elle avait infiltré le bâtiment mais n'avait pas eu l'audace d'y entrer.

À mesure qu'elle approchait, le son de ses pas résonnait, annonçant silencieusement son intrusion dans le cœur du pouvoir. Lorsqu'elle poussa les grandes portes en bois ouvragé, une vision majestueuse s'étala devant elle. La salle du trône était vaste, décorée de riches tapisseries, de lustres étincelants et de colonnes imposantes. Au bout de la pièce, un trône massif, incrusté de pierres précieuses, occupait une estrade surélevée.

Nyrva resta un moment interdite, absorbant la grandeur de l'endroit. Elle ne pouvait s'empêcher d'être impressionnée par la splendeur de la salle. Les murs semblaient murmurer des histoires de pouvoir et de conspirations, et les tableaux accrochés racontaient l'histoire des anciens souverains, qu'étonnamment, la famille Sayyadi n'avait pas fait enlever.

Les colonnes étaient sculptées avec une précision artistique, donnant à la pièce une atmosphère presque sacrée.

Nyrva s'approcha du trône avec une démarche résolue, son regard scrutant chaque détail de la pièce dans laquelle elle se trouvait. Malgré son mépris apparent pour les riches ornementations qui aurait pu nourrir la quasi-totalité de la ville pour plusieurs années, elle ne pouvait nier la puissance qui émanait de cet endroit.

Se penchant pour toucher le dossier du trône, elle ne put s'empêcher de ressentir une émotion étrange, une sorte de familiarité pour la majesté de l'endroit.

— Tu aimes la décoration visiblement, constata une voix grave masculine qui la fit sursauter.

Elle se tourna vers la source de la voix, Elias Sayyadi, l'Empereur illégitime de l'empire d'Arzawa se tenait face à elle. Il portait une tenue de chevaucheur en cuir, des bottes hautes qui lui arrivaient aux mollets, une cape ainsi qu'un keffieh. La jeune femme tiqua, cette vision lui était familière, comme si elle s'était déjà retrouvée dans cette situation face à Elias. Au niveau de sa hanche gauche pendait son épée ainsi qu'une dague en argent.

— Que je l'aime ou non, je suppose qu'elle n'est pas de ta conception puisque ton père a volé ce palais a une autre famille, répondit-elle la voix empreinte d'ironie.

Elle lutta de toutes ses forces pour contenir la peur qui menaçait de la submerger, elle n'était plus une jeune femme sans défense. Elle était Nyrva Lascaris, seconde de la Résistance et plus que tout elle était entraînée et assez forte pour se mesurer à lui.

Il se mit à rire. Nyrva fronça les sourcils et l'interrogea du regard.

— Tu es drôle Nyrva Nasyrian, quel dommage que nous soyons ennemis. Je reste persuadé que dans une autre vie nous aurions pu bien nous entendre, rétorqua-t-il sans se départir de son sourire.

Nyrva leva un sourcil à l'entente du nom de famille royale apposé derrière son prénom.

— Qu'est-ce que tu veux dire par..., commença-t-elle doucement, déconcertée.

Elle laissa la suite de sa phrase en suspens. Elias posa de grands yeux sincèrement étonnés sur elle.

— Tu l'ignores réellement ? demanda-t-il.

— J'ignore réellement quoi ? insista-t-elle agacée par la tournure que prenait cette conversation.

Elle n'était pas là pour parler de la pluie et du beau temps, pourquoi continuait-il à lui faire la conversation ?

Il inspira longuement avant de s'asseoir sur l'estrade qui supportait le trône. Nyrva se déplaça pour se retrouver face à lui, toujours debout, trop suspicieuse, prête à courir si le besoin s'y prêtait.

Leurs regards se croisèrent, Nyrva songea au fait que, tout aussi maléfique qu'elle le considérât, Elias Sayyadi ne lui avait absolument jamais fait peur. Bien qu'elle ait passé quelque temps dans l'humidité de ses geôles, il lui arrivait quelquefois de penser à lui en se disant qu'il pouvait s'avérer être une bonne personne parfois si elle se fiait aux dires de son petit frère. Il la fixait toujours, le regard certes songeur mais quelque peu adouci. Il finit par hausser un sourcil avant de déclarer.

— Tu ne sais pas que tu es Selene Nyrva Nasyrian, la dernière héritière de la famille royale déchue de l'Empire d'Arzawa, princesse des dragons et des djinns. Tu es la princesse de la prophétie qui dit que tu m'assassineras et que tu décimeras ma famille pour récupérer le trône qui est le tien.

La jeune femme fronça les sourcils. Au final, Elias était aussi fou que le disaient les rumeurs.

— Je suppose que c'est Leya qui t'a rapporté cette prophétie, demanda-t-elle.

L'Empereur fronça les sourcils.

— Je t'annonce que tu es la princesse perdue de ce royaume et c'est tout ce que tu as à me demander ?

— Je ne te crois pas, je ne suis pas née de la dernière pluie Elias, rétorqua-t-elle.

Le jeune homme se mit à rire.

— Je suppose que si c'était mon frère qui te l'avait annoncé, tu l'aurais cru directement ? demanda-t-il.

Elle fronça de nouveau les sourcils, leur conversation n'avait aucun sens, tout ce qu'elle voulait faire, c'était planter l'une de ses dagues dans son cœur.

— Je sais qu'il t'a parlé de mes projets, je sais également qu'il complote contre moi avec son dragon. Ne t'es-tu jamais demandé pourquoi il te mettait à l'écart comme si tu étais une fragile petite chose ? Il connaît tes capacités, il sait que tu sais te battre et pourtant, il t'enferme dans ses appartements. L'idée qu'il puisse te cacher quelque chose ne t'a-t-elle réellement jamais effleuré l'esprit ? insista l'Empereur.

— Si je suis réellement celle que tu dis, pourquoi as-tu décimé des villages au sud de l'Empire alors que tu savais que je me trouvais à Qimasheh ? demanda-t-elle sans lui répondre.

— Parce que je le pouvais tout simplement, déclara-t-il sans plus d'exclamation.

Nyrva lutta contre le sentiment de colère qui menaçait de la submerger. Ce n'était pas le moment d'agir sans réfléchir, elle devait rester pleinement lucide. L'Empereur continuait de la dévisager depuis l'estrade sur laquelle il était assis. L'instant semblait irréel.

— Si je puis me permettre, d'où vient ta haine pour les Arzis ? osa-t-elle enfin demander, sincèrement intriguée.

Elias la fixa pendant un instant, le regard dur, il étudia son visage comme s'il la voyait pour la première fois. Durant un instant, l'idée de la punir pour son insolence lui effleura l'esprit, mais se laissant aller à la contemplation des yeux profonds de la jeune femme, de ses fossettes et de ses longs cheveux bouclés et nattés, il finit par se décider à répondre.

— Ton peuple ne mérite pas de vivre Nyrva, commença-t-il sûr de ses mots, tandis que la jeune femme se crispait. Mon père a toujours détesté les Arzis de juste droit, ma mère au contraire croyait en eux, elle était persuadée qu'ils méritaient les mêmes droits que nous. Je suppose que tu le sais mais mes parents viennent du royaume d'Ilnaz comme la plupart des Abyads. Là-bas, les Arzis sont tous des esclaves ; il est impossible pour eux de s'élever socialement.

Il marqua une pause, comme pour s'assurer que la jeune femme l'écoutait bien. Elle acquiesça d'un signe de tête. Un léger sourire apparut sur le visage de l'Empereur avant qu'il ne reprenne.

— Ma mère s'est prise d'affection pour l'une de ses esclaves, mon père n'y voyait pas d'inconvénient tant que personne ne le savait, mais au fil des années, les relations entre mon père et ma mère se sont distendues. Elle le détestait de plus en plus et il ne lui accordait pas vraiment d'attention. Leur mariage avait été arrangé, il n'y avait jamais réellement eu de sentiments entre eux mais jusqu'alors ça n'avait jamais posé problème. Ma mère devenait de plus en plus distante, mon père l'a remarqué et il a fini par se rendre compte qu'elle le trompait.

Nyrva retint son souffle, l'air se fit plus lourd soudainement.

— Un Arzi ? murmura-t-elle.

Elias confirma d'un signe de tête.

— Un Arzi, en effet. Si ça avait été un Abyad, il n'aurait sûrement rien fait. La tromperie était quelque chose de courant au sein de la haute société puisque les mariages étaient rarement le fruit de l'amour, mais le fait que ça soit un Arzi était en quelque sorte une insulte envers mon père.

Il inspira profondément avant de continuer.

— Mon père l'a retrouvé et l'a fait exécuter, ma mère ne lui a jamais pardonné. Elle a fini par s'enfuir avec son esclave. C'est là qu'il est devenu fou. Le besoin de vengeance est devenu tel qu'il a décidé de renverser le royaume d'Arzawa.

Nyrva se figea, comprenant enfin.

— Tous ces morts pour satisfaire l'ego d'un homme qui n'a pas supporté que sa femme lui soit infidèle ? dit-elle spontanément, sans prendre le temps de réfléchir.

— Je pourrais te faire exécuter pour ces paroles Nyrva Nasyrian, fais attention à ce que tu dis, répondit-il le regard grave.

Nyrva se dirigea vers l'une des grandes fenêtres de la salle. Elle tira délicatement le rideau pour admirer l'horizon, la nuit était déjà bien entamée et les étoiles brillaient plus fort qu'à l'accoutumée. Il fallait qu'elle trouve un moyen maintenant de le poignarder. Elle se tourna vers lui furtivement pour étudier sa carrure, elle avait déjà battu au combat des hommes plus imposants, mais il existait une différence entre combattre et tuer.

Soudain, elle se remémora tout ce qu'elle savait sur Naïl. Comment avait-elle pu être aussi aveugle, son père était un Arzi. C'est pour cela que la cause de son peuple lui tenait autant à cœur, il ne faisait pas ça par compassion mais parce qu'il était lui-même à moitié Arzi. Elle se détestait de ne pas l'avoir compris plus tôt.

— Partages-tu son opinion sur mon peuple ? finit-elle par demander, brisant le silence qui commençait à s'installer.

Elias ne répondit pas tout de suite, pesant le pour et le contre dans son esprit.

— J'estime que toutes les vies ne se valent pas… commença-t-il.

— Pourquoi ta vie vaudrait-elle plus que la mienne ? l'interrompit Nyrva. En quoi m'es-tu supérieur Elias Sayyadi ? Si ce que tu dis à mon sujet est vrai, je suis l'héritière d'une puissante lignée de roi tandis que tu n'es que le fils d'un noble avec des problèmes d'ego. Je ne serais pas surprise d'apprendre qu'il n'est même pas ton vrai père, ce qui ferait donc de toi le fils d'un esclave. Alors dis-moi, en quoi m'es-tu supérieur ? le provoqua-t-elle son regard plongé dans celui de l'Empereur.

Elias serra le poing, peu habitué à ce qu'on lui parle de cette façon.

— Je pourrais te faire exécuter… murmura-t-il les yeux fermés.

— Certes, mais au final, ne serait-ce pas marcher dans les pas de ton père ? Exécuter une pauvre Arzi par problème d'ego, répondit-elle d'une voix ferme.

L'Empereur se leva, la jeune femme posa sa main sur le pommeau de son épée et la dégaina.

— Cessons les menaces. Si tu comptes me faire exécuter, bats-toi avec honneur, déclara-t-elle sûre d'elle.

L'Empereur attrapa son épée, visiblement prêt à en découdre. En un éclair, Nyrva s'élança vers Elias, bien décidée à ne pas lui laisser l'avantage, son épée siffla dans l'air tandis qu'elle tentait de frapper le flanc de son adversaire. L'Empereur anticipa le mouvement, avant de le parer avec une habileté impressionnante, faisant résonner le métal. Le combat s'intensifia, les deux combattants se déplaçant avec une grâce mortelle. Nyrva décochait des attaques rapides et précises, dansant autour d'Elias comme une tempête. Celui-ci, plus lent, de par sa carrure, mais plus puissant, paraît les coups avec une force brute, cherchant à saisir chaque occasion pour riposter. Soudain, Nyrva réussit à faire reculer son adversaire d'un mouvement, Elias, déséquilibré, trébucha mais il se reprit rapidement et riposta avec une série de coups puissants, forçant Nyrva à esquiver habilement. Le bruit du métal contre le métal résonnait comme une symphonie macabre. La tension monta encore d'un cran lorsque Nyrva, saisissant une ouverture, lança une attaque féroce. Elias, malgré son endurance impressionnante, vacilla sous la force du coup et se retrouva au sol. Nyrva, d'un coup de pied, le désarma et pointa la pointe de son épée vers la gorge de son adversaire désormais à sa merci.

La jeune femme s'apprêtait à enfoncer son arme dans le corps de son ennemi quand, sans prévenir, une flopée de souvenirs commença à défiler devant ses yeux. Elle se rappela tous les rêves qu'elle avait faits dans lesquels elle voyait Azlan accompagné d'un petit garçon et d'un bébé, Ayden, son frère et elle-même. Elle le vit tendre le bébé vers Nada, qui lui promit de s'en occuper comme du sien. Elle le revit apparaître dans la rue quand elle était plus jeune en rentrant de l'école et elle le revit apparaître dans sa chambre, en pleine nuit toutes les fois où elle avait revécu ces moments dans ses rêves. Soudain, tout se lia dans son esprit. Elias n'avait pas menti, elle était réellement la princesse perdue du royaume d'Arzawa. Ses parents n'étaient pas de riches nobles influents comme le lui avait toujours dit Nada, ils étaient le roi et la reine eux-mêmes. La jeune femme inspira profondément, les visions n'avaient duré qu'une demi-seconde et pourtant, elle avait l'impression d'avoir revécu l'entièreté de son existence.

Haletante, Nyrva leva son épée en vue de l'abattre sur le fils de l'homme qui avait assassiné ses parents quand quelqu'un lui attrapa le bras. Surprise de ne pas avoir senti sa présence, elle tourna vivement la tête vers le nouveau venu. Elle trouva le regard inquiet de Naïl qui la dévisageait.

— Pose cette épée Nyrva, lui intima-t-il d'une voix douce.

CHAPITRE 29

Voyant que la jeune femme ne comptait pas baisser son arme d'elle-même, le prince la récupéra délicatement de sa main et la jeta plus loin vers Aaron qui se tenait en retrait. Nyrva cligna plusieurs fois des yeux, avec la volonté de reprendre ses esprits et de se dégager de la rage meurtrière qui l'habitait quelques secondes plus tôt. Naïl posa un rapide regard sur son frère pour s'assurer qu'il allait bien avant de replonger son regard dans celui de la jeune résistante. Cette dernière lui lança un regard empli de reproches, de déception et de colère.

— Tu savais, Naïl, tu le savais et tu ne m'as rien dit, lui reprocha-t-elle, les larmes aux yeux.

Son ami posa doucement ses mains sur les épaules de la jeune femme en un geste réconfortant.

— Je voulais te protéger Nyrva. Si je te l'avais dit, tu te serais mise en danger, tu le sais, se justifia-t-il d'une voix brisée.

Il savait qu'elle ne lui pardonnerait jamais cette décision. Elle lui lança un regard empli de haine.

— Quand bien même je décide de me mettre en danger, qui es-tu pour te permettre de prendre cette décision à ma place ? Je méritais de connaître la vérité. Je n'arrive pas à croire que je t'ai fait confiance aussi aveuglément, s'exclama-t-elle en criant presque.

Elias se releva et épousseta ses manches, le regard noir.

— Je suppose que tu ne prévois pas de la tuer, dit-il en posant ce même regard sur son frère cadet.

Naïl riva sur son frère des yeux suppliants.

— Elias, ce n'est pas le moment, dit-il en faisant un signe de tête vers Aaron avant d'attraper le bras de la jeune femme et de l'entraîner avec lui vers la sortie.

Elle se laissa guider, silencieuse, se repassant tous les souvenirs qui s'étaient soudainement débloqués dans son esprit. On lui avait menti depuis sa plus tendre enfance et on avait manipulé sa mémoire. Elle en voulait terriblement à Azlan, bien qu'elle sache qu'il n'avait pas le droit de désobéir à son Sultan et qu'il lui avait menti pour tenir ses engagements envers ce dernier.

Sa rencontre avec la diseuse de bonnes aventures, Tasnim, lui revint en tête. La vieille femme avait donc raison, elle lui avait dit la vérité.

Elle essaya tant bien que mal de reprendre ses esprits. Naïl et elle étaient désormais à l'extérieur du palais, dans les jardins privés. L'air frais la gifla soudainement. Elle regarda autour d'elle, le faible scintillement des étoiles éclairait le visage du prince qui n'en était pas réellement un.

— Je sais que je t'ai déçue, commença-t-il, brisant le lourd silence qui s'était installé entre eux. J'attendais le bon moment pour t'en parler, j'ignorais comment aborder le sujet.

— Si tu étais au courant, Aethaerunth essaye de convaincre les dragons primordiaux de faire quoi ? Pourquoi n'ont-ils toujours pas brisé leur lien avec ton frère ? demanda-t-elle perplexe.

— Ils ne savent pas encore que c'est toi, seuls Elias, Aaron et moi étions au courant, répondit-il. Ainsi que les djinns, c'est leur Sultan qui nous en a informés, finit-il par ajouter.

La jeune femme fronça les sourcils.

— Je pensais que les djinns refusaient d'intervenir dans les histoires qui concernent la Résistance et ta famille, déclara-t-elle.

— Le Sultan l'interdit à son peuple, mais il n'applique pas cette règle à lui-même. Il a pour habitude de n'en faire qu'à sa tête.

Nyrva passa une main dans ses cheveux. Tout cela représentait beaucoup trop d'information à assimiler d'un seul coup. Elle inspira profondément, en proie à une crise d'angoisse. La veille, elle était persuadée qu'en retrouvant l'un des héritiers, la situation de son peuple se stabiliserait. Maintenant qu'elle venait de découvrir qu'elle était elle-même l'héritière qu'elle recherchait, elle ne savait pas ce qu'elle devait faire.

Haletante, elle planta un regard paniqué et empli de détresse dans celui de Naïl.

— Qu'est-ce que je suis censée faire ? demanda-t-elle. J'étais persuadée que retrouver l'héritier Nasyrian nous sauverait tous mais si l'héritier c'est moi, qu'est-ce que je suis censée faire ? Plus que jamais, j'ai l'impression d'être totalement inutile.

Naïl s'approcha d'elle et prit son visage entre ses mains.

— Pour commencer, arrête de paniquer, inspire profondément et expire. Tu ne pourras jamais réfléchir correctement si tu continues comme ça, lui conseilla-t-il d'une voix douce.

La jeune femme s'exécuta, toute trace de colère envers lui évaporée. Satisfait, il lui adressa un doux sourire.

— Bien, maintenant, sache qu'en grande partie, la garde du palais est d'origine Arzi. Si tu veux reprendre la place qui est la tienne Nyrva, c'est le moment. Cela fait des semaines que Aaron et moi avons commencé à lancer des rumeurs quant au retour d'un réel héritier. La plupart des gens dans ce palais te suivront, l'armée te suivra et je te suivrai, quoiqu'il arrive, déclara-t-il d'une voix déterminée.

— Les djinns te suivront également, déclara une voix grave.

Les deux amis tournèrent la tête simultanément pour découvrir Azlan, installé sur un banc.

La résistante fronça les sourcils, encore secouée des souvenirs qu'elle avait récupérés dans lesquels le djinn apparaissait.

— Je sais que tu as recouvré la mémoire, déclara-t-il avant qu'elle ne puisse lui faire des reproches. Tout ce que j'ai fait, je l'ai fait dans le but de te protéger Nyrva.

— Permets-moi d'en douter. Pour ce que tu as fait lorsque j'étais petite, je peux le comprendre mais comment peux-tu justifier le fait de m'avoir effacé la mémoire encore hier ? lui demanda-t-elle, la voix emplie de colère.

— Je maintiens, je l'ai fait pour te protéger, répéta-t-il d'une voix déterminée, ne se laissant pas impressionner.

La jeune femme leva les yeux au ciel, agacée par le fait qu'on lui cache constamment des choses pour la protéger.

— Tout est encore trop frais dans ton esprit. En temps voulu, je te présenterai le Sultan des djinns. Il te donnera toutes les explications que tu souhaites avoir, mais en attendant, garde en tête que l'intégralité du peuple djinn est derrière toi princesse, conclut-il, un léger sourire planté sur ses lèvres.

Nyrva acquiesça d'un hochement de tête. Elle cligna à peine des yeux que son ami disparaissait. Elle inspira profondément, la nuit était loin d'être finie. Elle posa un regard plus apaisé sur Naïl, toujours à ses côtés.

— Pourquoi m'as-tu empêchée de tuer ton frère ? demanda-t-elle doucement.

Elle n'arrêtait pas d'y penser, elle craignait que le prince ait changé d'avis, qu'il ne veuille plus l'aider jusqu'au bout.

Il soupira.

— Tu es certes une bonne guerrière Nyrva, mais tu n'as jamais tué. Je refuse de te laisser vivre avec ce fardeau, je m'en chargerai moi-même.

Le regard de la jeune femme se perdit dans le vide, elle n'avait en effet encore jamais ôté la vie mais, jamais elle n'était entrée dans une telle rage que celle qui l'avait habitée plus tôt dans la salle du trône. Elle adressa un regard reconnaissant au prince.

— Où est-il ? demanda-t-elle comme pour se rassurer.

— Aaron s'en est occupé, il a dû le confiner dans ses appartements ou dans les cachots. N'y pense pas, ce n'est pas la priorité pour le moment, répondit-il.

Elle devait reprendre ses esprits. Son avenir, ainsi que celui de son peuple, se jouait maintenant, cette nuit. Ce n'était pas le moment d'hésiter. Elle tâta ses dagues pour s'assurer qu'elles étaient toujours à leur place avant de se diriger vers le palais d'un pas déterminé. Naïl, comprenant ce qu'elle comptait faire, la suivit, un sourire sur les lèvres.

Aaron avait fait réunir l'intégralité de la garde à la demande de son meilleur ami. Tout était sur le point de changer pour eux cette nuit. Nyrva rejoignit le jeune blond sur le grand balcon qui donnait sur la cour martiale du palais. Des centaines de soldats attendaient, ne sachant pas trop ce qu'ils faisaient là. La jeune femme balaya l'assemblée du regard, elle était intimidée et ignorait ce qu'elle devait faire concrètement, elle envoya un regard de détresse à Aaron qui lui-même semblait perdu.

Naïl finit enfin par les rejoindre, les deux regards de ses amis se posèrent sur lui, attendant de sa part qu'il fasse quelque chose.

— Et bien, vous avez tous les deux l'air d'avoir vu un fantôme. Respirez, tout va bien se passer, se moqua-t-il.

Nyrva soupira.

— Je ne sais pas ce que je dois dire, murmura-t-elle honteuse.

Son ami se plaça face à elle et posa une main sur sa joue, l'enveloppant de son odeur d'orage, de mer et de citron.

— Agis de la façon dont la princesse aurait agi si elle n'était pas toi, comment aurais-tu imaginé son discours ? demanda-t-il sans réellement attendre de réponse. Garde simplement en tête que tu n'es pas seule, Aaron et moi te soutenons, Rima et la Résistance te soutiennent, les djinns et les dragons te soutiennent. Tu es Selene Nyrva Nasyrian et ce trône t'appartient, ajouta-t-il à voix basse.

La jeune femme lui adressa un regard reconnaissant et plein de détermination. Naïl lui répondit par un sourire.

Elle s'échappa de la caresse de sa main sur sa joue et se dirigea vers les rebords du balcon. Les soldats étaient toujours là, droits comme des piquets, l'air perdu. On les avait réunis sans leur en expliquer la raison.

— Soldats ! cria-t-elle pour accaparer leur attention.

La cour martiale était faite de sorte que sa voix porte sans qu'elle ait à hurler, mais elle dut se faire violence pour qu'elle demeure stable et ferme. Nyrva posa ses mains tremblantes sur la balustrade pour se donner de la contenance.

— Soldats, officiers, membres dévoués de cette grande armée, reprit-elle. Aujourd'hui, je m'adresse à vous non seulement en tant que seconde de la Résistance, mais également en tant qu'héritière d'une lignée qui remonte à travers les âges, une lignée imprégnée du sang de nos ancêtres, une lignée qui a toujours eu pour priorité le bonheur de notre peuple. Notre héritage, notre histoire et notre destinée sont liés à cette terre qui nous a été volée, vingt-cinq ans plus tôt. Ce soir, si je me tiens face à vous, c'est dans le but de reprendre mon trône et de mettre fin à des années de terreur et d'oppression envers les Arzis, envers mon peuple.

La jeune femme marqua une pause pour inspirer profondément.

— Soldats, je suis Selene Nyrva Nasyrian, fille de Imran et Esme Nasyrian, héritière de cet Empire, princesse des dragons et des djinns, je vous enjoins de vous battre sous ma bannière. Me soutiendrez-vous ?

À peine sa question achevée, Nyrva fut interrompue par la clameur de l'armée. Elle écarquilla les yeux, surprise à l'idée qu'ils l'aient prise au sérieux. Elle se tourna d'un mouvement de tête vers Naïl qui l'observait, le regard empli de fierté. Les commissures de ses lèvres se relevèrent légèrement, l'instant semblait irréel, elle avait l'impression de nager en plein songe.

Elle fixa de nouveau son regard vers la foule et leva le poing en l'air.

Elle comprit qu'elle représentait l'espoir de tout un peuple, que beaucoup devaient l'attendre depuis longtemps. Peut-être que la présence de Naïl et Aaron à ses côtés avait aidé à en convaincre certains mais elle ne doutait pas du fait que le peuple Arzi depuis des années n'attendait qu'un meneur.

— Reprenons ce qui nous appartient de droit, cria-t-elle.

De nouveau, l'armée répondit à son cri à l'unisson.

Comme le lui avait appris Naïl, Aaron confirma à Nyrva qu'il avait fait confiner Elias dans ses appartements et qu'il avait chargé ses recrues les plus fiables de le surveiller. Ainsi, c'est le cœur plus léger qu'elle se rendit dans la salle du conseil, pour y retrouver les généraux les plus importants de l'armée. Plusieurs factions avaient quitté le palais en vue de commettre des crimes envers les Arzis, elle devait absolument trouver une solution pour les arrêter.

Quelle ne fut pas sa surprise de trouver Rima, Zéphyr et Azlan dans la salle du conseil qui l'attendaient, installés dans des fauteuils.

— Qu'est-ce que vous faites là ? demanda la jeune femme, surprise.

Sans prendre la peine de répondre, la cheffe de la Résistance se leva pour l'enlacer. Nyrva se détendit, l'odeur de lys et de vanille de son aînée avait quelque chose de réconfortant, elle lui rendit son étreinte.

— Azlan nous a tout raconté, expliqua-t-elle en relâchant son étreinte.

C'est aussi grâce à lui que nous avons pu arriver ici aussi vite, ajouta-t-elle en retournant s'installer dans le fauteuil qu'elle occupait plus tôt.

La voix de la doyenne était empreinte de fierté et d'espoir. Rima avait toujours cru en Nyrva, elle ne pouvait être qu'heureuse de la tournure des évènements.

Nyrva s'installa sur le siège en bout de table en soupirant. Naïl, quant à lui, s'installa à sa droite. La jeune femme lui adressa un sourire, elle avait bien conscience du fait que ce choix n'était pas anodin. Il se plaçait ainsi pour que tout le monde comprenne que bien qu'il soit un prince déchu, il avait toujours une place de choix auprès de la nouvelle souveraine. Cependant, elle ne dit rien, incertaine quant aux choix qu'elle ferait au sujet de leur relation à l'avenir. Elle gardait dans un coin de sa tête qu'il lui avait caché son identité alors qu'il savait tout depuis le début, Nyrva n'était pas sûre de pouvoir complètement lui pardonner cela.

— Je suis contente que vous soyez là. Tout cela est très intimidant pour moi, cela me fait plaisir et cela me rassure de vous savoir à mes côtés, finit-elle par déclarer.

Zephyr lui adressa un sourire rassurant.

— Kahil nous a accompagnés, je ne sais pas où il est mais il ne doit pas être très loin, l'informa Rima.

Nyrva acquiesça d'un hochement de tête. L'information l'avait surprise, son meilleur ami ne lui avait pas adressé la parole depuis si longtemps, elle trouvait étonnant le fait qu'il ait fait le déplacement pour elle.

Lors de leur trajet jusqu'à cette pièce, Naïl lui avait rapidement expliqué que l'armée était divisée en trois branches. Les chevaucheurs étaient les soldats qui avaient su créer un lien avec un dragon, il s'agissait de la force la plus offensive de l'armée Impériale et ils étaient sous l'autorité du lieutenant Zayd. Les combattants, qui réunissaient et la garde et les soldats, étaient sous la tutelle du lieutenant Waheed. Quant à la dernière branche, il s'agissait des corsaires, ils opéraient sous les ordres du lieutenant Shahin. La jeune femme avait été surprise d'apprendre que l'armée possédait une faction marine. Elle avait encore beaucoup de choses à apprendre sur la gestion de son Empire.

Naïl et elle s'étaient mis d'accord quant au fait qu'il valait mieux qu'elle s'entretienne directement avec les lieutenants bien qu'ils soient sous l'autorité de Naïl et Aaron. Pour asseoir son pouvoir et son autorité, elle ne pouvait pas se cacher derrière ses amis, elle devait gagner leur respect.

Aaron entra à son tour dans la pièce, suivi de trois hommes. Le premier, sûrement Zayd si elle en jugeait par sa tenue de chevaucheur, faisait la même taille que le blond, ses cheveux étaient coupés court et noirs et il avait les yeux verts. Il lui lança un long regard froid avant de s'installer. Il fut suivi d'un colosse, aux longs cheveux bruns, relevés en un chignon négligé, et aux yeux ambrés, qui lui, lui adressa un signe de tête et un léger sourire avant de prendre place à la droite de son compagnon. Quant au dernier, il semblait assez jeune, il avait un profond regard noir et les cheveux blonds rasés de près. Il prit un siège à la gauche de Zayd sans accorder un coup d'œil à la jeune femme.

Nyrva s'éclaircit légèrement la voix et inspira discrètement, hors de question que les trois nouveaux venus se rendent compte du fait qu'elle était intimidée de se retrouver en leur présence.

— Merci pour votre présence messieurs, commença-t-elle d'une voix calme, mais ferme.

Elle balaya l'assistance du regard, tous les yeux étaient rivés sur elle. Rima lui offrit un sourire encourageant. Elle posa ses mains sur ses genoux pour que l'assistance ne se rende pas compte du fait qu'elles tremblaient.

— L'empereur Elias a été arrêté, nous déciderons de son sort dans les prochaines semaines lors d'un jugement qui s'effectuera dans les règles, je refuse que mon ascension au trône soit empreinte de sang comme a pu l'être celle de son père. En attendant, je reprends dès ce soir les sujets les plus importants et je souhaiterais commencer par le fait que vous devez urgemment rapatrier tous vos soldats qui sont actuellement en mission, déclara Nyrva en regardant tour à tour les trois lieutenants qui ne s'étaient pas encore présentés.

Le colosse qui lui avait souri avant de s'installer s'éclaircit la gorge bruyamment avant de s'exprimer.

— Par rapatrier nos hommes, je suppose que vous voulez dire, cesser la mission d'anéantissement des villages en cours… Votre Altesse ?

La jeune femme tiqua à l'appellation, elle ne réalisait pas encore réellement ce qu'impliquait de récupérer le trône. Elle cligna des yeux plusieurs fois, cherchant à reprendre ses esprits.

— En effet, il est inconcevable pour moi que mon armée continue à massacrer gratuitement des innocents.

Il acquiesça d'un hochement de tête, l'air rassuré.

— Je rappellerai l'intégralité des combattants à la fin de cette réunion dans ce cas, conclut-il.

La jeune femme lui adressa un signe de tête reconnaissant. Il s'agissait donc de Waheed, le lieutenant des combattants. Elle posa un regard curieux sur Zayd qui l'observait également, attendant qu'il s'exprime sur la demande qu'elle venait de formuler.

— Les chevaucheurs sont loyaux à la couronne, je les ferai moi aussi rappeler à la fin de cette entrevue.

Satisfaite, les commissures des lèvres de Nyrva se relevèrent légèrement. Elle posa son regard sur le dernier des trois lieutenants, Shahin, à la tête des corsaires, qui la regardait à peine depuis son arrivée dans la pièce.

— Quant à vous Shahin, quelle est votre réponse ? demanda-t-elle calmement.

Le jeune homme lui adressa enfin un premier regard neutre. Elle n'y décela aucune haine et aucun mépris, ce qui la rassura.

— Les corsaires seront toujours loyaux à la couronne, Votre Altesse. Votre ordre sera exécuté à la fin de cette rencontre.

La jeune femme essaya tant bien que mal de cacher sa surprise, elle s'attendait à plus de résistance de la part des lieutenants qui aux premiers abords n'avaient pas l'air de la porter dans leur cœur.

— Bien, merci pour votre aide, finit-elle par dire. Je sais que les périodes de transitions peuvent s'avérer un peu délicates pour tout le monde. Je tiens à ce que notre collaboration fonctionne donc si jamais vous avez besoin de vous entretenir avec moi, n'hésitez pas, je saurai me rendre disponible pour vous écouter, ajouta-t-elle d'une voix déterminée.

— Merci Votre Altesse, conclut simplement Zayd avant de se lever, suivi de ses deux compagnons.

CHAPITRE 30

— C'était... étrange, déclara Nyrva encore perturbée par l'entrevue qu'elle venait de vivre.

— C'était parfait, contra Naïl, un regard plein de fierté posé sur la jeune princesse. Tu n'aurais pas pu faire mieux.

La jeune femme s'affala sur son siège et soupira. Elle refusait de le verbaliser, mais elle n'avait jamais été aussi effrayée à l'idée de prendre la parole devant une si faible assistance.

— Leurs réactions m'ont surpris, fit remarquer Zephyr. En arrivant, Zayd et Shahin semblaient hostiles mais ils ont fini par capituler sans même discuter, c'est étrange.

Nyrva acquiesça d'un hochement de tête. Elle-même avait été surprise par leur réaction.

— J'ai ressenti la même chose, je m'attendais à ce qu'ils me contredisent, mais au final tant mieux.

— Ils pensaient réellement ce qu'ils ont dit, intervint Naïl. Waheed, Shahin et Zayd sont très loyaux, non pas à mon frère mais juste à la couronne elle-même. Waheed a grandi dans les quartiers pauvres de Hattusa, il a côtoyé des esclaves Arzis durant toute son enfance et très tôt il a voulu rejoindre les rangs de l'armée avec la volonté de changer les choses de l'intérieur. Shahin, lui, est le fils d'un des plus grands généraux de mon père qui était avant cela l'un des généraux les plus gradés de ton père, Nyrva. Sa mère est elle-même Arzi et son père lui a appris la loyauté envers la couronne, qu'importe qui la porte. Quant à Zayd, il est simplement loyal à ceux qui le paient. Il aurait pu devenir mercenaire, mais j'estimais qu'il s'agissait d'un trop bon élément pour le perdre.

La jeune femme lui adressa un regard surpris. Naïl semblait toujours tout savoir de la vie des gens qu'il côtoyait. Jamais elle n'avait rencontré une personne aussi attentive aux autres.

— J'avoue que je ne sais pas réellement à quoi je m'attendais, mais je pense que ce n'était pas vraiment à ça, déclara-t-elle.

— L'armée est un milieu assez particulier, tu finiras par t'y faire.

Elle acquiesça d'un hochement de tête. Rima quitta son siège pour se diriger vers l'une des grandes fenêtres de la pièce qui était encadrée par de lourdes tentures de velours carmin aux détails dorés, les couleurs de la dynastie Nasyrian. Nyrva restait surprise par le fait que la famille Sayyadi ait fait aussi peu de changement dans le palais, on aurait pu croire que Imran et Esme Nasyrian vivaient toujours au sein de ces murs. L'aube pointait doucement à l'horizon, illuminant le ciel de touches de violet et de rose. Le groupe était épuisé.

— Où se trouve Kahil ? demanda enfin Rima, une pointe d'inquiétude dans la voix.

Nyrva lui adressa un regard suspicieux. Qu'est-ce que le jeune forgeron pouvait bien faire seul au sein des murs du palais ?

— Je pars à sa recherche, déclara Azlan en se levant doucement.

La jeune femme lui adressa un sourire reconnaissant. En réalité, elle aurait voulu que le djinn reste pour pouvoir aborder le dernier sujet qui lui taraudait l'esprit, Ayden Nasyrian, son grand frère, le prince héritier, était-il réellement toujours en vie ? Mais ce sujet devrait attendre un moment plus propice.

— As-tu besoin de la Résistance ? demanda Rima, brisant le silence qui s'était installé pendant que Nyrva était perdue dans ses pensées.

Nyrva hocha la tête pour acquiescer.

— Si possible, j'aimerais que les personnes en lesquelles tu as confiance fassent le tour du pays pour s'assurer que les lieutenants suivent bien les ordres, avoua-t-elle. Il vaut mieux être prudent, je ne les connais pas et ils ont accepté bien trop facilement d'obéir à mes ordres. Je sais que tu as confiance en eux Naïl, mais j'ai besoin de bonnes raisons pour leur faire confiance à mon tour.

Ce dernier lui adresse un signe de tête, bien sûr, il comprenait. Rima acquiesça.

— Compte sur nous, ils te feront leur rapport au plus vite, déclara-t-elle avant d'adresser à Zephyr un signe de tête.

Ce dernier se leva et quitta la pièce. À peine la porte s'était-elle refermée sur lui qu'elle se rouvrit sur Azlan, le regard paniqué.

— Qu'est-ce qu'il se passe ? demanda Nyrva, les mains moites.

— Je n'ai pas pu mettre la main sur Kahil, commença le djinn haletant d'avoir couru pour les retrouver rapidement. Et il semblerait que Elias ait disparu de ses appartements, ajouta-t-il.

La jeune femme écarquilla les yeux, tout se passait trop bien jusque là, évidemment qu'il fallait que quelque chose tourne mal.

Aaron et Naïl se levèrent d'un bond.

— Je vais le retrouver, déclara ce dernier avant de quitter la pièce.

— Suis-les, ordonna-t-elle d'une voix ferme au djinn qui lui adressa un regard surpris.

Elle soutint son regard, elle avait beau avoir confiance en Naïl, mieux valait prévenir que guérir. Son ami lui adressa un hochement de tête avant de quitter la pièce à son tour.

Nyrva soupira bruyamment.

— Je suppose que le moment n'est pas encore approprié pour aller se coucher, dit-elle.

Rima sourit.

— En effet.

Elles n'étaient plus que deux dans la pièce, la cheffe de la Résistance prit place auprès de la jeune femme qu'elle considérait presque comme sa fille. L'odeur de lys et de vanille familière aida Nyrva à se détendre un peu.

— Tu vas bien ? demanda Rima, sincèrement inquiète pour elle.

— J'avoue que je suis encore chamboulée, rien n'a de sens. En l'espace de quelques heures, je suis devenue la princesse héritière perdue de l'empire et la cheffe des armées alors qu'on m'a élevée pour n'être aucune des deux. Disons que c'est assez déconcertant comme changement.

— Je comprends, les premiers instants sont toujours les plus durs. Une fois que tu auras pleinement pris possession de ton rôle et que tu seras bien entourée, les choses iront mieux Nyrva, ne t'en fais pas.

La jeune femme lui adressa un demi-sourire reconnaissant. Rima avait raison, elle devait cesser de paniquer et commencer à prendre pleinement en main son nouveau rôle. Des vies en dépendaient.

Trop impatiente, Nyrva décida qu'il était préférable qu'elle parte également à la recherche de Kahil et d'Elias. Elle était inquiète. Et si Elias s'en était pris à son ami ? La jeune femme avait encore espoir que les choses s'arrangent et reviennent à la normal malgré la distance qui s'était installée entre eux. S'il arrivait quelque chose à son ami, elle ne parviendrait jamais à s'en remettre.

Rima ne l'avait pas accompagnée, préférant rester dans la salle du conseil au cas où quelqu'un reviendrait et la chercherait. Machinalement, elle se dirigea vers la grande cour dans laquelle les domestiques avaient l'habitude de vaquer à leurs occupations. Kahil y avait passé beaucoup de temps puisque le bâtiment de la guilde des forgerons s'y trouvait. Avec un peu de chance, il avait juste voulu se retrouver seul dans un endroit familier.

Elle déboucha enfin à l'extérieur. Quelques domestiques commençaient à aller et venir, préparant avec tranquillité le petit-déjeuner, s'occupant des animaux. Certains discutaient secrètement, s'échangeant des messes basses. Beaucoup de choses avaient changé cette nuit. La jeune femme inspira profondément, elle avait du mal à intégrer que tous ces gens étaient désormais ses sujets, que ces murs étaient sa maison.

Le bâtiment de la guilde des forgerons semblait vide. Aucune bougie n'éclairait les lieux. Nyrva s'apprêtait à faire demi-tour, mais un mouvement sur sa droite attira son attention. Au loin, les grandes portes de la cour s'ouvraient doucement. La jeune femme plissa les yeux, incapable de déterminer à qui appartenait la silhouette qui filait dans la nuit à cheval. Elle se rendit compte qu'elle n'était armée que d'une dague, elle serra les dents. La solution la plus judicieuse n'était sans doute pas de foncer tête baissée, mais c'est l'option qu'elle choisit. Elle se mit à courir en direction des portes. Elle n'arriverait certainement pas à temps pour arrêter la personne qui avait quitté l'enceinte du palais, mais peut-être parviendrait-elle à mettre un nom sur ceux qui l'avaient aidée.

Haletante, elle s'arrêta devant la porte qu'une silhouette masculine familière essayait de refermer tant bien que mal. Elle fronça les sourcils, ne comprenant pas la scène qui se déroulait sous ses yeux.

— Kahil ? appela-t-elle d'une voix tremblante et peu sûre d'elle.

La silhouette se tourna vers elle. La jeune femme se sentait écrasée par la carrure de son ancien ami qui se retrouvait immobile face à elle.

— Qu'est-ce que tu fais là ? demanda-t-elle alors qu'elle connaissait déjà la réponse.

Kahil s'approcha d'elle, assez près pour que son odeur de cèdre et d'encens lui chatouille les narines. Machinalement, elle recula. Le jeune homme fronça les sourcils.

— Tu as peur de moi ? demanda-t-il d'une voix surprise.

La jeune femme fronça les sourcils à son tour.

— Je devrais avoir peur de toi ?

Il soupira.

— Ce n'est pas ce que je voulais dire, je suis simplement surpris que tu me craignes au point de reculer de cette façon.

Agacée, la jeune femme ouvrit la bouche de consternation.

— Je n'ai absolument pas peur de toi Kahil Aslani. En revanche, j'aimerais beaucoup savoir pourquoi tu as aidé Elias Sayyadi à fuir, demanda-t-elle d'une voix ferme et empreinte de colère.

Kahil recula et passa sa main dans ses cheveux, comme s'ils discutaient là d'un sujet sans importance.

— Je sais que tu comptes le faire exécuter, je lui ai juste évité cela.

Nyrva cligna des yeux plusieurs fois, ne comprenant pas où cette conversation allait.

— Évidemment que je comptais le faire exécuter, commença-t-elle d'une voix calme mais ferme. Tu viens d'aider l'homme qui décime notre peuple depuis le début de notre vie, qu'est-ce qui ne va pas chez toi ? Pourquoi avoir rejoint la Résistance si tu comptais la trahir en arrivant aussi près du but ? J'ai l'impression de passer à côté de quelque chose, qu'est-ce qu'il t'a pris Kahil ?

Le jeune homme la fixa sans répondre, Nyrva tiqua, jamais son meilleur ami ne s'était comporté de la sorte. Quelque chose n'allait pas, il avait un comportement étrange. Elle inspira un grand coup avant de reprendre.

— Je vais retourner dans la salle du conseil, tout le monde est à ta recherche. Accompagne-moi.

Il laissa échapper un rire nerveux.

— Pour que tu puisses me faire arrêter, princesse ?

La jeune femme recula, sentant dans l'air un changement imperceptible d'ambiance. Elle, qui s'était toujours sentie en sécurité en compagnie de Kahil, commençait à ressentir un étrange sentiment d'appréhension. Elle inspira profondément, elle ne pouvait même pas espérer le battre avec sa misérable dague. Kahil était celui qui l'avait entraînée, il pouvait anticiper chacun de ses coups.

Elle leva les yeux au ciel, essayant d'avoir l'air naturel.

— Je n'ai pas l'intention de te faire arrêter, ne sois pas ridicule, déclara-t-elle d'une voix qui se voulait ferme mais qui laissa échapper un tremblement léger.

Avant qu'elle ne puisse l'esquiver, le jeune homme l'attrapa par le poignet droit fermement.

— Kahil, murmura-t-elle inquiète pour sa propre sécurité. Qu'est-ce que tu fais ?

Au bord de la crise de panique, la jeune femme inspira profondément. Elle voulait hurler pour qu'on vienne l'aider, mais elle craignait de réveiller davantage la colère de Kahil. Elle tâta discrètement sa côte de sa main libre, à la recherche de sa dague. Elle savait que c'était suicidaire de s'attaquer à lui, mais elle risquait de ne pas avoir le choix.

Au loin, un grondement sourd attira leur attention. Kahil tourna la tête sans la lâcher. Discrètement, elle glissa sa dague hors de son étui avec difficulté. La jeune femme étant droitière, elle avait du mal à manier les armes de son autre main.

— Qu'est-ce que vous faites là ? demanda une voix grave familière.

Nyrva ferma les yeux de soulagement. Azlan.

— Tout le monde se demande où tu es Nyrva, déclara-t-il en observant le poignet de son amie prisonnier de l'étau de la main de Kahil. Lâche-la.

Kahil lui adressa un regard froid.

— Pour une fois Azlan, mêle-toi de ce qui te concerne.

— Ôte tes mains de ma souveraine, répliqua le djinn d'une voix ferme et agacée.

Un rire nerveux s'échappa des lèvres du résistant.

— Sinon quoi ?

Azlan fronça les sourcils. Sans laisser le temps à Kahil de cligner des yeux, il disparut dans un nuage de fumée pour réapparaître une demi-seconde plus tard face au jeune homme, une dague placée sous sa gorge.

— Ai-je vraiment besoin d'en dire plus ? demanda Azlan d'une voix sarcastique.

Kahil lâcha le poignet de Nyrva qui fit quelques pas en arrière pour se retrouver hors de sa portée, toujours haletante de la crise de panique qui menaçait de l'envahir. Sans baisser sa dague, Azlan lui adressa un regard inquiet. Elle hocha la tête pour lui signifier que tout allait bien ; il lui fit signe en retour. Il pressa légèrement sa lame sur le cou de son adversaire.

— La prochaine fois que tu prends la liberté de l'approcher de cette façon, les choses risquent de ne pas se finir aussi bien pour toi, murmura-t-il avant de faire disparaître sa dague.

Il s'éloigna de lui et se tourna vers Nyrva avant de lui tendre une main que la jeune femme accepta, reconnaissante. Ils disparurent dans un nuage de fumée sous le regard rageur de Kahil.

Ils réapparurent dans la chambre que Nyrva occupait dans les appartements de Naïl.

— Nous devons retrouver les autres dans la salle du conseil, ils vont s'inquiéter, déclara la jeune femme d'une voix tremblante.

— Je sais, j'ai juste pensé que tu avais peut-être envie de reprendre tes esprits avant d'affronter leurs questions, répondit Azlan en lui servant un verre d'eau. Bois un peu et respire fort, ça va aller.

Il lui tendit le verre. Nyrva l'accepta, reconnaissante, et le vida d'une traite avant d'inspirer profondément. Un rire nerveux échappa à Azlan.

— On va devoir revoir les bonnes manières avant de te laisser expérimenter tes premières rencontres diplomatiques, se moqua-t-il en soupirant.

Nyrva lui adressa un regard curieux, ne comprenant pas où il voulait en venir. Il leva les yeux au ciel.

— Laisse tomber, on y va ? demanda-t-il en lui tendant sa main de nouveau.

CHAPITRE 31

— C'est donc Kahil qui lui a permis de s'enfuir, conclut Zephyr soucieux.

— Je ne comprends pas, cela n'a aucun sens, Kahil est l'un de nos membres les plus fiables, ajouta Rima en soupirant.

Nyrva faisait les cent pas le long de la grande table du conseil. Elle était la plus perdue de tous, rien n'avait de sens pour elle. Certes, Kahil et elle ne s'étaient pas parlé depuis plus de huit mois mais elle le connaissait et elle savait qu'il était totalement dévoué à la cause Arzi. Qu'est-ce qui avait bien pu le faire changer de camps de la sorte ?

— J'ai toujours su qu'il était bizarre, déclara soudainement Naïl, un léger sourire sur les lèvres.

La jeune femme lui adressa un regard sceptique avant de lever les yeux au ciel. Il adorait faire de l'humour même quand la situation ne s'y prêtait pas.

— J'ai l'impression que ce n'est pas vraiment le moment Naïl, ajouta Aaron à l'intention de son ami en essayant de masquer son hilarité.

Nyrva finit par s'asseoir en face du prince.

— Comment Elias a pu s'échapper ?

— D'après les gardes, il s'est enfui de l'intérieur, il a dû être aidé par quelqu'un. Peut-être un djinn ? répondit Naïl en reprenant instantanément son sérieux.

Nyrva adressa un regard à Azlan qui lui répondit d'un signe de tête imperceptible lui confirmant leurs soupçons. Ces huit derniers mois, les deux amis avaient presque appris à communiquer par la pensée. Ils n'avaient pas besoin d'en dire beaucoup, ils se comprenaient toujours.

La jeune femme soupira avant de s'affaler sur son siège.

— Des nouvelles d'Aethaerunth ?

— Niemreonth est actuellement sous surveillance, les dragons primordiaux lui reprochent d'avoir soutenu les projets d'un imposteur, répondit Aaron avant que Naïl ne puisse le faire.

Nyrva lui lança un regard sceptique.

— Tu as un dragon ?

Le blond fronça les sourcils.

— Je suis le commandant de l'armée, comment peux-tu en douter ? s'offusqua-t-il.

Naïl éclata de rire.

— C'est juste que tu n'en parles jamais, je n'ai jamais pensé au fait que tu puisses en avoir un ou non, essaya-t-elle de se défendre tant bien que mal.

Aaron soupira.

— Il s'appelle Qallylth, c'est le compagnon de Aethaerunth d'ailleurs.

— Les dragons ont des compagnons ? demanda-t-elle surprise.

— Évidemment, comment crois-tu que ces grosses bêtes se reproduisent, intervint Azlan.

La jeune femme fronça les sourcils.

— Très bien, je ne voulais pas me poser cette question, merci infiniment Azlan.

— Quoiqu'il en soit, Elias se retrouve sans dragon. Tu vas certainement devoir rencontrer les dragons primordiaux bientôt, ils doivent te prêter allégeance, déclara Naïl en jouant avec le harnais de sa tenue de chevaucheur.

— Pourquoi les djinns et les dragons prêtent-ils allégeance à la famille Impériale ? demanda Rima soudainement intriguée.

Nyrva aussi se posait la question depuis que Elias lui avait révélé son identité et ses titres, princesse des dragons et des djinns.

— À l'origine de la civilisation Arzi, il y avait un jeune garçon qui s'appelait Ishaq, commença Azlan en se redressant sur son siège. Il était le fils d'un modeste forgeron. À cette époque, aucune lignée royale ne dirigeait cette partie du continent, ce qui faisait qu'elle était souvent sujette à des rixes et des guerres entre différents clans.

Tout le monde l'observait. Il avait le même timbre de voix mystique qu'avaient les conteurs itinérants qui s'arrêtaient parfois en ville pour raconter et perpétuer les anciennes légendes auxquelles plus personne ne croyait.

— Les djinns et les humains vivaient encore ensemble à cette époque, mais certains humains avaient pour projet d'asservir les djinns. Ishaq s'était lié d'amitié avec un jeune djinn, Ghassan Al Sabi. Ce qu'il ignorait alors, c'était que Ghassan était le fils du Sultan des djinns. Ghassan vivait dans le monde des humains pour en apprendre la culture sous les ordres de son père qui voulait faire en sorte de perpétuer l'état de paix qui existait entre les deux peuples. Ishaq et Ghassan se voyaient tous les jours, s'amusant et se battant comme le faisaient des petits garçons normaux, mais ce que Ishaq ignorait à cette époque c'était que son père appartenait à un mouvement anti-djinn. Il militait tous les jours pour leur asservissement, estimant qu'il était dangereux pour l'humanité de les laisser aller et venir à leur guise. Ishaq grandit ainsi, comme tout jeune garçon de la ville. Un jour, on toqua à sa porte pour lui dire que c'était le moment pour lui de prendre les armes pour son peuple. Le garçon, ne partageant pas ces idées, refusa et courra alerter son ami qu'une rafle était en cours.

Le djinn s'arrêta un instant pour vérifier si son auditoire était toujours suspendu à ses lèvres. Satisfait, il sourit légèrement avant de reprendre.

— Horrifié à l'idée que son fils ne soit qu'un traître, le père de Ishaq lui tendit un piège pour l'exécuter. Il n'était à ses yeux qu'une ignominie, il ne méritait pas de vivre. S'ensuivit un combat à mort entre les deux hommes. Ishaq l'emporta et en signe de reconnaissance, lorsque Ghassan monta sur le trône, il éleva son meilleur ami au rang de Roi. Il l'aida à fonder son propre royaume et lui promit l'allégeance des djinns à sa lignée pour l'éternité. Quant aux dragons, c'est la fille de Ishaq qui a obtenu leur allégeance, mais je pense que les dragons raconteront mieux cette histoire que moi, conclut-il, fier de son effet.

Un silence plana pendant un instant dans l'assistance, chacun réfléchissant à cette histoire.

— Waouh, finit par dire Aaron. Qui aurait cru qu'une lignée royale découlerait d'un parricide ?

— Ce n'est pas n'importe quel parricide, il faut remettre les choses dans leur contexte. À l'époque, l'autorité familiale était sacrée. On vénérait les pères de famille car on estimait qu'on leur devait tout. Ce qu'a fait Ishaq, c'est mettre tout ce qu'on lui a appris depuis sa naissance de côté pour choisir ce qui lui semblait juste.

Le djinn tourna la tête vers Naïl.

— C'est un peu ce qu'a fait Naïl. Il était prêt à tuer son propre frère pour rendre à Nyrva son trône. Si j'en avais l'autorité, peut-être t'aurais-je accordé l'allégeance des djinns moi aussi.

Les joues de la jeune femme s'empourprèrent. Elle n'y avait pas pensé, mais Naïl était, en effet, prêt à sacrifier tout ce qu'il possédait pour elle. Jamais personne n'en avait fait autant.

Elle se demandait si Azlan se montrait si protecteur avec elle en raison de leur amitié ou en raison de l'allégeance des djinns envers sa famille.

— Mon frère est-il toujours en vie ? finit par demander Nyrva qui se retenait de poser la question depuis le début.

Tous les regards de la pièce se posèrent sur elle, personne ne s'attendait à ce qu'elle aborde le sujet aussi tôt.

Azlan soupira profondément.

— En effet, il est en vie, déclara-t-il.

Une vague de soulagement envahit la jeune femme. Elle avait beau n'avoir jamais connu son frère, depuis qu'on avait simplement émis l'idée qu'il était encore possiblement en vie, tout ce qu'elle craignait était de le perdre de nouveau.

Elle inspira bruyamment, soulagée.

— Où est-il ?

— Il est à Nasameru, la capitale de Qadesh, le royaume des djinns, répondit Azlan.

— Depuis quand ? demanda Naïl en fronçant les sourcils.

— Un peu plus d'un an. Lorsque le Roi Imran s'est fait assassiner, j'ai confié Nyrva à une noble Arzi et Ayden à un noble Abyad. Il a grandi à Hattusa. Le Sultan l'a fait rappeler l'année dernière pour lui inculquer tout ce qu'il devait savoir en tant que futur souverain de cet Empire.

— Pourquoi ne pas l'avoir fait avant ? ajouta Aaron surpris. J'ai l'impression que c'est un peu tard pour refaire l'éducation d'un homme de vingt-huit ans.

Nyrva acquiesça. Si le but du Sultan avait été de rendre aux Nasyrian leur trône depuis le début, pourquoi avoir laissé Ayden grandir aussi loin du pouvoir.

Azlan haussa les épaules.

— Tu pourras poser la question au Sultan toi-même Nyrva, déclara-t-il en se levant de son siège.

Le djinn s'étira en bâillant.

— Cette nuit fut bien sympathique mais j'ai besoin de dormir. Nyrva, évite de te faire tuer pendant mon absence, ajouta-t-il en disparaissant dans un nuage de fumée.

CHAPITRE 32

La semaine suivante fila à une vitesse impressionnante. Les membres de la Résistance confirmèrent à Nyrva que les lieutenants avaient, en effet, bien donné l'ordre à l'armée d'annuler leurs missions de rafle en cours. Soulagée, la jeune femme décida qu'elle pouvait avoir confiance en eux, pour le moment du moins. Cela lui faisait un poids en moins à porter sur ses épaules.

Ces derniers jours elle avait, du mieux qu'elle l'avait pu, essayé de reprendre tous les dossiers en attente qui concernaient la gestion de l'Empire. Elle n'aurait jamais pu imaginer tout le travail qui pesait sur les épaules d'un souverain. Elle les imaginait souvent oisifs, profitant simplement de leur pouvoir et de leur argent pour se prélasser pendant que leurs conseillers géraient le reste. Elle s'était lourdement trompée. Elias déléguait très peu, et même lorsqu'il le faisait, c'était Naïl qui reprenait le travail, ainsi il avait toujours la main là-dessus.

— Je n'en peux plus, s'exclama-t-elle pour la troisième fois de la journée en posant son front sur son bureau jonché de documents.

Elle inspira profondément.

— Que le Sultan libère mon frère, c'est à lui de s'occuper de tout ça, je n'ai jamais demandé à prendre la tête de l'empire, se plaignit-elle en soupirant.

Naïl éclata de rire.

— Et toi qui pensais que mon frère passait son temps à chevaucher son dragon ou à se balader, se moqua-t-il.

— Je ne comprends pas. Pourquoi ne déléguait-il pas plus que cela ?

Le jeune homme s'affala dans son fauteuil de l'autre côté du bureau.

— Notre père ne gérait pas lui-même les affaires de l'Empire, il avait moult conseillers, chacun dédié à des sujets différents. Chaque fois que l'un d'eux se trompait ou prenait une décision qui mettait à mal l'Empire d'une façon ou d'une autre, mon père le faisait exécuter pour en faire un exemple. Certains étaient très proches de nous, nous les connaissions depuis notre naissance. L'un d'eux s'appelait Emri. Elias le considérait comme un oncle, il était chargé de la gestion des équipements des armées. Un jour, il a voulu donner sa chance à un nouvel artisan qui s'était proposé de remplacer les boucliers des combattants. Emri, heureux de donner du travail à cet homme, a passé commande pour l'armée entière. Les boucliers ont rapidement été livrés, bien trop rapidement d'ailleurs. Ils étaient d'une qualité affligeante. Mon père n'a pas cherché à discuter, il a fait exécuter Emri comme il avait l'habitude de le faire, pour faire un exemple. Elias l'a très mal vécu. Une fois qu'il est monté sur le trône, il a émis la volonté de ne pas reproduire les erreurs de notre père. C'est ainsi que nous nous sommes retrouvés lui et moi à gérer l'intégralité des affaires de l'empire.

Nyrva lui adressa un regard sceptique, le jeune homme leva les yeux au ciel.

— Oui, bon, disons qu'il voulait éviter de reproduire certaines erreurs de notre père, se corrigea-t-il avant de reprendre. Il avait conscience que même s'il se voulait différent, son éducation auprès d'un tyran risquait de faire ressortir de mauvaises choses chez lui. Il a donc décidé de faire un maximum de choses par lui-même pour être sûr de ne pas avoir l'occasion de reproduire ces erreurs. Ainsi, quand une erreur était commise, il ne pouvait s'en prendre qu'à lui-même, conclut-il.

La jeune femme s'accouda à son bureau et posa sa tête sur ses mains.

— Pourquoi arrives-tu toujours à me raconter une histoire larmoyante sur ton frère à chaque fois que je te pose une question ? demanda-t-elle en faisant la moue. Je sais que c'est ton frère et que de ce fait, tu as de l'affection pour lui, mais j'arriverais presque à croire qu'il est une bonne personne si je ne me fiais qu'à tes récits.

— Et s'il était réellement une bonne personne Nyrva ? proposa le jeune homme. Je sais que ma vision des choses est forcément biaisée mais posons-nous réellement la question. Et si Elias était réellement une bonne personne qui a emprunté le chemin de la facilité ? Et si Elias était une bonne personne, manipulée toute sa vie durant ? Et si Elias avait été si manipulé qu'il a fini par croire que ce qu'il faisait était bien ?

Nyrva se redressa sur son siège, un regard grave posé sur son interlocuteur qui se leva avant de poser ses mains sur le bureau

— Je sais que c'est irrespectueux de te soumettre cette idée alors que c'est ton peuple qui souffre depuis le début, mais permets-moi de garder cette pensée dans un coin de mon esprit. Je connais mon frère, je sais qu'il n'est pas réellement mauvais au fond.

La jeune femme soupira.

— Ce n'est pas que je n'ai pas envie d'y croire, c'est simplement que ton frère n'a rien fait qui nous permettrait de penser cela. Jusqu'au bout, tout ce qu'il a voulu faire, c'est annihiler notre peuple.

Elle se leva à son tour et posa sa main droite sur celle de son ami.

— Naïl, ce n'est pas que mon peuple, il s'agit également du tien. Je me doute que ton statut de sang mêlé ne t'a apporté que du malheur et que les gens l'ont utilisé comme prétexte pour te rejeter des deux côtés, mais tu es autant Arzi que Abyad et tu n'as pas à avoir honte de ça. Je te l'ai déjà dit, aucun enfant ne devrait porter le fardeau de ses parents. Tu n'es ni ton frère ni ton père. Arrête de t'excuser pour leurs fautes. Tu n'es responsable de rien.

Naïl plongea son regard dans celui de la princesse. Ils n'avaient pas eu l'occasion de discuter de ses origines depuis qu'elle les avait découvertes et il craignait d'aborder le sujet lui-même, aussi fût-il reconnaissant qu'elle le fasse. Il avait vécu toute sa vie sans être ni Abyad ni Arzi. C'était la première fois qu'on lui parlait de cette manière et qu'on l'encourageait à revendiquer son appartenance aux deux peuples.

— Merci Nyrva, murmura-t-il simplement, incapable de développer davantage ce qu'il avait sur le cœur.

La jeune femme lui adressa un sourire réconfortant. Pour la première fois de sa vie, il fut frappé par un sentiment de certitude. Il aimait la femme qui se tenait devant lui et il ferait tout ce qui était en son pouvoir pour l'épouser, même si l'enfer se déchaînait pour se mettre en travers de son chemin. Lui, Naïl Sayyadi, trouverait un moyen de faire de Selene Nyrva Nasyrian son épouse.

Azlan lui avait promis de revenir avec des nouvelles du Sultan, mais cela faisait plus de trois jours qu'il ne s'était pas montré. Nyrva, toujours enfermée au sein de son bureau mais cette fois en compagnie d'Aria et de Rima, soupira bruyamment. Elle ne tenait plus, elle voulait absolument rencontrer le Sultan et son frère mais ce premier se faisait désirer.

— Je pensais que les djinns m'étaient totalement dévoués, pourquoi dois-je attendre qu'ils se décident enfin à me rencontrer alors que je devrais juste leur ordonner de m'accorder une audience ?

Aria, qui rangeait la bibliothèque appartenant autrefois à Elias, gloussa.

— Sois patiente, de toute façon, ce n'est pas comme si tu te tournais les pouces en attendant une convocation, tu as encore beaucoup de choses à gérer ici.

Rima acquiesça d'un signe de tête.

— D'ailleurs, l'intégration des recrues est en cours, d'après Waheed tout se passe bien pour le moment. Ils vont les soumettre à des épreuves pour déterminer à quel corps de l'armée ils ont le plus de chances d'être affectés.

Nyrva avait décidé avec Rima et Zephyr que la Résistance n'avait plus de raison d'être si les Arzis étaient de nouveau au pouvoir. Aussi, il avait été décidé avec l'accord des lieutenants que les résistants intégreraient l'armée s'ils n'avaient pas d'autres vocations professionnelles. Sur ce point, la jeune femme louait l'ouverture d'esprit de l'armée Abyad. Les femmes étaient également admises en son sein alors qu'il s'agissait d'un sujet tabou pour les Arzis.

Aria s'approcha de son bureau, une lourde pile de livres dans les bras qu'elle déposa délicatement.

— Tu veux te débarrasser de ces livres ? Ils abordent tous le sujet de hiérarchie entre les races et peuples, demanda-t-elle d'une voix douce.

Nyrva en attrapa un et se mit à le feuilleter rapidement avant de faire une grimace.

— Je voudrais bien que tu recenses le nom des auteurs et que tu vérifies s'ils sont toujours en vie. Les soldats leur rendront une petite visite si c'est le cas.

La jeune fille acquiesça en souriant. Nyrva avait été faire chercher Aria le lendemain de l'évasion de l'ancien Empereur. Hors de question qu'elle laisse son amie continuer à travailler en tant que domestique. Rapidement, Aria s'était elle-même imposée comme assistante. Elle aidait Nyrva dans les tâches administratives et lui permettait d'avoir un autre regard sur les questions politiques. Les deux amies avaient rapidement trouvé une synergie dans leur façon de travailler et la jeune princesse en était plus que ravie. Par ailleurs, elle s'était rendu compte qu'elle ne s'était pas trompée quant à la relation qu'entretenaient Aria et Aaron. Ses deux amis s'étaient énormément rapprochés et elle ne doutait pas qu'ils arrêteraient de le cacher bientôt.

— Qu'est-ce que tu comptes faire des soldats réticents à l'idée de te suivre ? demanda Rima, brisant le silence confortable qui s'était installé dans la pièce.

— Waheed m'a dit que Shahin, Zayd et lui-même allaient s'en charger. Tu penses que je devrais faire quelque chose ?

— Je sais que ce n'est pas la façon dont tu souhaites régner mais je reste persuadée qu'il est compliqué de se faire respecter sans faire de démonstration de force, surtout lorsque l'on est une femme. Je ne te dis pas de faire un bain de sang, mais tu devrais peut-être songer à l'idée de faire quelques exemples, suggéra-t-elle sans être elle-même réellement convaincue par les propos qu'elle avançait.

Nyrva soupira en posant un dossier en face d'elle.

— Je vais m'entretenir avec les lieutenants à ce sujet. Je pense qu'on devrait faire la distinction entre ceux qui refusent de nous suivre parce qu'ils restent persuadés que les Arzis ne méritent pas de vivre, et ceux qui refusent de nous suivre simplement parce que je suis une femme, répondit-elle.

— Si on me demande mon avis, les deux méritent l'exécution, mais après tout je ne suis pas cheffe des armées, intervint Aria, une pointe de moquerie dans la voix.

Nyrva leva les yeux au ciel.

— Si on s'amuse à exécuter n'importe qui, on ne fera pas long feu avant qu'une révolte n'éclate. Gardez en tête que les hommes sont susceptibles et que cela peut vite devenir dangereux, déclara-t-elle.

— La princesse a raison, déclara Naïl qui était entré dans la pièce sans s'annoncer.

Il les observait, appuyé contre le cadre de la porte, son éternel sourire figé sur les lèvres.

— Qu'est-ce que tu fais là ? demanda Aria curieuse.

— Je viens la forcer à sortir un peu, ça fait des jours qu'elle est enfermée ici et qu'elle n'a pas senti la chaleur des rayons du soleil sur sa peau, répondit-il en pointant Nyrva du doigt.

La jeune femme soupira. En effet, elle n'avait quitté son bureau que pour se rendre dans sa chambre ces trois derniers jours. Elle se sentait dépassée et débordée et avait l'impression que tout le temps du monde ne lui suffirait pas pour effectuer toutes les tâches qu'elle avait à faire.

— Tu as besoin de te dégourdir un peu les jambes, ajouta-t-il en s'adressant directement à elle cette fois-ci.

La princesse se leva. Il avait raison, une petite balade ne pouvait pas lui faire de mal.

— Je pense que tout le monde ici a besoin de faire une pause. Arrêtez de travailler pour aujourd'hui les filles, vous en avez assez fait, déclara-t-elle en s'adressant à ses amies, un léger sourire fatigué sur les lèvres.

Ces dernières acquiescèrent sans se faire prier avant de quitter le bureau.

La jeune femme suivit son ami qui se dirigeait vers les jardins du palais. Ils étaient beaucoup plus fréquentés, mais elle les préférait aux jardins privés qui étaient beaucoup trop calmes à son goût. Elle avait d'ailleurs émis l'idée de tous les rendre publics, mais Aaron et Naïl l'avaient vite stoppée dans ses ardeurs. Si ces jardins devenaient publics, les dragons n'auraient plus d'endroits où se poser sans attirer l'attention sur eux. Nyrva avait encore du mal avec l'idée que tout le monde n'était pas au courant de l'existence des dragons. Elle avait l'impression que trop de personnes en parlaient pour qu'il s'agisse d'un vrai secret. Elle souhaitait d'ailleurs aborder ce sujet avec les dragons primordiaux si elle les rencontrait réellement. À quoi bon continuer de garder leur existence secrète alors qu'elle pouvait s'avérer être un atout en cas de conflit avec un autre royaume ?

— À quoi tu penses ? demanda Naïl intrigué alors qu'ils atteignaient enfin les jardins.

— Je pensais juste à ce que j'allais dire aux dragons primordiaux lors de notre rencontre, répondit-elle en bâillant.

Ils se dirigèrent vers un banc et s'y installèrent. La jeune femme inspira profondément. Elle avait l'impression de ne pas avoir respiré d'air frais depuis une éternité. La sensation de chaleur que procuraient les rayons du soleil sur sa peau lui était presque devenue étrangère tant elle avait passé de temps dans son bureau.

— Tu devrais passer moins de temps à l'intérieur.

Elle leva les yeux au ciel.

— Ce n'est pas réellement comme si j'avais le choix, j'ai encore beaucoup de travail, déclara-t-elle.

— Certes mais tu n'aideras personne en t'épuisant à la tâche, prends le temps de te reposer un peu.

Elle acquiesça par réflexe, bien qu'elle n'ait pas réellement l'intention d'écouter ce conseil, chose qu'il savait très bien.

— Je reviens d'un conseil de l'armée, commença-t-il.

La jeune femme le fixa attentivement, elle avait pris la résolution de lui déléguer la responsabilité de la plupart des décisions militaires. Il prenait toujours la peine de la consulter avant de donner n'importe quel ordre, mais elle estimait qu'il était plus à même de savoir ce qui était le meilleur pour l'Empire.

— Nous n'avons toujours aucune trace de Kahil ou d'Elias mais les recherches continuent. Zayd a demandé à son dragon de s'entretenir avec les dragons primordiaux afin qu'ils nous aident, mais il semblerait que quelque chose se prépare déjà de leur côté. Nos dragons refusent de nous dire de quoi il s'agit, mais il y a quelque chose d'étrange, conclut-il.

— Aethaerunth ne les a toujours pas convaincus de m'accorder une audience ?

Il fit non de la tête.

— Mais c'est assez inhabituel. Je pense que le changement soudain de souverain les a ébranlés. Nous en saurons sûrement davantage à l'avenir.

La jeune femme acquiesça d'un signe de tête. Elle se doutait bien que les choses ne seraient pas simples. Mais elle n'aspirait qu'à un peu de repos et de normalité. Si les dragons pouvaient cesser leurs caprices, cela l'arrangerait bien.

— Toujours aucunes nouvelles des djinns ? demanda Naïl.

La jeune femme fit non de la tête.

— Les djinns vous envoient justement leur réponse, déclara une voix masculine grave.

Naïl et Nyrva tournèrent la tête dans sa direction comme un seul homme. Azlan les fixait, un grand sourire plaqué sur les lèvres. Il portait une tenue traditionnelle vert émeraude, composé d'un pantalon large et d'un kurta léger en mousseline incrusté de joyaux. Pour la première fois, ses cheveux étaient relevés en un demi-chignon.

— Ton Sultan accepte enfin de recevoir Nyrva ? demanda Naïl impatient.

— En effet, il vous attend.

— Maintenant ? répondit la jeune femme en fronçant les sourcils.

— Maintenant, répéta son ami djinn.

CHAPITRE 33

Ce n'était pas la première fois que Nyrva voyageait à l'aide de la magie d'Azlan, mais il s'agissait de la première fois qu'elle voyageait d'un monde à l'autre. En arrivant, elle se sentit aussi malade que si un dragon avait effectué des pirouettes aériennes alors qu'il la transportait. Elle inspira profondément, essayant de trouver un moyen de faire disparaître sa nausée, sans succès. Elle était encore toute retournée du voyage. La main droite posée sur l'avant-bras de Naïl pour s'ancrer au sol, elle se mit à observer son environnement.

Ils se trouvaient dans des jardins somptueux à côté desquels ceux du palais Impérial avaient de quoi rougir. Jamais elle n'avait vu autant de nature luxuriante. Des centaines d'espèces de fleurs différentes s'épanouissaient jusqu'à l'horizon, embaumant l'air de leur parfum enivrant. De somptueuses fontaines se trouvaient à chaque croisement. Au centre de plusieurs bancs de marbres sur lesquels des groupes d'amis discutaient en riant. La jeune femme tourna la tête vers le palais de grès blanc. Elle qui trouvait celui d'Arzawa immense, il ne faisait qu'à peine la moitié de la taille de celui-ci. De grands balcons laissaient entrevoir des intérieurs richement décorés de tapisseries et de tableaux. Nyrva tourna la tête pour observer les habitants des lieux. La plupart des femmes portaient un léger voile de mousseline coloré qui masquait la moitié inférieure de leur visage, et qui était assorti à leur longue tenue traditionnelle.

— Où sommes-nous ? finit-elle par demander sans lâcher le bras de Naïl qui la soutenait toujours.

— Bienvenue à Nasameru, la capitale du royaume de Qadesh. Nous sommes dans les jardins du palais du Sultan, répondit Azlan avec une once de fierté dans la voix.

— Le royaume de Qadesh ne se trouve pas dans notre monde ? demanda-t-elle perdue.

— C'est compliqué, il est dans votre monde mais en même temps il est ailleurs. Il y a quelques années encore, nous étions dans le même monde mais les choses ont changé il y a un demi-siècle. C'est une longue histoire que je garde pour une autre fois.

La jeune femme acquiesça tout en continuant à observer son environnement. L'ambiance était différente, une sorte de chaleur et de sérénité flottait dans l'air. Elle n'avait jamais rien ressenti de similaire. D'un coup, elle comprit que son frère ne devait pas être très loin. Son cœur se mit à battre la chamade, elle allait enfin avoir l'occasion de le rencontrer. Elle grimaça en tripotant ses mèches rebelles qui lui tombaient sur les yeux, si elle avait su, elle aurait fait l'effort de se laver les cheveux.

— Le Sultan nous attend ? demanda Naïl.

Comme s'il avait lu dans les pensées de son amie, Azlan lui adressa un sourire et leur fit signe de le suivre.

— Sa majesté se doute que le voyage a dû vous ébranler. Il vous offre donc l'asile. Vous le rencontrerez ce soir à l'occasion d'un dîner qu'il a organisé en votre honneur. Pour ce qui concerne les sujets plus sérieux, il vous accordera une audience demain en début d'après-midi après les visites de plaidoirie.

— J'aurais dû prévenir Rima, elle risque de s'inquiéter, pensa Nyrva à voix haute.

— Elle est au courant, elle te dit d'ailleurs de ne pas t'inquiéter, elle prend la relève sur les sujets urgents que tu avais en cours, répondit Azlan.

La jeune femme le remercia d'un hochement de tête. Ils traversèrent l'aile du palais destinée aux invités de marque. Les domestiques allaient et venaient, s'affairant à organiser le dîner qui devait avoir lieu le soir même. La bâtisse était encore plus impressionnante de l'intérieur. Jamais Nyrva n'avait vu une hauteur sous plafond aussi importante Les pièces pouvaient chacune accueillir la totalité des habitants de Qimasheh sans que ces derniers n'aient du mal à se déplacer. De grands lustres de cristal ornaient chacun des plafonds. Les grandes portes de bois précieux étaient serties de joyaux et les sols étaient recouverts de marbre. L'abondance de richesse qui émanait des lieux était inattendue. Nyrva n'avait jamais cherché à savoir quelles étaient les conditions de vie des djinns, et jamais elle n'aurait pu deviner qu'ils vivaient dans l'opulence. Avant sa rencontre avec Azlan, elle les voyait comme des créatures maléfiques, craintes et rejetées de tous, qui vivaient dans les bas-fonds des villes.

Son ami s'arrêta devant une grande porte blanche.

— Voici vos appartements, déclara-t-il en l'ouvrant.

Ils entrèrent dans un grand salon ouvragé. Les moulures au plafond semblaient raconter une histoire tant elles étaient détaillées. De grands tapis précieux ornaient les sols et de grands tableaux habillaient les murs. La jeune femme ne put s'empêcher d'ouvrir grand la bouche de surprise.

— Chacune de ces portes mène à une suite qui possède sa propre salle de bains et son propre dressing. Je viendrai vous chercher lorsque le soleil commencera à décliner. Vous avez le temps de vous reposer et de vous préparer, expliqua-t-il en indiquant les portes d'une main. Nyrva, si tu as besoin d'aide pour t'habiller ou pour te faire coiffer, il y a une corde dans le dressing que tu peux tirer, quelqu'un viendra.

Nyrva acquiesça d'un léger hochement de tête.

— Chacune de vos chambres possède son propre balcon qui donne sur les jardins. La température est bonne, je vous conseille vivement d'en profiter.

Je vais demander à ce qu'on vous apporte des rafraîchissements.

— Merci Azlan, réussit enfin à articuler Nyrva.

Il lui adressa un sourire plein de sympathie avant de quitter la pièce.

— Eh bien, mon frère et moi vivions dans la pauvreté durant toutes ces années et c'est ainsi que je le découvre ? déclara Naïl l'air aussi surpris que son amie.

Il s'affala dans l'un des fauteuils tapissés de fleurs.

— Quand je pense au fait que des gens vivent ainsi alors qu'en ville la plupart des familles n'ont même pas de quoi se nourrir, cela me rend folle, répondit Nyrva en soupirant.

— T'apitoyer sur ce sujet ne changera pas l'état du monde Nyrva, va te reposer et profite de ce confort. En rentrant au palais, nous prendrons le temps de réfléchir à une façon d'améliorer la vie de tes sujets.

La jeune femme lui sourit.

— Je sais, on se voit tout à l'heure, j'ai besoin de me laver les cheveux.

Il acquiesça d'un signe de tête.

L'entrée de la suite de Nyrva donnait sur un salon aussi grand que celui dans lequel elle se trouvait un instant plus tôt avec Naïl. L'un des murs d'une loggia donnant sur les jardins, dans lesquelles elle se trouvait plus tôt, était peint en blanc. Tout le mobilier était composé de meubles en bois précieux de la même couleur. Tous les tissus étaient bleu pastel. À certains endroits, des saphirs étaient incrustés, contrastant avec la blancheur des matériaux. La jeune femme leva les yeux au plafond ; les lustres de cristal étaient entourés par des rangées de saphir. Elle se rendit dans la salle de bains. Le bassin incrusté à même le sol pouvait contenir un demi-régiment.

Elle inspira profondément, Naïl avait raison, se plaindre ne changerait pas le monde. Elle se décida à prendre un bain. Ses cheveux avaient besoin d'être démêlés.

Comme il l'avait annoncé, Azlan vint les chercher à dix-neuf heures tapantes. Les deux amis avaient eu le temps de se changer et également de se reposer. La sieste n'avait pas fait de mal à Nyrva, qui dormait beaucoup trop peu depuis qu'elle avait récupéré les responsabilités de l'Empereur. En revanche, elle n'était pas totalement reposée, elle avait toujours besoin d'une longue nuit de sommeil bien réparateur.

La jeune femme avait détaché ses longs cheveux bruns qui tombaient en cascade dans son dos. Elle avait renoncé à l'idée de faire appel à une domestique pour l'aider à se préparer. Elle n'était pas habituée à ce genre de chose et cela la mettait profondément mal à l'aise. Elle avait trouvé dans le dressing une tenue traditionnelle du même type que celle que portaient les femmes qu'elle avait aperçues dans les jardins. Il s'agissait d'une longue robe beige en soie avec des manches étroites qui lui arrivaient aux poignets. Par-dessus elle avait passé un long odhanis de la même couleur, brodé de pierres précieuses en tout genre. Elle portait de grandes boucles d'oreilles en or, ainsi qu'un lourd collier assorti et un bijou de tête. Ses yeux étaient soulignés d'un trait de khôl et elle avait assorti ses lèvres aux rubis qui ornaient son odhanis.

Naïl n'avait pas voulu faire autant d'effort. Comme à son habitude, il portait sa tenue de chevaucheur. La jeune femme grimaça. Pour une fois, elle aurait apprécié le voir dans une tenue moins formelle.

— Tu es magnifique, lui avait dit le prince lorsqu'elle l'avait rejoint dans le grand salon commun.

Ne sachant pas quoi répondre, la jeune femme s'était contentée de lui offrir son plus beau sourire.

Azlan, quant à lui, ne ressemblait pas au Azlan qu'elle avait l'habitude de côtoyer. Il portait une blouse sans manche beige qui dévoilait ses bras puissants. Nyrva se rendit compte qu'elle l'avait toujours vu aussi peu vêtu.

Ses bras étaient striés de tatouages qui formaient des motifs tribaux prenant naissance au niveau de sa nuque et s'étalant jusqu'à ses poignets. Ses yeux vert profond qui contrastaient avec son teint étaient soulignés d'un trait de khôl, et ses cheveux bruns qui lui arrivaient aux épaules étaient détachés.

— Suivez-moi, dit-il en se mettant en chemin vers la grande salle de réception du palais dans laquelle le Sultan les attendait.

Naïl lui adressa un regard mauvais. Tout lui semblait étrange depuis qu'ils étaient arrivés au palais. Aethaerunth lui répondait à peine via leur lien mental, prétextant être occupée avec les dragons primordiaux. Il était inquiet, quelque chose n'allait pas mais il ne parvenait pas à mettre le doigt dessus.

Au terme d'un bon quart d'heure de marche, ils arrivèrent enfin au sein de la grande salle de réceptions. Nyrva détestait les grands bâtiments, elle ne supportait plus le fait de devoir marcher aussi longtemps pour se déplacer d'une salle à l'autre. Cela n'avait aucun sens pour elle. Elle détailla la salle de réceptions qui était à l'image du reste du palais : grandiose, indécente, luxueuse, somptueuse. Elle ignorait si le Sultan avait mis les petits plats dans les grands pour les impressionner ou s'il s'agissait de l'état habituel de cette salle, mais quoiqu'il en soit, elle en prit plein la vue. Une grande table de banquet pouvant accueillir plus d'une centaine de personnes était dressée. Sur le côté, des musiciennes jouaient de la harpe, du violon, du piano et d'autres instruments que la jeune femme ne reconnaissait pas. Les djinns, présents dans la salle, étaient tous somptueusement parés. La plupart portaient beaucoup de bijoux ; la jeune femme supposa que c'était culturel. Elle se félicita d'avoir fait l'effort de bien s'habiller, elle devait faire en sorte que personne ne la prenne de haut.

Elle comprit qu'au fond de la salle se trouvait le trône. Elle ne l'avait pas vu de loin à cause de la foule, mais le Sultan l'observait s'approcher. Elle soutint son regard.

En apparence, le Sultan semblait avoir une trentaine d'années mais la princesse se doutait qu'il avait passé le millénaire. Ses cheveux noirs étaient coupés court et contrastaient avec le bleu cyan de ses yeux. Il portait une lourde tenue d'apparat noir qui découvrait ses bras tout aussi tatoués que ceux de Azlan.

Ils arrivèrent enfin à sa hauteur. Nyrva s'inclina légèrement, prenant exemple sur son ami djinn. Naïl lui adressa un regard froid, peu enclin à faire preuve de bonnes manières avec le vieil homme.

— Votre Majesté, je vous présente Selene Nyrva Nasyrian, princesse de l'Empire d'Arzawa et Naïl Sayyadi, frère de l'Empereur déchu en fuite Elias Sayyadi.

Le Sultan adressa un simple signe de tête au djinn qui se mit sur le côté.

— Ainsi donc, voici la fameuse Nyrva. J'ai énormément entendu parler de toi, déclara-t-il d'une voix grave sans prêter attention à la présence de Naïl.

— J'avoue ne pas pouvoir en dire de même, répondit-elle sur un ton égal.

Il sourit légèrement.

— Nous aurons tout le temps d'apprendre à nous connaître lors de notre entrevue de demain.

— Excusez mon impatience, mais je ne pense pas être capable d'attendre demain pour vous demander cela. Mon frère est-il présent ce soir ?

Le Sultan posa un regard scrutateur sur elle. Elle lutta de tout son être pour éviter de se dandiner, elle devait paraître sûre d'elle et imperturbable.

— Profitez de cette réception pour vous amuser, nous aborderons les sujets plus sérieux demain. Après tout, rien ne presse.

La jeune femme n'insista pas, comprenant qu'elle n'obtiendrait aucune réponse à ses questions. Elle se contenta de lui adresser un sourire forcé avant de s'éloigner, suivi par son ami.

— Je n'aime pas cet homme, déclara Naïl directement lorsqu'ils se retrouvèrent seuls.

— Moi non plus.

Elle inspira profondément, elle détestait se retrouver dans des endroits aussi bondés. Elle n'avait fait l'effort de venir que parce qu'elle espérait soutirer des réponses au Sultan et rencontrer son frère.

— Tu veux retourner dans ta chambre ? proposa Naïl qui était bien conscient de son malaise.

Elle fit non de la tête.

— Tout va bien. Quel genre de princesse serais-je si je n'étais pas capable de supporter une petite soirée ? répondit-elle en souriant.

— J'ai bien été prince pendant vingt-cinq ans alors que je ne supporte pas les petites soirées. Cela fait-il de moi un mauvais prince ?

La jeune femme gloussa.

— La vie princière a dû être terrible pour toi.

— Disons que je faisais de mon mieux pour la supporter. Je vais nous chercher à boire, je reviens, déclara-t-il en s'éloignant.

Nyrva se dirigea vers les balcons, elle avait besoin d'air frais. Ces derniers s'avérèrent être vides, les djinns semblaient préférer les endroits bondés. Elle s'accouda à la rambarde de marbre et se mit à observer les jardins en contrebas. Même vus de haut, ils étaient sublimes.

— Tu es seule ? demanda une voix grave familière.

La jeune femme se retourna, Azlan l'observait.

— Naïl est parti nous chercher des rafraîchissements. Tu n'apprécies pas la soirée ? répondit-elle.

Le djinn s'approcha d'elle avant de s'adosser à la rambarde.

— Cette tenue te va à ravir, tu es sublime ce soir, déclara-t-il soudainement sans répondre à la question qu'elle venait de lui poser.

Nyrva écarquilla les yeux, surprise, avant de comprendre que le djinn venait de la complimenter pour la première fois. Ses joues s'empourprèrent.

— Merci, réussit-elle à articuler d'une voix gênée.

Azlan se mit à rire.

— J'ignorais qu'il en fallait si peu pour te mettre mal à l'aise.

— Je ne suis pas mal à l'aise, je suis juste surprise, rétorqua-t-elle agacée.

— Et pourquoi es-tu surprise ? demanda-t-il d'une voix basse, bien trop près d'elle.

— J'ai passé l'entièreté de ces huit derniers mois en ta compagnie. À aucun moment tu n'as exprimé de l'intérêt envers quiconque. Je suis surprise que les humaines puissent être à ton goût, voilà tout.

— Huit mois ne sont pas suffisants pour découvrir toute de la personnalité d'un djinn de plus de huit cents ans, répondit-il simplement.

La jeune femme fronça les sourcils, Azlan ne se comportait pas comme Azlan depuis leur arrivée à Qadesh. Il semblait différent, plus affirmé, plus lui-même. Ils échangèrent un long regard silencieux.

— Méfie-toi du Sultan, finit-il par dire, brisant le lourd silence plein de sous-entendus qui s'était installé entre eux.

— Je sais, il ne m'inspire pas confiance.

— Méfie-toi également de chaque homme que tu rencontreras ici.

Nyrva laissa échapper un rire nerveux.

— Pour qui me prends-tu, bien évidemment que je me méfie de tous les hommes.

Le djinn soupira.

— Tu ne t'en méfies pas assez justement, ne fais aucune exception.

Elle fronça les sourcils. Elle connaissait le djinn, il y a quelque chose qu'il ne voulait pas lui dire ou bien qu'il ne pouvait pas lui dire.

— Qu'est-ce que tu entends par là ? essaya-t-elle tout de même de demander.

Il se retourna pour s'accouder à la rambarde dans la même position que celle qu'elle avait adoptée avant son arrivée. Elle l'imita.

— J'entends par là qu'aucun homme ici n'est digne de confiance, peu importe sa race. Fais attention Nyrva. Je ferai en sorte de te protéger mais il y a des règles que je ne peux pas briser. Sans le vouloir, je t'ai amené dans la tanière de l'ennemi, déclara-t-il gravement d'une voix basse.

— J'interromps quelque chose ?

Les deux amis se tournèrent pour découvrir Naïl, les sourcils froncés et deux verres à la main.

Azlan se redressa.

— Je comptais m'en aller.

Il lança un dernier regard plein de sous-entendus à la jeune femme avant de rejoindre la clameur de la soirée. Nyrva inspira profondément. Elle détestait le sentiment de doute qui l'envahit soudainement.

CHAPITRE 34

— Tu es sûre que tout va bien ? demanda Naïl pour la cinquantième fois de la soirée.

La jeune femme acquiesça en soupirant. Le dîner avait commencé. Ils se trouvaient tous deux à la droite du Sultan, la place des invités d'honneur. Nyrva ne cessait de scruter le visage de tous les invités. Une part d'elle espérait que si elle le voyait, elle reconnaîtrait son frère. Après tout, leurs traits devaient être assez similaires, elle ne devrait pas avoir trop de mal à l'identifier. Mais elle continua à fixer les convives, en vain. Soit son frère n'était pas présent, soit elle était incapable d'identifier son visage. Elle soupira discrètement, se demandant si lui serait capable de la reconnaître. Elle s'était imaginé des centaines de fois leur rencontre, larmoyante, émotionnelle, neutre ; elle se demandait quel genre d'homme il était. Elle peinait à se l'imaginer mauvais, après tout il était son frère, leurs caractères devaient sûrement être similaires.

Nyrva se força à manger sans grande conviction. La nourriture était excellente, mais elle n'avait pas faim. La jeune femme ne cessait de repenser à la conversation qu'elle avait eue plus tôt sur le balcon avec le djinn. Contre qui essayait-il de la mettre en garde ? Pourquoi avait-il précisé qu'elle devait se méfier de n'importe qui, qu'importe sa race ?

— Nyrva, je vois bien qu'il y a un problème. Il s'est passé quelque chose durant mon absence ? insista Naïl inquiet en chuchotant.

— Je te le dirais s'il s'était passé quelque chose, je suis juste un peu fatiguée. Je vais aller me coucher, répondit-elle, troublée.

— Je t'accompagne, répondit-il en faisant mine de se lever.

La jeune femme l'interrompit.

— Termine de dîner, il serait inapproprié de s'en aller tous les deux alors que le repas a été donné en notre honneur, déclara-t-elle en se levant.

— On se voit demain.

Le jeune homme acquiesça, peu enchanté à l'idée de se retrouver seul parmi les djinns mais il n'en dit rien.

Nyrva quitta la pièce sous le regard interrogateur du Sultan, elle ne lui accorda pas même un regard. L'homme dégageait quelque chose qui inspirait la méfiance, elle ne l'appréciait pas le moins du monde.

Elle pressa le pas ; traverser le palais seule ne l'enchantait absolument pas mais elle avait besoin de dormir. Sa journée avait été éprouvante et elle avait très peu dormi les nuits précédentes. Même la courte sieste qu'elle avait faite dans l'après-midi n'avait pas suffi à la remettre sur pieds.

Elle ne croisa personne, tous les domestiques avaient été affectés au service de la réception donnée en son honneur.

La jeune femme finit par enfin atteindre ses quartiers. Elle se dévêtit, se débarrassant avec soulagement de la tonne de bijoux qu'elle portait. Elle gloussa en se regardant dans le miroir, elle n'était réellement pas faite pour être princesse.

Ce furent les rayons du soleil qui réveillèrent Nyrva. Il lui semblait ne pas avoir aussi bien dormi depuis une éternité. Elle s'étira avant de se redresser. À en juger par la hauteur du soleil dans le ciel, il devait bien être dix heures passées. La jeune femme se leva et se prépara pour son entrevue avec le Sultan. Elle s'observa dans le miroir, elle allait enfin rencontrer son grand frère. Elle inspira profondément, enfila une tenue légère de combat, tressa ses longs cheveux et se rendit dans le salon commun aux deux suites. Elle se sentait nue sans ses dagues mais Azlan avait insisté sur le fait qu'ils n'avaient pas le droit d'être armés dans l'enceinte du palais.

Naïl l'attendait, affalé dans l'un des fauteuils de velours bleu. Il feuilletait des documents tout en buvant du thé.

— Enfin réveillée, déclara-t-il.

Elle s'installa en face de lui en souriant et se servit une tasse de thé. La douce odeur de jasmin embaumait l'air, son préféré.

— Comment s'est déroulée la fin du dîner ? demanda-t-elle sarcastique.

— On m'a présenté trois femmes et on m'a proposé de passer la nuit avec elles, répondit-il spontanément.

La jeune femme se figea avant de froncer les sourcils. Elle le fixa, attendant qu'il continue son récit mais il n'en fit rien.

— Et donc ?

Naïl laissa échapper un rire nerveux.

— Tu es réellement en train de te demander si j'ai accepté ?

— Ce n'est pas impossible.

Il fronça les sourcils.

— Évidemment que je n'ai pas accepté Nyrva, déclara-t-il, agacé à l'idée qu'elle puisse douter de lui.

Satisfaite, la jeune femme ne répondit rien et avala une gorgée du liquide ambré. Elle refusait de se l'avouer, mais imaginer Naïl en compagnie d'une autre femme la rendait folle.

— Tu penses que mon frère sera là ? finit-elle par demander, brisant le silence qui s'installait doucement dans la pièce.

— Je suppose que oui. En revanche, je trouve cela étrange qu'il ne nous ait pas été présenté hier. Cela n'a pas vraiment de sens, d'autant plus que le

Sultan sait parfaitement qu'il est l'une des raisons pour lesquelles tu es ici.

— En effet, je m'attends à ce qu'il me demande quelque chose en échange.

Naïl acquiesça, tout était possible avec le Sultan.

Une demi-heure avant l'heure de leur rendez-vous, Azlan les rejoignit dans leur suite. Il était vêtu plus sobrement que la veille. La jeune femme sourit, il ressemblait un peu plus au djinn qu'elle connaissait.

— Tu vas mieux ? lui demanda-t-il inquiet.

Elle acquiesça d'un hochement de tête. Satisfait, il leur proposa de les accompagner jusqu'à la salle du trône. Le palais semblait être en pleine ébullition. Des dizaines de domestiques s'affairaient et se bousculaient, ayant l'air extrêmement pressé. On aurait cru qu'un événement majeur aurait lieu bientôt. Nyrva nota que seules les nobles portaient un voile de mousseline sur leur visage, les domestiques en étaient dépourvues. En revanche, elle nota avec étonnement que les femmes nobles, autant que les femmes domestiques, portaient des vêtements de couleurs chatoyantes. Au palais, à Arzawa, les domestiques ne portaient que du gris ou du bleu pâle. Elle se nota mentalement qu'il s'agissait là d'une règle qu'elle devait absolument abolir. Elle détestait le fait qu'on décide à la place des femmes ce qu'elles devaient porter ou faire.

La salle du trône était presque aussi grande que la salle de réceptions de la veille. Comme le reste du palais, elle était richement décorée. Tout était pensé pour attirer l'œil, des murs aux plafonds en passant par les meubles. La jeune femme cacha son émerveillement ; elle refusait de laisser au Sultan l'opportunité de croire qu'il l'impressionnait.

Ce dernier était affalé sur son trône, ses conseillers debout de part et d'autre lui murmuraient des informations qu'il écoutait sans y porter grand intérêt.

Quand Azlan, Nyrva et Naïl se retrouvèrent face à lui, il se redressa nonchalamment.

— Nyrva, dit-il simplement.

— Votre Altesse, répondit la jeune fille sur le même ton.

Il lui adressa un sourire neutre.

— Azlan m'a informé du fait que tu souhaitais t'entretenir avec moi.

— Il me semblait pourtant que c'était vous qui vouliez vous entretenir avec moi, répondit-elle en fronçant les sourcils.

Elle ne comprenait pas à quoi il jouait mais cela ne lui disait rien qui vaille.

— J'ai récupéré le trône de l'Empire d'Arzawa, commença-t-elle.

— Mais tu n'en es pas l'héritière, la coupa-t-il sèchement. Il me semble que ton frère vient avant toi dans l'ordre de succession.

— En effet, je n'ai jamais eu la prétention de vouloir lui voler le trône. Au contraire, je n'attends que l'occasion de le rencontrer pour le lui rendre, rétorqua la jeune femme d'un ton égal.

Un sourire neutre s'étala sur le visage du Sultan qui se leva.

— Et bien dans ce cas-là, pourquoi ne pas procéder aux présentations tout de suite, déclara-t-il.

Le cœur de Nyrva rata un battement avant de reprendre sa course au rythme des pas qu'elle entendait approcher lentement derrière elle. La jeune femme hésita pendant une demi-seconde mais elle n'osa pas se retourner. Elle se surprit à ressentir de la peur. Elle allait enfin rencontrer son grand frère. Cela aurait dû être un moment de joie et de bonheur mais non, tout ce qu'elle ressentait était de l'appréhension. Elle garda ses yeux rivés sur ceux du Sultan qui lui-même l'observait. Naïl se crispa à ses côtés, lui-même n'appréciait pas la tournure que prenaient les évènements.

— Approche mon garçon, clama le Sultan en posant son regard sur le nouveau venu.

Ayden approcha pour se retrouver à la droite de Nyrva. Elle inspira aussi discrètement qu'elle le pût, la panique menaçait de prendre contrôle de son corps. Sentant son malaise, Naïl lui attrapa le poignet pour la rassurer et lui rappeler qu'elle n'était pas seule. Elle déglutit et cligna des yeux plusieurs fois dans l'espoir de reprendre ses esprits du mieux qu'elle le pouvait. Elle finit par tourner la tête pour découvrir le visage de l'homme qui était son grand frère. Elle fut frappée par la surprise. Elle avait bien conscience que son frère était maintenant un homme puisqu'il était plus vieux qu'elle, mais elle gardait en tête l'image du petit garçon qu'elle avait vu sur le tableau au palais. Elle le détailla sans gêne, Ayden était grand mais pas aussi grand que Naïl, Azlan ou encore Kahil. Ses cheveux bruns étaient coupés court et contrastaient avec les yeux verts qu'il avait hérités de leur mère. Une grande cicatrice blanche barrait sa joue gauche, ressortant avec sa peau mate. Une douce odeur d'ambre, de terre et de bergamote embaumait l'air autour de lui.

À sa plus grande surprise, il lui adressa un regard doux. La jeune femme ne s'attendait à rien mais toutes les réactions de son frère la surprendraient, elle le savait. Il finit par lui sourire, lui-même semblait la détailler du regard.

— Bonjour petite sœur, finit-il par dire d'une voix calme mais sûre.

— Ayden, répondit-elle sur le même ton, ne sachant pas réellement quoi dire.

— Vous devez avoir beaucoup de choses à vous dire, mais je pense que cela peut attendre la fin de cette entrevue, intervint le Sultan.

La jeune femme fronça les sourcils, pourquoi donnait-il l'impression d'avoir tout prévu ?

— Revenons-en au trône de l'empire d'Arzawa, il va de soi que c'est à Ayden de le reprendre.

— Si je puis me permettre, n'est-ce pas aux principaux concernés de discuter de ce sujet entre eux ? Il me semble que ce sont les djinns qui se sont soumis à la lignée Nasyrian et non pas le contraire, intervint Naïl qui n'avait toujours pas lâché le poignet de Nyrva.

— En quoi cela concerne un prince Sayyadi déchu ? riposta le Sultan sèchement.

La jeune femme serra le poing, agacée de la façon dont le Sultan traitait son ami depuis le début.

— En quoi cela concerne le souverain des djinns ? Notre Empire n'a jamais été sous votre juridiction, intervint-elle d'une voix ferme qui ne flancha pas.

Tous les regards se tournèrent vers elle, personne ne semblait s'attendre à ce qu'elle réponde au Sultan.

— Naïl a raison, bien que je vous sois reconnaissante de m'avoir présenté mon frère, les affaires de l'Empire ne vous concernent absolument pas. Ayden et moi déciderons de qui aura le droit de s'asseoir sur ce trône, sans votre intervention, reprit-elle.

Le Sultan leva un sourcil.

— Voyons ce qu'a à dire Ayden sur le sujet dans ce cas, déclara-t-il.

Son frère s'éclaircit la gorge, l'air peu sûr de lui.

— Je pense que l'avis du Sultan peut nous être grandement utile, il a l'expérience du pouvoir.

— Tu veux te reposer sur l'avis d'une personne qui te doit allégeance pour gouverner ? reformula Nyrva, surprise de la tournure que prenait cette conversation. Je n'ai pas l'expérience requise mais j'ai occupé ce rôle ces derniers jours et je t'assure que tu n'as pas besoin de lui.

— En cas de guerre, son armée peut s'avérer utile.

— Nous avons les dragons. Je pense qu'en cas de guerre, c'est notre armée qui peut lui être utile.

— Tu ne sais pas de quoi tu parles, une longue guerre nous attend contre les Abyads, le soutien de l'armée des djinns n'est pas négligeable.

La jeune femme écarquilla les yeux avant de se tourner totalement vers son frère, oubliant la présence du reste de l'assistance.

— Comment ça une guerre contre les Abyads ? Nous venons à peine de récupérer notre Empire, notre peuple meurt de faim et dort dans la rue, les enfants sont trop pauvres pour bénéficier d'une réelle éducation et tu veux déclarer la guerre aux Abyads ? s'insurgea-t-elle. Quel genre de souverain as-tu l'intention de devenir Ayden Nasyrian ?

Son grand frère fronça les sourcils, choqué de la façon dont on s'adressait à lui.

— Je suis l'Empereur, tu n'as aucun droit de t'adresser à moi de cette façon, si je décide de partir en guerre je le ferai. Personne ne demandera l'avis d'une femme.

Nyrva le fixa, laissant un rire nerveux lui échapper. Elle passa une main dans ses cheveux pour éloigner les mèches rebelles qui lui tombaient sur les yeux.

— Très bien, Votre Altesse Impériale, essayez donc de partir en guerre. J'ai hâte de voir la façon dont tu comptes t'y prendre sans le soutien de l'armée. Prends-tu ces hommes pour des imbéciles ? Penses-tu réellement qu'ils te suivront sous prétexte que tu es le fils de Imran Nasyrian ? Un vrai souverain doit gagner le respect de ses sujets avant d'avoir la prétention de vouloir les gouverner.

Le Sultan ricana, attirant l'attention de Nyrva sur lui.

— Je pense que tu ne comprends pas, Nyrva. Personne n'a prévu de te demander ton avis.

— Je pense que c'est vous qui ne comprenez pas, je n'ai jamais eu l'intention d'attendre qu'on me demande mon avis pour l'exprimer, rétorqua-t-elle.

Le Sultan se leva et s'arrêta devant la jeune femme, beaucoup trop près d'elle à son goût.

— Ayden et moi avons eu l'occasion de discuter de l'avenir ensemble. Nous pensons tous deux qu'il serait intéressant d'unir nos deux familles pour asseoir notre puissance sur les autres royaumes.

— Pardon ? intervint Azlan surpris.

— Vous pensez pouvoir épouser Nyrva parce que cet inconnu sorti de je ne sais où vous l'y autorise ? reformula Naïl pour être sûr d'avoir bien compris ce que venait de déclarer le Sultan.

— Je suis son frère et son Empereur, j'ai cette autorité sur elle, rétorqua Ayden sûr de lui.

Nyrva laissa échapper un rire nerveux. Elle tâta ses côtes par réflexe, elle regrettait tellement de ne pas avoir d'arme sur elle. Tout ce qu'elle souhaitait à cet instant était de planter l'une de ses dagues dans le bras de son frère.

— Je refuse. J'ignore où tu as été élevé Ayden mais là d'où je viens les femmes ont encore le choix de qui elles épousent.

Agacé d'être contredit à chacune de ses paroles, Ayden se tendit et fronça les sourcils avant de faire un geste de la tête au Sultan. Ce dernier tourna la tête vers ses gardes qui se dirigèrent vers la jeune femme.

Naïl, qui ne l'avait pas lâchée, la tira derrière lui. Lui-même n'était pas armé puisqu'il avait suivi les indications de Azlan. Les gardes les encerclèrent, ne leur laissant aucune issue pour fuir. Nyrva lança un regard mauvais à son frère qui se tenait près du Sultan, un sourire figé sur les lèvres.

— Nyrva, appela Azlan.

La jeune femme se tourna vers le djinn qui fit apparaître des épées d'un nuage de fumée avant de leur tendre. Nyrva lui adressa un regard reconnaissant, elle savait combien cette action lui coûtait, lui qui était si fidèle à son Sultan. Elle prendrait le temps de le remercier en bonne et due forme plus tard.

Imitant Naïl, elle se jeta sur les soldats pour les contrer. Ils étaient beaucoup trop nombreux et elle le savait. Naïl avait beau être doué, il ne tiendrait pas longtemps. Elle repoussa autant d'assauts qu'elle le put mais elle devait se rendre à l'évidence, ils finiraient par se faire capturer.

Soudain, Azlan jeta son épée au sol et tendit ses deux mains, le visage révélant ô combien il semblait paniqué. La jeune femme comprenant ce qu'il voulait faire, elle attrapa Naïl par le poignet et se dirigea vers le djinn pour lui prendre la main. En un instant, ils disparurent dans un nuage de fumée alors que les gardes n'étaient plus qu'à quelques centimètres de les capturer.

CHAPITRE 35

Haletante, Nyrva essaya tant bien que mal de faire en sorte que ses jambes la soutiennent. Elle observa son environnement, Azlan les avait fait apparaître dans sa chambre, dans les appartements de Naïl, au palais. Elle soupira de soulagement avant de s'écrouler sur le lit, le cœur battant à mille à l'heure. Elle avait vraiment cru que tout était fini pour eux. Naïl s'assit à ses côtés en soupirant, tandis que Azlan faisait les cent pas le long de la grande fenêtre, l'air paniqué.

— Il va me faire exécuter, jamais le Sultan ne me pardonnera un affront pareil, tout est fini, déclara-t-il comme s'il essayait de s'en convaincre lui-même.

La jeune femme se redressa.

— Azlan, assieds-toi. Ce qui est fait est fait, cela n'a plus d'intérêt de te torturer comme ça, dit-elle d'une voix calme et douce.

Le djinn se prit la tête dans les mains, désespéré.

— Si tu n'avais pas fait ça, c'est dans les geôles de ce palais que nous aurions passé la nuit, déclara Naïl en se levant. Je n'arrive pas à croire que cet idiot puisse être ton frère.

— Je suis la première choquée, répondit-elle d'une voix empreinte de tristesse.

La situation lui semblait irréelle. Elle avait l'impression de s'être réveillée d'un long rêve lucide. Elle peinait à croire que son frère soit aussi déconnecté de la réalité, aussi misogyne et aussi mégalomane. Quand elle pensait qu'il avait osé la promettre en mariage au Sultan qui devait bien avoir plus d'un millénaire de plus qu'elle, elle voulait vomir. Jamais sa déception n'avait été aussi grande. Elle qui pensait gagner un frère, elle n'y avait trouvé qu'un nouvel ennemi.

— Quels sont les projets pour la suite ? finit par demander Azlan. Je suppose que permettre à Ayden de monter sur le trône est maintenant hors de propos.

— En effet, il est hors de question de laisser cet imbécile récupérer le pouvoir. Le peuple passe avant ces histoires de guerre. Réunis tout le monde dans la salle du conseil, des décisions doivent être prises, ajouta-t-elle à l'intention de Naïl.

Il acquiesça avant de quitter la pièce. La jeune femme se retrouva seule avec Azlan.

— Ça va aller ? demanda-t-elle inquiète.

— Je ne vais sûrement plus jamais avoir le droit de rentrer chez moi mais ça peut aller, répondit-il ironique.

La jeune femme inspira profondément.

— Je suis désolée de t'avoir mis dans cette position. Tu n'aurais jamais dû avoir à choisir entre moi et ton allégeance envers ton Sultan.

— Tu n'as pas à t'excuser, j'ai pris cette décision par moi-même.

Elle lui adressa un sourire compatissant.

— C'est de Ayden que tu voulais que je me méfie quand tu m'as alertée hier soir ?

Il acquiesça d'un hochement de tête.

— J'ai surpris une conversation entre le Sultan et ton frère hier après-midi. Ils parlaient de t'écarter des décisions qui concernent l'Empire.

— Merci d'être toujours là lorsque j'ai besoin de toi Azlan.

Le djinn lui adressa un sourire.

— Tu as peut-être perdu l'allégeance des djinns mais tu ne perdras jamais la mienne, princesse.

— Je sais, répondit-elle dans un murmure. Il est temps de retrouver les autres.

Il fit oui de la tête avant de lui tendre la main.

Rima et Zephyr les attendaient déjà dans la salle du conseil. La cheffe de la Résistance se précipita vers Nyrva et la prit dans ses bras.

— Naïl nous a rapidement raconté, ça a dû être horrible pour toi.

— Tout va bien, je suis plus déçue que triste pour être honnête, répondit Nyrva en lui rendant son étreinte. Où sont les autres ?

— Ils arrivent, répondit Zephyr.

Elle acquiesça avant de s'installer en bout de table. Azlan, Rima et Zephyr prirent également place.

— J'ai l'impression qu'en ce moment chaque journée a sa problématique, déclara la jeune femme en posant ses coudes sur la grande table en bois et sa tête entre ses mains. L'époque à laquelle j'avais pour seul objectif de la journée d'entraîner Sahin, Melly et Qassim me manque énormément.

— Rien ne t'empêche d'y revenir. En soi, tu n'occupes le rôle d'Empereur que provisoirement. Quand tu en seras déchargée, je suis sûr que Sahin, Qassim et Melly seront honorés de se faire entraîner par toi de nouveau, déclara Zephyr d'un air qui se voulait encourageant.

— J'ai bien peur que ce rôle provisoire ne soit pas près de s'arrêter de sitôt Zephyr, répondit la princesse d'une voix basse.

La porte s'ouvrit sur Naïl et Aaron suivis de Shahin, Zayd et Waheed. L'air grave, ils s'installèrent tous autour de la table.

— Je m'excuse de vous avoir convoqués en urgence sans prévenir encore une fois, commença Nyrva les mains moites. Je crains que cela ne risque de devenir notre quotidien dans les prochains jours.

Tous les regards étaient posés sur elle, attentifs.

— Naïl, Azlan et moi revenons à l'instant de Nasameru. Nous avons passé la nuit au sein du palais du Sultan. J'ai eu l'occasion d'y rencontrer Ayden Nasyrian, mon frère, l'homme qui est censé devenir votre Empereur.

Elle s'arrêta, sondant les réactions de ses alliés. Les lieutenants avaient l'air surpris, se demandant certainement les raisons pour lesquelles ledit Empereur ne les avait pas accompagnés au palais.

La jeune femme inspira légèrement avant de reprendre.

— Nous avons constaté que mon frère s'est allié au Sultan dans le but de déclarer la guerre aux Abyads. Il a également pris la décision de me marier contre ma volonté au Sultan afin d'unir nos familles et ainsi s'assurer le soutien de ses armées. Le peuple ne semble pas être au centre de ses préoccupations, et j'avoue ne pas être à l'aise à l'idée de lui confier la tête de cet Empire et de l'armée.

Le lieutenant des corsaires lui adressa un regard encourageant. La jeune femme inspira profondément et posa ses mains sur la table devant elle pour se donner de la contenance.

— Mon objectif n'a jamais été de régner ou de récupérer ce trône, mais je n'ai jamais caché ma volonté de rendre la vie du peuple Arzi plus supportable, reprit-elle d'une voix confiante et stable. Si je vous ai réunis aujourd'hui, c'est pour vous demander votre avis et vos conseils. Vous possédez tous plus d'expériences que moi, c'est pourquoi je décide de m'en remettre à votre jugement. Dois-je céder ce trône à Ayden Nasyrian ?

— Nos hommes n'accepteront jamais de marcher derrière cet homme, je n'accepterai jamais de marcher derrière cet homme, déclara Waheed de sa voix grave et ferme.

Nyrva lui adressa un sourire. Ses compagnons se contentèrent d'acquiescer d'un hochement de tête.

— C'est en effet ce que je lui ai dit. Il a refusé d'écouter mon opinion sous prétexte que je suis une femme, et il a déclaré que vous le suivrez que vous le vouliez ou non. Nous avons pu nous échapper avant de nous faire capturer grâce à l'aide de Azlan mais je pense que nous devons garder en tête que nous n'avons plus le soutien des djinns. Pire encore, je crains qu'ils décident de nous déclarer la guerre. J'ai l'impression que le Sultan a soif de conquête et qu'il utilise mon écervelé de frère pour récupérer notre empire sans avoir à se battre.

— Si je puis me permettre, intervint Zayd d'une voix ferme. Le soutien des djinns n'a toujours été que symbolique pour nous, ce sont des dragons que nous tirons réellement notre puissance. Nous n'avons pas à nous inquiéter de la défection des djinns.

— Voilà qui me rassure, répondit la jeune femme doucement. Messieurs, Rima, je sais que je ne suis qu'une étrangère pour la plupart d'entre vous. Cependant, j'ai à cœur le bien des sujets de cet empire et ce quelle que soit leur race. Je n'ai jamais voulu régner mais j'estime que nous sommes dans une situation critique. Me permettrez-vous de garder la position d'Impératrice provisoire de cet empire jusqu'au jour où nous serons sûrs qu'il ne craint plus rien ?

Une tension palpable s'installa dans l'air, comme si la décision qui allait être prise ce soir changerait la trajectoire du destin. Jamais une femme n'avait régné seule sur l'Empire d'Arzawa depuis la nuit des temps. Cette décision était sur le point de marquer l'histoire.

— Je propose que nous prenions cette décision en votant, ajouta-t-elle d'un ton moins grave, comme pour détendre l'atmosphère.

Les lieutenants échangèrent un regard lourd de sens. Jamais il n'avait été question de vote au sein des affaires royales et Impériales. Ils s'étaient toujours contentés d'exécuter les ordres sans qu'on leur demande leurs avis. Nyrva Nasyrian ne cessait de les surprendre.

— Votre Altesse, vous êtes la fille de Imran Nasyrian, vous n'êtes pas n'importe qui, intervint Shahin. Pour ma part, je continuerai de vous soutenir, cette place vous revient par les droits du sang et vous en êtes davantage digne que votre frère aîné.

Zayd se contenta de hocher la tête, montrant son soutien aux mots que venait de prononcer son collègue et ami.

— J'ai rejoint l'armée dans le but de rendre la vie du peuple meilleure, déclara Waheed. Cela serait un immense honneur de continuer à vous servir, Votre Altesse.

La jeune femme lui adressa un signe de tête reconnaissant.

— Ai-je vraiment besoin de dire quelque chose ? dit Naïl d'une voix pleine d'ironie. Mon épée sera toujours tienne Nyrva Nasyrian, qu'importe les décisions que tu prendras, je serai toujours là pour en assumer les conséquences avec toi.

Le cœur de la princesse rata un battement mais elle n'en montra rien, se contentant de hocher la tête en souriant légèrement.

Rima, Aaron et Zephyr hochèrent simplement la tête pour exprimer leur soutien.

— Je te l'ai déjà dit, mon allégeance envers toi est et restera inchangée princesse, ajouta Azlan.

— Et bien, reprit Naïl. Puisque nous semblons tous d'accord. Je pense qu'il est inutile de continuer à considérer Nyrva comme une impératrice provisoire alors que son frère est indigne de récupérer cette position.

Il se tut, balayant la salle du regard à la recherche d'un regard ou d'un mouvement qui trahirait le désaveu de quelqu'un mais personne ne réagit.

— Si personne ne s'y oppose. (Il tourna son regard vers Nyrva.) Nous n'avons plus qu'à organiser votre couronnement, Votre Altesse Impériale.

La jeune femme le fixa, incrédule. Elle n'en demandait pas tant. Tout ce qu'elle espérait, c'était de pouvoir rester à la tête de l'empire le temps de régler les problèmes de famine et de logement du peuple. Jamais elle n'aurait imaginé pouvoir être couronnée définitivement.

— Je vous en suis reconnaissante, cependant, je veux être sûre que vous comprenez les conséquences de cette décision. Les djinns vont sûrement nous déclarer la guerre et Ayden va sûrement essayer de récupérer son trône par n'importe quel moyen.

— Qu'il vienne, nous l'accueillerons en bonne et due forme, s'exclama Zephyr d'une voix ferme et déterminée.

— Dans ce cas, reprenons en main la gestion de cet empire ensemble, déclara la jeune femme.

CHAPITRE 36

« Des cendres, une reine renaîtra. »

Ces cinq mots tournaient en boucle dans son esprit, depuis près d'une semaine. Chaque nuit, la jeune femme faisait le même rêve. Elle se trouvait dans les Gorges de Cendres ou du moins, c'est ainsi qu'elle se les imaginait bien qu'elle n'ait jamais eu l'occasion de s'y rendre. Elle était seule, une épée brisée à la main. Le ciel était gris et le tonnerre grondait au loin. Elle appelait ses compagnons en hurlant de désespoir mais personne ne lui répondait. La voix d'une vieille femme qui répétait sans cesse cette prophétie de façon monotone lui parvenait au loin. Le rêve s'achevait lorsque le cri d'un dragon lui faisait lever la tête vers le ciel. Toutes les nuits, la même chose, le rêve qui s'arrête au même moment.

Nyrva se prit la tête entre les mains, elle avait l'impression que cette dernière allait exploser. Azlan, installé en face d'elle, fronça les sourcils.

— Juste une petite migraine, tu disais, ironisa-t-il sceptique et inquiet.

— Ce n'est rien de bien grave, ça va bien finir par passer, répondit-elle en s'affalant sur son siège.

— Tu penses encore à ce rêve ?

La jeune femme répondit par un hochement de tête.

— J'ai du mal à croire qu'il ne s'agisse que d'un rêve. À chaque fois cela paraît si réel, c'est comme si je connaissais cet endroit, comme si je savais dans quelle direction je devais me rendre. Et la voix de cette dame me paraît si familière, ajouta-t-elle en plongeant son regard dans celui de son ami. Et s'il s'agissait d'une vision et non pas d'un rêve ?

Azlan fronça les sourcils, les rouages de son cerveau en marche.

— Ce n'est pas impossible. J'aurais bien voulu demander l'avis des izeds mais cela risque d'être compliqué pour moi de retourner à Qadesh, déclara-t-il en faisant la moue.

— Les izeds ? répéta Nyrva qui n'avait jamais entendu ce terme.

Son ami sourit avant de se redresser sur son siège, prenant un air plus sérieux. Il adorait apprendre de nouvelle chose à la jeune femme.

— Il existe plusieurs genres de djinn. D'un côté, les daevas, qui sont des créatures maléfiques, c'est ceux que vous les humains vous connaissez le plus et c'est à cause d'eux que vous avez une image assez négative des djinns. Ils ont pour habitude de passer des pactes avec les humains dans lesquels ils sont les seuls gagnants, ils jouent souvent sur les mots. Par exemple, si un humain demande à obtenir la main de sa dulcinée, ils auront tendance à littéralement lui fournir sa main donc il faut se méfier d'eux.

La jeune femme acquiesça, c'était en effet ce qu'on lui avait appris depuis petite. Et elle avait toujours cru, avant de rencontrer Azlan, que tous les djinns étaient ainsi.

— Ces djinns ont pour chef Ahriman, c'est le frère du Sultan. Jaloux du fait que son frère cadet ait obtenu le trône à sa place. Il s'est rebellé, s'en est suivi une longue guerre civile dans notre monde à la suite de laquelle il s'est exilé dans un autre monde perdu. Cependant les daevas sont des nomades, donc il est possible de les rencontrer n'importe où. Personne n'est à l'abri de leur fourberie bien qu'ils soient censés vivre dans un autre monde. Les izeds, au contraire, sont ce qu'on pourrait appeler de bons djinns. Ce sont un peu les équivalents des dragons primordiaux. Ce sont des djinns qui ont tous plus de vingt millénaires. Ils sont huit et vivent reclus dans un temple de la capitale. Ils sont ceux qui décident lorsqu'il est temps de changer de souverain. Ils sont extrêmement respectés et on leur accorde souvent plus de crédit qu'au Sultan. Par ailleurs, ils sont les seuls à pouvoir le contredire sans risquer pour leur vie. Leur chef est Ormuzd, on dit qu'il a plus de cinquante mille ans. Il a vécu de nombreuses époques et guerres, personne n'est aussi respecté que lui.

— Amir est un ized ? demanda la jeune femme en se souvenant de son étrange rencontre dans le désert quelques mois plus tôt.

— Non, les originels sont encore plus vieux que les izeds.

Nyrva fit la moue, il y avait encore tellement de choses qu'elle ne comprenait pas. Les izeds et les originels semblaient représenter la même chose dans son esprit.

— Mais lorsqu'un djinn n'est ni un ized, ni un daevas, ni un originel, dans quelle catégorie est-il ?

— Aucune, je suis simplement un citoyen djinn, je n'ai aucun titre particulier.

— Mais tu as signé un pacte avec la famille de Rima ? le questionna-t-elle curieuse.

— L'arrière-arrière-arrière-grand-père de Rima était soldat mais il n'était pas vraiment courageux. Il m'a proposé la main de sa fille Daphné, en échange de quoi je devais duper son régiment en faisant croire qu'il avait bien participé à la guerre et qu'il en était ressorti en héros, se justifia-t-il.

La jeune femme fronça les sourcils, surprise.

— Tu as accepté ?

— Oui, sa fille allait être mariée à une brute si ce n'était pas avec moi. Il était violent et considérait les femmes comme des objets. En revanche, elle et moi n'avons jamais considéré ce mariage comme étant réel. Je l'ai simplement libérée de ses obligations après avoir fait croire à son père que je l'emmenais vivre avec moi à Nasameru.

— Mais du coup, à quel moment t'es-tu retrouvé lié à la famille entière ?

Un rire nerveux échappa au djinn.

— Une erreur de formulation, je suis tombé dans le même piège que les humains avec les daevas, expliqua-t-il, amusé.

Voyant le regard sceptique de son amie, il reprit.

— Daphné est morte en couche. Avant sa mort, je me sentais encore responsable d'elle donc je lui rendais souvent visite. Elle m'a fait jurer de protéger sa descendance, j'ai accepté en oubliant le fait que sa descendance ne représentait pas uniquement sa fille.

La jeune femme gloussa, jamais elle n'aurait cru possible que Azlan puisse se faire duper de cette façon.

— Je vois, dit-elle simplement. Moi qui te pensais plus futé.

— Je me pensais moi-même plus futé mais force est de constater que je me trompais sur mon propre compte.

La jeune femme adressa un regard amusé à son ami. S'il n'avait pas fait cette erreur, jamais leurs chemins ne se seraient croisés.

— Pour en revenir aux izeds, reprit-elle plus sérieuse. En effet, peut-être qu'ils auraient pu nous aider mais cela risque d'être compliqué de les rencontrer. Peut-être que les dragons primordiaux m'apporteront des réponses, s'ils daignent un jour enfin m'accorder un peu de leur temps.

— Ils te rencontreront sûrement avant le couronnement, ne t'en fais pas.

La jeune femme soupira. L'idée d'organiser un vrai couronnement ne l'enchantait pas du tout, mais Naïl avait insisté sur l'importance symbolique que cela avait pour le peuple. Selon lui, les citoyens de l'Empire avaient besoin de ce genre de grands événements, cela leur procurait de l'espoir. Il avait été décidé qu'il aurait lieu une semaine avant la fête Norouz afin de commencer ce nouveau règne sur une nouvelle année. Nyrva avait du mal à s'impliquer dans les préparatifs, préférant déléguer ces derniers à Aria qui prenait davantage plaisir à s'en occuper.

Elle finit par se lever sous le regard interrogateur de Azlan.

— Tu vas quelque part ? demanda-t-il, surpris de la voir quitter son bureau de son plein gré.

— J'ai une rencontre prévue avec les nobles. Elias n'est peut-être plus sur le trône mais les hommes d'influences qui le conseillaient sont toujours au palais. Il va falloir que nous trouvions un terrain d'entente sur leurs fonctions et privilèges.

— Et si vous n'en trouvez pas ?

— Les cachots sont vides, cela sera l'occasion de les remplir, je suppose.

Le djinn rit.

— Besoin de soutien ? proposa-t-il.

— Si ce n'est pas trop demandé, je veux bien. Je risque d'en avoir besoin.

La salle du trône était pleine à son arrivée. La jeune femme inspira profondément avant de se diriger vers le trône tout en ignorant la foule, son regard rivé vers l'imposant siège incrusté de pierres précieuses, posé sur une estrade surélevée.

Des chuchotements scandalisés lui parvinrent mais elle les ignora. Ces hommes ne devaient pas douter de sa détermination et de sa confiance en sa position si elle voulait gagner leur respect. Une fois installée, elle balaya la foule du regard. La jeune femme retint un sourire en apercevant Naïl, Aria et Aaron qui avaient insisté pour être présents. Au fond de la salle, Waheed montait la garde, accompagné de quelques soldats.

La princesse s'éclaircit la gorge discrètement avant de prendre la parole.

— Messieurs, je vous remercie d'avoir fait le déplacement aujourd'hui. Je sais que nombre d'entre vous vivent au sein du Royaume d'Ilnaz, j'espère que le trajet s'est bien passé, clama-t-elle d'une voix puissante sans flancher. Si je vous ai rassemblés aujourd'hui, c'est avant tout pour me présenter. Mon nom est Selene Nyrva Nasyrian, fille de Imran Nasyrian. Je sais que certains d'entre vous ne sont que des opportunistes puisque vous figuriez parmi les conseillers les plus proches de mon père.

Elle marqua une pause, sondant les réactions de son assistance. La plupart avaient le regard froid, fermé. Sans perdre ses moyens, elle reprit.

— J'ai défait Elias Sayyadi, j'ai récupéré ce trône qui est le mien. J'entends désormais gouverner par mes propres moyens avec l'aide de mes propres conseillers. Votre aide ne sera donc plus sollicitée pour les décisions majeures. En revanche, j'ai à cœur que cette passation s'effectue sans encombre, c'est pourquoi je m'engage à écouter vos demandes, mon but n'étant pas de vous écarter de la position que vous possédez déjà. J'entends simplement régner d'une façon moins traditionnelle.

Le regard de la jeune femme tomba sur Naïl qui lui adressa un sourire encourageant.

— Des objections ? demanda-t-elle finalement.

Un vieil homme petit et chauve s'éclaircit la gorge bruyamment avant d'avancer jusqu'à se retrouver face à l'estrade.

— N'avez-vous pas un frère censé être apte à gouverner ? demanda-t-il d'une voix claire.

— En effet, cependant j'ai décidé que j'étais plus à même de gouverner que lui, répondit la jeune femme en souriant.

Un homme barbu plus élancé que le premier prit la parole.

— Quels sont vos projets, Votre Altesse ?

— Ma priorité est de faire en sorte que le peuple puisse manger à sa faim. S'ajouteront à cela des réformes pour faire en sorte que tous les enfants puissent avoir accès à l'éducation, entre autres, répondit-elle d'une voix calme et ferme.

— Quid de nos privilèges ? demanda un homme blond et barbu qui était un peu enrobé.

Le regard de Nyrva tomba par hasard sur le visage d'Aria. La jeune fille devint soudainement aussi pâle que si elle avait vu un fantôme. Nyrva fronça les sourcils et observa le visage de l'homme qui venait de prendre la parole. Il partageait les mêmes yeux bleus que son amie. Elle se remémora ce qu'Aria lui avait raconté au sujet de son géniteur. Elle fronça les sourcils, il devait sûrement être le père de la jeune fille. L'homme qui n'avait pas voulu la reconnaître à sa naissance.

La réponse de la princesse ne venant pas, l'homme s'éclaircit la gorge pour attirer son attention, ce qui eut le mérite de la sortir de ses pensées.

— Vous êtes ? demanda-t-elle d'une voix qui se voulait ferme et froide.

— Lord Harald, répondit-il fièrement en bombant le torse.

— Et bien Lord Harald, les privilèges seront maintenus pour le moment si vous m'assurez votre soutien inconditionnel et que vous vous engagez à ne rien tenter contre la couronne. En revanche, bien que cette mesure s'applique à toute cette assistance, je crains qu'elle ne puisse pas s'appliquer à vous. Vous êtes déchu de tous vos titres et de toutes vos possessions à partir de maintenant.

L'homme pâlit mais ne put rien dire avant que deux des hommes de Waheed ne l'escortent jusqu'à la sortie.

— D'autres questions ? demanda Nyrva à l'assistance, imperturbable.

Personne ne réagit. Satisfaite, la jeune femme sourit.

— Je suis sûre que nous allons pouvoir faire de grandes choses ensemble vous et moi.

— Tu n'aurais pas dû faire ça Nyrva. Et s'il cherchait à se venger ? s'exclama Aria pour la troisième fois en faisant les cent pas dans la pièce.

Nyrva soupira, agacée.

— Comment veux-tu qu'il se venge alors qu'il ne possède plus rien ? Cesse de t'en faire, il ne tentera rien, répondit-elle d'une voix lasse tout en lisant des rapports de mission.

La jeune fille s'arrêta enfin devant son amie et lui adressa un léger sourire.

— Merci, je sais que tu l'as fait pour moi. Je t'en suis reconnaissante, finit-elle par admettre.

— Ce n'est rien, il le méritait après tout, répondit Nyrva sans lever les yeux de ses documents.

Aria soupira de soulagement. Son amie savait combien cela lui avait coûté de se retrouver dans la même assemblée que son géniteur et bien qu'elle détestait plus que tous les abus de pouvoir, elle n'avait pas pu s'empêcher de lui donner une bonne leçon.

— J'ai rendez-vous avec Waheed pour m'entraîner, tu veux m'accompagner ? finit-elle par demander, en se rendant compte que le soleil commençait déjà à décliner.

D'un geste, elle posa sur son bureau les papiers qu'elle tenait en mains. Waheed détestait les retardataires.

— Je dois rejoindre Aaron. Mais merci pour l'invitation, bien que l'idée de m'entraîner avec vous ne m'enchante pas le moins du monde pour être honnête, répondit Aria en souriant.

Consciente de ses lacunes et du fait qu'elle avait besoin de s'entraîner régulièrement pour conserver un bon niveau au combat, Nyrva avait demandé à Waheed, le chef des combattants, de lui dispenser des cours particuliers tous les trois jours. Elle savait que ce qu'elle avait appris depuis petite ne lui servirait jamais à rien contre Kahil puisque c'était lui qui lui avait tout enseigné. Elle avait besoin d'apprendre à se battre différemment pour espérer pouvoir s'en sortir la prochaine fois qu'elle le croiserait, si jamais cela arrivait.

Waheed n'y allait pas de main morte. Princesse ou non, on lui avait demandé de la rendre plus forte et c'est bien ce qu'il comptait faire.

— Plus haut ton épée, hurla-t-il alors que la jeune femme haletante se battait contre un ennemi imaginaire. Utilise tes pieds, donner de bons coups de pied peut te sauver la vie, ajouta-t-il.

Soucieuse de bien faire, la jeune femme acquiesça de la tête et obéit sans discuter.

— As-tu déjà appris à te battre avec un zulfikar ? lui demanda son instructeur, curieux, alors qu'elle faisait une pause pour reprendre sa respiration.

— Non, jamais, je n'en ai jamais vu, répondit Nyrva.

— Très peu de mes combattants savent en manier un, commença-t-il. Mais je pense que cela pourrait être intéressant de t'apprendre à l'utiliser. Le secret d'Elias est justement son talent au maniement du zulfikar, personne n'a jamais pu l'égaler.

— Apprends-moi, demanda-t-elle déterminée. Je veux être capable de le défaire si jamais je me retrouve face à lui, apprends-moi à devenir plus puissante.

Waheed acquiesça d'un hochement de tête. Il tendit la main pour récupérer l'épée de la jeune femme avant de la jeter au sol. Sous le regard incrédule de la princesse, il plaça sa paume droite, face au ciel, avant d'effectuer un léger mouvement de pression. D'un coup, comme par magie, une double lame courbée se matérialisa dans sa main. Nyrva, surprise, écarquilla les yeux.

— Comment as-tu pu… murmura-t-elle, ne comprenant pas la scène à laquelle elle venait d'assister.

Fier de son effet, le lieutenant des combattants éclata de rire.

— C'est pour cette raison que je t'ai dit que très peu de mes combattants sont capables de manier un zulfikar, il répond à une magie très spécifique, expliqua-t-il calmement.

— De la magie ? demanda Nyrva sceptique. J'ignorais que les soldats en utilisaient.

— Certains prennent la peine d'apprendre pour entrer dans les équipes d'élite, d'autres se contentent d'une vie de simple soldat. Tous les hauts gradés en utilisent.

— Naïl également ? demanda-t-elle spontanément.

— Naïl est lié à un dragon, évidemment qu'il en utilise, répondit le lieutenant en souriant. Il te reste beaucoup de choses à apprendre pour parfaire ta formation militaire. Je pense que tu devrais commencer par oublier tout ce que tu as appris au sein de la Résistance, je crains que rien ne te soit utile ici.

La jeune femme soupira.

— J'en ai bien l'impression.

Elle avait le sentiment que chaque jour s'accompagnait d'une découverte, et à chaque fois elle se sentait bête de ne pas avoir découvert l'information auparavant. Elle se sentait comme si elle avait vécu dans une bulle depuis toujours, et que cette dernière avait éclaté avec l'assassinat de sa tante, lui révélant la vraie vie telle qu'elle était.

— Existe-t-il une chance que je finisse par me lier à un dragon ? finit-elle par demander intriguée.

La question lui taraudait l'esprit depuis quelques jours déjà, mais elle n'avait pas osé la formuler à voix haute, craignant d'être moquée.

— Zayd sera plus à même de te répondre mais je pense que oui, c'est possible. Tu devrais en discuter avec les dragons primordiaux lorsque tu les rencontreras, ils sont capables de prévoir ce genre de chose, répondit-il. Tu aimerais devenir une chevaucheuse ? demanda-t-il curieux.

— L'expérience a l'air intéressante, j'admire le lien qui unit Naïl et Aethaerunth. Je me demande quelle sensation cela fait d'avoir quelqu'un dans son esprit au quotidien.

— Je comprends, j'ai moi-même voulu devenir chevaucheur lorsque j'étais plus jeune. J'ai essayé pendant plusieurs années mais aucun dragon n'a jamais voulu se lier à moi.

La jeune femme gloussa.

— Ils ne savent pas ce qu'ils ratent, plaisanta-t-elle.

— C'est leur perte après tout, pas la mienne. De toute manière, je n'aurais jamais pu obtenir la place de Lieutenant des chevaucheurs avec Zayd en tant que concurrent. Je remercie donc les dragons de ne pas avoir voulu de moi.

Il fit apparaître un deuxième zulfikar dans sa main gauche et le tendit à Nyrva.

— En garde princesse, il est temps d'apprendre à te battre comme une Arzi digne de ce nom.

CHAPITRE 37

Nyrva souffrait le martyre. Elle n'imaginait pas un seul instant qu'il était possible d'avoir des courbatures au cerveau et pourtant, depuis que Waheed essayait de lui apprendre à manier la magie des combattants, elle commençait à croire que c'était possible.

Le colosse et la jeune femme se voyaient tous les jours maintenant. Elle qui initialement prévoyait de limiter ses entraînements à deux jours par semaine, la voilà qui se retrouvait une épée, un zulfikar, une dague ou un arc à la main quotidiennement. Cette nouvelle routine l'obligeait à passer ses nuits cloîtrée dans son bureau. L'entraînement était certes important, mais les affaires de l'Empire, elles, ne pouvaient pas attendre, des vies en dépendaient.

— J'ai terminé la vérification des budgets, déclara Aria, une pointe de fierté dans la voix. Je pense que nous pouvons commencer à faire parvenir les récoltes dans les villages.

Nyrva lui adressa un sourire, l'air soulagée.

— Parfait, déclara-t-elle en s'étirant. Je pense qu'on devrait proposer à ceux qui recherchent un emploi de s'engager dans notre armée, ou encore de travailler dans les champs. Je n'arrive pas à croire qu'Elias interdisait quelque chose d'aussi simple aux Arzis, déclara la princesse avant de soupirer.

— En effet c'est une bonne idée. Cependant, tu devrais aller dormir un peu avant de te lancer sur de nouveaux sujets. Tu n'aideras personne si tu t'écroules de fatigue.

La jeune femme fit la moue. Elle était en effet épuisée mais elle avait tant à faire qu'elle craignait de perdre du temps.

— S'il te plaît Nyrva, quelques heures au moins, supplia la jeune fille, une lueur d'inquiétude dans les yeux.

La princesse se leva.

— Quelques heures seulement, céda-t-elle.

Elle se dirigea vers les appartements de Naïl qu'elle n'avait toujours pas quittés. Aria ne cessait de lui rappeler que ce n'était pas digne d'une future impératrice de ne pas avoir ses propres appartements mais elle s'en moquait bien. Savoir que Naïl et Aaron se trouvaient de part et d'autre de ses murs avait quelque chose de rassurant. En se retrouvant seule dans des appartements privés, elle craignait de devenir folle et de sursauter à chaque bruit anormal.

Aaron et Naïl discutaient dans le petit salon commun en partageant une tasse de thé. Ils s'interrompirent lorsqu'elle pénétra dans la pièce. Elle s'installa dans un fauteuil en face de Naïl pendant que ce dernier remplissait une nouvelle tasse de liquide ambré pour la nouvelle venue.

— De quoi parliez-vous ? demanda-t-elle, curieuse du fait qu'ils aient cessé leur conversation.

— Nous nous demandions où Elias avait bien pu se cacher, tous les soldats partis à sa recherche sont revenus bredouilles. Par ailleurs, nous n'arrivons pas à retrouver Kahil ni Leya également, répondit Aaron agacé.

— En effet, c'est étrange, déclara la jeune femme après avoir avalé une gorgée de la boisson chaude. J'y songeais la nuit dernière et j'en suis venu à la conclusion qu'ils ne sont certainement plus dans ce monde.

Naïl haussa un sourcil.

— Comment ça ? demanda-t-il sceptique.

— Elias veut récupérer son trône, Ayden veut récupérer le même trône, le Sultan également. Leurs objectifs convergent, je suppose qu'ils me considèrent tous comme leur seul obstacle. Ils vont certainement s'allier pour me tuer puis se battre entre eux pour savoir qui récupérera réellement le pouvoir.

— En effet, c'est une idée mais Leya et Kahil ? demanda Aaron.

— Leya vendait des informations à Elias et Kahil l'a aidée à s'enfuir. Je suppose qu'ils ont dû rester en contact. Ils sont tous au palais du Sultan selon moi, déclara la jeune femme.

— L'hypothèse est intéressante, approuva une voix grave près de la fenêtre.

Ils tournèrent tous les trois la tête à l'unisson. Azlan était adossé à cette dernière, l'air songeur.

— Si seulement nous n'avions pas créé un incident diplomatique, peut-être aurais-je pu la vérifier, murmura-t-il en souriant.

Nyrva leva les yeux au ciel en avalant une nouvelle gorgée de thé.

— Si seulement j'avais épousé le Sultan, ajouta-t-elle ironique.

Naïl, n'appréciant pas la blague, fronça les sourcils.

— Plus sérieusement, sommes-nous capables de gagner une guerre contre les djinns ? J'ai l'impression que personne ne prend cette histoire au sérieux mais le Sultan à l'air d'avoir beaucoup d'ego, je crains sincèrement qu'il ne lance une offensive, déclara Nyrva.

— Évidemment que nous sommes capables de gagner une guerre contre les djinns. La question est de savoir à quel prix ? Une guerre qui nous ferait perdre plus du quart de nos hommes n'est pas une guerre dont on sort victorieux selon moi, répondit Aaron l'air grave.

Naïl soupira avant de se passer la main dans les cheveux.

— Tout dépend de l'implication des dragons dans cette guerre. S'ils acceptent de se battre à nos côtés, qu'ils soient liés à nous ou non, nous gagnerons la guerre. S'ils refusent, nous la gagnerons mais comme l'a dit Aaron la victoire ne serait pas totale.

— Tu n'as plus qu'à les convaincre, princesse, ajouta Azlan.

Nyrva fit la moue, elle n'attendait qu'une occasion de pouvoir les convaincre mais elle désespérait de rencontrer les dragons primordiaux un jour. La jeune femme reposa sa tasse sur la table basse en face d'elle et s'étira avant de se lever. Elle jeta un coup d'œil vers la fenêtre, le soleil était encore haut dans le ciel.

— Je vais dormir un peu, ne me réveillez qu'en cas de déclaration de guerre de la part des djinns, déclara-t-elle en se dirigeant vers sa chambre.

Toujours ce même rêve. La jeune femme se releva, essayant d'oublier la sensation de brûlure que lui provoquait la pierre froide. Elle regarda autour d'elle, elle ignorait toujours comment elle le savait mais elle savait qu'elle se trouvait au cœur des Gorges de Cendres, là d'où aucun Homme n'était jamais revenu. Elle apercevait à peine le ciel au travers des gros nuages gris qui le masquaient. Le vent était froid, elle frissonna. Elle huma l'air, elle ne parvenait à identifier que l'odeur du soufre. Elle se rendit compte qu'elle portait une tenue de chevaucheur tout en cuir, un pantalon près du corps, une veste rembourrée, des bottes noires qui lui arrivaient aux mollets et un harnais qui contenait ses dagues. Pour la première fois depuis des semaines son épée, qu'elle tenait dans sa main droite, n'était pas brisée. Un frisson parcourut son corps, lui glaçant l'échine. Ce rêve avait quelque chose de différent des fois précédentes et cela ne lui disait rien qui vaille.

Elle se mit en marche et commença à explorer son environnement. Tout n'était que de pierre, la hauteur des falaises semblait l'écraser. Soudain, elle entendit un craquement dans l'air. Au loin le tonnerre gronda, comme dans ses précédents rêves. La jeune princesse pressa le pas. Si elle était dans un rêve similaire aux précédents, elle allait sûrement devoir se battre puisque son épée était toujours intacte. Elle tendit l'oreille, à l'affût du moindre son, mais rien ne vint. La jeune femme finit par déboucher sur une grande plaine déserte entourée de falaises. On disait les Gorges de Cendres impraticables, elle comprenait maintenant pourquoi. Jamais elle n'avait pu observer de falaises aussi hautes et aussi lisses, la chute serait inévitable et mortelle pour n'importe qui, qui essayerait de s'adonner à leur ascension.

« Des cendres, une reine renaîtra. »

Nyrva retint un sursaut, la voix se propageait dans l'air comme si elle était portée par le vent. Elle fronça les sourcils, son rêve semblait si réaliste, elle avait du mal à croire que la sensation des éléments sur sa peau était factice. La jeune femme s'apprêtait à appeler les noms de ses compagnons pour reproduire le schéma classique de ses rêves, mais à peine eut-elle le temps de cligner des yeux qu'une femme apparut devant elle. Elle fronça les sourcils et ne parvint pas à retenir un mouvement de recul. La femme, ou plutôt la créature qui se tenait devant elle, était assez petite, peut-être même un peu plus qu'elle. Elle avait la peau assez pâle et des cheveux noir de jais qui lui arrivaient aux épaules. Ses grands yeux verts étaient les mêmes que ceux des dragons, s'ouvrant et se refermant à la verticale.

— Nyrva Nasyrian ? demanda-t-elle d'une voix caverneuse.

La jeune femme acquiesça d'un hochement de tête.

— Les dragons primordiaux demandent à te voir.

— Maintenant ? demanda Nyrva sceptique, bien consciente qu'elle ne se trouvait pas dans la réalité.

La créature ne prit pas la peine de répondre, un cri strident fendit l'air. La princesse leva la tête vers le ciel, un dragon gris volait au-dessus d'elle.

Nyrva se réveilla en sursaut, haletante. Elle posa son regard sur la grande fenêtre de sa chambre que seul l'éclat des deux lunes éclairait. La nuit semblait bien avancée, elle avait dû dormir pendant des heures. Elle s'étira, totalement courbaturée des entraînements qu'elle avait fait subir à son corps ces derniers jours. Elle devait se rendre dans les Gorges de cendres pour rencontrer les dragons primordiaux.

Elle se leva d'un bond et se prépara. Elle enfila la même tenue que celle qu'elle portait dans son rêve, espérant que cette fois-ci elle parviendrait réellement à les rencontrer. La jeune femme s'équipa de son harnais et de ses dagues mais prit la décision de ne pas emporter son épée. Elle serait beaucoup trop encombrante, et l'épée qu'elle avait vue dans ses rêves ne correspondait à aucune épée qu'elle ou ses amis ne possédaient.

Soucieuse de ne pas réveiller ses compagnons, la jeune femme traversa le salon commun discrètement et referma la porte derrière elle sans faire de bruit. Elle s'élança dans les couloirs silencieux du palais d'un pas léger. Elle ne croisa aucune âme, tout le monde semblait endormi. Elle emprunta la porte qu'elle avait découverte pour la première fois par hasard le jour où Naïl et elle s'étaient rencontrés. Les températures avaient baissé, la jeune femme se surprit à frissonner. Elle inspira profondément avant de se mettre en route, au sein des jardins privés. Elle ignorait encore comment rejoindre les Gorges de Cendres mais elle osait espérer que les dragons primordiaux aient tout prévu. La princesse se dirigea vers la piste d'atterrissage qu'elle connaissait, peu sûre de sa décision.

L'air était chargé d'une pression lourde, lui donnant l'impression que chaque pas lui demandait toute la force du monde. Un mauvais pressentiment envahit la jeune femme, comme si elle se jetait dans la gueule du loup. Elle finit enfin par atteindre la clairière. Personne ne s'y trouvait, l'ambiance était étrange, comme si quelque chose pouvait surgir des arbres alentour d'un instant à l'autre.

— Ce n'est que ton imagination, chuchota la jeune femme pour se rassurer elle-même. Il n'y a personne, tu es seule.

Un bruissement sur sa droite attira son attention. Elle prit en main l'une de ses dagues et se tint immobile, attendant que l'intrus se dévoile.

— Si je puis me permettre, non tu n'es pas vraiment seule, tonna une voix grave familière.

— Azlan, murmura-t-elle, soulagée de se retrouver face à son ami. Tu m'as effrayée, ne fais plus jamais ça, s'énerva-t-elle en reprenant ses esprits.

Le djinn sourit, il portait une tenue de combat brune, assez près du corps. La jeune femme se fit la réflexion qu'il s'agissait de la première fois qu'elle le voyait porter une tenue aussi peu élégante, lui qui avait pour habitude de soigner son apparence en toute circonstance. Ses yeux verts brillaient dans l'obscurité, contrastant avec le brun de ses cheveux qu'il avait relevés en un demi-chignon, dévoilant ses oreilles pointues. Nyrva le détailla, le djinn avait une apparence si humaine qu'elle oubliait assez fréquemment le fait qu'il n'en était pas un.

— Qu'est-ce que tu fais là ? lui demanda-t-elle surprise.

— Je t'accompagne chez les dragons.

Elle fronça les sourcils. Comment pouvait-il être au courant de sa destination. Comprenant ses interrogations, il sourit.

— Crois-moi, cela ne servirait à rien de t'expliquer la raison pour laquelle je suis au courant, déclara-t-il.

— Pourtant j'aimerais bien la connaître, cette raison, tonna une voix qui venait de derrière la jeune femme.

Elle se tourna pour découvrir Naïl, haletant, comme s'il avait dû courir pour la rejoindre. Il portait sa tenue de chevaucheur et ses cheveux étaient en bataille, comme s'il venait d'être tiré du lit, ce qui était certainement le cas.

— Aethaerunth m'a averti du fait que les dragons primordiaux voulaient enfin te rencontrer, se justifia-t-il en croisant le regard surpris de Nyrva. J'ai accouru aussi vite que j'ai pu.

— Ce n'était pas nécessaire, déclara-t-elle d'une voix calme.

Le jeune homme sourit.

— Il me semblait pourtant t'avoir clairement dit que j'étais prêt à assumer avec toi toutes les conséquences de tes décisions. Pour cela, j'ai besoin d'être avec toi lorsque tu les prends.

La jeune femme lui adressa un sourire reconnaissant. Le fait que Naïl l'accompagne la rassurait. Après tout, il fallait bien que l'un d'eux puisse communiquer avec les dragons. N'étant elle-même pas liée à l'un d'eux, elle risquait d'avoir beaucoup de mal.

Soudain, quelque chose changea dans l'air. Elle sut qu'elle n'était pas la seule à le ressentir lorsqu'elle croisa le regard de Azlan. Ce dernier semblait presque effrayé, jamais elle n'avait vu pareille expression sur son visage. Naïl, lui, resta impassible, ce qui rassura la princesse. Si Aethaerunth ne lui avait pas donné de raisons de s'inquiéter, c'est qu'ils devaient être à peu près en sécurité.

Le vent se leva, faisant voler en tourbillon des dizaines de feuilles mortes autour d'eux. Comme dans son rêve, à peine eut-elle le temps de cligner des yeux qu'une femme apparut devant eux. Cette fois-ci, elle parvint à retenir son mouvement de recul. Prenant sur elle autant qu'elle le put pour ne pas montrer ses craintes, – elle n'était pas seule –, elle n'avait aucune raison d'avoir peur. La créature qui se tenait devant elle était plus grande que dans son rêve, sa taille devait avoisiner celle de Naïl. Pour le reste, elle était exactement comme dans ses songes.

— Les dragons primordiaux demandent à te voir, répéta-t-elle de sa voix caverneuse, comme dans le rêve de Nyrva.

La jeune femme ne réagit pas, attendant que la créature lui explique de quelle façon elle était censée se présenter à eux. Cette dernière finit par tendre ses deux mains, les paumes vers le ciel. Nyrva lui adressa un regard sceptique.

— Nous devons poser nos mains sur les siennes pour qu'elle nous emmène dans les gorges, expliqua Naïl à la jeune femme.

Cette dernière se tourna vers Azlan.

— Je vous attends ici, dit-il en comprenant qu'ils n'allaient être que deux à pouvoir s'y rendre.

Elle lui adressa un regard reconnaissant avant de prendre la main de Naïl dans la sienne. Surpris, il lui sourit.

— Prête ? demanda-t-il.

— Prête, acquiesça-t-elle d'une voix déterminée avant de poser sa paume sur celle de la créature en même temps que Naïl.

CHAPITRE 38

Nyrva ignorait ce à quoi elle devait s'attendre. Dans ses rêves, les gorges lui avaient semblé inhabitées, hostiles. Elle avait énormément de mal à imaginer de quelle façon les dragons pouvaient bien y vivre. Sûrement devait-il y cacher l'équivalent d'une ville, un endroit au sein duquel ils étaient tous rassemblés et vivaient en communauté. La plupart des récits qui les concernaient disaient qu'ils vivaient ensemble et qu'ils respectaient une hiérarchie très stricte. On disait également leur système politique très développé. Nyrva était curieuse d'en savoir plus, mais elle se demandait si cette rencontre se prêterait aux questions de ce genre.

Ils se matérialisèrent sur une plaine rocailleuse. Rapidement, l'odeur âcre du soufre prit le dessus sur la douce odeur d'orage, de mer et de citron qui émanait de Naïl. Les deux amis se tenaient toujours la main, tout en détaillant leur environnement. La plaine était entourée de falaises escarpées. Cela devait être l'une des raisons pour lesquelles l'existence des dragons était restée secrète pendant vingt-cinq ans. Aucun humain ne pouvait arriver jusqu'ici, ils avaient trouvé la cachette parfaite.

Dix imposants dragons les encerclaient, leur regard reptilien posé sur eux. Nyrva reconnut Aethaerunth, la grande dragonne aux écailles gris foncé semblait veiller sur eux silencieusement.

— Aethaerunth m'explique que les dragons primordiaux vont entrer dans nos esprits pour simplifier la discussion, lui annonça Naïl d'une voix calme. Ne panique pas, ils peuvent seulement communiquer avec toi, ils n'auront accès à rien d'autre, ni tes pensées, ni ta mémoire, ni tes souvenirs.

La jeune femme acquiesça d'un simple hochement de tête. L'idée ne l'enchantait absolument pas mais elle n'avait pas réellement le choix. Le jeune homme lui serra davantage la main en guise de soutien, lui rappelant qu'elle n'était pas seule et qu'elle n'avait pas à s'inquiéter. Tout allait bien se passer.

Elle sentit précisément le moment où les dragons infiltrèrent son esprit. La sensation était étrange, elle doutait du fait qu'elle soit réellement en sécurité. Il lui semblait que quelqu'un tenait son esprit dans le creux de sa main et que d'un simple mouvement, il pouvait le briser.

— Princesse Selene Nyrva Nasyrian, fille de Imran Nasyrian et de Esme Mirza, gronda une voix dans sa tête.

Elle ferma les yeux. Soudain, c'était comme si elle se trouvait à la même hauteur que les dragons. Elle visualisa les dix créatures et su identifier qui était qui, Aethaerunth, Qallylth, Niemreonth et les sept dragons primordiaux, Nersyrth, Bazierth, Dyniasdym, Dillalth, Aekyrth, Eissuntylth, Ceirsin. Elle n'avait pas accès à leurs esprits mais elle pouvait voir, entendre et sentir leurs émotions. L'expérience était troublante pour la jeune femme qui n'avait jamais rien vécu de similaire.

Nersyrth fut la première à prendre la parole, d'une voix qui se voulait douce et bienveillante.

— Nous te remercions d'avoir fait le déplacement jusqu'à nous et nous te remercions pour ta patience. Le cours des choses a été altéré et il nous a fallu beaucoup de temps pour trouver des solutions qui permettraient de maintenir l'équilibre.

Nyrva acquiesça mentalement, pas vraiment persuadée que les dragons comprendraient ce geste.

— Tes accomplissements nous ont été rapportés, jeune héritière, reprit Aekyrth d'une voix grondante. Nous attendions le retour de Ayden Nasyrian, l'héritier du trône, pour le convoquer également.

— Ayden a pris la décision de se lier au Sultan des djinns. Il souhaite déclarer la guerre au peuple Abyad, répondit la jeune femme, une pointe d'amertume dans la voix à l'évocation des méfaits de son frère.

— Nous le savons, Aethaerunth nous a relaté ses frasques. En revanche, il ne t'appartient pas de décider s'il est légitime ou non de reprendre le trône, déclara Dillalth.

Nyrva inspira profondément, incertaine de ce qu'elle pouvait dire ou non. Elle réalisa soudain qu'elle ignorait à quel point elle était en sécurité dans ces lieux. À quel point elle était en sécurité avec les dragons ? Ils avaient beau avoir prêté allégeance à sa lignée, s'ils l'estimaient indigne du trône et donc de leur allégeance, qui sait ce qu'ils pourraient lui faire. Elle ouvrit les yeux et croisa le regard de Naïl, qui sentant son inquiétude, lui adressa un sourire qui se voulait réconfortant. Elle avait totalement confiance en Naïl qui lui-même avait totalement confiance en Aethaerunth. Mais en réalité, à quel point pouvaient-ils faire confiance à la dragonne ? Si les dragons primordiaux lui ordonnaient de les exécuter, le ferait-elle ? Elle cligna des yeux plusieurs fois, essayant de se calmer et de ne pas laisser cette pensée s'insinuer plus profondément dans son esprit. Elle devait rester maîtresse de ses émotions, ce n'était pas le moment de flancher.

— Je comprends qu'il ne s'agit pas là de mon rôle, mais pour le bien du peuple Arzi et en raison de votre silence, je me devais de prendre une décision, finit-elle par répondre d'une voix ferme et déterminée.

Elle avait beau être effrayée, il était hors de question qu'elle les laisse lui reprocher leur propre incompétence. Sans vraiment savoir comment, elle sut que Eissuntylth fronça les sourcils de mécontentement.

— Tu nous reproches d'avoir trop tardé à te convoquer, humaine ? gronda-t-il.

— Nyrva ne vous fait aucun reproche. Elle attendait patiemment de pouvoir s'entretenir avec vous, mais a préféré prendre certaines décisions seule pour le bien du peuple. Elle savait que vous les accepteriez de par votre sagesse et votre bonté, intervint Naïl nerveux.

Une montée d'inquiétude envahit Nyrva. Si Naïl lui-même exprimait sa nervosité, cela signifiait qu'elle avait également de bonnes raisons de l'être.

— Princesse, reprit Nersyrth, ignorant ses congénères. Les dragons ont juré fidélité à votre famille il y a plusieurs centaines d'années. Lorsque notre allégeance fut cédée, nous avons fait le choix d'imposer une condition. Avant chaque couronnement, nous nous octroyons le droit de déterminer lequel des héritiers en lice est le plus méritant.

Nyrva fronça les sourcils, elle n'avait jamais rien entendu de tel. Si les dragons disaient vrai, cela signifiait que Naïl et Elias avaient été mis en compétition à un moment ou à un autre. Pourquoi ne lui avait-il jamais rien dit à ce sujet ?

— Vous voulez dire que vous comptez me mettre en compétition avec Ayden pour savoir qui mérite de reprendre le trône alors que vous êtes au fait de ses actions ? reformula-t-elle pour être sûre d'avoir compris ce que disait la dragonne.

— Nous allons te mettre à l'épreuve et en fonction du résultat, nous déciderons si tu mérites la place d'Impératrice. Dans le cas où cela ne serait pas le cas, nous verrons quoi faire du véritable héritier du trône, corrigea Ceirsin d'une voix calme.

La jeune femme acquiesça, inquiète. Elle comptait bien leur montrer de quoi elle était capable. Hors de question pour elle d'échouer et de laisser Ayden reprendre le trône et la marier de force au le Sultan. En revanche, elle restait inquiète de ce que lui réservaient les dragons. Elle n'avait aucune confiance en eux.

— Très bien, déclara Nyrva. En quoi consiste cette épreuve ?

Elle aurait pu jurer qu'un rictus était apparu sur le visage de la dragonne avant qu'elle ne prononce ces mots.

— Tu vas devoir survivre, princesse.

La phrase resta en suspens dans l'air. Soudain la princesse se sentit tomber de plusieurs mètres. Elle essaya tant bien que mal de se rattraper à la main de Naïl qu'elle tenait un instant plus tôt, mais il disparut sans prévenir en même temps que le monde qui l'entourait.

La jeune femme percuta le sol de pierre encore toute chamboulée par ce qu'il se passait. Elle se frotta le poignet gauche, il lui faisait affreusement mal. Nyrva avait dû se blesser lors de sa chute. Elle observa son environnement, elle se trouvait sur une plaine rocailleuse similaire à celle qu'elle venait de quitter un instant plus tôt. Soudain, elle retint sa respiration. Au loin, une créature la fixait, immobile. Haletante, la jeune femme essaya de se relever doucement. Elle vérifia que ses dagues étaient bien en place avant de se maudire mentalement. La créature s'approcha doucement, elle allait devoir se battre sans épée.

CHAPITRE 39

Nyrva se tenait aussi immobile que possible. La créature, un mélange entre un lion, un scorpion et un être humain, s'approchait lentement d'elle en reniflant bruyamment, curieuse de découvrir quel genre de proie elle allait pouvoir se mettre sous la dent aujourd'hui. La jeune femme inspira profondément, elle avait déjà lu des récits parlant de ce genre de monstre. Une manticore. Jamais elle n'aurait cru un jour y être réellement confrontée. Prise de nausée, la jeune femme essayait de réfléchir à une façon sûre de se sortir de cette situation, sans succès.

La peur entravait sa capacité de réflexion, elle avait l'impression que quoiqu'elle fasse, la créature finirait par la dévorer tout entière. N'ayant à disposition que ses dagues, elle était condamnée à se battre au corps à corps. Mais plus la bête approchait et plus elle semblait grande et puissante.

Nyrva jura mentalement. Si seulement elle avait réussi à maîtriser la magie lorsque Waheed avait essayé de lui enseigner plus tôt. Désespérée, elle plaça sa paume droite face au ciel, avant d'effectuer un léger mouvement de pression, comme le lui avait montré le lieutenant plus d'une fois. Mais rien n'y fit, rien ne se passa. Frustrée, elle lança un regard en direction de la créature qui était maintenant bien trop proche d'elle. Elle se retourna, peut-être que si elle parvenait à la semer ?

Sans réfléchir, elle choisit la dernière option qui s'offrait à elle, elle se mit à courir aussi vite qu'elle le pouvait. Surprise, la créature ne la poursuivit pas tout de suite, ne comprenant pas ce que sa proie essayait de faire.

Haletante, Nyrva se retrouva sur un chemin escarpé, essayant tant bien que mal d'éviter les pierres qui risquaient de la faire trébucher à tout instant. Elle sut exactement à quel moment la bête se lança à sa poursuite à cause du cri strident que cette dernière poussât.

Effrayée à l'idée de perdre de la vitesse, elle n'osa pas prendre le temps de regarder derrière elle pour constater à quel point elle la distançait. Tout en courant, elle continuait à essayer d'invoquer une épée, un zulfikar, n'importe quoi qui lui permettrait de combattre la créature sans avoir à trop s'en approcher. Toujours rien, aucune arme n'apparut dans sa main. Prise de panique, la jeune femme réunit toute l'énergie qu'il lui restait pour accélérer la cadence, désespérée. Elle devait la semer. Hors de question de perdre la vie de cette façon.

Incapable de se repérer dans le labyrinthe de pierres dans lequel elle avait fini par s'engouffrer, elle tournait à gauche ou à droite au hasard, suivant son instinct et priant pour que sa chance lui permette de s'en sortir par miracle. En vain, elle déboucha sur une impasse. Horrifiée à la vue du mur de pierre qui se trouvait en face d'elle et qui lui obstruait le passage, elle se tourna lentement pour trouver la manticore qui la fixait, les dents serrées et bien visibles.

Nyrva déglutit, persuadée qu'elle vivait là ses derniers instants. Ses pensées se tournèrent sans qu'elle ne le réalise vers Naïl, il allait être si déçu d'apprendre qu'elle était morte aussi facilement.

Soudain, dans un élan de lucidité, elle se rendit compte que si elle mourait, Ayden reprendrait le trône et qu'il déclarerait certainement la guerre aux Abyads. Son peuple, qui ne s'était pas encore remis de toutes les atrocités qu'il avait dues endurer ces dernières années, se retrouverait de nouveau en plein milieu d'un conflit qu'il n'avait pas voulu, et bien évidemment c'est lui qui en pâtirait le plus. Elle ne pouvait pas les abandonner de cette façon, elle ne pouvait pas se laisser mourir aussi près du but. Elle devait survivre pour permettre aux Arzis d'enfin vivre dignement, elle devait survivre pour donner aux Arzis l'opportunité de redevenir le peuple digne qu'il avait été un jour. Elle devait se battre pour que son peuple n'ait plus à subir les décisions irréfléchies de ces hommes irresponsables qui s'étaient succédés à la tête de l'Empire.

La princesse recula lentement pour se retrouver dos au mur. Une lueur de détermination passa dans son regard, elle ne laisserait pas l'occasion aux dragons de la juger indigne du rôle d'impératrice, elle ne laisserait pas cette manticore la réduire en charpie. Elle allait se battre et elle allait sortir victorieuse de ce combat. La créature approchait doucement, savourant le sentiment qu'elle pensait être de la peur qui émanait de sa proie.

Déterminée, Nyrva plaça de nouveau sa main droite vers le ciel et effectua un mouvement de pression comme elle l'avait fait des centaines de fois ces derniers jours. Soudain, le contact du métal froid lui brûla la main, la jeune femme posa un regard surpris sur ce qu'elle venait d'invoquer, une épée brisée, comme celle qu'elle avait vue dans son rêve.

L'épée en argent était gravée d'une écriture ancienne que la princesse n'était pas capable de déchiffrer. Refusant de se laisser abattre face à ce demi-échec, elle décida que c'était le moment d'utiliser un niveau supérieur de la magie des combattants. Hors de question de prendre le risque de faire disparaître son épée pour réessayer d'invoquer un zulfikar, elle n'était pas assurée d'y parvenir une seconde fois. Elle ferma les yeux pour se concentrer et chercha au plus profond d'elle-même l'énergie qui lui permettrait de reconstituer cette épée. Waheed lui avait expliqué comment faire mais jamais elle n'avait eu l'occasion de l'expérimenter puisqu'elle s'était concentrée sur des exercices plus basiques.

Elle plongea au plus profond de son esprit et essaya de visualiser un réservoir, comme le lui avait suggéré le lieutenant. La jeune femme se trouvait maintenant dans une antichambre mentale. Les murs étaient composés de pierres grises anciennes, et en son centre un immense réservoir transparent contenait un fluide rose. Elle comprit qu'il s'agissait de la matérialisation de son pouvoir. Elle qui s'attendait à en trouver très peu fut surprise par l'importante quantité qui s'y trouvait. Si elle survivait, elle allait devoir en parler à ses compagnons ; une infinité de possibilités s'offrait à elle si elle s'avérait capable de maîtriser la magie.

Reprenant le contrôle de son corps, elle serra l'épée d'argent de toutes ses forces et y insuffla le pouvoir qu'elle avait visualisé un instant plus tôt. Une lueur aveuglante s'en dégagea, l'obligeant à détourner le regard. La bête grogna, irritée par l'éclat de l'épée. La jeune femme posa enfin son regard sur cette dernière, elle était intacte, reconstituée, comme neuve.

Prise d'une montée de confiance, Nyrva se jeta sur la bête sans réfléchir, lui portant un premier coup qu'elle para de sa puissante queue gorgée de venin. La princesse fit un pas en arrière, si elle se faisait piquer, tout serait fini pour elle.

De sa main gauche, elle récupéra l'une de ses dagues qui se trouvait sur son harnais. Si elle réussissait à faire diversion, elle avait toutes ses chances d'abattre la manticore. La créature ne lui laissa pas le temps de réfléchir, elle fonça sur elle, l'écrasant de tout son poids. Prise de panique, Nyrva se mit à donner des coups de pied dans le vide, elle devait absolument se libérer de l'étreinte de la bête. Horrifiée à l'idée que cette dernière puisse la déchiqueter de ses dents, Nyrva lui planta sa dague dans la joue. Un cri guttural s'échappa de sa gorge, la manticore recula et vacilla pendant une seconde laissant le temps à la jeune femme de l'empaler de son épée. La bête s'écroula au sol sans vie.

Nyrva recula haletante, fixant son épée plantée dans la gorge de la manticore. Elle inspira profondément et porta sa main à son cœur, elle avait failli perdre la vie.

Soulagée d'être encore vivante et en un seul morceau, la princesse se laissa tomber au sol. À peine eut-elle cligné des yeux qu'elle comprit qu'elle se trouvait de nouveau sur la plaine rocailleuse, entourée des dix dragons et de Naïl, qui s'accroupit à sa hauteur d'un geste rapide, l'air paniqué.

— Tu es blessée ? demanda-t-il inquiet.

La jeune femme fit non de la tête, encore trop choquée pour réussir à trouver ses mots.

— Elle aurait pu se faire tuer, s'énerva Naïl à l'intention des dragons primordiaux.

— Mais elle est en vie, contra Bazierth d'une voix fluette. Elle a passé le test comme le demande la tradition.

Nyrva se releva, toujours haletante, avec l'aide de Naïl qui lui prit la main, comme pour se rassurer et se rappeler qu'elle était bien en vie et à ses côtés.

— Vous vouliez vous assurer que je sois capable de tuer une manticore ? demanda la jeune femme, sceptique, qui ne comprenait pas l'intérêt de l'épreuve à laquelle elle venait d'être soumise.

— Nous voulions savoir si tu étais capable de trouver ton toi et ta puissance intérieure, la corrigea Eissuntylth. Les dragons ne perpétuent leur allégeance qu'aux héritiers qui maîtrisent réellement leur nature.

— Vous voulez parler de ses pouvoirs ? les questionna Naïl qui était tout autant perdu que son amie.

Dyniasdym retint un rictus.

— N'es-tu pas au courant, jeune humaine, que la lignée Mirza a été créée par les dragons ?

Nyrva fronça les sourcils, elle ne comprenait pas la direction que prenait cette conversation. Elle tiqua, elle avait déjà entendu le nom Mirza mais elle ne parvenait pas à se souvenir du contexte dans lequel il avait été évoqué.

— Comment ça ? demanda Naïl, lui aussi surpris.

Nyrva, toujours aussi perdue, lui adressa un regard empli de questions.

— Il y a plusieurs centaines d'années, alors que la lignée Nasyrian venait de voir le jour, Nesryn, la fille du roi Ishaq, vint nous trouver. À cette époque, les dragons vivaient parmi le peuple, parmi les humains et les djinns. Ils prenaient une forme humanoïde comme l'a fait Axya pour venir vous chercher, expliqua Ceirsin.

La jeune femme acquiesça, la créature qu'elle avait rencontrée pour la première dans son rêve était donc un dragon dans le corps d'un humain.

— Nesryn s'était liée d'amitié avec un dragon. Son père étant le plus proche ami du Sultan des djinns, elle ne s'était jamais posé la question de savoir si cette relation lui plairait ou non. La jeune princesse grandit et il s'avéra qu'elle était toujours fille unique. Son père ne la considérait pas comme son héritière car elle était une femme. Il décida donc de se mettre en quête d'un mari pour que sa fille puisse monter sur le trône après sa mort. Ce qu'il ignorait, c'est que sa fille était tombée amoureuse de son ami dragon.

— Quel est le nom de ce dragon ? l'interrompit Naïl intrigué.

— Là n'est pas la question, répondit Aekyrth agacé.

Nyrva fronça les sourcils, il était étrange que les dragons refusent de répondre à une simple question.

Ceirsin reprit son récit.

— Choqué que sa précieuse fille puisse imaginer son avenir avec autre chose qu'un prince ou un roi, Ishaq l'enferma dans ses appartements au palais. Ce qu'il ignorait, c'est que sa fille, au contact du dragon, avait développé de la magie qu'elle avait appris à maîtriser.

— Il est possible de développer de la magie en étant simplement en contact avec une créature magique ? demanda la jeune femme.

— Non pas réellement, toute créature vivante possède un réservoir de magie. C'est ensuite à elle de décider d'apprendre à le maîtriser ou non. En général, une créature dotée de magie incitera toujours son entourage à utiliser la sienne, expliqua Dyniasdym.

Nyrva acquiesça. En effet, c'était assez logique.

— Nesryn réussit à s'échapper, reprit Ceirsin. Son compagnon et elle vécurent ensemble parmi nous durant plusieurs années avant que son père ne déclare la guerre aux dragons. Les djinns et lui menaçaient de décimer nos enfants si nous ne lui rendions pas sa fille. Ce qu'ils ignoraient, c'est que son compagnon venait de perdre la vie au combat et que Nesryn était rongée par le chagrin. La princesse était presque devenue folle mais nous ne pouvions pas la remettre à Ishaq car elle faisait désormais partie des nôtres.

Ceirsin marque une pause.

— Qu'avez-vous fait ? insista Naïl qui ne comprenait pas la tournure que prenait l'histoire.

— Nesryn savait son père malhonnête, vicieux et capable de la marier à n'importe qui. Elle lui proposa donc de revenir, contre quoi, elle pouvait choisir qui serait son époux. Lors de son séjour parmi les dragons, elle avait fini par s'attacher à notre peuple, elle faisait partie des nôtres et était respectée de tous. C'est ainsi qu'elle décida d'unir les humains aux dragons. Les djinns opposèrent leur veto, les dragons étaient déjà considérablement puissants. Créer des hybrides qui deviendraient une menace pour eux était donc hors de propos.

— Comment a-t-elle uni les deux peuples dans ce cas ? demanda Nyrva d'une voix inquiète.

— Nous avons créé une lignée d'humains qui n'existe que pour s'unir aux Nasyrian, déclara Aekyrth.

Le regard de Nyrva croisa celui de son ami, ils étaient tous deux dubitatifs.

— Une lignée entière qui sert simplement d'époux et d'épouses à la lignée Nasyrian ? répéta Naïl comme si cela pouvait permettre de donner du sens à ces mots. Comment ? Je veux dire, à force de mariages, les deux lignées n'en deviennent qu'une seule et cela devient de l'inceste non ?

— Non, lorsqu'un héritier Nasyrian voit le jour, un enfant de cette lignée du sexe opposé est créé. Il ne s'agit pas de reproduction mais de création. Il est ensuite élevé parmi les dragons dans le but de devenir l'époux ou l'épouse d'un prince ou d'une princesse, expliqua Aekyrth.

— Et personne n'a jamais remis cela en cause alors que plusieurs générations se sont succédées ? compléta Nyrva qui ne comprenait toujours pas où cela était censé les mener. Pourquoi ?

Un éclair de lucidité passa dans les yeux de Naïl, il serra la main de son amie plus fort avant de plonger son regard dans le sien.

— Parce que les dragons n'ont jamais prêté allégeance aux Nasyrian, ce sont les Nasyrian qui servent les dragons, murmura le jeune homme, d'une voix choquée.

Bazierth les fixa d'un air amusé.

— Vous êtes perspicaces, déclara-t-il simplement de sa voix grondante.

La jeune femme s'apprêtait à demander pourquoi personne n'avait jamais rien fait pour arrêter cela mais elle se ravisa. La puissance des dragons était jusqu'alors inégalée, personne ne pouvait rien faire. Elle serra les poings, la lignée Mirza avait été créée, sa mère n'était pas une humaine ordinaire, elle avait été créée dans le but d'épouser son père.

— Qu'attendez vous de Nyrva ? demanda Naïl en fronçant les sourcils.

— Qu'elle se soumette à la tradition, qu'elle prenne le trône et qu'elle règne sur son peuple de la façon qu'elle le souhaite tant que cela ne va pas à l'encontre de nos directives.

Nyrva inspira profondément, rien de tout cela n'avait de sens. Comment les dragons avaient-ils pu régner dans l'ombre des Nasyrian durant toutes ces années sans que personne ne s'en rende compte. Elle ferma les yeux pour se concentrer sur sa respiration, ses émotions ne devaient pas prendre le contrôle, elle avait besoin d'être pleinement lucide.

— Attendez-vous de moi que j'épouse également un membre de la lignée Mirza ? demanda-t-elle d'une voix ferme.

Ceirsin acquiesça.

— Si tu refuses, nous décimerons l'entièreté du peuple pour lequel tu t'es tant battue, princesse, déclara-t-il.

CHAPITRE 40

Ils réapparurent dans les jardins privés du palais. Azlan les y attendait toujours, l'air soucieux. Les jambes de Nyrva défaillirent, incapables de la supporter plus longtemps. Naïl la rattrapa avec agilité avant qu'elle ne rencontre le sol.

— Que s'est-il passé ? demanda Azlan paniqué en se précipitant vers son amie.

— Les dragons ont testé sa capacité à utiliser sa magie et ils lui ont fait bien plus de révélations que ce qu'elle était capable d'encaisser en une fois, résuma Naïl en passant son bras sous les jambes de la jeune femme pour la porter.

— Je peux marcher, repose-moi, déclara-t-elle d'une voix faible.

Son ami lui adressa un regard sceptique, elle semblait avoir à peine assez de force pour rester consciente. Il prit la route du palais sans lui répondre. Lui-même avait besoin de réfléchir, les révélations des dragons tournaient en boucle dans son esprit. Elias était-il au courant ? Avait-il lui-même été approuvé par les dragons avant de récupérer la couronne ? Il avait tant de questions qui demeuraient sans réponse, il avait besoin de retrouver son frère pour en discuter avec lui.

Il se rendit directement dans ses appartements, Azlan toujours à sa suite.

— Qu'est-ce que vous avez appris ? insista le djinn, frustré de ne pas comprendre les raisons pour lesquelles Nyrva semblait mal en point.

— Les dragons ne servent pas les Nasyrian, les Nasyrian servent les dragons, expliqua-t-il en posant la jeune femme sur son lit. Les Mirzas sont une lignée créée par les dragons pour servir de concubins et de concubines aux Nasyrian, ainsi les dragons ont toujours le contrôle.

Nyrva inspira profondément.

— Je n'arrive pas à croire que c'est possible, déclara-t-elle, les larmes aux bords des yeux.

Naïl s'installa sur le bord du lit de la jeune femme, à ses côtés, tandis que Azlan s'adossa à la fenêtre, les bras croisés.

— Tu ne savais rien ? demanda le jeune homme au djinn.

Ce dernier fit non de la tête. Le regard d'Azlan se perdit dans le vide, les rouages de son cerveau en marche.

— Dans la langue ancienne Mirza signifie prince, cela fait sens, déclara-t-il finalement.

Naïl acquiesça d'un hochement de tête, il s'en était lui aussi rendu compte après la révélation des dragons.

— Je pense qu'il s'agit d'une information qui n'appartient qu'aux dragons. Jamais le Sultan n'aurait accepté de servir la famille Nasyrian s'il savait qu'elle sert elle-même les dragons primordiaux, déclara Azlan tout en réfléchissant. Qu'est-ce qu'on peut faire ?

— Absolument rien, intervint la princesse. Je me plierai à leur volonté. Hors de question de leur laisser une bonne excuse de s'en prendre au peuple juste pour me montrer de quoi ils sont capables. Je me plierai à leur volonté, je n'ai pas le choix.

— Tu as toujours le choix Nyrva, la contredit Naïl en criant presque. Si tu veux te battre et chercher une solution, je t'aiderai. Hors de question que je te laisse épouser une créature créée par ces êtres vicieux.

Nyrva se redressa et plongea son regard dans celui de Naïl.

— Naïl, la priorité reste le peuple, si je dois mourir pour rendre leur vie meilleure je mourrai. C'est mon rôle en tant que souveraine. Ne rends pas les choses plus compliquées... s'il te plaît.

— Et si je dois mourir pour que tu puisses vivre ta vie comme tu l'entends je mourrai Nyrva, il est hors de question que je te laisse te sacrifier de la sorte, contra-t-il en soutenant son regard.

Azlan soupira bruyamment.

— Je pense que nous devrions nous focaliser sur un problème à la fois. Les dragons primordiaux n'ont pas dit que tu allais devoir te marier demain Nyrva. Tu as encore le temps de réfléchir et de trouver une solution, déclara-t-il. Nous verrons ce qu'il est possible de faire en temps voulu.

La jeune femme acquiesça.

— Tu as raison, cessons d'en parler pour le moment.

Quoiqu'elle fasse et quoiqu'elle dise, Nyrva ne cessait de repenser aux révélations faites par les dragons primordiaux. Elle avait accepté de se reposer durant une demi-journée, mais elle était incapable de rester sans ne rien faire plus longtemps. Elle avait besoin d'occuper son corps et son esprit, elle avait besoin de penser à autre chose.

C'est ainsi qu'elle s'était retrouvée sur le terrain d'entraînement avec Waheed. Elle avait pris le temps de lui raconter son combat avec la manticore et la façon dont elle avait pu invoquer une épée brisée.

— Tu serais capable de l'invoquer de nouveau ? la coupa-t-il les yeux écarquillés.

— Je suppose que oui, il faut que j'essaye. Pourquoi ? demanda-t-elle sceptique.

Il lui adressa un sourire enthousiaste.

— Une épée brisée en argent, gravée d'une écriture ancienne, ce n'est pas anodin, expliqua-t-il. La description me fait penser à l'épée perdue Zelkhazir.

La jeune femme lui adressa un regard sceptique.

— Qu'est-ce que c'est ? demanda-t-elle.

— Une épée qui aurait appartenu au chef des armées du roi Ishaq. Il était demi-djinn, demi-humain et possédait de grands pouvoirs. On dit que son énergie vitale est toujours contenue dans son épée, ce qui en fait une arme très puissante.

Nyrva fronça les sourcils.

— Je vois, dit-elle en plaçant sa main droite vers le ciel et en effectuant un mouvement de pression.

L'épée apparut sans qu'elle ait à faire plus d'efforts. Satisfaite, elle sourit de toutes ses dents, se retenant de crier de joie. Elle avait enfin compris comment utiliser sa magie, elle devait maintenant apprendre à la maîtriser complètement pour devenir plus puissante.

Le regard de Waheed était rivé sur l'arme, il semblait à la fois choqué et émerveillé.

— Je n'arrive pas à y croire, murmura-t-il. Je peux la prendre ? demanda-t-il, presque suppliant.

La jeune femme acquiesça et la lui tendit. Le lieutenant l'observa sous toutes ses coutures, ne se rendant pas encore compte qu'il avait devant ses yeux une épée de légende.

— Que disent les écritures ? demanda Nyrva curieuse.

— Des cendres un héros jaillira, récita-t-il d'une voix presque solennelle.

Nyrva fronça les sourcils, la prophétie qu'elle entendait lors de ses rêves et les inscriptions de Zelkhazir lui semblaient extrêmement similaires. Elle devait en parler avec Azlan, sûrement en saurait-il davantage que les autres.

Waheed continuait d'admirer l'épée, ne faisant plus attention à la jeune femme.

— Je n'arrive pas à croire que je tiens Zelkhazir entre mes mains, mes hommes ne me croiront jamais.

Il posa son regard sur la princesse.

— De quelle façon tu l'as utilisée ? demanda-t-il curieux.

— J'ai puisé au plus profond de mon pouvoir, comme tu me l'as expliqué, pour la reconstituer, expliqua-t-elle. Pourquoi est-elle brisée ?

— Elle a été forgée ainsi, le but étant qu'elle ne soit utilisée que par les personnes qui en sont dignes.

— Qui l'a forgée ?

Waheed adressa un sourire à la princesse, heureux de pouvoir étaler son savoir.

— Une originelle, Alizeh. Elle était la compagne du général, elle la lui a offerte avant sa première bataille. Leur relation s'est mal terminée, il la trahit.

— Et bien, c'est étonnant de la part d'un homme, répondit Nyrva d'un ton railleur.

Le lieutenant leva les yeux au ciel.

Avant qu'il ne puisse répliquer, le cri d'un dragon attira leur attention. Quelques dizaines de mètres plus loin, Aethaerunth et Naïl atterrirent.

Nyrva fronça les sourcils, elle ignorait qu'ils avaient quitté le palais. Le jeune homme se dirigea vers eux d'un pas rapide, l'air perturbé, ce qui ne rassura pas la jeune femme. Waheed lui tendit l'épée qu'elle récupéra avant de la faire disparaître de nouveau, elle s'entraînerait plus tard.

— Tout va bien ? demanda-t-elle lorsque Naïl fut plus près.

— Kahil est dans la salle du trône, ainsi que le Sultan, déclara-t-il d'une voix grave.

La jeune femme écarquilla les yeux. Elle ne s'attendait pas à revoir son ancien ami de sitôt, mais surtout elle ne s'attendait pas à ce qu'il revienne par lui-même.

Sans réfléchir, elle se dirigea d'un pas décidé vers le palais, prête à le confronter. Elle avait tant de choses à lui dire, tant de choses à lui reprocher, tant de questions à lui poser. Elle inspira profondément, que pouvait-il bien faire en compagnie du Sultan ? Naïl et Waheed lui emboîtaient le pas silencieusement. Une bulle de tension entourait le petit groupe, chacun se demandant à quoi ils allaient devoir faire face.

Zephyr et Aaron se trouvaient déjà dans la grande pièce. De part et d'autre du trône, leurs regards froids étaient rivés sur les deux nouveaux venus.

Nyrva marqua un temps d'arrêt en posant le regard sur son ami d'enfance. Il semblait changé, différent, mais elle ne parvenait pas à mettre le doigt sur ce qui l'embêtait. Ce n'était plus le Kahil qu'elle avait toujours connu.

Elle se dirigea lentement vers le trône, ne voulant pas que ses invités ressentent sa panique. Elle s'y installa silencieusement avant de river son regard vers celui du Sultan, impassible.

— Ghassan Al Sabi, dit-elle d'une voix froide.

Ce dernier laissa échapper un rire nerveux. Elle n'avait jamais osé demander le nom du Sultan, mais en discutant avec Azlan elle avait fini par comprendre qu'il n'était autre que le meilleur ami de Ishaq Nasyrian, le fondateur de la lignée royale Nasyrian. Son ancêtre.

— Selene Nyrva Nasyrian, répondit le Sultan. Tu as quitté mon palais de manière bien hâtive.

— En effet, l'idée de passer une nuit dans vos geôles ne m'intéressait pas réellement.

Elle posa son regard sur Kahil dont le visage restait impassible.

— Kahil, le salua-t-elle. Je suis heureuse de constater que tu vas bien. Je commençais à m'inquiéter pour toi.

L'expression de son ami ne changea pas.

— Comme tu peux le voir, je vais bien, dit-il d'une voix sèche.

— Tu m'en vois ravie, répondit-elle avant de regarder une nouvelle fois le Sultan. Qu'est-ce qui vous amène ici ?

Le Sultan fit mine de s'avancer vers le trône. D'un geste, Naïl, qui se trouvait au bas de l'estrade, dégaina son épée. Ghassan s'immobilisa avant de froncer les sourcils.

— Vous pouvez parler de là où vous êtes, clama Naïl.

L'air agacé, le Sultan s'exécuta tout de même.

— Il est dommage que nous nous soyons quittés de cette façon lors de notre dernière rencontre. J'ai été maladroit et me suis laissé aveugler par l'ambition de mener à bien certains de mes projets. Je viens en paix aujourd'hui pour te présenter mes excuses, princesse.

La jeune femme le détailla, elle n'avait jamais pris le temps de le faire tant le Sultan ne lui insufflait que du dégoût.

Il avait l'apparence d'un homme d'une trentaine d'années, il était plus grand que Kahil et assez musclé. Ses longs cheveux noir sombre lui arrivaient aux épaules et contrastaient avec le gris de ses yeux. Sa barbe de quelques jours donnait à son visage un air plus sérieux. Si elle devait être objective, Nyrva ne pouvait nier le fait que le Sultan était beau. Mais en même temps comment un être capable de changer d'apparence au gré de ses envies pouvait-il ne pas l'être ?

— Pourquoi ce revirement de situation ? demanda-t-elle d'une voix calme.

— Je déteste me tromper mais il semblerait que j'ai misé sur le mauvais cheval, répondit-il d'une voix sincère. Ton frère n'est qu'un enfant gâté qui s'attend à ce que tout lui tombe dans la bouche. J'ai essayé de m'emparer du royaume des humains, je l'avoue, mais je sais que je ne réussirai rien si je m'allie à lui. Tu es la plus puissante de cette fratrie.

La jeune femme haussa un sourcil, sceptique.

— Tu penses pouvoir t'emparer du royaume des humains en t'alliant en moi ? Ai-je l'air aussi dupe ? répondit-elle en passant du vouvoiement au tutoiement tant elle était agacée.

Le Sultan se mit à rire.

— Ce n'est pas ce que j'ai dit Nyrva, dit-il en se passant une main dans les cheveux. J'ai beaucoup réfléchi et j'ai pris le temps de discuter avec des gens qui te sont proches, qui te connaissent.

La jeune femme posa un regard glacial sur Kahil, se demandant ce qu'il avait bien pu raconter à son sujet.

— J'ai décidé d'aborder la situation sous un autre angle. Je n'ai pas perdu l'espoir de régner sur cet Empire. En revanche, je me rends compte que je dois m'y prendre autrement, reprit le Sultan.

— Dis-nous où tu veux en venir, je déteste les personnes qui adorent s'écouter parler, intervint Naïl, agacé par le fait que Ghassan monopolise la parole pour ne rien dire.

— J'y viens prince déchu, répondit-il d'une voix ferme. J'ai bien compris que te traiter comme un outil qui m'aidera dans mes conquêtes territoriales ne fonctionnera pas avec toi Nyrva Nasyrian. Je suis donc aujourd'hui ici pour t'annoncer que je compte te courtiser, jusqu'à ce que tu concèdes à accepter de m'épouser.

Aaron retint tant bien que mal le rire qui menaçait de lui échapper tandis que Zephyr lui adressa un regard mauvais alors que lui-même tentait de contenir son hilarité.

— M'épouser ? répéta Nyrva dubitative. Soyons clair Ghassan Al Sabi, il n'existe aucun monde dans lequel je suis susceptible de succomber à tes avances. Je ne t'épouserai jamais. Plutôt mourir dans d'atroces souffrances que d'unir ma vie à la tienne.

— Je n'ai pas la prétention de croire que tu m'aimeras un jour, je sais que ton cœur appartient à l'ancien prince Sayyadi. En revanche, je sais également que rien n'importe plus pour toi que ton peuple. Si je te prouve qu'il a besoin de moi, tu céderas.

Le visage de la princesse resta impassible. Elle refusait de laisser paraître la moindre émotion.

— Je pense que tu sais pertinemment que je n'ai pas la possibilité de choisir mon époux, c'est une décision qui revient aux dragons primordiaux.

Kahil posa sur elle un regard intrigué, il ne comprenait pas de quoi parlait la jeune femme.

— C'est bien pour cette raison que je suis là, reprit le Sultan. Et si je te disais qu'il est possible pour toi de te défaire de l'influence des dragons ?

— C'est impossible, contra Aaron.

— C'est possible, le contredit Ghassan. Les dragons se pensent maîtres du monde mais il existe plus puissant qu'eux.

— Comment ? demanda simplement Nyrva.

— Tu vas devoir me faire confiance, répondit-il. En gage de ma bonne foi, je t'ai amené Kahil ton meilleur ami, qui est également le traître qui a permis à Elias Sayyadi de s'enfuir.

La jeune femme fronça les sourcils en comprenant que Kahil était entravé par des liens invisibles. Ainsi, c'était pour cette raison qu'il n'avait pas du tout bougé depuis le début de cette entrevue.

— Nous nous reverrons bientôt, déclara Ghassan avant de disparaître dans un nuage de fumée, comme avait l'habitude de le faire Azlan.

La princesse se détendit, songeuse, Ghassan disait-il la vérité ?

— Ne le laisse pas s'insinuer dans ton esprit, répondit Naïl comme s'il pouvait lire dans ses pensées. Il a planté une graine pour que tu te mettes à douter et que tu sois plus facilement manipulable.

Zephyr acquiesça, il était d'accord avec le raisonnement du chef des armées.

— Je sais, déclara la jeune femme en se levant de son trône pour se diriger vers son ami, qui n'avait toujours pas bougé. Comment t'es-tu retrouvé dans cette situation Kahil ? demanda-t-elle d'une voix douce.

Malgré tout, elle avait du mal à considérer Kahil comme un traître. Pour elle, il s'était retrouvé dans une spirale de mauvaises décisions sans que rien de tout cela ne soit calculé.

— Ma situation n'est que le résultat de mes nombreux mauvais choix, répondit-il d'une voix lasse.

— Je sais, dit-elle sur le même ton. Libérez-le et confinez-le dans une chambre sous haute surveillance. Je veux qu'il soit bien traité, déclara-t-elle avant de quitter la salle du trône.

CHAPITRE 41

Le regard rivé vers son propre reflet dans le miroir, Nyrva inspira profondément. Elle n'était plus si sûre de savoir quoi faire ou qui croire. Une graine de doute avait pris racine dans son esprit. Et si Ghassan avait raison ? Et s'il était réellement possible de se défaire de l'influence des dragons ? Était-il préférable pour son peuple de bénéficier du soutien des djinns ou du soutien des dragons ? Elle pensa à la multitude de soldats de l'armée qui étaient liés à un dragon. Elle ne pouvait pas prendre le risque que les dragons décident de rompre ces liens.

Elle soupira. Plus que jamais, elle avait besoin des conseils de ses amis. Réfléchir à la question seule ne la menait à rien. La jeune femme s'était retirée dans sa chambre pour prendre un bain. Elle se sentait encore toute poisseuse de sueurs après son entraînement avec Waheed. Elle n'avait pas pu prendre le temps de se laver avant sa rencontre inopinée avec le Sultan.

Après avoir enfilé une chemise de lin large et un pantalon près du corps, la princesse détacha ses cheveux. Elle prendrait le temps de les démêler une autre fois, lorsqu'elle aurait plus de temps pour les laver.

Nyrva ouvrit la porte de sa chambre. Elle ne fut pas surprise de retrouver

Naïl qui l'attendait, adossé au mur, les bras croisés. Une conversation que les deux amis repoussaient depuis bien trop longtemps s'imposait entre eux, mais la jeune femme ne ressentait que de l'appréhension à l'idée d'aborder ce sujet. Elle avait ignoré les regards et les sous-entendus de Naïl pendant trop longtemps, essayant de se convaincre elle-même qu'elle y était insensible. Sans succès, elle ne cessait de penser au prince déchu. Qu'importe l'heure de la journée ou de la nuit qu'il était, il ne quittait jamais son esprit. Elle avait d'abord cru à une petite attirance passagère. Après tout, toutes les femmes passaient par-là au moins une fois, elle n'était pas l'exception. Mais les jours s'étaient succédés, et avec eux cette attirance n'avait fait que croître. Naïl Sayyadi hantait ses pensées. Nyrva était incapable de réfléchir correctement en sa présence et plus que tout elle ne voulait pas réfléchir correctement. Tout ce que souhaitait la princesse, c'était se perdre dans les bras puissants du jeune homme et ne plus avoir à réfléchir par elle-même.

— Je pense qu'on doit parler, déclara-t-il d'une voix hésitante qui la sortit de ses pensées.

Elle acquiesça d'un hochement de tête, un léger sourire sur les lèvres.

— En effet.

Elle se retira de l'embrasure de la porte pour l'inviter à entrer dans la chambre, avant de la refermer derrière eux.

Ne sachant pas où se mettre et ayant peur d'envoyer les mauvais signaux, Naïl s'adossa au rebord de la fenêtre, les bras toujours croisés. Il essayait de se donner de la contenance du mieux qu'il le pouvait, lui qui n'avait jamais été aussi effrayé à l'idée de simplement converser avec quelqu'un. En vingt-neuf ans de vie, Naïl avait eu l'occasion de mener de nombreuses batailles, chacune plus dangereuse que la précédente, Et pourtant, il avait toujours foncé tête baissée sans s'inquiéter de l'issue de ces dernières, mais aujourd'hui, il avait l'impression de mener la plus importante d'entre elles. Jamais il n'avait été aussi nerveux.

Nyrva s'installa sur le rebord du lit, face à lui. Leurs deux regards perdus l'un dans l'autre. Un silence lourd de sous-entendus emplit la pièce. Aucun des deux n'osa le briser, ne sachant pas par où commencer. Ils avaient tant de choses à se dire, ils s'étaient tous deux rejoué cette scène des milliers de fois avant d'aller se coucher, mais pourtant, maintenant qu'ils étaient seuls aucun mot n'osait franchir leurs lèvres.

Nyrva finit par soupirer bruyamment avant de glousser.

— Regarde-nous, à la tête d'un immense Empire sur le point de livrer bataille à des créatures surnaturelles mais incapable de lancer une simple discussion, dit-elle pour détendre l'atmosphère qui se faisait de plus en plus lourde.

Naïl rit légèrement. Elle avait raison, il devait prendre son courage à deux mains et enfin dévoiler tout ce qu'il avait sur le cœur depuis le jour de leur rencontre.

— Je suppose que je vais devoir commencer, dit-il railleur, avant de reprendre son sérieux et de plonger son regard d'onyx dans celui tout aussi sombre de la jeune femme. Nyrva, cela doit faire un peu plus d'une année maintenant que nos chemins se sont croisés dans les jardins privés du palais. Je pense que depuis ce jour-là, mes sentiments pour toi ne sont un secret pour personne, et pourtant chaque jour nous nous côtoyons comme si de rien n'était et comme s'ils n'existaient pas.

Sans qu'elle ne puisse le contrôler, les joues de la jeune femme s'empourprèrent. Elle se mit à jouer avec le rebord des manches de sa chemise, ressentant le besoin urgent de faire quelque chose de ses doigts pour apaiser la tension qui menaçait de la submerger.

— J'ai su, reprit-il, dès l'instant où je t'ai rencontrée que tu n'étais pas n'importe quelle femme Nyrva, et depuis je ne cesse de penser à toi.

— Pauvre Aethaerunth, rétorqua spontanément la princesse.

Naïl contint un rire avant de reprendre avec tout le sérieux du monde.

— Je sais que mes sentiments sont réciproques, déclara-t-il confiant. Je sais que secrètement, tu penses toi aussi constamment à moi.

Nyrva ne réagit pas, se contentant de soutenir le regard du jeune homme.

Elle qui pensait avoir été discrète quant à ses sentiments pour lui, voilà qu'elle découvrait qu'elle avait été percée à jour.

Naïl ne se laissa pas impressionner par le manque de réaction de la princesse, la voix toujours aussi assurée il continua.

— Même si les dragons primordiaux et les djinns semblent s'être mis d'accord pour se mettre en travers de notre chemin, je ne renoncerai pas, je ferai de toi ma femme Selene Nyrva Nasyrian.

La jeune femme lui adressa un regard surpris. Elle connaissait les sentiments de Naïl depuis quelque temps déjà, mais jamais elle n'aurait cru qu'ils étaient sérieux au point qu'il envisage de l'épouser. À vrai dire, la raison pour laquelle elle avait ignoré ses sentiments était qu'elle craignait qu'il ne soit pas sincère. Elle craignait qu'il s'agisse là d'une attirance temporaire et qu'il finisse par lui briser le cœur.

Elle le détailla, elle n'avait jamais ressenti d'émotions aussi intenses à la vue d'une personne. Elle s'en était rendu compte lorsqu'ils avaient été séparés pendant huit mois. Jamais elle n'avait connu douleur pareille. Le jeune homme n'avait quitté ses pensées à aucun moment. Elle n'avait pensé qu'à leurs retrouvailles, se ressassant en boucle des scénarios tous aussi différents les uns que les autres.

— À quel point m'aimes-tu, Naïl ? demanda-t-elle d'une voix incertaine, les mains tremblantes, jouant toujours avec les rebords de ses manches.

Nyrva n'avait jamais expérimenté ce qu'était l'amour. Elle avait été aimée par sa tante adoptive, elle le savait. Nada la considérait comme sa fille et elle l'aimait comme telle. Elle avait expérimenté l'amour amical avec Kahil, Mina, puis plus récemment Aria, mais jamais elle n'avait su ce que signifiait le fait d'être aimée amoureusement. C'est pour cela qu'elle n'avait pas su mettre de mots sur les sentiments qu'elle portait au prince déchu plus tôt.

— Je suis prêt à réduire ce monde en cendres pour toi shahzadeh, répondit-il le regard déterminé.

— Es-tu prêt à affronter le courroux des dragons primordiaux pour moi ?

Si Naïl se tenait à ses côtés, elle était prête à se battre. Dragons primordiaux ou non, elle choisirait son époux et elle trouverait une solution pour que son peuple demeure sain et sauf.

Il laissa échapper un rire nerveux avant de s'approcher de la jeune femme et de s'accroupir pour se mettre à sa hauteur.

— Je suis prêt à leur déclarer la guerre et à les combattre seul, pourvu que cela me permette de demeurer à tes côtés, Nyrva.

Nyrva posa sa main sur la joue de Naïl et soutint son regard.

— Je t'aime Naïl, dit-elle dans un souffle.

CHAPITRE 42

Kahil n'en pouvait plus d'attendre. On l'avait conduit dans une chambre des heures auparavant et personne n'était encore venu l'interroger. Il soupira.

Il avait trahi Nyrva. La jeune femme avait beau être juste, il savait pertinemment que jamais elle ne lui pardonnerait ce qu'il avait fait. Il se sentait stupide, lui qui s'était réfugié à Nasameru. Pensant miser sur le bon héritier, le voilà qui se retrouvait prisonnier de sa propre meilleure amie. Il n'avait jamais été doué pour les décisions stratégiques ; cela avait toujours été Nyrva qui prenait les initiatives et lui qui les exécutait. Si seulement il était resté sur cette dynamique.

La porte s'ouvrit soudain. Kahil releva la tête pour trouver Nyrva qui le fixait d'un regard ne trahissant aucune émotion. Le visage de la jeune femme restait impassible. Elle entra dans la pièce et s'installa dans un fauteuil près de la cheminée sans engager la conversation. Kahil fit de même, il s'installa silencieusement dans le fauteuil en face du premier. Son cœur battait la chamade, son destin se jouait maintenant.

— Je n'aurais jamais cru que notre relation évoluerait de cette façon, déclara Nyrva tout en jouant avec le rebord de ses manches, le regard rivé sur le feu qui crépitait dans la cheminée. Je n'ai jamais eu beaucoup d'ambitions. En même temps personne ne nous a jamais laissés en avoir. J'ai toujours pensé que je mènerais une vie simple mais je m'en suis toujours contentée parce que tu étais là. À quoi bon vouloir plus alors que j'étais accompagnée et aimée ?

Kahil garda le silence, ne sachant pas quoi répondre.

— J'ai longtemps réfléchi à ce que je pourrais te dire lors de nos retrouvailles, reprit-elle. Mais maintenant que tu es face à moi, les mots me manquent.

— Je ne pensais pas avoir l'occasion de te reparler un jour, finit par répondre Kahil. Lorsque je suis parti, je pensais ne plus jamais te revoir.

— Pourquoi ? demanda-t-elle.

— Elias m'a convaincu que tu n'étais pas celle qui hériterait du trône, expliqua-t-il en comprenant sa question. Il m'a mis face à ma jalousie et m'a promis que Naïl ne t'aurait jamais si je l'aidais.

La jeune femme soupira bruyamment.

— Rima m'a un jour dit que la jalousie pouvait être dangereuse alors qu'elle me parlait de toi. J'aurais dû l'écouter et être plus méfiante. Tu as toujours confiance en Elias ?

Kahil fit non de la tête.

— Il m'a livré au Sultan ; évidemment que je ne lui fais plus confiance, répondit-il, agacé envers lui-même.

— Où est-il ?

— Toujours à Nasameru. Il veut récupérer son trône mais le Sultan ne semble pas réellement enclin à l'aider depuis qu'il a eu l'idée de te courtiser.

Nyrva soupira bruyamment.

— Je n'arrive pas à croire que tu l'aies suivi pour une raison aussi bête. Le Kahil avec lequel j'ai grandi n'aurait jamais fait cela. Tu as tellement changé.

La princesse se leva pour se diriger vers la fenêtre. Le ciel était teinté de lueurs orangées et rosées. Le soleil disparaissait à l'horizon tandis que les deux lunes prenaient sa place dans le ciel.

— Puis-je de nouveau te faire confiance ? demanda-t-elle d'une voix ferme.

Kahil lui adressa un regard circonspect. Il ne savait pas à quoi s'attendre mais jamais il n'aurait imaginé que la jeune femme puisse penser à faire preuve d'indulgence envers lui.

— Tu peux me faire confiance, déclara-t-il d'une voix assurée. Je ne te trahirai plus jamais, je te le jure.

Un léger sourire apaisé se dessina sur les lèvres de la jeune femme.

— Dans ce cas, tu es libre d'aller où tu le souhaites Kahil Aslani. Tu auras toujours ta place à mes côtés mais je ne t'obligerai jamais à rester.

Sans attendre de réponse, elle se dirigea vers la porte de la chambre.

— Nyrva, l'arrêta-t-il.

La princesse posa un regard intrigué sur son ancien meilleur ami.

— Merci, dit-il.

— Je n'ai rien fait.

— Je tiens tout de même à te remercier, je ne méritais pas d'être pardonné aussi facilement, j'en ai conscience.

— Tout le monde mérite une deuxième chance Kahil, déclara-t-elle

« Des cendres, une reine renaîtra. »

Toujours ce rêve. Nyrva se réveilla haletante. Elle qui était persuadée qu'après sa rencontre avec les dragons ce rêve disparaîtrait, elle s'était bien trompée.

Son regard se posa sur la fenêtre, la nuit était bien avancée, sa chambre baignait dans l'éclat de la lune bleue. La jeune femme s'étira, elle ne trouverait plus le sommeil, elle le savait. Elle se leva de son lit d'un bond, elle avait besoin de se dégourdir les jambes.

La princesse enfila l'une de ses tenues de chevaucheuse. Elle avait besoin d'être à l'aise. Peut-être irait-elle s'entraîner une fois le soleil levé ? Elle traversa les appartements de Naïl sans un bruit et se dirigea vers son bureau.

Le palais entier semblait endormi, elle ne croisa personne excepté quelques gardes qui faisaient leur ronde qu'elle salua d'un signe de tête. Ces derniers jours, elle se sentait comme apaisée. Malgré les révélations des dragons et des djinns, Nyrva était heureuse de constater qu'elle s'était totalement habituée à son nouveau rôle de souveraine. Elle avait encore beaucoup de choses à apprendre et elle le savait, mais elle était heureuse de constater que la plupart des soldats l'avaient acceptée, qu'elle avait trouvé une façon viable d'organiser ses tâches et qu'elle était à même de prendre de bonnes décisions sans douter d'elle-même pendant des jours.

Contrairement à sa chambre, son bureau baignait dans l'éclat lunaire argenté de la seconde lune. Nyrva alluma les bougies qui se trouvaient sur son bureau et enfila le châle qu'elle avait laissé sur son fauteuil la veille. Les températures avaient considérablement augmenté ces derniers jours et le printemps approchait à grand pas mais les nuits restaient assez fraîches.

La jeune femme s'installa derrière son bureau et entreprit de trier les documents qui le jonchaient. Elle manquait cruellement d'organisation.

Deux heures filèrent sans qu'elle ne s'en rende compte, le nez trop profondément plongé dans les réformes politiques et nouveaux textes de loi. Elle laissa échapper un bâillement avant de s'étirer.

— Tu travailles tôt, constata une voix grave.

Elle leva les yeux vers Azlan qui l'observait depuis l'encadrement de la porte. Elle avait l'impression de ne pas avoir vu son ami depuis des jours tant elle avait été occupée.

Sans attendre de réponse de sa part, il s'installa sur l'un des sièges en face du bureau.

— Comment se sont passées les retrouvailles avec Kahil ? demanda-t-il curieux.

Nyrva s'affala sur son siège et soupira.

— Plutôt bien, nous n'avons pas réellement eu l'occasion de nous parler. Je ne l'ai pas revu depuis d'ailleurs, il est encore au palais ?

Azlan acquiesça.

— Ton discours sur les deuxièmes chances a dû faire son petit effet, il a décidé de rester parmi nous pour le moment. Il s'est excusé auprès de Rima et Zephyr hier soir. Il a l'air de réellement s'en vouloir, c'est plutôt positif.

La jeune femme acquiesça, satisfaite.

— Que penses-tu de la proposition du Sultan ? demanda-t-elle curieuse.

Elle n'avait pas eu l'occasion d'en parler avec lui, mais elle se doutait bien du fait qu'il soit au courant. Après tout, Azlan était une véritable commère.

— Je trouve ça à la fois osé et malin. Je me demande ce que ton frère en pense, il n'a sûrement pas dû apprécier le fait d'être écarté de la stratégie de Ghassan aussi rapidement, répondit le djinn.

— Je me méfie de Ayden, tant d'échecs et de déceptions ne peuvent mener qu'à de mauvaises choses. Je crains qu'il ne s'allie à Elias et qu'il ne tente quelque chose. Nous devrions rester vigilants.

Azlan acquiesça d'un hochement de tête. L'ego des deux hommes combiné pouvait s'avérer très dangereux.

— J'en parlerai aux lieutenants dans la journée, ajouta-t-elle en bâillant une nouvelle fois.

— Tu devrais peut-être retourner te coucher, proposa son ami.

Nyrva s'apprêtait à refuser la proposition du djinn lorsqu'un fracas résonna dans la pièce. Les deux amis échangèrent un regard paniqué avant de se diriger vers la source du bruit en courant. On aurait cru que le monde avait plongé dans le chaos. Des bris de verre éclaté les entouraient dans les couloirs du palais, tandis qu'un son intense et discordant résonnait. La princesse inspira, cherchant à reprendre ses esprits pour pouvoir réfléchir correctement.

Au travers de l'une des fenêtres brisées, elle le vit. Niemreonth, le dragon d'Elias, balayait de sa queue les murs de la bâtisse. Un profond sentiment de peur envahit la jeune femme. Si le palais se faisait attaquer, qu'était-elle censée faire ? Quels ordres devait-elle donner ? Elle se précipita vers la cour, prête à en découdre avec son ennemi. Azlan, qui courait à ses côtés, lui attrapa la main pour disparaître dans un nuage de fumée et les fit réapparaître dans un coin de la cour martiale du palais.

Elias, sur le dos de son dragon, lui adressa un regard mauvais avant de mettre pieds à terre. Sans réfléchir, la jeune femme invoqua son épée, Zelkhazir, et se dirigea vers l'empereur déchu.

— Cette fois-ci, tu es un homme mort Elias Sayyadi, clama-t-elle la voix emplie de rage avant de croiser le fer avec son ennemi.

Elias para son attaque facilement, les commissures de ses lèvres relevées.

— Je ne te laisserai pas l'avantage cette fois-ci, princesse, déclara-t-il.

Nyrva fronça les sourcils.

— L'avantage ? Je t'ai presque tué la dernière fois, laisse-moi te rafraîchir la mémoire, contra-t-elle en lui assénant un coup qui faillit lui érafler le bras.

Niemreonth s'était calmé. Azlan fronça les sourcils, c'était étrange. Pourquoi Elias avait-il cherché à attirer Nyrva dans cette cour ? Naïl et Aaron arrivèrent au même moment tandis que Aethaerunth et Qallylth se posaient de part et d'autre du dragon d'Elias.

Sans réfléchir, Naïl se lança dans la bataille. Aaron s'apprêtait à en faire de même mais le djinn le saisit par le bras pour l'arrêter.

— Il y a quelque chose d'étrange, dit-il.

Aaron observa la scène, Elias combattait seul contre Nyrva et Naïl tandis que son dragon se tenait en retrait.

— Tu as raison, déclara-t-il. Trouve Waheed et Zayd, dis-leur de mobiliser leurs hommes.

Azlan acquiesça avant de se volatiliser.

Aaron rejoignit Nyrva et Naïl qui avaient immobilisé Elias au sol.

— Qu'est-ce que tu prépares ? demanda le blond, circonspect.

Elias ricana. Au même moment, une explosion se fit entendre à l'autre bout du palais.

Nyrva et Naïl échangèrent un regard hébété.

— Aaron, va voir ce qu'il se passe avec Qallylth, ordonna Nyrva d'une voix ferme. Naïl, que Aethaerunth prévienne le dragon de Zayd qu'il nous faut des hommes ici et là-bas tout de suite.

— J'ai averti Zayd, intervint Aaron avant de se diriger vers son dragon.

La jeune femme inspira avant de poser son regard sur Elias toujours au sol.

— Qu'est-ce que tu as fait ? demanda-t-elle la voix emplie de rage.

— Je récupère simplement ce qui m'appartient, cracha-t-il.

Nyrva fronça les sourcils, incapable de tenir en place à l'idée qu'elle puisse manquer le réel affrontement qui se déroulait de l'autre côté de la bâtisse.

— Je vais aider les autres, déclara-t-elle.

Naïl la retint par le bras.

— Je ne peux pas te laisser y aller seule.

— Je ne serai pas seule, Azlan y est, il me protégera s'il se passe quelque chose, contra-t-elle.

— Nyrva, insista-t-il.

La jeune femme inspira.

— S'il te plaît Naïl, laisse-moi y aller. N'essaye pas de m'empêcher de prendre mes propres décisions.

— Ne te mets pas en danger, céda-t-il.

CHAPITRE 43

La cour avant du palais était en proie au chaos. Ce lieu qui était d'ordinaire empli de vie, de joie et de rire d'enfants, n'était plus que sang, agonie et destruction. Des éclats de pierres et de verres jonchaient le sol déjà souillé par le sang des combattants. La cour s'était transformée en véritable champ de bataille.

Les soldats impériaux se battaient contre des djinns. Nyrva serra les poings, Ghassan n'était qu'un vil menteur, comment avait-elle pu croire qu'il n'entreprendrait rien sous prétexte qu'il prévoyait de la courtiser ? Elle le lui ferait payer, elle le tuerait de ses mains.

La jeune femme se lança dans la bataille, Zelkhazir toujours en main. Au loin, elle aperçut Aaron, Waheed, Zayd et Shahin qui se battaient du mieux qu'ils le pouvaient, pendant que d'autres soldats évacuaient les habitants du palais avant qu'ils ne soient blessés.

Rima et Zephyr étaient également présents mais elle ne voyait Kahil nulle part. Un sentiment étrange se propagea en elle, elle espérait que rien n'était arrivé à son ami.

Azlan apparut à ses côtés, un zulfikar à la main.

— Tu aurais dû rester auprès de Naïl, déclara-t-il d'une voix haletante.

— Je ne peux pas rester cachée alors que le palais se fait attaquer, rétorqua-t-elle. Qu'est-ce qui a bien pu faire changer d'avis Ghassan ?

— Ce ne sont pas les soldats de Ghassan, ce sont des mercenaires. Ils ont dû être payés par Elias.

Nyrva haussa un sourcil.

— Dans quel but ? Cette attaque n'a aucun sens, il ne compte tout de même pas reprendre la couronne à l'aide d'une escouade de mercenaires ?

Le djinn haussa les épaules.

— Commençons par nous occuper de leur cas, nous réfléchirons à ses raisons plus tard. Va te mettre à l'abri, je m'occupe du reste, dit-il d'une voix déterminée.

Nyrva acquiesça avant de se diriger vers l'intérieur de la bâtisse. Mieux valait ne pas rester à l'extérieur si Azlan comptait faire une démonstration de sa puissance. La jeune femme se mit en quête des appartements d'Aria pour s'assurer que son amie allait bien. Elle avait un mauvais pressentiment, quelque chose se préparait, elle le sentait mais elle était incapable de mettre des mots là-dessus.

Le palais était en proie à la panique, les gardes essayaient d'évacuer tant bien que mal ses habitants, mais la peur ambiante ne leur facilitait pas la tâche. Nyrva se fraya un chemin dans cette marée humaine jusqu'à atteindre son bureau. Des hurlements et des cris gutturaux se faisaient entendre de l'extérieur. Elle supposait qu'Azlan avait de nouveau pris la forme de cette bête effrayante, comme il l'avait fait la première fois qu'elle avait partagé une bataille à ses côtés. Elle espérait que le reste de ses compagnons avait pu se mettre à l'abri avant.

Aria se trouvait au sein du bureau Impérial, Nyrva soupira de soulagement. Elle avait été si inquiète qu'il puisse arriver quelque chose à son amie.

— Tu vas bien ? demanda-t-elle tout en refermant la porte derrière elle.

Aria acquiesça, l'air anxieuse.

— Aaron m'a demandé d'attendre ici que les choses se tassent. Est-ce que tout le monde va bien ? demanda-t-elle inquiète tout en resserrant de ses mains le châle de mousseline blanche posé sur ses épaules.

— Pour le moment, tout le monde va bien, ne t'en fais pas, la rassura Nyrva tout en enfilant ses dagues dans son harnais.

Depuis le début de la bataille, elle n'avait que Zelkhazir sur elle, mais cela ne suffisait pas. Elle se sentait nue sans ses dagues.

— Je vais rejoindre Naïl, il est seul avec Elias dans la cour martiale, déclara Nyrva l'air soucieuse. Reste ici, ne te mets pas en danger inutilement et verrouille la porte derrière moi.

La jeune fille acquiesça sans protester, trop perturbée par le cours que prenaient les événements.

Nyrva quitta la pièce et arpenta d'un pas rapide et décidé les couloirs du palais qui étaient désormais vides. Elle prit de nouveau la direction de la cour martiale.

Alors qu'elle s'en approchait, une violente douleur la stoppa net. Elle inspira profondément, les deux mains sur les tempes. Jamais elle n'avait connu une aussi grande douleur. Elle s'adossa à un mur, incapable de soutenir son propre poids sans aide. La douleur lancinante lui donnait l'impression que son crâne allait exploser.

« Des cendres, une reine renaîtra. » Nyrva écarquilla les yeux et regarda autour d'elle. Personne. Elle avait pourtant entendu la même voix que dans son rêve qui prononçait les mêmes mots que dans ces derniers, et cette fois-ci, la voix ne venait pas de sa tête. Elle l'avait bel et bien entendue.

Elle inspira de nouveau. Douleur ou non, ce n'était pas le moment pour elle de se laisser distraire. Elle devait rejoindre Naïl. Elle reprit son chemin vers la cour, essayant tant bien que mal de faire abstraction de la douleur.

À sa plus grande surprise, quatre dragons s'étaient joints à ceux déjà présents plus tôt. La jeune femme fronça les sourcils. Au loin elle voyait

Elias, libre.

Naïl se tenait face à lui, l'air en grande discussion avec son frère. Quelque chose n'allait pas. Elle s'approcha des deux hommes lentement. Le visage de Naïl semblait fermé, il se comportait de façon anormale.

Elle ignorait lequel, mais l'un des dragons laissa échapper un cri guttural, attirant l'attention vers elle. Elias sourit en la voyant arriver tandis que Naïl fronça les sourcils, l'air inquiet.

— Nyrva, ronronna presque Elias de sa voix grave. Tu arrives au bon moment.

La jeune femme haussa un sourcil.

— Qu'est-ce qu'il se passe ici ? demanda-t-elle d'une voix ferme tout en posant l'une de ses mains sur sa dague.

Naïl soutint son regard sans répondre.

— Il semblerait que les dragons aient changé d'avis, répondit Elias en souriant.

Sans chercher à comprendre ses paroles, Nyrva tourna la tête vers les quatre dragons primordiaux qu'elle n'avait pas reconnus plus tôt, Nersyrth, Bazierth, Aekyrth et Ceirsin. Mettant son mal de crâne de côté, elle leur adressa un regard plein de défi.

— Expliquez-vous, exigea-t-elle d'une voix froide et ferme.

De la même manière qu'ils l'avaient fait la première fois, les dragons primordiaux s'immiscèrent dans son esprit. La jeune femme retint son souffle, jamais sa tête ne lui avait paru aussi lourde à porter. Elle avait l'impression que cette dernière allait exploser. La princesse utilisa tout ce qu'il lui restait d'énergie pour ne pas s'évanouir sous le coup de la douleur.

— Tu ne peux exiger de nous aucune explication, humaine, gronda Aekyrth, l'air contrarié.

Nyrva fronça les sourcils.

— Pourquoi avoir libéré Elias ? insista-t-elle sans flancher.

Elle sentit le lourd regard de Bazierth sur elle qui se voulait railleur. Un mauvais pressentiment l'envahit, elle tourna son regard vers Naïl qui n'avait toujours rien dit depuis son retour.

— Naïl ? appela-t-elle inquiète. Qu'est-ce qu'il se passe ?

Le jeune homme ne lui rendit qu'un regard empli de détresse, lui qui d'ordinaire était si vindicatif et déterminé.

— Qu'est-ce que vous lui avez fait ? hurla-t-elle à l'intention des dragons.

— Il a été décidé que la famille Sayyadi récupérerait le trône, tonna Ceirsin. Le plus jeune des frères refuse de nous servir, nous l'avons donc entravé le temps de pouvoir décider de son sort.

— La famille Sayyadi n'a aucun droit de régner sur cet Empire, répondit-elle froidement.

— C'est une décision qui nous revient, humaine, répondit Nersyrth plus calmement que ses compagnons.

Nyrva inspira profondément, les poings serrés.

— Mes ancêtres vous ont peut-être servis mais je refuse de faire de même, ce trône est le mien. Je ne vous laisserai pas vous en emparer.

L'un des dragons gronda, exprimant ainsi sa désapprobation. Nyrva invoqua Zelkhazir. Hors de question de se laisser impressionner par ces lézards géants, elle comptait bien se battre jusqu'au bout.

Elias invoqua à son tour un zulfikar avant de s'approcher de la jeune femme.

— Tu n'es pas obligée de te battre Nyrva, dépose les armes et accepte ton destin, déclara Elias. Je ne te ferai pas exécuter si tu ne résistes pas.

— Libère Naïl et je déposerai les armes, répondit-elle.

— Je ne libérerai pas ce traître qui se bat pour qu'une autre personne accède au trône, cracha-t-il. Il n'est qu'une honte pour notre lignée.

Avant que Nyrva n'ait pu esquisser le moindre mouvement, elle sentit son corps se relâcher. Zelkhazir tomba à ses pieds sans qu'elle ne puisse rien faire pour l'en empêcher. La jeune femme écarquilla les yeux, les dragons l'avaient entravée. Elle ne pouvait plus rien faire, elle allait mourir.

Elle voulait hurler. Son mal de tête s'intensifia, elle avait l'impression que sa tête allait exploser d'un moment à l'autre. Son regard se posa sur Naïl qui lui aussi l'observait avec horreur.

Elias se mit à rire.

— Je t'ai connue plus bavarde Selene Nasyrian.

Il s'approcha d'elle lentement avant de poser sa main sur la joue de la jeune femme.

— Nous aurions pu faire de grandes choses ensemble toi et moi si tu n'avais pas voulu récupérer cet empire, chuchota-t-il. Qui sait ? Peut-être t'aurais-je prise pour épouse pour que tu puisses régner à mes côtés ?

Nyrva serra les dents, impuissante. La jeune femme voulait hurler de rage. Elle renvoya un regard meurtrier à l'homme qui se trouvait bien trop près d'elle.

Elias s'éloigna, la jeune femme posa son regard sur Naïl au loin. Il s'était retrouvé dans cette situation par sa faute, si seulement il était resté aux côtés de son frère dès le début. Elle ferma les yeux et inspira profondément, avec l'espoir de se calmer et de rassembler ses esprits pour trouver une solution à sa situation. Elle devait trouver un moyen de les sauver, elle devait empêcher Naïl de mourir par sa faute.

Elle rouvrit les yeux lentement, juste à temps pour voir Kahil au loin s'approcher de Naïl, l'air déterminé, une dague à la main. La jeune femme voulait hurler pour alerter son ami mais aucun son ne sortit de sa bouche. Elle se contenta d'écarquiller les yeux, priant de toutes ses forces les Dieux oubliés pour que Naïl comprenne et qu'il trouve une solution pour s'enfuir, mais il se contenta de lui rendre son regard sans comprendre.

Kahil se retrouva derrière Naïl et d'un coup, il attrapa ce dernier par les cheveux pour dévoiler sa gorge. Il passa son autre bras autour du prince déchu. Le regard de Kahil trouva celui de son ancienne meilleure amie, qui semblait le supplier d'arrêter et de ne rien faire, mais il ne s'attarda pas dessus. D'un coup il trancha la gorge de Naïl qui s'effondra lourdement au sol sans un son, inerte tandis que son sang rouge se déversait autour de lui.

Des milliers d'émotions passèrent en Nyrva. Une intense vague de chaleur l'envahit, sa vision se troubla. Elle voulait bouger, elle devait bouger.

Les larmes dévalèrent ses joues. Le visage de Naïl maculé de son propre sang poisseux se trouvait face à elle. Le regard d'onyx de l'homme qu'elle aimait était désormais vide, sans vie. Jamais plus il ne pourrait la regardait comme si elle était la chose la plus précieuse qu'il lui avait été donné d'admirer. La princesse fut prise d'une forte douleur au cœur, il était brisé, comme si on venait de lui prendre une partie de sa propre âme.

« Des cendres, une reine renaîtra. » La voix qu'elle avait entendue dans ses rêves se fit plus intense, plus grave dans son esprit. Sans qu'elle comprenne comment, Nyrva parvint à bouger son bras et à invoquer Zelkhazir qui se trouvait encore à ses pieds. L'épée se matérialisa dans ses mains instantanément. Sans réfléchir, la jeune femme se rua vers Elias qui avait le dos tourné, lui aussi choqué par la mort de son petit frère. Elias était bien des choses, un imposteur, un meurtrier, un monstre, mais il aimait son frère de tout son cœur. Jamais il n'aurait voulu sa mort.

Qu'il soit en deuil ou non, cette situation avait été créée par sa faute, il était le seul responsable de la mort de son frère.

D'un geste, la jeune femme leva l'épée au-dessus de sa tête en vu de l'abattre sur son ennemi. Un cri guttural l'interrompit. Niemreonth, le dragon d'Elias s'approcha d'elle en un instant. Voulant protéger son chevaucheur encore déstabilisé, il inspira profondément avant de libérer un torrent de feu qui jaillit de sa gueule. L'instinct de survie de la princesse reprit le dessus. Elle fit un pas en arrière dans l'espoir d'esquiver la salve de feu qui se dirigeait vers elle, mais elle ne fut pas assez rapide. Elle lança un regard terrifié au dragon tandis que le feu se dirigeait vers elle.

— Nyrva ! hurla Kahil.

Mais c'était trop tard, le feu l'engloutit toute entière.

CHAPITRE 44

« Des cendres, une reine renaîtra. »

De nouveau, cette même voix. Nyrva ouvrit les yeux, tout était sombre autour d'elle. La froideur de la pierre sous son corps la brûla, elle était allongée à même le sol, sur une surface rocheuse.

Elle inspira profondément tout en se redressant. Elle se mit à réfléchir, dans l'espoir de se remémorer ce qu'il venait de lui arriver. Soudain, les souvenirs affluèrent. La jeune femme porta ses mains à sa bouche, choquée. Niemreonth l'avait brûlée vive. Elle inspira de nouveau, essayant de refouler la bile qui menaçait de remonter le long de sa gorge. La douleur avait été atroce, elle n'avait même pas pu crier tant son cerveau avait eu du mal à comprendre ce qu'il lui arrivait. L'odeur de chair brûlée lui chatouilla les narines. Jamais elle n'aurait cru vivre quelque chose d'aussi abominable.

Elle se releva pour examiner son corps, il semblait intact et elle se sentait aussi vivante qu'elle pouvait l'être. Nyrva détailla son environnement. Il n'y avait rien, l'obscurité l'entourait toute entière. La jeune femme frissonna, des petits nuages s'échappaient de sa bouche lorsqu'elle respirait.

Elle porta une main à sa tempe, quelque chose la lançait au sein de son esprit. Rien de bien douloureux ou de gênant mais quelque chose d'étrange qui n'était pas là auparavant. Elle ferma les yeux et se concentra sur ce point. C'était comme si quelqu'un d'autre se trouvait dans sa tête, comme si cette autre personne essayait timidement de se frayer un chemin au sein de son esprit. Elle inspira profondément avant de rouvrir de grands yeux écarquillés.

— Aethaerunth, murmura-t-elle.

— *Nyrva*, répondit la dragonne au sein de son esprit.

La jeune femme s'accroupit, incapable de supporter son propre poids. Elle se mit à haleter. Aethaerunth était dans son esprit.

Une douleur lancinante lui prit au cœur. Soudain, le souvenir de la mort de Naïl lui revint. Les larmes s'échappèrent de ses paupières sans qu'elle ne puisse s'en rendre compte. Naïl était mort, Kahil lui avait tranché la gorge sous ses yeux.

Elle inspira profondément dans l'espoir de ravaler ses sanglots sans y parvenir, la douleur était trop grande. Jamais elle n'avait aimé une personne comme elle avait pu aimer le prince déchu. Elle s'en voulait. Elle avait toujours connu ses sentiments mais elle avait préféré les refouler, faire comme s'ils n'existaient pas. Mais maintenant c'était trop tard. Naïl était parti et il ne reviendrait pas. Plus jamais elle ne pourrait admirer son sourire ou entendre sa voix railleuse.

— *Tout passe avec le temps, Naïl aurait détesté te savoir triste*, déclara Aethaerunth dans une tentative de soutien.

— Ce n'est pas aussi facile malheureusement, répondit-elle à voix haute, peu habituée au fait de communiquer avec une personne qui avait accès à ses pensées.

— *Où es-tu* ? demanda la dragonne inquiète.

Nyrva inspira profondément avant de se relever. Elle devait découvrir où elle se trouvait.

— Il y a quelqu'un ? appela-t-elle.

Seul le silence des lieux lui répondit. La princesse sentit un profond sentiment de panique l'envahir. Était-elle morte ? Si c'était le cas, comment Aethaerunth pouvait-elle communiquer avec elle ?

— Tu n'es pas morte, déclara une voix fluette familière. Ou du moins pas vraiment.

La princesse tourna la tête vers la source de la voix. À son plus grand étonnement, elle fut presque soulagée de se retrouver face à Amir, l'originel qu'elle avait rencontré dans le désert plusieurs mois auparavant.

— Heureux de te revoir shahzadeh, cela faisait longtemps, déclara-t-il.

Toujours mutique, la jeune femme lui adressa un geste de la tête en guise de salutation. L'originel était exactement comme dans ses souvenirs, mais elle avait toujours du mal à se faire au fait qu'il ne clignait pas des yeux.

— Maintenant, je comprends pourquoi tu m'as appelé shahzadeh la première fois, déclara-t-elle d'une voix calme.

Shahzadeh signifiait princesse dans la langue ancienne. Elle l'avait découvert grâce à Azlan quelques semaines plus tôt alors qu'il l'aidait à déchiffrer d'anciens manuscrits.

Amir lui adressa un sourire.

— J'ai su qui tu étais au premier regard. Je suis impressionné par le chemin que tu as parcouru depuis cette rencontre dans le désert.

Nyrva grimaça.

— J'ai fini par mourir brûlée vive, très impressionnant en effet, dit-elle d'un ton railleur.

— En perdant la vie de cette façon, tu as réalisé la prophétie shahzadeh.

La jeune femme fronça les sourcils. Voyant sa confusion, l'originel reprit.

— « Des cendres, une reine renaîtra. », récita-t-il. Tu as été réduite à l'état de cendres grâce à Niemreonth. N'est-ce pas ce que voulait la prophétie ?

— Que signifie cette prophétie ? finit-elle par demander.

— Le déclin des dragons. Ils ont abusé de leur autorité pendant beaucoup trop longtemps. Avant sa mort, Nesryn est venue me trouver. Elle avait contre son gré condamné sa lignée à servir les dragons. Il s'agissait d'un pacte que nous, originels, n'étions pas autorisés à briser. Nous lui avons donc appris la magie des prophéties. Dès lors qu'une princesse serait réduite en cendres, une reine apparaîtrait.

— Qu'est-ce que cela signifie ?

— La lignée Nasyrian n'a plus à obéir aux dragons. Tu es la reine attendue depuis des décennies Selene Nyrva Nasyrian. Ton avenir est sombre mais il est empreint de conquêtes et de réussites. À ton réveil, tu prendras les armes et tu soumettras Elias Sayyadi. Les djinns et les originels te suivront, tu as maintenant l'autorité absolue sur eux.

— Mais les dragons suivent Elias eux, contra la princesse.

Amir lui adressa un sourire dénué de joie.

— Il s'agit là de l'une des raisons pour lesquelles je te dis que ton avenir est sombre shahzadeh. Nous avons exploré toutes les possibilités d'avenir qui s'offraient à toi mais une seule d'entre elles est viable.

Nyrva sentait son cœur tambouriner dans sa poitrine, elle le savait, la proposition de l'originel n'allait pas lui plaire.

— Prends Elias Sayyadi pour époux, les dragons seront ainsi obligés de t'obéir, déclara-t-il.

Son cœur se mit à battre la chamade. Le visage de Naïl apparut dans son esprit, allait-elle réellement devoir prendre pour époux le responsable de sa mort ?

Elle s'effondra au sol, ses jambes ne voulant plus faire l'effort de la porter. Le regard d'Amir était rivé sur elle, neutre, et pourtant elle était capable d'y déceler de la compassion.

— Vous ne pouvez pas le faire revenir ? demanda-t-elle pleine d'espoir.

— Non shahzadeh. Son destin était de mourir à ce moment-là et de cette façon-là. Nous ne pouvons rien faire pour lui.

La jeune femme inspira profondément avant d'acquiescer.

— Que se passera-t-il si je n'épouse pas Elias ? demanda-t-elle.

— Une guerre se déclarera entre les dragons et les djinns, plongeant le monde dans le chaos. Le peuple souffrira et de nombreux soldats perdront la vie. La bataille s'étendra sur plus d'une décennie et Elias finira par te tuer en usant de la ruse.

— Et si je l'épouse ?

— Les premiers instants seront compliqués à vivre pour toi, mais petit à petit, tu t'y accommoderas et tu finiras par être heureuse. Les dragons et les djinns se rallieront à l'Empire. Tu continueras à œuvrer pour le peuple et tes sujets vivront une longue période de paix, répondit-il sur le même ton.

La princesse se releva et passa une main dans ses cheveux. Elle avait fait le choix de porter la couronne dans le but d'offrir une vie meilleure à son peuple. Il était maintenant trop tard pour baisser les bras et pour faire marche arrière. Elle inspira profondément. Nyrva avait désormais tout perdu, son frère n'était pas l'homme qu'elle pensait qu'il était, Naïl n'était plus là, Kahil l'avait trahie. Il ne lui restait plus que le trône, il ne lui restait plus que son peuple, il ne lui restait plus que son Empire.

— Je vais le faire, je prendrai pour époux Elias Sayyadi, déclara-t-elle d'une voix ferme et déterminée.

NAÏL CHAPITRE BONUS

La journée avait été longue, l'empereur Elias avait envoyé son petit frère en mission à la frontière. Une attaque du royaume frontalier lui avait-on dit était en cours. Que nenni, le prince rentra agacé, il avait simplement perdu son temps, lui qui avait encore tant de choses à faire aujourd'hui. Il se félicita de ne pas avoir fait déplacer tout un régiment avec lui. Il avait désormais l'habitude des ordres de son frère, la plupart étaient donnés sur un coup de tête alors qu'ils méritaient davantage de réflexion.

Le ciel était couvert ce jour-là, la météo était assez capricieuse ces derniers temps, ne respectant aucune saison et aucune règle.

Les contours du palais commençaient enfin à se dessiner à l'horizon. Le vol n'avait duré que deux heures tout au plus, mais ces deux heures avaient été les plus longues de la vie du prince. Il aurait dû demander à Aaron de l'accompagner, au moins son ami et lui auraient-ils pu se tenir compagnie.

— *Ravie d'apprendre que ma compagnie n'est pas suffisante*, s'exclama sa dragonne au plus profond de son esprit.

Le jeune homme se mit à rire, il avait parfois du mal à se faire à l'idée que sa compagne d'âme soit aussi susceptible du haut de ses trois cent quatre-vingt-cinq ans.

— *Je suis encore une toute jeune dragonne,* lui rappela Aethaerunth sèchement.

— Bien sûr, répondit-il sarcastique à voix haute.

Les deux compagnons s'étaient liés seize années auparavant, le jeune prince venait alors de fêter son douzième anniversaire. Ils étaient rapidement devenus amis, ayant de plus en plus de mal à se séparer au fil du temps. Aethaerunth était la rencontre pour laquelle Naïl était le plus reconnaissant dans sa vie, il disait souvent que ce lien avait sauvé son âme, lui qui n'avait pas réellement de but en ce monde.

Aethaerunth émit un sifflement comme elle adorait le faire avant d'atterrir. Niemreonth, le dragon de l'empereur Elias, se moquait souvent d'elle à ce sujet alors qu'il faisait lui-même systématiquement la même chose. Elle atterrit lentement, ne voulant pas abîmer la terre qui avait été battue pour rendre l'atterrissage plus agréable.

Naïl fronça les sourcils, une jeune femme se trouvait en marge de la piste d'atterrissage. Elle n'aurait pas dû se trouver là, personne ne devrait se retrouver là, cette plaine se trouvait en plein cœur des jardins privés du palais. Seuls Elias, Aaron et lui-même en avaient l'accès. La jeune intruse avait de la chance qu'il ait été le premier à la trouver, ses autres compagnons ne possédaient pas la même clémence que le prince.

Aethaerunth scruta la jeune femme d'un regard grave.

— *Elle a l'air assez jeune, ne sois pas méchant avec elle, elle s'est peut-être perdue*, insuffla la dragonne dans l'esprit du prince qui leva mentalement les yeux au ciel.

Il n'était pas un tyran, bien sûr qu'il ne comptait pas être méchant avec elle. D'un bond, il descendit du dos de sa compagne sans lâcher du regard l'inconnue qui le fixait également.

— Vous êtes ? demanda le chevaucheur en se plantant devant elle.

Il baissa la tête, elle devait bien être plus petite de plus d'une tête, il la détailla rapidement. Ses yeux étaient aussi noirs que les siens, ses longs cheveux bruns bouclés tombaient en cascade dans son dos. Elle possédait une incroyable silhouette élancée malgré sa petite taille. Il avait rarement pu croiser une femme aussi belle. Son odeur embaumait l'air, un mélange de jasmin, de neige et de citron. Comprenant qu'elle n'allait pas répondre, il fronça les sourcils, à quoi jouait-elle ?

— Qu'est-ce que tu fais ici ? la questionna-t-il de nouveau.

— Je me baladais dans le palais et je me suis perdue, répondit-elle d'une voix incertaine.

Le prince se surprit à penser que sa voix était aussi douce qu'une mélodie.

— *On dirait que tu es... troublé*, se moqua sa dragonne dans sa tête.

Il n'osa pas la contredire. En effet c'était ce qu'il était, troublé.

— Perdue ? Vraiment ? dit-il sur un ton sceptique, balayant d'un revers de main mental la remarque de sa compagne d'âme. Et tu es ?

Il avait une excellente mémoire, il n'aurait jamais pu oublier avoir rencontré ce visage particulièrement.

— Nyrva, je suis lavandière au palais, répondit-elle spontanément. Et tu es ? demanda-t-elle hésitante.

Naïl masqua sa surprise. Il n'avait jamais vu une domestique se tenir aussi élégamment. De plus, il s'était toujours personnellement chargé du recrutement de chaque âme qui vivait dans ce palais. Au grand jamais elle n'aurait pu intégrer le groupe des lavandières sans qu'il ne le sache, puisqu'il rencontrait lui-même chaque nouvelle recrue pour lui dresser la liste des règles à respecter dans l'enceinte du bâtiment. Il soupira, il savait que depuis quelque temps la Résistance faisait infiltrer certains de leurs membres dans le palais et il savait que la jeune femme devant lui en faisait certainement partie.

— *Quand bien même, espionne ou pas tu es troublé,* renchérit Aethaerunth.

— *Troublé ou non, il s'agit d'une intruse. Quel genre de général je serais si je laissais partir sans rien dire une espionne sous prétexte que je la trouve belle ?* répondit-il mentalement, agacé avant de se rendre compte que la jeune femme attendait une réponse de sa part.

— Naïl, dit-il simplement.

Elle ne réagit pas, se contentant de le fixer comme s'il devait ajouter quelque chose.

— *Ta dulcinée n'a pas l'air de savoir qui tu es,* fit remarquer la dragonne.

En effet, Nyrva semblait même ne jamais avoir entendu parler de lui.

— Tu ne sais pas qui je suis ? demanda-t-il sans réussir à s'empêcher de sourire.

La jeune femme fit non de la tête, ce qui le surprit. En tant qu'espionne, elle aurait dû être davantage renseignée.

— Je m'appelle Naïl Sayyadi, dit-il fièrement.

Nyrva le dévisagea bouche bée. Son trouble transparaissait sur son visage, ce qui eut le mérite de faire rire Naïl.

— Jamais aucune femme n'avait réagi de cette façon en apprenant mon identité, dit-il sur un ton railleur.

— Pour être tout à fait honnête, commença-t-elle. Je ne sais toujours pas qui tu es. Je comprends bien que tu appartiens à la famille de l'Empereur mais…

— *Ce qu'il se passe est lunaire,* pensa-t-il à l'intention d'Aethaerunth.

— *J'apprécie énormément le fait que la seule femme qui t'ait fait de l'effet ces dernières années ne sache absolument pas qui tu es,* se moqua-t-elle.

Il n'en dit rien mais cela le troublait effectivement.

— On m'avait dit que les Arzis étaient assez peu informés sur nous mais je n'aurais jamais cru que c'était à ce point, la coupa-t-il surpris. Je suis le frère d'Elias, l'Empereur. Tu savais qu'il avait un frère ? demanda-t-il alors qu'il imaginait très bien la réponse.

Nyrva fit non de la tête. Il soupira.

— C'est un scandale qu'on ne chante pas mes louanges jusqu'à la capitale, qui l'aurait cru ? dit-il pour se moquer, un léger sourire sur les lèvres.

Nyrva sourit. À défaut d'avoir entendu parler de lui, elle le trouvait drôle, ce qui était déjà un bon début. Elle finit par se tourner vers Aethaerunth qui attendait toujours derrière Naïl.

— *Tu n'as rien remarqué ?* demanda cette dernière.

Le prince la fixa un instant, perturbé.

— *Elle n'a pas peur de toi,* répondit-il encore plus troublé qu'il ne l'était déjà.

La dragonne grogna mentalement en signe d'acquiescement.

— Pourquoi tu n'as pas peur d'elle ? demanda-t-il brisant le silence qui s'était installé entre eux. Tu as déjà eu l'occasion de voir un dragon ? demanda-t-il à voix haute, exprimant ses pensées sans s'en rendre compte. Ne me mens pas, dis-moi la vérité.

— En effet, j'en ai déjà vu un dans le désert. Un grand dragon noir, il s'est posé près de moi pendant que j'observais les étoiles. Je voulais dire, il s'est posé près de moi pendant que j'observais les étoiles, Votre Altesse, ajouta-t-elle.

Naïl fronça les sourcils, il était un peu tard pour se rattraper. Il n'avait jamais croisé de personne infiltrée aussi peu informée que la jeune femme. Il ne comprenait pas pourquoi, entre tous, la Résistance l'avait envoyée, elle, pour mener à bien la mission qu'elle était censée effectuer.

— Inutile de s'encombrer d'autant de cérémonies, appelle-moi tout simplement Naïl, dit-il.

La jeune femme acquiesça, les traits de son visage se détendirent. Elle semblait aussi troublée qu'il l'était.

— *Elle parle de Niemreonth on dirait,* suggéra sa dragonne.

Il pensait la même chose, le dragon de son frère aimait briser les règles et s'approcher des humains bien qu'on le lui ait interdit mainte et mainte fois.

— Un dragon noir aux yeux verts, je suppose ? demanda-t-il, reprenant simplement la conversation comme si de rien n'était.

Nyrva confirma d'un geste de la tête, l'air surprise qu'il le sache.

— Elias bien évidemment, dit-il l'air agacé. Tu devrais retourner dans les appartements des domestiques, il commence à se faire tard. C'est dangereux de se balader dans certaines parties du palais une fois le soleil couché.

Il marqua une pause et lui adressa son plus beau sourire.

— On se recroisera peut-être Nyrva, mais évite de te perdre dans certains endroits si tu tiens réellement à ta vie, l'avertit-il, une pointe d'ironie dans la voix.

La jeune femme ne se fit pas prier, elle s'en alla rapidement sans demander son reste.

—Je suis surprise que tu lui laisses l'opportunité de s'en aller. Je pensais qu'on ne devait pas être compatissant avec les espions, dit doucement Aethaerunth.

— Ça me laisse une excuse pour la revoir, je ne peux pas laisser une espionne sans surveillance au sein du palais, répondit-il machinalement alors qu'il se mit en route pour rentrer.

— *Qui te dit que tu auras l'occasion de la revoir, peut-être qu'elle compte quitter le palais ce soir,* ajouta-t-elle.

Naïl sourit, en effet, c'était un risque à prendre mais au plus profond de lui-même il savait que ce n'était pas leur dernière rencontre. Ils auraient d'autres occasions de se revoir, il ne pouvait pas en être autrement.

— Je la retrouverai toujours, répondit le prince à voix haute.

REMERCIEMENT

Qui aurait cru qu'un jour je me retrouverais à écrire les remerciements de mon propre roman ??? Je suis hyper choquée, j'ai l'impression que c'est une grosse blague.

Que dire ? From the Ashes a été un projet assez inattendu pour moi qui m'a été insufflé par ma communauté sur Tiktok. Qui aurait cru que tout allait commencé par une vidéo postée en novembre 2023 dans laquelle je disais « J'ai dit à mon mari que je voulais écrire un livre et il a rigolé » ??? Alors que le pauvre, en réalité, il a gloussé puis il m'a dit « En vrai, qu'est-ce qui t'en empêche ? »

Bref, quatre mois plus tard, me voilà en train de poser le point final de ce premier tome dont je suis, en réalité, assez fière. J'espère que vous l'apprécierez autant que j'ai pu apprécier l'écrire. Après tout, il est le premier de, je l'espère, une longue série d'autres romans.

J'ai tellement de personnes à remercier que j'ai peur d'en oublier et d'en vexer, c'est horrible. Je commencerai par remercier mon mari, Jaouad, qui s'est essayé à la bêta-lecture de cette histoire et qui a vite abandonné. Il faut croire que monsieur préfère lire One piece... mais bon, son soutien n'a pas été négligeable malgré le fait que ce soit un homme...

Soyons cliché, je remercie ma mère qui a prévu d'acheter mon livre pour décorer son salon. Je sais d'où me vient cette passion pour les jolies choses. Merci à mes deux frères également, qui ont reçu le premier jet il y a déjà deux mois mais qui ne l'ont toujours pas ouvert.

Je remercie mes bêta-lecteurs qui se sont donnés corps et âme pour me faire des retours pertinents dans des délais hyper limités à chaque fois. Sans vous, cette histoire ne serait pas ce qu'elle est aujourd'hui.

Merci à ma bestie Fatima d'exister. Elle s'est mise à lire assidûment assez récemment, donc tout pile au bon moment pour lire ce chef-d'œuvre qu'est

From the Ashes (bien sûr que je me sauce moi-même). Puisse Allah te garder le plus longtemps possible à mes côtés !

Merci à Hafssa, Vanessa et Batoul pour leur soutien moral tout au long de l'écriture de ce roman. Merci de m'avoir supportée pendant la préparation de la campagne Ulule, et de me supporter encore aujourd'hui puisque ma folie ne s'est pas arrêtée avec ce livre. Vous êtes justes incroyables et je suis troooop contente de vous avoir dans ma vie.

Merci aux autrices qui ont bien voulu répondre à mes nombreuses questions lorsque j'en avais et merci plus particulièrement à LC Blake (oui la star qui a écrit La reine sans couronne que vous devez lire) qui a été de très bons conseils.

Merci à Pauline Gallois, l'incroyable illustratrice de la couverture pour son investissement et toutes ses idées toutes plus incroyables les unes que les autres. J'ai adoré travailler avec toi et j'ai hyper hâte de te soumettre mes prochains projets !!

Merci à Aidan pour sa relecture de qualité et pour son investissement sur une partie des goodies du livre. Merci à Emma, ma reine, sans qui la campagne Ulule aurait été faite de template Canva gratuit.

Merci à tous les membres de mon serveur discord pour votre soutien sans faille, vous êtes trop choupies. Je suis hyper reconnaissante du fait que vous ayez rejoint ce serveur.

Merci à Taylor Swift d'avoir écrit et interprété ce banger qu'est All too well (10 mn version) qui m'a accompagnée pendant l'intégralité de l'écriture de ce roman.

Et enfin, merci à vous sans qui ce livre n'existerait tout simplement pas. J'espère que vous ne l'avez pas téléchargé illégalement. Si c'est le cas, n'hésitez pas à me soutenir en mettant votre avis sur une plateforme. Je vous pardonnerai ce vol si vous le faites.

On se retrouve l'année prochaine pour la suite et fin de From the Ashes ! ♥

Printed by Amazon Italia Logistica S.r.l.
Torrazza Piemonte (TO), Italy

62403331R00249